Sylvia Day

Verbotene Frucht

Eves erster Fall

Roman

WILHELM HEYNE VERLAG
MÜNCHEN

Titel der amerikanischen Originalausgabe
EVE OF DARKNESS
Deutsche Übersetzung von Sabine Schilasky

MIX
Papier aus verantwortungsvollen Quellen
FSC® C014496

Verlagsgruppe Random House FSC® N001967
Das für dieses Buch verwendete FSC®-zertifizierte
Papier *Holmen Book Cream* liefert
Holmen Paper, Hallstavik, Schweden.

Deutsche Erstausgabe 05/2015
Redaktion: Catherine Beck

Printed in Germany 2015
Umschlaggestaltung: Nele Schütz Design, München
Satz: KompetenzCenter, Mönchengladbach
Druck und Bindung: GGP Media GmbH, Pößneck

ISBN: 978-3-453-31667-6

www.twitter.com/HeyneFantasySF
@HeyneFantasySF

www.heyne-fantastisch.de

»… wenn du nicht recht tust,
lauert an der Tür die Sünde als Dämon.
Auf dich hat er es abgesehen,
doch du werde Herr über ihn!«

Gott zu Kain, Buch Genesis 4,7

1

Der Teufel steckt im Detail.

Evangeline Hollis verstand den wahren Kern dieser Redewendung erst jetzt, denn sie war von Tausenden Teufelslakaien umgeben. Manche trugen Baseballcaps der Seattle Seahawks, andere Trikots der San Diego Chargers. Und sie alle hatten aufwendige Tattoos, die Tribals ähnelten und verrieten, welcher verfluchten Spezies sie angehörten und welchen Rang sie in der Höllenhierarchie bekleideten. Für Evangeline sah es aus wie ein verdammtes Sünderfestival. Sie tranken Bier, stopften sich mit Nachos voll und schwenkten riesige Schaumstoffffinger.

In Wirklichkeit war es ein Footballspiel im Qualcomm Stadion. Es war ein klassischer kalifornischer Sommertag: sonnig und warm, wobei die sechsundzwanzig Grad von einer herrlich kühlen Brise ausgeglichen wurden. Sterbliche mischten sich in seliger Ahnungslosigkeit unter die Höllenwesen und genossen die nachmittägliche Sportveranstaltung. Für Eve war es eine makabre Szene: Als würde sie hungrigen Wölfen zusehen, die sich neben Lämmern sonnten. Jede Begegnung zwischen ihnen musste zu Blut, Gewalt und Tod führen.

»Hör auf, an sie zu denken.«

Alec Cains tiefe, sinnliche Stimme jagte ihr einen Schauer durch den Leib, von dem sie sich allerdings nichts anmerken ließ. Über den Rand ihrer Sonnenbrille warf sie ihm einen reumütigen Blick zu. Dauernd sagte er ihr, dass sie ihre Beute ignorieren sollte, wenn sie nicht auf der Jagd waren. Als würden sich böse Feen, Dämonen, Magier, Werwölfe, Drachen und tausend andere Variationen desselben einfach ausblenden lassen.

»Da stillt eine Frau ihr Baby neben einem Inkubus«, murmelte sie.

»Angel.« Sein Spitzname für sie war wie ein sanftes Streicheln. Mit seiner Stimme konnte Alec sogar eine schlichte Wegbeschreibung zu einem Vorspiel machen. »Wir haben heute frei, schon vergessen?«

Sie atmete langsam aus und blickte zur Seite. Alec war knapp einen Meter neunzig groß, hatte eine breite Brust und einen straffen Bauch, dessen Muskelwölbungen sich durch das ärmellose weiße T-Shirt abzeichneten. Seine langen muskulösen Beine wurden von knielangen Dickies-Shorts betont, und seine Oberarme waren so wunderbar definiert, dass er von Männern wie Frauen bestaunt wurde.

Er war Eves Liebhaber – jedenfalls gelegentlich. Wie Schokolade war Alec köstlich und äußerst befriedigend, doch zu viel von ihm würde wie ein Zuckerschock wirken, der sie benommen und unruhig zugleich machte. Noch dazu hatte er ihr das Leben ruiniert, das sie früher mal gelebt hatte. Eigentlich hatte sie eine erfolgreiche Innenarchitektin werden wollen, keine Jägerin von Höllenwesen.

»Wäre es doch nur so einfach«, nörgelte Eve. »Wie soll ich Urlaub machen, wenn ich von Arbeit umzingelt bin? Außerdem stinken sie immer, auch wenn ich sie ignoriere.«

»Ich rieche nur dich«, raunte er, beugte sich zu ihr und strich mit seiner Nasenspitze über ihre Wange. »Mmh.«

»Ich finde es unheimlich, dass sie überall sind. Gestern war ich bei McDonald's, und die Frau an dem Drive-in-Fenster war eine Fee! Ich konnte nicht mal meinen Big Mac essen.«

»Aber ich wette, du hast die Pommes verputzt.« Alec zog seine Sonnenbrille herunter und sah sie ernst an. »Es gibt einen Unterschied zwischen Wachsamkeit und Paranoia.«

»Ja, ich bin vorsichtig, aber nicht irre. Bis ich einen Ausweg aus dieser Sache mit dem Mal gefunden habe, versuche ich, das Beste draus zu machen.«

»Ich bin stolz auf dich.«

Eve seufzte. Alec als Mentor zu haben war eine richtig schlechte Idee, und das nicht bloß, weil es in den Augen der meisten Gezeichneten das Pendant zur Besetzungscouch in Hollywood bedeutete. Mit dem Unterschied natürlich, dass man sich auf der richtigen Besetzungscouch die Rollen erschlief, die man wollte, wohingegen niemand jemals das Kainsmal wollte.

Die Hierarchie der Gezeichneten fing unten bei den Neulingen an und endete oben mit Alec, dem ersten und gnadenlosesten Gezeichneten von allen. An ihm führte kein Weg vorbei. Und mit ihm arbeiten konnte man erst recht nicht. Er war der Inbegriff des einsamen Wolfs. Und dennoch war Eve hier, eine sechs Wochen junge Novizin, oben an der Spitze, weil er niemand anderem zutraute, auf sie aufzupassen. Und sie war ihm wichtig.

Die anderen Gezeichneten hielten es für eine Kaffeefahrt, mit Gottes oberstem Vollstrecker zu arbeiten. Auch wenn es stimmte, dass sich die Höllenwesen nicht mit Alec anlegten – es sei denn, sie wollten dringend draufgehen –, wurde es dadurch nicht leichter. Nun hatten es die Dämonen auf *sie* abgesehen, um ihm eins auszuwischen. Und als wäre das noch nicht schlimm genug, war Alec inzwischen so lange gezeichnet, dass er völlig vergessen hatte, wie es sich anfühlte, neu und verwirrt zu sein. Es gab Dinge, von denen er schlicht erwartete, dass Eve sie wusste, und er wurde ungehalten, wenn er begriff, dass sie keinen Schimmer hatte.

Er drückte ihre Hand. »Was ist aus der Frau geworden, die alles für ein paar Stunden vergessen wollte?«

»Die wurde entführt und beinahe in Fetzen gesprengt.« Eve stand auf. »Bin gleich wieder da. Ich muss mal für kleine Mädchen.«

Alec ergriff ihr Handgelenk, und sie sah ihn fragend an.

»Angel«, sagte er und küsste ihren Handrücken. »Wenn ich dir sage, hör auf, an sie zu denken, dann nicht, weil ich möchte, dass du in einer Fantasiewelt lebst. Ich möchte nur, dass du das Gute um dich herum wahrnimmst. Du hast eine stillende Mutter gesehen, aber nicht erkannt, was für ein Wunder dieser Anblick ist, weil du zu sehr auf den Dämon neben ihr fixiert warst. Gib ihnen nicht die Macht, dir den Tag zu ruinieren.«

Stirnrunzelnd ließ Eve seine Worte sacken und nickte. Alec lebte seit Anbeginn der Zeit mit dem Mal und konnte immer noch die Wunder sehen; da könnte sie es eigentlich auch probieren.

»Ich bin gleich zurück«, entgegnete sie.

Er ließ sie los. Nachdem sie sich an den anderen Zuschauern vorbei bis zum Aufgang gedrängt hatte, sprintete Eve die breite Betontreppe hinauf. Die Geschwindigkeit,

Kraft und Beweglichkeit, die mit dem Brandmal an ihrem Oberarm einhergingen, versetzten sie nach wie vor in Staunen. Eve war schon vorher sportlich gewesen, aber jetzt war sie Supergirl. Na ja … fliegen konnte sie nicht. Aber sie konnte richtig hoch springen. Außerdem konnte sie im Dunkeln sehen und durch verriegelte Türen preschen – auch wenn sie diese Talente früher nie für notwendig oder wünschenswert gehalten hätte.

Eve erreichte den breiten Gang unter den Tribünen und folgte den Schildern zu den Toiletten. Dort reichte die Schlange bis vor die Tür. Zum Glück war es bei Eve nicht dringend. Sie hatte vor allem für eine Weile von ihrem Platz weg gewollt.

Also wartete sie geduldig, die Hände in den Taschen und auf ihren Flipflops wippend. Hin und wieder ging ein Windstoß durch den Gang, der an Eves Pferdeschwanz zurrte. Der Wind trug den beißenden Gestank des Bösen und von verrotteten Seelen mit sich, bei dem sich Eve der Magen umdrehte. Er lag irgendwo zwischen Verwesung und frischen Exkrementen; umso verwunderlicher war es, dass die Ungezeichneten es nicht riechen konnten.

Wie hatte Eve achtundzwanzig Jahre ihres Lebens vollkommen ahnungslos sein können? Und wie hielt Alec es seit Jahrhunderten mit diesem Wissen aus?

»Mom!« Der kleine Junge vor Eve überkreuzte die Beine und zappelte wie wild. »Ich muss ganz doll!«

Dass die Frau aussah, als könnte sie die große Schwester des Jungen sein, erstaunte Eve nicht weiter. Viele Frauen in Südkalifornien alterten nicht. Sie wurden lediglich zu künstlichen Karikaturen ihres jugendlichen Ichs. Diese war blondiert und perfekt sonnengebräunt, mit Brüsten, die eine Nummer zu groß für ihre zierliche Gestalt waren. Dazu hatte sie wulstige, glänzende Lippen.

Die Mutter blickte sich um.

»Lass mich aufs Jungsklo gehen«, flehte ihr Sohn.

»Da kann ich nicht mit dir reingehen.«

»Ich bin auch ganz schnell fertig!«

Eve schätzte den Jungen auf sechs Jahre, alt genug, um allein pinkeln zu gehen. Trotzdem verstand sie die Sorge der Mutter. In Oceanside, unweit von hier, war ein Kind in einer öffentlichen Toilette ermordet worden, während seine Tante draußen gewartet hatte. Der Dämon, der den Horror inszenierte, hatte den ältesten Trick von allen benutzt – vorgegeben, Gott zu sein.

Die hilflose Mutter zögerte eine Weile, ehe sie nickte. »Aber beeil dich. Und die Hände kannst du hier in der Damentoilette waschen.«

Der Junge rannte an den Trinkbrunnen vorbei in die Herrentoilette. Eve lächelte seiner Mom mitfühlend zu. Die Schlange bewegte sich schrittweise vorwärts. Zwei Teenager stellten sich hinter Eve an. Sie waren nach der vorherrschenden Mode gekleidet: zwei Trägershirts übereinander zu Jeans, die tief auf den Hüften saßen. Teures Parfüm umwaberte sie, was inmitten des Gestanks nach Verwesung einer Erlösung gleichkam.

»Warum ist die Schlange so lang?«, fragte das Mädchen hinter Eve.

Eve zuckte mit den Schultern, doch die Frau vor ihr antwortete: »Weil die Toilette da hinten«, sie zeigte mit ihrem französisch manikürten Fingernagel nach links, »wegen Reparatur geschlossen ist.«

Prompt begann das Mal, das in Eves Deltamuskel eingebrannt war, zu schmerzen. Sie seufzte und ging beiseite. »Du kannst meinen Platz haben. Bei mir ist es nicht so dringend.«

»Danke«, antwortete der Teenager.

Eve wandte sich nach links und murmelte: »Toller Urlaub.«

»Dir war doch sowieso langweilig, Babe«, schnurrte eine vertraute Stimme.

Als Eve zur Seite blickte, gesellte sich Reed Abel zu ihr, dessen teuflisches Lächeln nicht einmal erahnen ließ, dass er hin und wieder gern seine Flügel und den Heiligenschein zeigte, um Leute zu erschrecken. Er war ein *Mal'akh*, doch insgesamt hatte Alecs Bruder wenig Engelhaftes an sich.

»Was nicht heißt, dass ich unbedingt Arbeit will.« Reed war dafür zuständig, ihr die Aufträge zu überbringen, was Eves Meinung nach nur ein fieser Trick war. Warum Gott Zwietracht zwischen den beiden zuließ, ja, sogar noch förderte, war ihr schleierhaft.

»Wir könnten diesen Taco-Stand sprengen«, schlug er vor. »Ein bisschen heißen Spaß haben.«

Diese Einladung würde sie nicht einmal mit einer langen Kneifzange annehmen. Wie sein Bruder wirkte auch Reed fast gleichermaßen anziehend wie abstoßend auf Frauen. »Machst du Witze über den Auftrag? Brauchst du mich für irgendwas Echtes, oder was?«

»Früher fandst du das echt genug?« Er zwinkerte anzüglich.

Eve knuffte ihn. »Jetzt hör schon auf! Ich weigere mich, das neueste Spielzeug zu sein, um das du dich mit deinem Bruder zankst. Such dir was anderes, womit du spielen kannst.«

»Ich spiele nicht mit dir.«

Da schwang eine ernste Note in seinem Ton mit, die Eve absichtlich nicht beachtete. Allerdings merkte ihre weniger misstrauische Seite auf.

»Die Toilette?«, fragte sie, als sie das gelbe »Außer Betrieb«-Schild sah.

»Ja.« Er packte ihren Arm und zog sie näher. »Raguel meinte, es wäre Zeit, dein Training auszuweiten. Ich gehe Cain holen.«

Raguel war der Erzengel, der die Weisungsbefugnis über sie hatte. Er war der Kautionsbürge, Reed der Einteiler, und sie war die Jägerin. Größtenteils lief das System wie geschmiert, für Eve jedoch von Anfang an holprig.

Sie schnupperte in die Luft. Der beißende Gestank der Höllenwesen bewirkte, dass sie die Nase rümpfte. »Wirklich, das ist, als würde man eine Medizinstudentin an ihrem ersten Tag in eine Gehirn-OP schicken.«

»Dir sind deine eigenen Stärken noch nicht vertraut, Babe.«

Sie wurde wütend. »Ich weiß aber sehr wohl, wann ich verarscht werde.«

»Bisher war bei dir jeder Wurf ein Treffer. Hier geht es um einen Wolf, und bei denen bist du gut. Sei aber trotzdem vorsichtig.«

»Du hast gut reden! Du bist es ja nicht, der seinen Hals riskiert.«

Er drückte ihr einen Kuss auf die Schläfe. »Deinen zu riskieren reicht, glaub mir.«

Eve ging um das gelbe Schild herum in die Herrentoilette und bereute sofort, dass sie ihre Lieblings-Flipflops trug. In ihrem »Job« hatte sie sich angewöhnt, nur noch in Kampfstiefeln aus dem Haus zu gehen, aber Alec hatte sie überredet, heute auf Freizeitkleidung umzuschwenken. Sie hätte nicht auf ihn hören dürfen.

Der Ammoniakgeruch von abgestandenem Urin biss ihr in die Nase. Ihr Zielobjekt zu finden, war nicht weiter schwer, denn er stand mitten im Raum. Allein. Ein Teenager-Werwolf, der Eve unheimlich vertraut war.

»Kennst du mich noch?«, fragte er lächelnd.

Der Junge war groß und dünn, mit einem länglichen Allerweltsgesicht. Er trug ein schmutziges graues Kapuzenshirt, und seine Jeans hing so tief, dass oben sein Hintern rauslugte. Ein dunkler Fleck bewegte sich über seine Wange und verharrte oben auf dem Knochen. Seine Züge verwirbelten in einem Rautenmuster. Wie das Mal auf Eves Arm, diente auch das sozusagen als Rangabzeichen.

Die Erinnerung traf Eve wie ein Schlag, gefolgt von einem eisigen Schauer, der ihr über den Rücken lief. »Solltest du nicht mit deinem Rudel im Norden sein?«

»Der Alpha hat mich hier runtergeschickt, damit ich den Punktestand ausgleiche. Er findet, dass Cain lernen muss, wie es ist, jemanden zu verlieren, den man liebt.«

»Sein Sohn war nicht zu retten«, erwiderte sie. »Und Cain sucht sich seine Beute nicht aus. Er bekommt seine Befehle.«

»Nein, er hat einen Deal gemacht. Für dich. Und er hat sein Versprechen gebrochen.«

Eve runzelte die Stirn. Einen Deal hatte Alec nie erwähnt – aber das würde sie später klären. Jetzt drängte eine andere Frage. »Glaubst du, dass du allein mit mir fertigwirst?«

Sein Lächeln wurde zu einem hämischen Grinsen. »Ich habe einen Freund mitgebracht.«

»Super.« Das war nie gut.

Die Tür zur extrabreiten Kabine hinten flog auf, und etwas vollkommen Scheußliches stürmte heraus. *Ach du Schande!* Bei einem Höllenwesen dieser Größe hätte der Gestank eigentlich auf mehrere Meter unerträglich sein müssen. Stattdessen roch Eve nur Wolf.

Der Drache hatte sich erst teilweise gewandelt. Er trug noch seine Hose und die Schuhe, und sein Kopf war noch von dunklem Haar bedeckt. Aber der Mund war bereits zu einem langen Maul mit messerscharfen Zähnen geworden, die Augen waren die einer Echse, und die sichtbaren Hautstellen waren mit bunten Schuppen bedeckt.

»Du riechst lecker«, knurrte er.

Eve hatte schon gehört, dass Gezeichnete für Höllenwesen eklig süß rochen, was sie fast lachhaft fand, denn so etwas wie einen süßen Gezeichneten gab es nicht. Das Mal war ausnahmslos bitter. »Du riechst nach gar nichts.«

Wir haben versagt, wurde ihr erschreckend klar. Die Höllenwesen konnten sich nach wie vor unerkannt in der Menge verstecken.

»Genial, oder?«, fragte der Wolf. »Wie es aussieht, habt ihr uns doch nicht vollständig ausgeschaltet.«

Der Drache brüllte furchterregend und so ohrenbetäubend, dass der kleine Waschraum unter dem Hall vibrierte. Doch Sterbliche konnten es nicht hören, und Eves Trommelfelle waren, trotz ihrer himmlischen Sensibilität, unverwüstlich. Der Drache schob den Wolf beiseite und stampfte auf Eve zu.

»Das ist wohl das Zeichen, dass ich gehen soll«, sagte der Junge. »Ich grüße den Alpha von dir.«

Eves Blick blieb auf ihren Gegner gerichtet. »Ja, richte ihm aus, dass er sich mit der Falschen angelegt hat.«

Der Wolf lachte und verschwand. Das hätte Eve auch gern getan.

Sie mochte sich frech geben, doch die Situation überforderte sie. Wäre sie zu körperlichen Stressreaktionen fähig, würde sie hyperventilieren, und ihr Herz würde rasen. Und zweifellos würde es ihr elend gehen, wenn das hier vorbei war – sofern sie dann noch lebte. Ein frommer Mensch hätte jetzt gebetet, dass Alec bald kam, doch das war keine Option für Eve. Der Allmächtige tat, was er wollte, und damit basta. Gebete sollten bloß dem Betenden das Gefühl vermitteln, er wäre nicht untätig. Eve kamen sie eher wie vergeudete Atemluft vor.

»Wo ist Cain?«, knurrte der Drache und kam schwankend auf sie zu. »Sein Gestank klebt an dir.«

»Er sieht sich das Spiel an, was du auch tun solltest.« Eve konnte nicht riskieren, ihm zu sagen, dass Alec kam. Dann würde er sie wahrscheinlich rasch umbringen und fliehen. In seiner Sterblichen-Tarnung und ohne verräterischen Geruch könnte er direkt an Alec vorbeilaufen. Glaubte der Drache hingegen, er hätte Zeit, spielte er vielleicht mit ihr. Höllenwesen waren ziemlich verspielt.

»Ich brauche einen Snack.« Seine Stimme war so kehlig, dass Eve Mühe hatte, ihn zu verstehen. »Und du wirst es tun.«

»Hast du es mal mit Nachos probiert?«, schlug sie vor und ballte die Fäuste. Tief in ihrem Innern bündelte sich Energie, dazu Hunger und Aggressivität. Es waren primitive, animalische Regungen, so ganz und gar nicht die elegante Form von Gewalt, von der sie erwartet hätte, dass

Gott sie gegen seine Gegner einsetzte. Der Kraftschub war brutal … und machte süchtig. »Die Chips sind ein bisschen pappig, und der Käse kommt aus der Dose, aber alles in allem sind sie weit ungefährlicher für dich.«

Er schnaubte, wobei Flammen aus seinen Nüstern stoben. »Ich habe schon von dir gehört. Du bist keine Gefahr für mich.«

»Ach nein?« Sie neigte den Kopf zur Seite und tat überrascht. Dämonen nutzten Sarkasmus, Ausflüchte und Lügen zu ihrem Vorteil. Das tat Eve ebenfalls. »Wann hast du denn dein letztes Update über mich bekommen? Gibt es in der Hölle einen Newsletter? Einen Chatroom? Sonst hinkst du vielleicht ein bisschen hinterher.«

»Du bist frech. Und blöd. Denkst du etwa, die Nummer in Upland hat dich zur Heldin gemacht? Das Höllennetzwerk ist wie eine Hydra, Schlampe. Du schlägst einen Kopf ab, und zwei neue wachsen nach.«

In Eves Bauch bildete sich ein Eisklumpen. »Noch mehr abzuschlagen«, brachte sie mit dem Anflug eines Zitterns heraus.

Der Drache hob seine Hände. Während dicke, scharfe Krallen aus seinen Fingerspitzen sprossen, geiferte er, und Sabber rann aus seinem offenen Maul. »Du bist ein Baby. Also müsstest du saftig und zart sein.«

»Ein *Baby*?«, wiederholte sie spöttisch und widerstand dem Drang zurückzuweichen. »Hast du überhaupt eine Ahnung, was ich die letzten sechs Wochen durchgemacht habe? Dieser Job setzt ganz schön Aggressionen bei mir frei.«

Eve stellte die Beine etwas weiter auseinander, erhob die Fäuste und holte tief Luft. Das würde gleich wehtun. »Willst du dich selbst überzeugen?«

Die Brust des Drachen weitete sich beim Einatmen, und er veränderte sich, bis er seine natürliche Reptilienerscheinung vollständig eingenommen hatte. Nun überragte er sie deutlich und musste den Kopf auf seinem langen Hals neigen, um nicht gegen die Decke zu stoßen. Er war eine schöne Kreatur mit schimmernden Schuppen und geschmeidiger Gestalt. Das Problem war nur, dass die schöne Haut wie Zement war. Jeder Versuch, ihn zu treten oder zu schlagen, würde nur massive Schmerzen verursachen – bei ihr, nicht bei ihm.

Ihre Haut ist so gut wie unverwundbar, hatte Raguel ihr im Grundkurs über Drachen beigebracht. *Schwachpunkte sind die Netzhäute zwischen den Zehen, die Gelenke zwischen Vorderfüßen und Rumpf, die Augen und das Rektum. An Ersteren kann man ihnen keine tödlichen Wunden zufügen, Nummer zwei und drei erfordern, so nahe an sie heranzukommen, dass man getötet werden könnte, und das vierte … tja, wie die Jugendlichen so gern sagen:* Das *will man sich bestimmt nicht geben.*

Eve streckte eine Hand aus und bat um eine Klinge. Ein Schwert erschien und schwebte in der Luft, brennend bis zum Heft. Feuer. Höllenfeuer, Himmelsfeuer und Feuer aus den Drachennüstern zwangen sie, einen Satz zurück zu machen, damit sie nicht versengt wurde.

Die sind doch alle verkappte Pyromanen!

Hätte sie eine Wahl, würde sie ihren Revolver vorziehen. Aber der Allmächtige zog nun mal das Flammenschwert vor. Man konnte wahrlich nicht behaupten, Gott läge der Sinn fürs Dramatische fern. Er kannte seine Stärken, und ein bisschen Budenzauber zur Einschüchterung gehörte definitiv zu ihnen.

Der Drache lachte … oder gurgelte oder prustete, wie immer man das nennen wollte. Er war nicht beeindruckt. Dass er es vielmehr amüsant fand, machte Eve nervös, und sie drehte ihr Handgelenk, wobei sie das Gewicht des Schwerts nutzte, um sich fit zu machen. Anfangs war sie die erbärmlichste Fechterin in ihrem Kurs gewesen. Inzwischen hielt sie sich recht passabel und wurde mit jedem Tag besser.

»Du hast mich verfehlt«, reizte sie den Drachen und verzog das Gesicht, als ihre Flipflops am schmierigen Fußboden festklebten. Ganz miese Schuhwahl!

Eines der vielen Dinge, die sie gelernt hatte, seit ihr dieser Job aufgebrummt worden war, war, dass man die eigenen Schwächen tunlichst überspielte. Ihre Gegner konnten ihre Angst riechen und ergötzten sich daran. Sie mit ein wenig Überheblichkeit zu täuschen war manchmal die einzige Methode, um sich einen winzigen Vorteil zu verschaffen.

Der Drache stapfte einen Schritt auf sie zu. Seine Krallen bohrten sich in den Fliesenboden, der unter seinem massigen Leib erbebte. Die Flammen heizten den Raum auf, doch Eve schwitzte nicht. Das konnte sie gar nicht, denn ihr Körper war neuerdings ein Tempel.

Die Bestie brüllte scheußlich auf und schwang ein kurzes Vorderbein nach ihr. Auf ihren ausweichenden Sprung hin schlug der Drache mit dem Schwanz aus, an dessen Spitze eine dicke, harte Schuppe prangte. Die krachte nun in die Stelle, an der Eve vorher gestanden hatte, und sie stolperte mit einem Aufschrei aus dem Weg. Als der Drache die Schwanzspitze wieder aus dem Boden zog, sprühte Keramikstaub in alle Richtungen.

Eve rannte an ihm vorbei, und er drehte sich um, sodass sein fliegender Schwanz mehrere Waschbecken aus der Wand riss. Eve preschte an seine Seite, wo es ihr gelang, eine seiner Schuppen mit einem schnellen Schwerthieb loszuschlagen.

Er demolierte die Toilette, und sie verpasste ihm einen Papierschnitt.

»Dämliche Fotze!«, grölte das Monster. Es schien gar nicht mitzubekommen, dass Unmengen Wasser aus den geborstenen Rohren schossen. Der unendliche Hass und die Bosheit in den Reptilienaugen bestärkten die Härte in Eves Seele, die sie langsam, aber dauerhaft veränderte.

Eves Zorn überwog ihr Entsetzen. Mit Höllenwesen wie diesem Typen sollten es weit fortgeschrittenere Gezeichnete aufnehmen. Und hätte er sein Wesen und seinen Geruch nicht so gut verborgen, würde Eve jetzt nicht gegen ihn kämpfen.

Sie steckte mächtig in der Klemme. Und sie hatte es verdammt satt, dauernd durchnässt zu werden. Jedes Höllenwesen, dem sie begegnete, war offenbar von dem Ehrgeiz besessen, sie mit möglichst viel Wasser zu begießen.

»Reed.« Ihre Stimme war nicht ihre eigene; sie war tiefer und leiser. Das war die Sprache der Gezeichneten, auch bekannt als »Herold«, instinktiv und für Höllenwesen komplett unverständlich. »Beeil dich. Ich habe Probleme.«

Eine warme Sommerbrise wehte über sie hinweg: Reeds Antwort.

Den freien Arm ausgestreckt, um das Gleichgewicht zu halten, begann Eve, anzutäuschen und zu parieren. Dabei hielt sie ihren Oberkörper halb seitlich, sodass er ein schmaleres Angriffsziel bildete. Als ein neuer Flammenschwall aus den Drachennüstern blies, duckte sie sich hinter ihr Schwert. Er verbrannte Eve den Handrücken, und sie schrie auf. Die Wunde würde gleich wieder heilen, was jedoch den Schmerz bis dahin nicht erträglicher machte.

Eve fiel zurück, stolperte über zerbrochene Fliesen und schluchzte, als eine spitze Keramikscherbe die Sohle ihres Flipflops durchbohrte und tief in ihre Ferse schnitt. Unangenehme Wärme und die nun rutschige Innensohle verrieten, dass Eve Blut verlor. Der Drache brüllte triumphierend, als er ihre Wunden roch, und schnappte mit seinen messerscharfen Zähnen nach ihr.

Sie würde nicht in diesem Herrenklo sterben. Auf keinen Fall!

»Wie tief die Mächtigen doch gefallen sind«, raunte Alec.

Vor Erleichterung stieß Eve einen stummen Schrei aus, duckte sich, als der Bestienschwanz auf sie zugeschnellt kam, und linste an dem massigen Körper vorbei.

Alec lehnte mit verschränkten Armen in der offenen Tür. Er sah entspannt und ein bisschen gelangweilt aus, aber in seinen Augen lag eine entsetzliche Dunkelheit, als er Eve ansah. Sie war seine einzige Schwäche, eine Verwundbarkeit, die er um jeden Preis verbergen wollte.

»Cain«, knurrte der Drache und nahm eine wachsame Haltung ein.

»Damon? Du warst doch früher mal ganz oben, ein Höfling bei Asmodeus.« Alec schnalzte tadelnd mit der Zunge. »Und jetzt kannst du nur noch Anfänger erschrecken?«

»Hey«, protestierte Eve. »Verglichen mit der Toilette, halte ich mich gut!«

Die Tatsache, dass ihr Gegner ihr den Rücken zugekehrt hatte und darin offenbar keinerlei Gefahr zu sehen schien, ärgerte Eve allerdings. Was sollte sie denn verdammt noch mal tun, um sich etwas Respekt zu verschaffen?

Ihr Frust verdrängte die Angst, bis nur noch wütende Entschlossenheit blieb. Eve bewegte sich zur linken Seite des Drachen, sprang so hoch, wie es der Raum erlaubte, und verlagerte ihr gesamtes Gewicht in den Schwerthieb nach unten. Sie stach in die weiche Falte, die sein kurzes Vorderbein mit dem Rumpf verband, und trennte es sauber ab. Das Vorderglied plumpste mit einem dumpfen Aufprall zu Boden. Dunkelrotes Blut spritzte aus der offenen Wunde und vermengte sich mit dem Wasser, das nach wie vor aus den abgebrochenen Rohren sprühte.

Der Drache heulte, fuhr herum und schlug Eve zu Boden. Sie robbte rückwärts durch den ekligen See auf den Fliesen. Der Drache konterte mit einem Flammenschwall. Das Höllenfeuer hüllte Eve ein, versengte ihr Haar und ihre Haut von oben bis unten und brachte die Flut auf dem Boden zum Brodeln. Der Schmerz war so überwältigend, dass Eve keinen Laut herausbekam, und als die Flammen abrupt erstarben, hoffte sie nur noch auf einen schnellen, erlösenden Tod.

In den sie jedoch nicht allein gehen würde.

Aufgeputscht vom Adrenalin und der Wut einer Frau, die ihr Leben gründlich satthatte, rappelte sich Eve hoch. Sie stürzte sich auf Brust und Bauch der Bestie, wo sie sich mit einer Hand verzweifelt an die Schuppen klammerte. Der Kontakt zwischen dem harten Echsenpanzer und ihrer verbrannten Haut war so übel, dass sie aufschrie und um ein Haar ihr Schwert verlor.

Alec war vor ihr dort, schlang einen Arm um den Drachenhals und bohrte die Finger der anderen Hand in die

Augen. Der Drache wand sich und kreischte, warf seinen Hals hin und her, panisch bemüht, seine Angreifer abzuschütteln.

Während Eve ihre Klinge in die Wunde stach, wo sie das Vorderbein abgetrennt hatte, fühlte sie riesige Krallen in ihrem Rücken. Sie krümmte sich und trieb ihre Waffe das letzte Stück hinein, um das Drachenherz zu durchbohren.

Die Bestie heulte auf und explodierte in einer gigantischen Wolke aus weißer Glut.

Eve krachte zu Boden, gelähmt von ihren Verletzungen. Dort lag sie keuchend und blinzelnd inmitten des Abgesangs aus den sprudelnden Rohren.

Zunächst nahm sie das Wummern von Schritten im Wasser wahr, bevor Alec bei ihr war und sie vorsichtig auf seinen Schoß hob.

»Angel …« Seine Hände zitterten, während er behutsam ihre ruinierte Haut berührte. »Wag es ja nicht, mir wegzusterben, verstanden? Ich habe dich gerade erst zurück, verdammt!«

»Alec.« Sie versuchte, die Augen zu öffnen, was sie aber mehr Kraft kostete, als sie übrig hatte. Zuckungen setzten ein, die sie durchschüttelten und ihre Zähne klappern ließen. Der leicht chemische Geruch des Leitungswassers vermischte sich mit dem nach Asche, Dämon und Blut. *Ihrem* Blut.

Endlich konnte sie riechen und schmecken, wie süß es war.

»Ich bin hier«, sagte Alec mit brüchiger Stimme. »I-ich bin hier.«

»Das war der Alpha.«

»Wie bitte?«

»Der Alpha. Er wollte … sein Sohn … er hat versucht …«

»Schhh. Nicht reden, Angel.« Eine heiße Träne tropfte auf ihre brennende Haut, dann noch eine. »Schone deine Kräfte.«

»Etwas haben wir in Upland übersehen«, flüsterte sie und versank in tiefer Dunkelheit. Der Schmerz ließ nach, die Angst schwand. »Du musst zurück … Wir haben etwas übersehen …«

2

Sechs Wochen zuvor …

In dem Moment, als ihr Blick seinem begegnete, wusste Eve, dass sie eine stürmische und extrem kurze Affäre haben würden.

Seine Schulter streifte ihre, als er an ihr vorbeiging. Der Duft seiner Haut hing noch für einen köstlichen Moment in ihrer Nase, und sie erschauerte. Vor Vorfreude ging ihr Puls schneller. Sie kannte seinen Namen nicht, nein, sie kannte *ihn* nicht, aber der Wunsch, diesen gut aussehenden Fremden mit nach Hause zu nehmen, war übermächtig und unwiderstehlich.

Eine winzige Stimme in ihrem Hinterkopf ermahnte sie, vorsichtig zu sein, und sagte ihr, sie solle es langsam angehen. Es sich lieber zweimal überlegen. Sie war keine Frau, die sich auf schnellen Gelegenheitssex einließ; die war sie nie gewesen. Doch ein Blick, und ihre Lust hatte sie schier überwältigt.

Sein Gesicht … Gott, er hatte eine solche Ähnlichkeit mit Alec Cain, dass sie Brüder sein könnten: glatter Olivteint, pechschwarzes Haar und mokkabraune Augen. Wandelnde Sinnlichkeit. Obwohl zehn Jahre vergangen waren, seit die Nacht mit Alec alle anderen Männer uninteressant gemacht hatte, bezweifelte Eve, dass er sich sonderlich verändert hatte. Männer wie Alec wurden mit dem Alter nur besser.

Der Mann, der eben an ihr vorbeigegangen war, hatte dieselbe gefährliche Aura von mühsam gebändigter Kraft. Diese Ausstrahlung von jemandem, der sich kaum zügeln konnte. Der Armani-Anzug an seiner großen, muskulösen Gestalt betonte nur jene primitiven Züge, nach denen sich Eve verzehrte. Die animalische Anziehung war so intensiv, dass sich ihr Herzschlag beschleunigte und ihr Bauch verkrampfte.

Ihre Absätze schlugen einen Stakkato-Rhythmus auf dem golden geäderten Marmorboden. Irgendwo tief in ihrem Innern schrillten Alarmglocken. Ihr kam es beinahe vor, als würde sie fliehen, als wären der Anblick und Geruch eines dominanten männlichen Wesens etwas, vor dem sie sich fürchten musste. Dabei waren gewisse Teile von ihr alles andere als verängstigt.

In der weiträumigen Eingangshalle des Gadara Tower wimmelte es von geschäftigen Leuten. Das stete Raunen der diversen Unterhaltungen und das Sirren der gläsernen Aufzüge konnten Eves schnellen Atem nicht übertönen. Fünfzig Etagen über ihr ließ die gläserne Decke natürliches Licht ins Atrium, und die Reflexion des Sonnenlichts auf seinem dichten schwarzen Haar hatte Eve gleich auf den mysteriösen Fremden aufmerksam gemacht. Die sanfte Wärme von oben sorgte zusammen mit der üppigen Vegetation in den großen Pflanzkübeln für eine leichte, sinnliche Schwüle.

Alles zusammen bewirkte, dass Eve erregt war. Ziemlich

überhitzt sogar. Ein Blick auf den verführerischen Fremden hatte ein dunkles, ungekanntes Verlangen in ihr entfacht, und das setzte ihr ganz schön zu. Seit sie den Gadara Tower betreten hatte, empfand sie eine seltsame Unruhe, als hätte sie zu viel Kaffee getrunken. Und da sie nicht zu Nervosität neigte, fühlte sie sich schlicht nicht wie sie selbst. Sie wollte dringend nach Hause und ein heißes Bad nehmen.

Eves Hände zuckten und umfassten ihr Lederportfolio fester. Sie waren verschwitzt und glitschig. In der Mappe steckten zwölf ihrer besten Zeichnungen; sie waren der Grund, weshalb Eve hier war. Raguel Gadara wollte sein Immobilienimperium vergrößern, und Eve gehörte zu den wenigen Innenarchitektinnen, die er als Bewerber ausgewählt hatte. In der Präsentation steckte Eves Herzblut, und sie war sicher gewesen, dass sie das Gebäude mit dem Auftrag in der Tasche verlassen würde. Stattdessen hatte sie zwanzig Minuten lang am Empfang gewartet, bevor man ihr sagte, dass Mr. Gadara den Termin verschieben müsse. Eve verstand die Botschaft: *Ich habe die Macht und bestimme, du nicht.*

Da blühte Gadara noch eine heftige Lektion von Eve Hollis: *Sie* hatte die Macht, einen Auftrag *anzunehmen* oder nicht, und sie würde ganz sicher nicht für einen Mann arbeiten, der gern Machtspielchen veranstaltete. Er hatte es sich soeben mit der allerbesten Innenarchitektin des Landes verscherzt.

Zu sagen, sie wäre furchtbar enttäuscht, wäre maßlos untertrieben. Sie hatte sich mit vollem Elan auf die Chance gestürzt, Gadara als Kunden zu gewinnen. Seit Wochen schon war sie deshalb ganz aus dem Häuschen und voller

Erwartung – wie eine Achterbahn direkt vor dem Steilhang, bereit loszurasen. Und jetzt fühlte sie sich, als wäre ihr Wagen gähnend langsam zum Eingang zurückgerollt.

Die Aufzüge zur Tiefgarage lagen vor ihr, und Eve ging schneller. Dann bemerkte sie eine grau gestrichene Tür mit der Aufschrift »Treppenhaus«.

Etwas trieb sie in die Richtung, als wäre sie nur Beifahrerin in ihrem eigenen Körper, der von jemand anderem gelenkt wurde.

Ihre Hand hatte die Türklinke kaum berührt, da war der mysteriöse Mann direkt hinter ihr, seine Brust an ihrem Rücken, und schob sie in das stickige Treppenhaus. Drinnen wurde sie grob umgedreht und an die zufallende Tür gedrückt, sodass sie eingesperrt waren. Ihr kostbares Portfolio fiel auf den Estrichboden und war sofort vergessen.

»Oh!« Ihr Herz stotterte und wechselte den Takt von Furcht zu purem Verlangen. Sie bog den Kopf nach hinten, als der Mann an ihrem schmalen Hals leckte und saugte, seinen viel größeren Körper über ihren gebeugt. Der würzige Duft seiner Haut berauschte ihre Sinne und wirkte auf sie wie ein sehr starkes Aphrodisiakum. Ihre Hände glitten unter sein Jackett und streichelten seinen straffen Rücken. Er war heiß, ja, seine Haut brannte förmlich. Und er presste sich so dicht an sie, dass ihr der Schweiß ausbrach.

Seine linke Hand umfing ihre Brust durch Seide und Spitze, drückte und knetete die schmerzlich geschwollene Rundung. Mit der rechten Hand packte er den Saum ihres Bleistiftrocks und riss ihn nach oben. Ein lautes Ratschen verriet, dass der Schlitz nachgegeben hatte.

»Langsam«, flehte sie, obwohl sie mit jeder Sekunde erregter wurde. »I-ich mache solche … Sachen eigentlich nicht.«

Er ignorierte sie, umfasste ihren Oberschenkel und zog sie dichter an sich. Eve spürte seine Erektion groß und hart an ihrem Bauch und erschauerte. Es war lange her, dass sie Sex gehabt hatte. Zu lange. Sie war ausgehungert, und als er zwischen ihre Beine fasste, musste er spüren, wie bereit sie war.

»Verführerin«, raunte er. Seine Stimme klang aggressiv. Er zerfetzte ihren Tanga und ließ die Stoffstücke auf den Boden fallen. Dann wich er gerade lange genug zurück, um sein Jackett abzustreifen. »Mach meinen Reißverschluss auf.«

Es war ein Befehl.

Linkisch öffnete Eve seinen Gürtel. Seine starken Finger rieben zwischen ihren Beinen, glitten durch die Feuchtigkeit dort. Die Hand an ihrer Brust war sanfter, und sein Daumen strich über ihren aufgerichteten Nippel. Eve wimmerte und spreizte die Beine weiter. Sie konnte nichts gegen ihre Lust tun.

Dann fiel ihr ein monotones Brummen auf. Ein rascher Blick nach oben bestätigte ihren Verdacht: Eine Sicherheitskamera war auf sie gerichtet, und das rote Blinklicht unter der runden Linse verriet, dass sie lief.

Eve wurde feuerrot vor Scham und fragte sich, wie sie mit ihrem knielangen Rock, der sich an ihrer Taille bauschte, aussehen mochte. Vermutlich wie eine Schlampe.

Was war denn nur in sie gefahren? So etwas hatte sie noch nie zuvor getan.

Aber sie fühlte sich wunderbar, trotz ihrer Verblüffung. Der Mann, der sie an Alec Cain erinnerte, setzte genau die richtigen Reaktionen in ihr in Gang. Jene, die ihre innere Moralpolizei außer Gefecht setzten.

»Beeil dich«, knurrte er.

Seine raue Stimme ließ Eve zusammenzucken, und sie widmete sich wieder ihrer Aufgabe. Irgendwie gelang es ihr, seinen Gürtel aufzuziehen und ihm die Hose zu öffnen. Für einen Moment hing der Bund noch lose an seinen Hüften, ehe er nach unten an die Knöchel rutschte. Als Eve sein Hemd nach oben zog, stellte sie fest, dass er keine Unterwäsche trug. Er war groß und bereit.

»O Gott«, hauchte sie, und vor lauter Vorfreude und Lust zogen sich ihre Schoßmuskeln zusammen.

»Ja«, raunte der Mann, bevor er die Hände hinten an ihre Schenkel legte und Eve mühelos hochhob. »Er weiß Bescheid.«

»Kondom?«, japste sie.

Er sah sie an. Sein Blick war dunkel und intensiv, voller mysteriöser Geheimnisse und gefährlichem Verlangen. Vor Gier und Angst musste Eve keuchen.

»Schhh«, befahl er und streifte ihre Lippen mit seinen. Sie spürte, wie sich die Muskeln an seinem Hintern und seinen Oberschenkeln anspannten.

Dann stieß er tief in sie hinein.

Vor Schmerz und Erregung schrie sie auf. Er ließ ihr keine Zeit nachzudenken, sich zu rühren oder zu wehren. Stattdessen verfiel er sofort in einen harten, hämmernden Rhythmus und brachte sie direkt zum Höhepunkt. Eve wand sich schluchzend vor Wonne und erbebte in seinen Armen. Doch er machte weiter, stieß in sie hinein, streichelte sie und katapultierte sie gleich in den nächsten heftigen Orgasmus. Und danach in den dritten.

»Aufhören«, bettelte sie und stemmte sich schwächlich gegen seine Schultern. »Ich kann nicht mehr!«

Er hielt sie mit einem Arm unter ihrem Hintern und zerrte an ihrer Bluse, dass die kleinen Perlmuttknöpfe über den Boden und die Stufen hinunterflogen. Der Mann entblößte ihre Schulter und beobachtete, wie sie kam und sich ihr Körper unter dem Orgasmus nach vorn wölbte wie ein stramm gespannter Bogen. Dann hob er die linke Hand, in deren Innenfläche ein kompliziertes Tattoo erschien. Es begann zu leuchten und nahm das hellrote Glühen eines Brandeisens an.

»Trage das Kainsmal«, knurrte er, presste seine Hand auf Eves Oberarm und versengte ihre Haut. Eves Schreie erstickte er mit seinem Kuss, während er weiter in sie hineinstieß.

Eve bohrte die Finger in seinen Rücken. Die Kombination von intensivstem Wohlgefühl und Schmerz überreizte ihre Sinne, sodass sie Dinge sah, die nicht sein konnten.

Ihr Liebhaber schien sich zu verändern, von innen zu leuchten, und seine Kleidung fiel von ihm ab, um einen muskulösen Leib und goldene Haut zu enthüllen. Seine dunklen Augen bekamen einen Bernsteinton, als er den Kopf in den Nacken warf und brüllte. Sein Hals spannte sich an, während er kam – tief in ihr.

Es war ein Albtraum und ein feuchter Traum zugleich, und Eve wurde in Empfindungen gestürzt, die ihr den Verstand raubten. Riesige gefiederte Flügel breiteten sich auf dem Rücken des Fremden aus und umfingen Eve.

Danach war nichts als Dunkelheit.

3

»Miss Hollis? Miss Hollis, können Sie mich hören?«

Eves Lider öffneten sich flatternd.

»Miss Hollis?«

Eve tat alles weh, und obwohl ihr heiß war, bibberte sie vor Kälte, als hätte sie eine Grippe.

In Wellen wurde ihr bewusst, wo sie war. Die Männerstimme rief ihren Namen, ein Dutzend Gesichter starrten auf sie herab, über ihnen das Glasdach des Gadara Tower.

Sie schoss hoch und knallte mit dem Kopf gegen das Kinn eines Gaffers. Fluchend torkelte der Mann zurück, aber Eves ganze Aufmerksamkeit galt ihrer Kleidung. Während sie den makellos gebügelten Rock betrachtete, der ihr bis über die Knie reichte, wanderten ihre Finger über die Reihe winziger weißer Knöpfe an ihrer hellblauen Bluse.

»Was ist passiert?«, fragte sie. Ihre Stimme klang kratzig, als hätte sie geschrien.

»Das wissen wir nicht genau.«

Eve wandte den Kopf und begegnete den blauen Augen eines uniformierten Sanitäters. Ihr Blick fiel auf sein Namensschild. *Woodbridge.*

»Haben Sie heute schon etwas gegessen?«, fragte er sie und stützte ihren Rücken mit seinem kräftigen Arm.

Sie überlegte und nickte. »Joghurt und Kaffee morgens.«

Woodbridge lächelte. »Es ist zwei Uhr nachmittags. Das ist ziemlich lange, nur mit ein bisschen Joghurt im Magen. Ich schätze, Ihr Blutzucker ist im Keller, sodass Ihnen schwindlig wurde und Sie in Ohnmacht gefallen sind.«

Zwei Sicherheitsleute von Gadara drängten die Menge zurück, und mithilfe des Sanitäters stand Eve auf. Sie schwankte kurz, wurde von starken Händen gehalten, und dann glitten Finger durch ihr langes schwarzes Haar, die behutsam ihren Kopf abtasteten. »Tut es irgendwo weh?«

Überall, aber das meinte er sicher nicht. »Nein.«

»Ich kann keine Beule fühlen, aber ich würde Sie vorsichtshalber gern mit in die Klinik nehmen.«

»Klar.« Sie hielt sich an ihm fest, da sich alles um sie drehte.

Als Samenflüssigkeit an ihrem Innenschenkel hinunterrann, merkte Eve, wie ihr sämtliche Farbe aus dem Gesicht wich. Ihr wurde noch schwindliger und schlecht.

»Nein, ich habe es mir anders überlegt«, flüsterte sie mit ausgetrockneten Lippen und hob die rechte Hand an ihren linken Oberarm. Dort war eine schmerzhafte Schwellung unter dem Blusenärmel. »Ich möchte nach Hause.«

Eve starrte auf ihren Computerbildschirm. Vibrierende Panik wallte in ihr auf.

Das Kainsmal. Jenes Mal, mit dem Gott Kain gegen jeden Schaden gefeit machte, während er über die Erde wanderte; es war die Strafe dafür, dass er seinen Bruder Abel getötet hatte.

Sie war von einem religiösen Eiferer halb totgevögelt worden.

Das allein war schon schaurig genug. Aber noch viel beängstigender war, wie vertraut ihr das Zeichen war. Sie hatte es schon mal gesehen, es mit den Fingern und den Lippen nachgemalt und den Mann, der es trug, ob dieses Zeichens erst recht für einen Rebell gehalten. Alec Cains Tattoo hatte sie zu einer sündhaften Nacht verleitet, die ihr bis heute nicht aus dem Kopf gehen wollte.

Sie rollte ihren Stuhl zurück, stand auf und verließ ihr Arbeitszimmer. Jeder Schritt in Richtung Küche erinnerte sie an die hitzige Begegnung im Treppenhaus. Ihre empfindliche Scham machte es unmöglich zu vergessen, wie sich der mysteriöse Fremde in ihr bewegt hatte.

Sie atmete zittrig aus, wie sie überhaupt am ganzen Leib zitterte.

Welche Erklärung gab es für das Vergnügen, das sie nicht empfinden wollte? Für das Brandzeichen an ihrem Arm? Für ihre völlig intakte Kleidung? Und die Flügel … Mein Gott, der Mann hatte sie in weiche, weiße Flügel gehüllt!

»Ich verliere den Verstand.«

Nachdem sie geduscht hatte, betrachtete sie das Brandzeichen, eine knapp vier Zentimeter breite Triquetra, umringt von einem Kreis aus drei Schlangen, die sich gegenseitig in den Schwanz bissen. Anders als bei richtigen Verbrennungen, waren die Details des Mals deutlich zu erkennen. Vielleicht hätte Eve das Zeichen sogar hübsch und exotisch gefunden, hätte sie es denn tatsächlich an sich gewollt. Jetzt verhüllte sie es mit einer dicken Schicht Silvadene-Brandsalbe und einem Verband.

Es klingelte an der Tür, und Eve lief ins Wohnzimmer. Dort griff sie in die Schublade des Wandtischs und holte ihren Revolver heraus. Ruhig öffnete sie den gefütterten

Behälter. Sie war Single und lebte allein in einer Großstadt; da war es nur vernünftig, eine registrierte Waffe zu besitzen. Und weil Eve nichts von halben Sachen hielt, war sie Mitglied im örtlichen Waffenclub und übte oft Schießen.

»Evangeline?«

Die Stimme erkannte sie auf Anhieb. Es war ihre Nachbarin, Mrs. Basso. Eve atmete erleichtert auf und wunderte sich, dass sie vor etwas so Harmlosem wie einem Besucher Angst bekommen hatte. Sie packte die Waffe wieder weg.

Als sie die Tür aufzog, wartete ihre Nachbarin bereits mit sorgenvoller Miene und einer Tupperschale. Mrs. Basso hatte ihre üblichen klobigen Stiefel an, Jeans, eine weiße Bluse und eine Sweatshirt-Weste. Ihr Ensemble war in verschiedenen Blautönen gehalten, und Perlen zierten ihre Ohren, ihren Hals und das Handgelenk. In jungen Jahren war Mrs. Basso eine echte Schönheit gewesen. Heute besaß sie eine stattliche Eleganz, die einzig durch leicht vorgekrümmte Schultern getrübt wurde.

»Alles okay mit Ihnen?«, fragte sie. »Sie sehen müde aus.«

»Mir geht es gut«, log Eve.

Mrs. Basso gehörte Basso's Ristorante and Grill, ein beliebtes italienisches Restaurant. Ihr Mann und sie hatten es früher gemeinsam geführt, doch nachdem Mr. Basso vor einem Jahr gestorben war, hatte sie das Restaurant verpachtet. Auf die Weise hatte sie ein verlässliches Einkommen, ohne viel arbeiten zu müssen. Da sie allein lebte, sah Eve mehrmals pro Woche nach ihr, und wenn sie einkaufen ging, fragte sie Mrs. Basso vorher immer, ob sie etwas brauchte. Im Gegenzug behandelte ihre Nachbarin sie wie ein heiß geliebtes Enkelkind.

»Sie müssen mal Ihre Schilddrüse untersuchen lassen«, sagte Mrs. Basso.

Eve lächelte. »Okay.«

Mrs. Basso hielt ihr die Schüssel hin. »Ich habe Hühnersuppe mit Nudeln gekocht. Ganz viel Knoblauch und ein bisschen Basilikum. Sie müssen das alles aufessen.«

»Das wäre doch nicht nötig gewesen«, sagte Eve.

»Und es wäre auch nicht nötig, dass Sie dauernd nach mir sehen«, konterte ihre Nachbarin. »Trotzdem tun wir beide das.«

Eve nahm die Schale an. »Kommen Sie rein und essen mit mir.«

Doch Mrs. Basso schüttelte den Kopf. »Danke, aber gleich wird *Buffy – im Bann der Dämonen* wiederholt, eine meiner Lieblingsserien.«

»Welche Staffel?«

»Die sechste.«

»Ah, die, in der Buffy und Spike endlich zusammenkommen.«

Mrs. Basso errötete. »Dieser Spike ist ein toller Mann. Essen Sie die Suppe auf, haben Sie gehört?«

Eve lachte. »Natürlich. Vielen Dank.«

»Das ist ja wohl das Mindeste, was ich tun kann, so nett, wie Sie immer zu mir sind«, winkte sie ab, drehte sich um und hielt inne. »Nächste Woche kommt ein neuer Film mit Hugh Jackman raus. Das ist auch toller Mann!«

»Abgemacht, wir gehen rein.«

Mrs. Basso zwinkerte und ging zurück in ihre Wohnung.

Eine ganze Weile blickte Eve ihr nach und klammerte sich an das Gefühl von Normalität. Leider verschwand es in dem Moment, in dem sie ihre Tür wieder schloss. Nun blieb ihr wieder nur das Pochen in ihrem Arm und zwischen den Beinen sowie der dringende Wunsch zu erfahren, was zum Teufel überhaupt mit ihr passiert war.

Sie holte sich einen Löffel aus der Küche, setzte sich auf ihr cremeweißes Sofa und schaltete den Fernseher ein, um ebenfalls *Buffy* zu sehen. Ein Ex-Freund hatte sie während der dritten Staffel zu der Serie bekehrt. Sie war das Einzige, woran sich Eve aus der Beziehung noch erinnerte, und das war schon mehr, als sie von den vielen kurzen Romanzen behaupten konnte, auf die sie sich nach Alec Cain eingelassen hatte. Doch wenn sie ehrlich war, hatte sie mit ihm eigentlich keine Beziehung geführt. Sie war einfach nur gevögelt worden, sonst nichts.

Als sich Buffy und Spike gegenseitig grün und blau prügelten, spürte Eve, wie sich ihre Schultern und Arme geradezu schmerzhaft anspannten. Wilde, aggressive Energie pulsierte in ihr, Schweißperlen traten auf ihre Oberlippe, und ihre Sicht verschwamm.

Wieder klingelte es an der Tür, und Eve sprang auf wie ein geölter Blitz. »Ich habe alles ratzekahl aufgegessen!«, rief sie, während sie auf die Tür zulief. Bei dem Gedanken, dass sich Mrs. Basso vergewissern wollte, ob Eve auch brav gewesen war, musste sie grinsen.

»Angel.«

Eve erstarrte.

»Mach die Tür auf.«

Sie holte wieder ihre Waffe heraus und glitt mit einer Hand in die Tasche, um den Knauf zu umfassen. Dann schlich sie zur Tür, streckte sich auf die Zehenspitzen und sah durch den Spion.

Im ersten Moment konnte sie nicht glauben, was – *wen* – sie sah.

»Komm schon, Angel«, sagte er. Diesen Kosenamen benutzte sonst niemand für sie. Evangeline. Eve. *Angel.* »Lass mich rein.«

Selbst verzerrt durch das gewölbte Glas war Alec Cain atemberaubend. Ihr wurde der Mund wässrig, wie Eve verdrossen feststellte.

Leider ähnelte er auch sehr dem Mann, der heute über sie hergefallen war. Ihre Alarmglocken schrillten wie verrückt. Vorhin hatte Eve nicht auf sie gehört, und man sah ja, was es ihr eingebracht hatte.

Stumm wich Eve von der Tür zurück.

»Angel«, sagte er leiser, und seine Stimme war so klar, dass Eve glaubte, er müsste mit der Stirn an der Tür lehnen. »Ich weiß, was heute passiert ist. Du solltest jetzt nicht allein sein. Lass mich rein.«

Alecs Stimme. Sie nach all den Jahren so nahe zu hören, versetzte Eve einen Stich. Sie war wie dunkle Schokolade: dekadent und sündig. Sie hatte Eve einst verführt, ihre Unschuld herzugeben, und das in einem Akt, der für die meisten Frauen schmerzlich war, für sie hingegen der Gipfel des Hochgenusses. In jener Nacht hatte sie sich bis über beide Ohren verliebt. Sie hätte alles für ihn getan, wäre ihm überallhin gefolgt. *Alles*, wenn sie nur zusammen sein könnten.

Blöd. Naiv.

Kopfschüttelnd wich Eve weiter zurück. Tränen strömten ihr über die Wangen. Ihre Arme hielt sie ruhig und gerade vorgestreckt, sodass der Waffenlauf direkt auf die Tür gerichtet war. Es wunderte sie nicht, dass er wusste, was heute gewesen war. Alec wusste immer über alles Bescheid. Von Anfang an hatte er eine unheimliche Art gehabt, stets zu wissen, was sie dachte oder fühlte. Und sie war ziemlich sicher, dass er deshalb so fantastisch im Bett war. Noch ehe sie begriff, was sie wollte, gab er es ihr.

»Eve, hör mir zu. Du darfst jetzt nicht allein sein. Du bist nicht sicher.«

Nein, du bist nicht sicher, dachte sie.

»Ich bin deine beste Chance«, erwiderte er, als hätte er ihre Gedanken gelesen.

Nein, geh weg! Sie konnte es nicht laut sagen, weil ihre Kehle wie zugeschnürt war.

»Das werde ich nicht, Angel. Ich komme rein. Geh weiter zurück.«

»I-ich erschieße dich!«

Eve spürte, wie er innehielt.

Dann explodierte die Tür in einem Meer aus Holzsplittern und verbogenen Riegeln. Drei Sicherheitsbolzenschlösser von der Sorte, der nicht mal Kugeln etwas anhaben konnten.

Eve zitterte heftig, hielt jedoch ihre Waffe fest nach vorn gerichtet.

Lässig kam er in ihre Wohnung, und seine Stiefel donnerten mit den Stahlkappen laut auf dem Parkett.

Alec Cain war große und finstere Vollkommenheit. Er war von Kopf bis Fuß in Schwarz gehüllt – von seinem engen T-Shirt bis zur Lederhose. Seine pechschwarzen Locken waren ein wenig zu lang, sodass sie hinten tief in seinen Nacken und vorn bis zu seinen Brauen hingen. Seine vollen Lippen waren verkniffen vor Anspannung, und die braunen Augen glühten. Diese Intensität hatte Absurdes mit Eve angestellt, als sie eine wilde Achtzehnjährige gewesen war. Und offenbar tat sie es heute noch.

In den letzten zehn Jahren war Alec überhaupt nicht gealtert.

»Ich sagte, du sollst verschwinden, Alec.«

Er warf seine Lederjacke und den Helm auf ihr Sofa, während er auf sie zukam. »Willst du mich echt erschießen, wenn ich es nicht tue?«

»Wenn du nicht umkehrst und aus meiner Wohnung verschwindest, ja.«

Alec könnte stocksteif dastehen und wäre schlichtweg atemberaubend; aber er bewegte sich, was es um ein Vielfaches schlimmer machte. Er besaß eine fesselnde, raubtierhafte Geschmeidigkeit, angesichts der sich eine Frau unweigerlich fragte, ob er die auch im Bett zeigen würde. Eve wusste, dass er es tat. Für Alec war Sex eine Kunstform, und er beherrschte sie.

»Ich werde nicht gehen, Angel.«

Eves Nasenflügel bebten. Dann drückte sie den Abzug.

4

Das Klicken des Bolzens nahm sich in dem stillen Zimmer ohrenbetäubend laut aus. Wäre eine Kugel in der Kammer gewesen, hätte Alec nun ein dampfendes Loch in der Brust.

»Du kannst mich nicht verletzen«, sagte er ruhig.

»Unterschätz mich nicht. Ich bewahre meine Waffe immer mit einer leeren Kammer im Anschlag auf. Du wirst nicht mehr so munter sein, wenn ich erst mal die Trommel auf dich abgefeuert habe.« Sie nickte in Richtung Tür. »Hau ab, solange du noch in einem Stück bist.«

Ihr Zuhause schien ihr nicht mehr zu gehören, so sehr nahm Alec den ganzen Raum ein. Seine dunkle Kleidung stach unangenehm von den sanften Champagner-Tönen ab, in denen sie ihr Wohnzimmer eingerichtet hatte. Das Schicksal hatte sich allerdings einen schlechten Scherz erlaubt, indem es dafür gesorgt hatte, dass Eve und Alec farblich aufeinander abgestimmt waren: Sie trug ein schwarzes Trägershirt und schwarze Shorts, ihr übliches Outfit für zu Hause.

»Kann ich nicht.« Er wandte ihr den Rücken zu und schob die Wohnungstür zu, wo sich die Riegelenden nun in die klaffenden Löcher des Rahmens fügten. Immerhin hakte er die dünne Kette ein, die einzige Sicherheitsvorkehrung, die Eve normalerweise nicht benutzte, weil sie lächerlich war. Dann zog er den Holzstuhl vom Wandtisch und klemmte ihn unter den nun lose baumelnden Türknauf.

Er sperrte sie zusammen ein.

»Dieses Mal an deinem Arm wird bald Schräges mit dir anstellen.«

Das tat das verdammte Ding schon. Es pochte und brannte ziemlich übel. »Was ist das?«

»Ein Segen und ein Fluch.« Alec kam näher, völlig ungerührt von der Waffe in ihrer Hand. »Es ist eine Strafe, eine Art Buße.«

»Zum Henker damit! Ich bin Agnostikerin, und du hast nicht alle Nadeln an der Tanne! Spar dir deinen Quark, und raus aus meiner Wohnung!«

»Du wirst krank werden und brauchst jemanden hier.«

»Ja, und das wirst ganz sicher nicht du sein. Ich rufe jemanden an, dem ich vertraue. Jemanden, auf den *Verlass* ist.«

Äußerlich war ihm nichts anzumerken, aber sie war sicher, dass der Treffer gesessen hatte.

»Das wird dir nichts nützen, Eve, erst recht nicht, wenn es ein weiblicher Jemand ist. Es sei denn, du bist für beide Seiten offen, was ich bezweifeln möchte. Du magst Männer zu sehr.«

»Nein, ich mag nur *Teile* von Männern.«

»Du mochtest *alles* an mir.«

»Ich war ein unterbelichteter Teenager«, schnaubte sie. »Aber ich habe meine Lektion gleich beim ersten Mal gelernt.« Sein provozierendes Lächeln ließ ihr den Atem stocken, und auf einmal wurde ihr klar, was er gesagt hatte. »Warte mal. Reden wir hier über *Sex*?«

Eves Augen wurden spürbar größer und wanderten zu seinem Schritt. Der Mann strotzte vor Kraft und Selbstbewusstsein. Alles an seiner muskulösen Gestalt war straff vor Anspannung und Erregung. Und auf einmal verlieh Eve ihre Wut neue Kraft, sodass sie endlich aufhörte zu zittern.

»Kommt nicht infrage, Alec. Du bist bescheuert zu glauben, dass ich mich wieder von dir anfassen lasse. Such dir eine andere, die du quälen kannst. Mir reicht es mit der Angst.«

Seine kantigen Züge wurden sichtlich weicher. »Angel …«

»Hör auf mit diesem ›Angel‹-Quatsch! Ich bin nicht dein Engel. Ich bin dein Gar-nichts!«

»Du bist alles. Deshalb bin ich gegangen.«

»Halt die Klappe!« Feuer pulsierte in ihren Adern und machte ihr das Denken schwer.

Alec sah sie an. »Das Fieber setzt ein. Deine Wangen sind rot, und du schwitzt. Du musst dich hinlegen.«

»Ja, das könnte dir so passen, was? Mich entwaffnen und in die Waagerechte bringen.«

»Wenn ich flachgelegt werden wollte, warum sollte ich mir ausgerechnet eine Frau aussuchen, die eine Riesenwut auf mich hat? So verzweifelt bin ich wahrlich noch nicht.«

Dass er nur mit dem Finger zu schnippen bräuchte und jede haben könnte, erheiterte Eve nicht unbedingt. Eigentlich sollte sie beruhigt sein, dass sie nicht als Einzige hinter ihm her war; stattdessen machte es sie eifersüchtig und mürrisch.

»Wenn du weißt, was passiert ist, ist dir sicher auch klar, dass der Kerl aussah wie du«, sagte sie bissig. Allerdings erkannte sie jetzt, da er vor ihr stand, durchaus die Unterschiede. Niemand sah so aus wie Alec, obwohl der geflügelte Mann schrecklich nahe dran gewesen war.

Doch das war jetzt egal. Eve wollte einfach nur Alec aus ihrer Wohnung haben. Sie war ihm einfach nicht gewachsen. Nicht heute. Ach was, *nie*! Nie wieder. Selbst nach so vielen Jahren trieb er sie immer noch in den Wahnsinn.

Schweiß rann ihr die Schläfe hinunter, und Eve wischte ihn gereizt weg. »Der heutige Nachmittag hat mir Typen wie dich gründlich versalzen. Ja, ich überlege ernsthaft, mich insgesamt von Männern zu verabschieden.«

»Tu das nicht«, sagte er angespannt, und die Muskeln in seinen Armen zuckten. »Mir fällt es sowieso schon schwer genug, mich zusammenzunehmen. Und ich würde ihn mir schnappen, wärst du nicht im Begriff, extrem krank zu werden. Du brauchst mich hier, dringend.«

Ihr Lachen klang schroff und gar nicht amüsiert. »Dich brauche ich ganz sicher nicht in meinem Leben, erst recht nicht jetzt!«

Alec rieb sich den Nacken. Diese Pose brachte seinen Bizeps sehr gut zur Geltung, und es nervte Eve, dass sie ihn immer noch so verflucht anziehend fand.

»Es tut mir leid, Angel.«

Irgendwie gelang es ihm, diese Worte unglaublich bedauernd klingen zu lassen. Dennoch kaufte sie es ihm nicht ab. Er war einer von den Typen, die nie lange an einem Ort blieben und überall gebrochene Herzen zurückließen. Das erste Mal war sie zu jung gewesen, um es zu begreifen. Jetzt gab es keine Ausrede mehr.

Schweiß sammelte sich zwischen ihren Brüsten und rann hinunter zu ihrem Bauch. Eve rieb mit ihrem Trägershirt darüber. »Ich hatte einen richtig mistigen Tag, Alec.

Und ich muss morgen früh zum Arzt. Wenn du jetzt gehen und nicht wiederkommen würdest, wäre ich dir echt dankbar. Ich würde dir vielleicht sogar verzeihen, dass du wahnsinnig bist. Irgendwann.«

Plötzlich überkam sie eine Hitzewallung, von der ihr schwindlig wurde. Das Zimmer drehte sich. Eve begann zu schwanken und heftig zu zittern. Sofort fing Alec sie auf und hockte sich mit ihr in den Armen auf den Boden. Dann nahm er ihr die Waffe ab und legte sie vorsichtig neben sich.

»Alec ...« Der vertraute Duft seiner Haut berauschte ihre ohnehin schon verwirrten Sinne.

»Ich bin hier, Angel«, sagte er und umfing sie fester.

Sie klammerte sich an seinen Arm und ertastete sein erhabenes Mal mit den Fingerspitzen. Als sie den Kopf leicht drehte, konnte sie es sehen. Der Dreifachknoten und die Schlangen glichen ihren, nur dass bei Alecs Zeichen ein weiteres Bild in der Mitte war: ein offenes Auge. Zudem sah es dieses Mal wie ein Tattoo aus, während ihres definitiv eingebrannt war.

»Gütiger Himmel«, keuchte sie, als sie merkte, wie sie das Bewusstsein verlor. »Was ist los?«

Er strich ihr das Haar aus dem Gesicht. Eves Haut kribbelte, wo er sie berührte, und sie bekam eine Gänsehaut. Die Art, wie er sie ansah, jagte ihr Fieber noch höher. Es ging doch nichts über das Gefühl, mit primitivem Verlangen begehrt zu werden. Wenn es eines gab, woran sie nie gezweifelt hatte, dann daran, dass Alec sie wie verrückt wollte.

»Du hast dich meinetwegen zu ihm hingezogen gefühlt, stimmt's?« Seine Lippen waren über ihren, sodass sich ihrer beider Atem vermengte und eins wurde – beinahe so intim wie Sex.

Sie musste nicht antworten, denn er wusste ja Bescheid. Das tat er immer.

Sein Daumen glitt über ihren Wangenknochen, und er beugte sich tiefer, um sie zu küssen, doch Eve drehte den Kopf zur Seite.

»Zum Teufel mit dir«, hauchte sie und grub die Fingernägel in seine Haut.

»Wir sind beide verdammt.« Er zog sie weiter auf seinen Schoß und drückte ihr erhitztes Gesicht in seine Halsbeuge, wo der Duft seiner Haut besonders intensiv war.

Gegen ihren Willen schmiegte sich Eve an ihn, sodass sich ihr Schweiß auf ihn übertrug. Am liebsten wäre sie in ihn hineingekrochen, um zu sehen, wie er tickte. Ihre Zunge schnellte hervor und kostete ihn. Alec erschauerte und drückte sie fester an sich. Die Wunde an Eves Arm war von ihm abgewandt, und sie fühlte, wie seine Finger federleicht über den Verband glitten.

Ihre Stimme war nur noch ein Flüstern. »Ich habe nichts verbrochen.«

»Nein, Angel, das hast du nicht.« Er presste seine Lippen auf ihre klamme Stirn.

»Und warum bin ich dann verdammt?«

Er atmete langsam aus. »Meinetwegen. Weil ich dir nicht widerstehen konnte.«

Eve öffnete den Mund, um etwas zu erwidern, doch sie war viel zu erschöpft und sank in tiefe Dunkelheit.

5

Das tiefe Röhren einer Harley lenkte Eves Blick zum Parkplatz der Eisdiele, in der sie nach der Schule jobbte. Es war fünf Uhr nachmittags, und der Tag neigte sich dem Ende zu. Der Horizont hatte die Farbe von Mandarine mit einem Hauch Burgunderrot.

Eve ging zur Ecke des Tresens, um die Heritage Softail anzusehen, die vor dem Circle-K-Markt nebenan stand. Sie war eine Schönheit aus schwarzem Lack und Chrom mit passenden Satteltaschen und einem sichtlich gut genutzten Sattel.

»Was würde ich für so ein Bike geben«, flüsterte sie, »für die Freiheit der Straße.«

Nicht dass sie mit ihrem Leben unzufrieden war. Es war nur so … normal.

Seufzend sah sie über die Schulter zur Uhr und betete stumm, die Zeiger mögen sich schneller bewegen. Um sechs war ihre Schicht vorbei. Um Viertel nach sieben fing das letzte Footballspiel der Saison an. Zwar war Eves Highschool direkt gegenüber, doch das Spielfeld lag einige Meilen entfernt.

»Hey, gehen wir nach dem Spiel noch zu Chads Party?«

Achselzuckend drehte Eve sich zu ihrer Freundin Janice um. »Weiß nicht. Kommt drauf an, ob Robert hingeht oder nicht.«

Janice schüttelte den Kopf und wischte weiter die Abstellflächen hinterm Tresen ab. Dabei wippte ihr blonder Pferdeschwanz hin und her. »Du kannst ihm nicht ewig aus dem Weg gehen.«

»Ja, sicher, und mir ist klar, dass er aufhört, Mist über mich zu verbreiten, sobald er erst eine Neue gefunden hat. Aber bis dahin halte ich mich lieber fern von ihm.«

Eve bückte sich und klappte die Schranktüren unter der Vitrine auf, um den Glasreiniger und eine Rolle Küchenpapier herauszuholen.

»Er ist ein Arsch«, murmelte Janice. »Sei bloß froh, dass du nicht mit ihm geschlafen hast.«

Eve richtete sich wieder auf. »Ja, bin ich auch.«

Sie warf einen letzten sehnsüchtigen Blick auf die Harley und erstarrte. Der Besitzer stopfte eine Papiertüte in eine der Satteltaschen, schwang ein Bein über den Sattel und setzte sich.

Wow!

Er war groß, dunkel und gefährlich. Seine langen Beine und der stramme Hintern steckten in einer weiten Jeans, und das weiße Muscle-Shirt brachte die kräftigen Oberarme bestens zur Geltung. Er hatte ein kantiges Kinn und strenge, aber sinnliche Lippen. Die zarten Falten neben seinen Mundwinkeln betonten sein umwerfendes Aussehen nur.

Ohne zu ahnen, dass er fasziniert beobachtet wurde, drehte er den Zündschlüssel und ließ den Motor an, einen schwarzen Lederstiefel fest auf dem Asphalt, um die Maschine nach hinten zu stemmen. Bei dem Gedanken, dass er gleich fort wäre, fröstelte Eve.

Und dann drehte er sich um und sah sie.

Eve fühlte genau, wann er bemerkte, dass sie ihn anglotzte, denn er wurde stockstarr und sichtlich angespannt. Die Hand auf seinem Schenkel wanderte nach oben und schob die Sonnenbrille hoch. Dabei verfing sich eine etwas zu lange tiefschwarze Locke in dem Brillenrahmen und wurde mit nach oben gezogen.

Ihre Blicke begegneten sich, und ein Knistern purer Elektrizität überbrückte den Raum zwischen ihnen. Eve erschauerte, und die Flasche mit dem Glasreiniger rutschte ihr aus den tauben Fingern. Polternd landete der Kunststoffbehälter auf dem Linoleum.

»Wow!«, sprach Janice aus, was Eve dachte. »Der muss berühmt sein.«

Eve hielt weiter Augenkontakt, weil sie gar nicht anders konnte. »Wieso?«

»Weil kein normaler Typ so verflucht scharf ist.« Janice atmete pustend aus. »Hey!«

Sie schnippte mit den Fingern vor Eves Gesicht.

»Hä?«

»Hör auf zu gaffen! Du bringst ihn noch auf blöde Ideen.«

»Vielleicht will ich das ja.«

Janice riss Eve herum und betrachtete sie mit strengen grünen Augen. »Evie, nein! Erstens spielt der Typ in einer ganz anderen Liga als du. Zweitens ist er zu alt für dich. Und drittens schreit alles an dem nach Ärger.«

Das Motorbrummen draußen verstummte, und Eve blickte sich um. Er stand neben seinem Bike – und beobachtete sie.

»Hör zu, Eve. Du hast immer Pech mit Jungs, noch schlimmer als ich, und das will einiges heißen. Aber dieser Kerl – so scharf er auch sein mag – bedeutet ernste Schwierigkeiten. Sieh ihn dir doch an! Männer, die so aussehen«, Janice schnaubte, »da sehe ich sofort Teenager-Schwangerschaft und Sozialhilfe vor mir.«

Die sah Eve nicht, wenn sie ihn anschaute. Sie wusste nicht, was es war, aber etwas in ihr wurde magisch von ihm angezogen wie von einem unsichtbaren Band. Und es drängte sie, zu ihm zu gehen.

Hi, *sagte sie stumm und versuchte zu lächeln, was ihr misslang. Es gab nichts, worüber sie lächeln könnte.*

Seine Züge spannten sich an, seine Hand ballte sich zur Faust, und sein Blick brannte beinahe auf ihr. Kein Mann hatte Eve je so intensiv angesehen, als gebe es auf der Welt nichts außer ihr.

Sie biss sich auf die Unterlippe und wünschte, er würde näher kommen. Rede mit mir. Komm schon.

Daraufhin schüttelte er kaum merklich den Kopf und riss seine Sonnenbrille wieder nach unten. Als er zurück auf sein Bike stieg und den Motor erneut anließ, beachtete er sie nicht. Aber sie wusste, dass er ihren Blick noch spürte.

Ohne noch einmal in ihre Richtung zu sehen, fuhr er weg.

Das unerklärlich bedrückende Verlustgefühl begleitete Eve noch über Tage.

Ein nasser Lappen, der über ihre Haut wischte, brachte Eve halbwegs zu sich. Vom sirrenden Deckenventilator blies ein kühler Luftstrom über ihren fiebrigen Leib. Ihre Zunge fühlte sich geschwollen an, und sie hob eine Hand an ihre ausgetrocknete Kehle. Als ihr Unterarm ihre Brust streifte, stellte sie fest, dass sie nackt war. Sie stöhnte, denn sie hasste es, sich hilflos zu fühlen.

»Warte.« Ein kräftiger Arm schob sich unter ihre Schultern und hob sie ein wenig an, bis der Rand eines Glases ihren Mund berührte. Dankbar öffnete Eve ihn, und eiskaltes Wasser floss in ihren leeren Magen, worauf sie fröstelte. Ihr war äußerlich glühend heiß, innerlich aber eiskalt.

Als sie den unverkennbaren würzigen Duft einatmete, flüsterte sie heiser: »Alec?«

»Wie er leibt und lebt.« Er hockte auf der Bettkante, seine Hüfte an ihre gedrückt, und stützte sie.

»I-ich will nicht, dass du mich siehst … so. Geh weg.«

Er drückte einen Kuss auf ihre Stirn und ließ sich langsam mit ihr auf das Kissen hinunter. Sein seidiges Haar streifte ihre überempfindliche Haut, und Wohlgefühl durchströmte sie. Es war eine vertraute, herbeigesehnte Wonne. Obwohl sie ihn eben erst zum Gehen aufforderte, tauchte sie nun eine Hand in sein dichtes Haar, vergrub die Finger tief in seinen schimmernden Locken und hielt seinen Kopf fest, damit er ihr nahe blieb.

»Ich fühle mich beschissen«, murmelte sie.

»Ich weiß, und es tut mir leid, Angel. Frauen erwischt die Wandlung immer besonders hart.«

»Was … was für eine Wandlung?«

»Schhh.« Er wischte ihr wieder die Stirn mit dem nassen Waschlappen ab. »Schlaf jetzt. Ich kümmere mich um dich.«

Ihre Nippel pochten, als würden sie von Zangen zusammengekniffen. Unwillkürlich griff sie hin und bedeckte sie mit ihren Händen. Eine große warme Hand umfing ihre und zog sie weg. Mit achtzehn war ihr Busen noch kleiner gewesen, nicht einmal eine Handvoll. Jetzt war sie viel kurviger, was Alec zu gefallen schien, falls sein rhythmisches Kneten an ihrem Busen als Indiz gelten konnte. Sie wimmerte vor Erleichterung, weil seine Berührung wirklich guttat.

Derweil strich sie mit den Fingern über seine Seite und fühlte heiße, glatte Haut über straffen Muskeln. Vor ihrem geistigen Auge blitzte ein Bild von Alec mit nacktem Oberkörper auf, gefolgt von aufregenden Erinnerungen an das letzte Mal, dass er sie so intim berührt hatte.

Ihr war hundeelend, und trotzdem verlangte ihr Körper nach ihm. Wie konnte sie in dieser Verfassung so spitz sein? »Alec … Was passiert mit mir?«

»Du wirst wie ich.«

»O Gott.« Das Brandmal an ihrem Arm wurde schmerzhaft heiß, und sie wimmerte. »Erschieß mich jetzt.«

»Nur noch wenige Tage, Angel. Du bist stark, und du wirst sogar noch stärker sein, wenn du das hier durchgestanden hast.«

»Wenige Tage? Wie lange bin ich denn …«

»Seit drei Tagen.«

Drei Tage?

Und er war immer noch hier.

Sie kämpfte darum, wach zu bleiben, verlor den Kampf aber und driftete wieder ab in die Dunkelheit.

In dem Moment, in dem Eve aus der Eisdiele auf den Hinterhof trat, wusste sie, dass er dort war. Seufzend schloss sie die Augen, straffte die Schultern und verriegelte die Tür.

»Was willst du, Robert?«, fragte sie genervt. Bröckchen von altem Asphalt knirschten unter ihren Vans. »Es war ein langer Tag, und ich will nur noch nach Hause.«

Ihr Ex saß mit überkreuzten Armen und Beinen auf der Motorhaube seines weißen 67er Mustangs. Er galt als der beliebteste Junge an der Loara High, und es war offensichtlich, warum: kalifornisch blond, blaue Augen und ein toller

Körper, der von morgendlichem Surfen in Huntington Beach und nachmittäglichem Football-Training gestählt war. Doch sein Aussehen hatte nicht gereicht, um sie zur Aufgabe ihrer Jungfräulichkeit zu bewegen.

Mit achtzehn war sie das älteste Mädchen in ihrem Umfeld, das noch keinen Sex gehabt hatte. Manchmal wurde der Druck enorm, doch meistens fiel es ihr nicht schwer, auf mehr als eine schnelle, schmerzhafte Nummer auf der Rückbank irgendeines Wagens zu warten.

»Ich dachte, du willst vielleicht eine Mitfahrgelegenheit zu Jasons Party«, sagte er mit einem schiefen Lächeln.

Eve schüttelte den Kopf. »Danke, aber mir ist heute Abend nicht danach.«

Vor allem wollte Eve dringend ihre Uniform aus grellroten Shorts und einem weißen Poloshirt, auf dessen Brust »Henry's Ice Cream« prangte, loswerden. Und anschließend wollte sie sich die neueste Folge von 90210 in Jogginghose und Schlabbershirt gönnen.

»Ich habe eine Kühltasche und ein bisschen Gras im Wagen«, lockte er sie. »Wir können die Party schwänzen und zu den Gleisen fahren.«

»Lass es gut sein«, sagte sie und wollte losgehen. »Ich mach's nicht mit dir, okay? Du hast mit mir Schluss gemacht und jedem erzählt, dass ich schlecht im Bett bin. Jetzt denkt jeder, ich würde wahllos herumvögeln. Wir sind fertig.«

Robert sprang von der Kühlerhaube und stellte sich Eve in den Weg. »Komm schon, Evie. Ich weiß, dass du Angst hast, aber ich sorge dafür, dass es gut für dich wird. Die anderen fangen schon an, dich kalt zu nennen. Dein Ruf als heißer Feger leidet, Baby.«

»Meinetwegen. Was interessiert mich das?«

Er senkte die Stimme zu einem verführerischen Raunen und rieb an Eves Armen auf und ab. »Ein paar Bier und ein Joint, dann bist du völlig entspannt, wenn es losgeht. Du willst doch nicht ewig Jungfrau bleiben, oder?«

Sie öffnete den Mund, um dankend abzulehnen.

»Wer hat gesagt, dass sie noch Jungfrau ist?«

Eve erbebte beim Klang der tiefen, raspelnden Stimme. Sie wusste, dass er es war – der Biker.

»Wer zum Geier bist du denn?«, fragte Robert und schob Eve zur Seite.

Das plötzliche Aufleuchten des Harley-Scheinwerfers verriet seine Position. »Wollen wir dann los, Angel?«

Der Spitzname erschreckte sie, und sie zögerte. Dann marschierten ihre Beine einfach von allein vorwärts, und ehe Eve sich's versah, hielt sie einen Helm in den Händen. Rasch zog sie ihn auf, und ihr Körper reagierte sofort auf den exotischen maskulinen Duft im Helminnern: Ihre Nippel wurden fest, und ihre Atmung veränderte sich.

Sie wollte ihn, wie sie noch nie etwas oder jemanden gewollt hatte. Sämtliche Pubertätshormone spielten verrückt. Sie hatte schon heftige Fummeleien erlebt, die sie nicht halb so heiß gemacht hatten, und dabei hatte sie ihn bisher nur gerochen!

»Das ist doch Scheiße, Eve«, schimpfte Robert. »Wir sind Monate zusammen gewesen. Du schuldest mir was!«

Eve zeigte ihm einen Vogel, stieg hinten auf die Harley und legte die Arme um die Mitte des mysteriösen Fremden. Er roch würzig, exotisch und köstlich. Unweigerlich presste Eve ihre Nase gegen seinen Rücken und inhalierte seinen Duft. Und sie konnte der Versuchung nicht widerstehen, mit den Fingerspitzen über sein Sixpack zu streichen. Aus ihren Fingern jagte *ein Kribbeln ihre Arme hinauf und in die Brüste, die merklich anschwollen.*

Er gab ihr einen Klaps auf die Finger.

»Festhalten«, knurrte er.

Die Maschine röhrte los, und sie brauste in die Nacht.

Eve schrak aus dem Schlaf auf.

Brennendes Verlangen pochte in ihr. Sie wand sich gequält, warf den Kopf hin und her, und ihre Brüste fühlten sich geschwollen an, wollten dringend berührt werden.

Das Aroma von Lavendel und Vanille erfüllte ihre Sinne, und die Wirklichkeit krachte mit einer Wucht auf sie ein, dass es Eve den Atem raubte.

Ihr Weichspüler! Sie drehte den Kopf zur Seite und schnupperte. Saubere Bettwäsche.

Sie war zu Hause. Allein. Es war alles ein Traum gewesen.

»Alec?« Sie warf die Arme und Beine nach oben und ließ sie zurück aufs Laken fallen. Ihr war so heiß, dass sie glaubte, jeden Moment zu platzen.

Ihre Nippel waren hart und schmerzten, sie war feucht zwischen den Schenkeln, und das Brandzeichen an ihrem Arm glühte pulsierend.

»Alec!«, rief sie wieder; leider klang sie wie ein schwächlich maunzendes Kätzchen. Ihr Mund fühlte sich an, als wäre er voller Watte. Ihr Körper kochte vor Verlangen, und in ihrer Not spreizte sie die Beine und stieß ihre Hand in die feuchten Locken zwischen ihren Schenkeln. Nie zuvor war sie so erregt gewesen; der Drang nach Sex war stärker als der zu atmen. Mit der anderen Hand umfing sie eine pralle Brust, drückte sie und betete um Erlösung von dieser sinnlichen Qual und verfluchten Hitze. Ihr war, als würde sie innerlich schmelzen.

Zwischen ihren keuchenden Atemzügen vernahm sie das Tapsen nackter Füße auf ihrem Parkettboden. Der ruhige, sichere Schritt war vertraut und wohltuend.

Näher. Näher.

Die Schritte verstummten abrupt an der offenen Schlafzimmertür.

»Alec.« Sie öffnete ihre Schamlippen mit den Fingern, sodass der sanfte Wind des Ventilators das Brennen dort linderte.

»O Gott«, flüsterte er halb stöhnend. »Erbarme dich.«

Eve bewegte sich unruhig auf dem kühlen Satinlaken. War es das violette? Oder war Alec womöglich sentimental gewesen und hatte das weiße ausgesucht? So gern sie auch hinsehen würde, fehlte ihr die Kraft, die schweren Lider zu heben.

»Alec.« Sie schob zwei Finger in sich hinein, doch die konnten die Leere nicht ausfüllen. Sie war verzweifelt. »Was passiert mit mir?«

Es war eher geschluchzt als gesprochen, und kochende Tränen rannen ihr aus den Augenwinkeln. Sie hatte keinerlei Gewalt mehr über ihren Körper, in dem die Lust wie eine fremde Macht wütete und nach Freiheit verlangte.

Alec. Sie wollte Alec. Und nach zehn Jahren ungestillter Leidenschaft war ihre Lust nicht bereit, auch nur einen Moment länger zu warten.

Zischend atmete er zwischen zusammengebissenen Zähnen aus. Eve hörte ihn kommen, dann sank die Matratze unter seinem Gewicht ein und sein heißer, offener Mund presste sich auf ihre Wade. »Ich wusste, was die Wandlung mit dir anstellt.«

Als seine Zunge durch ihre Kniekehle fuhr, nahm sie die Hand von ihrer Brust und vergrub sie in seinem Haar.

Er knabberte an ihrem Innenschenkel, und sie schrie tonlos auf vor Schreck. »Aber ich habe nicht geahnt, was sie mit *mir* anrichtet.«

Er griff nach dem Handgelenk zwischen ihren Beinen und zog es zurück. Eve stöhnte laut, als er ihre Finger ableckte und der raue Klang männlicher Zufriedenheit ertönte. Warme, feuchte Hitze umhüllte sie bis zu den Fingerknöcheln, und Alec saugte an ihr, bis nichts mehr zu kosten da war.

»Verdammt.« Er stürzte sich auf ihren pochenden Schritt und bedeckte ihn mit seinem Mund. Eve zuckte heftig zusammen. Ihre Sinne waren völlig überfordert damit, ihn zu fühlen und zu riechen. Ihr Herz raste und wurde noch schneller, als er leise Knurrlaute von sich gab, während er seine Zunge sehr schnell bewegte. Eve zog die Knie an, stemmte die Fersen in die Matratze und hob ihre Hüften. Alec raunte tadelnd und drückte sie mit seinen großen Händen zurück nach unten. »Halt still.«

Mit den Fingern spreizte er ihre Schamlippen, tauchte seine Lippen zwischen sie, und sein Haar strich über die empfindliche Haut innen an ihren Schenkeln.

Sie wollte sich aufbäumen, doch er war zu stark und sie zu schwach. *»Bitte …«*

Alec neigte den Kopf und stieß mit der Zunge zwischen die krampfenden Muskeln. Die Reibung beruhigt und reizte das empfindliche Gewebe dort gleichzeitig. Eve summte leise. Zwar füllte seine Zunge sie nicht ansatzweise so sehr aus, wie sie es brauchte, dennoch war es wundervoll. Rein und raus. Fest und schnell. Sein Stöhnen wurde animalisch, ursprünglich und grob, als wartete er schon viel zu lange darauf, sie so zu nehmen. Als hätte es ihm gefehlt.

»Nicht genug«, hauchte sie, wand sich wieder und wollte sich ihm entgegenbiegen. Sie verlor den Verstand. »Es ist nicht *genug!*«

Alec saugte sanft an ihr und ließ seine Zunge verwegen flattern.

Ihr Orgasmus brach über sie herein, ihre Beine zitterten, und Eve schrie. Die Erlösung war von solcher Intensität, dass es ihr den Atem verschlug. Jedes Follikel, jedes Nervenende in ihr kribbelte vor beinahe schmerzlichem Wohlgefühl. Alec schloss die Lippen, drückte ihr einen sanften Kuss auf und öffnete den Mund wieder. Nun leckte er sie in einem ruhigen, zärtlichen Rhythmus.

Eve griff nach seinen Schultern und ertastete weiche Baumwolle. Unglücklich zerrte sie an dem Stoff. »Nackt.«

Alec stützte sich auf, und die Matratze federte unter seinen stürmischen Bewegungen, bis er über ihr war. Nackte Haut auf nackter Haut. Mit einer Hand fing er ihre Handgelenke ein und zog sie behutsam über ihren Kopf.

Endlich fand sie die Kraft, ihre brennenden Augen zu öffnen. Schwarzes Haar fiel um sein gerötetes Gesicht. Seine braune Iris war fast vollständig von den geweiteten Pupillen verdeckt, in denen sich brodelndes Verlangen spiegelte.

Er lehnte seine Wange an ihre. »Hasse mich nicht für das, was mit dir geschieht.«

Mit dem Knie spreizte er ihre Beine und drang in sie

ein. Sein ganzer Leib erzitterte. »Angel … Du verbrennst mich.«

Er war so lang und hart, geschaffen, eine Frau zu erfreuen. Eve wusste, dass er sie vollkommen ausfüllen würde, sie sich um ihn herum dehnen würde. Es wäre unglaublich und würde regelrecht süchtig machen.

»Tiefer«, bettelte sie und bog ihre Hüften nach oben.

In dem Moment, in dem er ganz in ihr war, schwand der Schmerz, und es blieb nur noch berauschendes Wohlgefühl.

Heiser murmelte er etwas Lobendes, zog Eve dichter an sich und fing an, sich in ihr zu wiegen.

Sie schluchzte, als ihr Fieber noch höher stieg, ihr Schweiß aus sämtlichen Poren tropfte und ihr Haar, das Bett und Alec durchnässte.

Seine kräftigen Schenkel wölbten sich an ihren, während er sie weiter nach unten drückte und gekonnt ritt: langsam, mit geschmeidigem Hüftschwung. Sie beobachtete ihn, wie er sie ansah, während er in sie hineinstieß. Seine Bauchmuskeln spannten und lockerten sich mit jedem Stoß, und Eve entging nicht, wie seine Augen aufloderten, als sie unter ihm seinen Namen wimmerte.

Alec besaß ein verblüffendes Stehvermögen. Er kam mit zusammengebissenen Zähnen und tiefem Stöhnen, doch er erschlaffte nie richtig. Eves hohes Seufzen, als sie kam, machte ihn sofort wieder hart. Sie fühlte, wie er in ihr anschwoll, als er sich weiterwiegte, bereit für mehr.

Damit konnte kein anderer konkurrieren. Er hatte sie von Anfang an für alle Männer verdorben. Keiner berührte sie so wie er. Keiner sah sie an wie er, studierte jede Nuance ihrer Reaktion und passte ihr seine Bewegungen an, damit sie immer wieder kam. Keiner hatte diese verführerisch tiefe Stimme, die sie antrieb, indem sie ihr zuflüsterte, wie gut sie sich für ihn anfühlte, wie sehr sie ihm gefiel, wie er es liebte, in ihr zu sein.

Stundenlang hatten sie Sex, verschmolzen miteinander, während sich Alec in diesem trägen, sinnlichen Rhythmus bewegte, der ihr sagte: *Fühlst du das? Fühlst du mich? Ich bin in dir.*

Mit dem Sonnenuntergang wurde es dunkel im Zimmer.

So krank, wie Eve war, hätte sie es eigentlich nicht aushalten dürfen, doch mit jedem Moment, der verstrich, wurde sie stärker. Das dumpf pochende Brennen in ihrem Arm pumpte eine wilde, reizbare Energie durch ihre Adern, bis sie alle Hemmungen abwarf. Sie zerkratzte Alec den Rücken, biss ihm in den Hals, trommelte mit den Fersen auf seinem Hintern, um ihn anzutreiben.

Mit trotziger Entschlossenheit durchbrach Eve Alecs eiserne Selbstbeherrschung, packte ihn bei der Gurgel, bei den Eiern und brachte seine Welt ins Wanken. Während sie ihn erbarmungslos verwöhnte, hallten seine kehligen Schreie durchs Zimmer.

»Willst du etwa wieder gehen?«, fragte sie heiser und klammerte sich mit der neuen Kraft, die sich in ihr auftat, an seinen schweißnassen Leib. »Willst du Energie sammeln für künftige Erinnerungen?«

Raunend schleckte er ihre Wange ab. »Nein, ich hole verlorene Zeit nach. Für die künftigen täglichen Rationen bist du zuständig.«

»Träum weiter.« Sie biss ihm ins Ohrläppchen, woraufhin er einen Fluch ausstieß. »Genieße es, solange es dauert.«

Er hob den Kopf und sah sie mit glühenden Augen an,

deren Anblick ihr Schauer über den Rücken jagte. Eine Hand auf die Matratze gestützt, stieß er kraftvoll in sie hinein. Eve war so sehr auf den nahenden Orgasmus konzentriert, dass sie die Gefahr erst erkannte, als es zu spät war.

Alec hob seine freie Hand, sodass sie das weiß glühende Auge in der Mitte seiner Handfläche sah.

»Oh, Mist, nein!« Sie hieb gegen seine Schultern.

»Nimm mich wie ein Siegel auf dein Herz und wie ein Siegel auf deinen Arm …«

Er packte ihren verbrannten Deltamuskel und brandmarkte sie aufs Neue.

Fluchend verpasste Eve ihm einen Kinnhaken.

6

Eve runzelte die Stirn, als die Harley in ihre Straße bog und mehrere Häuser vor ihrem anhielt. Ihr Dad dürfte inzwischen auf der Couch dösen, ihre Mutter oben im Schlafzimmer einen Schmachtfetzen lesen, und ihre kleine Schwester würde sicher an ihrem eigenen Telefon quatschen, anstatt zu schlafen. Das war ihr Zuhause, und sie liebte es, aber jetzt gerade wollte sie nicht da hin. Der Gedanke, von dem Mann vor ihr getrennt zu werden, versetzte sie in Panik.

»Müssen wir direkt hierherkommen?«, fragte sie und bereute, dass sie ihm ehrlich geantwortet hatte, als er sie nach ihrer Adresse fragte.

Während er den Motor abstellte, faltete sie die Hände vor seinem Bauch, damit sie nahe an ihm blieb. Er war so warm, so fest, so groß. Ganz anders als die Jungen, mit denen sie zur Schule ging.

Sanft löste er ihre Hände. »Ja, es ist besser für dich, Angel.«

»Können wir nicht irgendwo anders hinfahren? Es ist doch noch früh.«

»Nein.«

»Warum nicht? Warum bist du heute Abend gekommen, wenn du nicht mit mir rumhängen willst?«

Sie merkte, dass er seufzte. »Ich ›hänge nicht rum‹, und selbst wenn, könnte ich es nicht mit dir.«

»Liegt es an meinem Alter?« Gott, sie war es so leid, wie ein Kind behandelt zu werden!

»Unter anderem.«

Er drehte leicht den Kopf, und selbst im schwachen Schein der Straßenlaternen raubte ihr der Anblick seines Profils den Atem. Sie bekam Herzklopfen, und ihr Atem ging schnell und flach. Seine Hüften waren zwischen ihren gespreizten Schenkeln, ihre Brüste an seinen Rücken gepresst. Sie wusste, dass er etwas von derselben Anziehung spüren musste wie sie, denn sonst hätte er heute Abend nicht auf sie gewartet.

Aber sie wollte es sich beweisen; deshalb wiegte sie ihren Oberkörper so hin und her, dass ihre aufgerichteten Nippel über seinen Rücken strichen.

Sie hörte, wie er die Zähne zusammenbiss. »Steig von dem Bike.«

Sein Tonfall duldete keinen Widerspruch, also stieg sie schmollend ab. »Wie heißt du?«

Es trat eine längere Pause ein, während der er sie mit diesem heißen, intensiven Blick anstarrte. Schließlich antwortete er: »Alec Cain.«

Eve nickte und rückte ihren Taschenriemen höher. »Vielen Dank fürs Fahren, Alec.«

Sie machte sich auf den Weg zu ihrem Haus, und wenig später sprang der Harley-Motor an. Obwohl der Drang, sich umzudrehen, beinahe überwältigend war, siegte Eves Stolz.

Sie wusste, wenn er ihre Nähe auch nur ähnlich intensiv empfand, würde er wiederkommen.

Eve stützte sich mit der rechten Hand gegen die Kacheln und neigte den Kopf unter den Duschstrahl.

Sieben Tage. Sieben Tage ihres Lebens hatte sie verloren.

Ihr war bewusst, dass in dieser relativ kurzen Zeit etwas Drastisches mit ihr vorgegangen war. Das Brandmal auf ihrem linken Arm war vollständig verheilt und sah inzwischen aus wie ein Tribal-Tattoo. Genau wie Alecs. Nach fast einer Woche ohne Essen und mit sehr wenig Flüssigkeit müsste sie sich eigentlich schwach und dehydriert fühlen, aber nichts davon war eingetreten. Vielmehr war sie völlig energiegeladen, tippte einen schnellen Takt mit ihrem Fuß auf dem Steinboden der Dusche und konnte die rastlose Energie in sich kaum bändigen.

Sie stellte die Dusche ab, schnappte sich das frische Handtuch und trocknete sich hastig ab, bevor sie ihr nasses Haar in einen Turban wickelte und aus dem Bad tapste.

Unmöglich konnte sie den nackten Mann ignorieren, der bäuchlings auf ihrem Bett ausgebreitet lag. Alec hatte die weißen Laken gewählt, was in Eves Bauch einen Schmetterlingsschwarm freigesetzt hatte. Mit diesen Bezügen wirkte ihr Bett wie eine Wolke. Und dass er so dunkel mittendrin lag, ließ ihn wie einen gefallenen Engel aussehen.

Nie würde sie die Nacht vergessen, in der sie ihre Unschuld verloren hatte. Er hatte unter ihr gelegen wie ein feuchter Traum auf weißen Laken und sie mit heiserer Stimme angefeuert.

Seufzend ließ sie den Blick von seinem Gesicht über den muskulösen Rücken bis hinunter zu den Grübchen über seinem perfekten Hintern wandern.

»Erbarme dich«, wiederholte sie seine Worte von letzter Nacht.

Eve riss den Blick los und sah sich im Zimmer um, wobei ihr die Waschlappen auf ihrem Mahagoni-Nachtschrank auffielen. Sie versuchte sich vorzustellen, wie die letzte Woche für ihn gewesen sein musste, wie intim, während er für sie sorgte. Der Mann, dem sie kein bisschen trauen konnte, hatte sich in ihren schlimmsten Stunden als der verlässlichste erwiesen. Was sollte das?

Und dann wurde ihr alles klar. Alec wusste haargenau, was vor einer Woche mit ihr passiert war, und dann hatte er letzte Nacht genau dasselbe mit ihr gemacht. Seinetwegen und wegen des mysteriösen Flügelmanns war sie jetzt verändert, und das körperlich, mental und überhaupt in jeder Hinsicht. Sie fühlte die Wandlung in sich wie ein Narkosemittel, das durch ihre Adern floss.

Entschlossen machte sie kehrt, schnappte sich ihren kurzen Seidenmorgenmantel von dem Haken an ihrer Schlafzimmertür und verließ das Zimmer. Sie ging in die Küche, weil sie dringend etwas essen und trinken musste, um sich für das ernste Gespräch zu wappnen, das sie mit Alec führen musste.

Alec beobachtete Evangeline Hollis, als sie den Schulparkplatz überquerte und in Richtung des Circle-K-Supermarkts ging. Er sog alles von ihr in sich auf: die langen, schmalen Beine, die zarten, aber hübschen Kurven, die goldene Kalifornien-Bräune und das lange schwarze Seidenhaar. Sie war mit drei anderen Mädchen zusammen, passte aber nicht recht in die Gruppe. Und das nicht, weil sie Asiatin war, sondern weil sie über den anderen stand. Jeder köstliche Millimeter ihres Körpers strotzte von sexuellen Versprechen und einem Selbstbewusstsein, das er bewunderte.

Manchmal verfluchte er, dass er an jenem Tag eine Flasche Wasser in dem Supermarkt hatte kaufen wollen, in dem er sie zum ersten Mal gesehen hatte. Wäre er weitergefahren, hätte er sich gar nicht erst in diese Lage gebracht. Aber er wusste, dass Schicksal und Zufall nur für Sterbliche existierten. Alles geschah nach einem göttlichen Plan, und irgendwie gehörte dieser Engel in seinen. Was Pech für sie war.

Um sie zu schützen, hatte Alec dem Drang widerstanden, sie kennenzulernen, und war über die Interstate 5 nach San Diego geflohen. Noch eine Stadt in einer endlosen Reihe von Städten, die er in seinem Nomadenleben passierte. Seine Maschine röhrte an Nummer 1313 Harbor Boulevard vorbei: Disneyland – der glücklichste Ort auf Erden.

Dann begriff er den Grund, aus dem es ihn zu ihr zog.

Als sie mit ihren schimmernd roten Lippen »Hi« formte, hatte er die ersten Andeutungen einer Verbundenheit gefühlt. Es war so lange her, seit er so etwas zuletzt gespürt hatte, dass er beinahe vergessen hatte, wie es war.

Warum sie?, *hatte er sich verzweifelt gefragt.* Sie ist so jung. Zu jung. *Jahrhunderte jünger als er.*

Aber Alec kannte die Antwort. Sie war seine verbotene Frucht, die ihn mit dem verführen sollte, was er niemals haben durfte. Eine Kostprobe, und Eve wäre sein, doch der Preis, den sie dafür zahlte, würde sie beide zerstören.

Und dennoch, obwohl er um die Folgen wusste, bog er vom Freeway ab und kehrte zu ihr zurück. Und jetzt, zwei Wochen später, beobachtete er sie aus dem Schatten eines hohen Baums und verzehrte sich danach, sie unter sich zu spüren.

Sie nur einmal zu kosten. Er war völlig ausgehungert.

Ihm wollte nicht aus dem Kopf, wie sich ihre Brüste an seinen Rücken schmiegten, ihre neugierigen Fingerspitzen über seinen Bauch glitten, wie ihre Stimme klang, als sie fragte: Können wir nicht irgendwo anders hinfahren?

Ja, *hätte er am liebsten geantwortet.* Lass uns wegfahren und nie wiederkommen.

Versuchung. Die am häufigsten eingesetzte Prüfung Gottes.

Aber bei dieser würde Alec nicht durchfallen. Er würde heute fortgehen, und wenn es ihn umbrachte. Er war gekommen, um sie ein letztes Mal zu sehen, und dann würde er verschwinden und Kraft aus der Tatsache ziehen, dass er zugunsten ihrer Bedürfnisse seinen eigenen entsagt hatte.

Alec wollte sich wegdrehen, auf seine Harley steigen und sie zurücklassen, als Eve an der Ecke stehen blieb und den Kopf in seine Richtung wandte. Er erstarrte, wartete und fragte sich, ob sie ihn sah.

Da zog sie eine Braue hoch und blickte ihn direkt an. Spöttisch warf sie ihm einen Luftkuss zu, zeigte ihm den Stinkefinger und schlenderte weg.

Sieh dir an, was du verpasst, *sagte ihre Geste.*

Sie provozierte ihn, lockte ihn, weil sie nicht ahnte, dass er um ihretwillen Angst hatte, nicht um seiner selbst willen. Sie würde den Preis für sein Vergehen zahlen. Seine Strafe bestünde in dem Wissen, dass er der Grund für ihre war.

Er biss die Zähne so fest zusammen, dass sie knirschten.

Schließlich setzte er seine Sonnenbrille wieder auf, ging zu seinem Bike und fuhr los.

Alec blieb an der Schwelle zwischen Wohnzimmer und Flur stehen und betrachtete Eves Rücken. Sie trug einen blutroten, knielangen Seidenkimono. Ihr schwarzes Haar fiel ihr halb über den Rücken, und die dicken Strähnen bewegten sich in der salzigen Brise, die durch die offene Balkontür hereinwehte.

Sie sah entspannt aus, wie sie mit der Hüfte an der Glasschiebetür lehnte, einen dampfenden Becher Kaffee in den Händen, und aufs Meer blickte. Doch Alec wusste, dass ihre Sinne hellwach waren, ihr Gehör empfindlicher und ihr Geruchssinn übermenschlich genau. Hatte sie erst ihre volle Stärke erreicht, würden ihre Geschwindigkeit und Ausdauer Olympia-Sportler vor Neid weinen lassen … falls sie sich jemals langsam genug bewegte, um sie sehen zu können. Sie war jetzt eine Jägerin, ein Raubtier.

Alec zurrte das Handtuch fester um seine Hüften, durchquerte den großen Raum und bewunderte, was sie aus sich gemacht hatte. Sie hatte einen blitzblanken neuen Chrysler 300 unten in der Garage und wohnte so nahe am Strand, dass ihr Balkon über dem Sand hing.

Natürlich würde sie ihn dafür hassen, dass er ihr vollkommenes Leben ruinierte.

»Guten Morgen, Angel.«

Eve drehte sich zu ihm. Trotz stundenlangem Sex sah sie kein bisschen erschöpft aus. Ihre dunklen Mandelaugen mit den dichten schwarzen Wimpern waren klar und leuchtend. Jetzt würde sie verblüffend schnell heilen. Zumindest äußerlich. Was das Innere betraf …

Er fuhr sich mit der Hand durch sein feuchtes Haar. Würde sie es verstehen, wenn er es ihr erklärte? Und selbst wenn, würde es etwas an der Tatsache ändern, dass er der Grund war, weshalb ihr dies hier passierte?

Mit einer Hand signalisierte sie ihm, nicht näher zu kommen. »Was bin ich jetzt?«

»Du bist eine Gezeichnete.« Er sprach ruhig, obwohl er

sich alles andere als ruhig fühlte. »Du bist stärker, schneller …«

»Besser, stärker, schneller?« Ihr Lachen klang schroff. »Bin ich eine bescheuerte Bionic Woman? Was zum Teufel war das für ein Fieber?«

Alec verschränkte die Arme vor der nackten Brust und beschloss, ihr nichts vorzumachen. Es war ihr gutes Recht, wütend und verwirrt zu sein. »Strafe. Die Sexualität der Frauen wird schon gegen sie verwendet, seit meine Mom von der verbotenen Frucht aß. Was denkst du, warum Gebären so schmerzhaft ist?«

»Bist du irre? Was hat denn Gebären mit mir zu tun?« Sie schnitt mit der Hand durch die Luft. »Nein, sag es mir lieber nicht. Erklär mir einfach, wofür ich bestraft werde.«

»Dafür, dass du mich in Versuchung geführt hast.«

»Ich habe dich seit zehn Jahren nicht mehr gesehen! Du hast deinen Spaß gehabt und bist dann verschwunden.«

Eve konnte noch nie etwas vor ihm verbergen. Sie war verletzt, und Alec wurde die Kehle so eng, dass er ganz heiser klang. »Ich liebe dich.«

Ein Schauer durchfuhr sie, und sie hielt sich am Türrahmen fest. »Du kannst mich mal.«

»Evangeline.«

»Fahr zur Hölle.«

»Mein Job ist es, Dämonen dahin zurückzuschicken. Und jetzt ist es auch deiner.«

»Du bist ja wahnsinnig. Du brauchst Hilfe.« Sie nickte zur Tür. »Da draußen gibt es haufenweise Seelenklempner. Geh und such dir einen. Du darfst sogar die Gelben Seiten mitnehmen. Um der alten Zeiten willen.«

»Hat er dir seine Flügel gezeigt, Angel?« Alec trat näher

zu ihr. »Hat er sie weit ausgebreitet, um dich einzuschüchtern?«

Die Fingerknöchel am Türrahmen wurden weiß, genau wie die Ränder ihrer Lippen.

»Ich wette, er hat aus dem Brandmarken eine richtige Show gemacht, stimmt's? Was hat er gesagt?« Seine Stimme wurde tiefer. »›Trage das Kainsmal!‹«

Der Kaffeebecher fiel ihr aus der Hand und zerschepperte auf dem Parkett, sodass der Kaffee herumspritzte. Eves Knie knickten ein, und Alec sprang nach vorn, um sie abzufangen.

Er trug sie zum Sofa und setzte sich mit ihr auf dem Schoß hin. Sein Kinn auf ihren Kopf gelehnt, wiegte er sie und ließ sich von ihrer Umarmung trösten, während er sie mit seiner tröstete.

»Und was ist damit, dass du mich verführt hast?«, warf sie ihm vor. Ihr Atem wehte über seinen Hals. »Wie sollte ich dir widerstehen? Ein Mädchen in meinem Alter … ein Typ wie du …«

Ein leises Schluchzen entfuhr ihr. Alec tauchte die Hand in ihr Haar und hielt sie fest an sich gedrückt.

Jene Nacht verfolgte ihn. Er hatte eine Suite gemietet, so viele schöne, duftende Blumen gekauft, wie der Florist zu bieten gehabt hatte, und den Raum mit unzähligen Kerzen erleuchtet. Dann hatte er ihr die Unschuld auf weißen, mit Rosenblüten bestreuten Satinlaken genommen.

»Ich konnte nichts anderes tun«, sagte er leise.

»Du wusstest, dass du nicht bleiben würdest, bevor du mich verführt hast.«

Seine Lippen waren oben auf ihren Kopf gepresst. »Ich habe versucht, dir Leid zu ersparen, indem ich fortgegangen bin. Ich hatte gehofft, dass du so immer noch die Zukunft haben könntest, die du gehabt hättest, wären wir uns nie begegnet.«

Eve entwand sich ihm und stemmte sich mit solcher Kraft von ihm weg, dass sie vom Sofa fiel. »Du bist ein Arschloch.« Sie kniete sich hin und ohrfeigte ihn.

Alec biss die Zähne zusammen und hielt ihr die andere Wange hin.

Fluchend rappelte sich Eve auf. Ihr Kimono war vorn auseinandergefallen. Alec erhob sich mit ihr und wickelte das Handtuch fester um seinen Leib, während er ihr direkt ins Gesicht sah.

»Mir Leid ersparen!«, wiederholte sie wütend. »Das ist eine selten lahme Ausrede, Alec. Lass dir was Besseres einfallen.«

»Was soll ich denn sagen?«

Knurrend strich sie sich mit beiden Händen durchs Haar. »Etwas, das einen Sinn ergibt, das ernst gemeint und glaubwürdig ist.«

»Es tut mir leid, Angel.«

Eve hielt inne und starrte ihn entgeistert an. »Das ist alles? Es tut dir leid?«

»Wäre es besser, wenn ich sage, dass ich es wieder tun würde?«

Sie wandte das Gesicht ab. »Mach das nicht.«

»Was?«

»Mich so ansehen.«

»Du liebst mich.« Alec lächelte verbittert.

Sie standen wenige Schritte voneinander entfernt und sahen sich an.

»Ich zerstöre ja ungern deinen Traum, aber in meinem

Leben gibt es Wichtigeres als dich«, erwiderte sie. »Du bist entbehrlich.«

»Genau genommen bin ich das nicht, aber dazu kommen wir später. Zunächst einmal darfst du nicht ignorieren, was letzte Nacht passiert ist.«

»Es bedeutet nicht, was du meinst, dass es bedeutet.« Sie ging an ihm vorbei zur Küche.

Er folgte ihr. »Es bedeutet, dass wir in ernsten Schwierigkeiten stecken. Und es bedeutet außerdem, dass es um ein Vielfaches komplizierter geworden ist, dich aus diesem Schlamassel zu befreien.«

Sie holte zwei Becher aus einem Küchenschrank und wechselte das Thema. »Möchtest du mir den geflügelten Mann erklären?«

»Ja, Bruder, *möchtest du mich erklären?«*

Eve drehte sich zu der Stimme um, die sie niemals vergessen würde. Er kam vom Balkon herein, als gehörte ihm hier alles: der Mann, der sie in dem Treppenhaus bewusstlos gevögelt hatte. Sein Lächeln war sinnlich und ein bisschen grausam, und es ließ Eve erschaudern – nicht nur vor Angst.

Alec fauchte und schoss mit Furcht erregender Geschwindigkeit durchs Zimmer, um seinen Bruder brutal zu Boden zu werfen. Die nun folgende Rangelei hatte nichts mit brüderlichem Balgen zu tun. Es war ein Kampf auf Leben und Tod, und die Geräusche und Bilder richteten etwas Seltsames mit Eve an. Ihr Mal brannte, ihr Puls raste. Der Geruch von Blut rief eine körperliche Reaktion bei ihr hervor, die sie nur mit Blutdurst beschreiben konnte. Ein Knurren drang aus ihrem Brustkorb.

Alec hob seinen Bruder hoch wie ein Preisringer und

knallte ihn auf den gläsernen Glastisch, der unter ihm zerbarst. Dann beendete er es, indem er seinem Bruder eine Waterford-Kristalldose auf den Schädel schmetterte.

Das ekelhafte Knacken von Knochen hätte Eve entsetzen, sie sich übergeben lassen müssen, und tatsächlich stolperte sie zum Spülbecken, um genau das zu tun, als Alec plötzlich verschwand.

Er löste sich einfach in Luft auf.

Eben noch hatte er sich aufgerichtet, sein nackter Leib schweißbenetzt und voller Blutspritzer. Im nächsten Moment war er weg.

Eve stand wie angewurzelt da. Ihre natürliche Reaktion wurde vom Schock unterdrückt, während ihr Blick zu dem Toten auf dem Fußboden wanderte.

Dann drehte sie sich wieder zur Spüle und wollte würgen, aber ihr Körper machte nicht mit.

»O mein Gott«, stöhnte sie und klammerte sich an die Granitränder des Spülbeckens, um nicht umzukippen. Ihr Mal brannte in der Haut, und ein scharfer Laut entfuhr Eve.

»Ja, da ist er hin«, ertönte eine gelassene Stimme aus dem Wohnzimmer. Der Tote stand auf, und vor Eves Augen heilte sein zerschmetterter Kopf. Die Delle von dem Kristallgefäß glättete sich wie ein Ballon, in den Luft gepustet wurde. Flügel wuchsen dem Mann aus dem Rücken, und er schüttelte sie aus, bevor er sie wieder einzog.

»Cain lernt es wohl nie«, sagte er mit einem Augenzwinkern. Jetzt sah er wieder aus wie der Geschäftsmann im Gadara Tower.

»Ich bin wahnsinnig«, hauchte Eve. »Völlig irre.«

Alecs Bruder lachte. »Jetzt flipp nicht aus, Babe. Er kommt wieder, und das in einem Stück.«

»Du bist tot«, murmelte Eve, »und ich werde gleich ohnmächtig.«

»Dafür bist du zu gesund. Körperliche Stressreaktionen, wie du sie von früher kennst, kommen bei dir nicht mehr vor.«

»*Was* zum Teufel bist du?«

Er lächelte, und die arrogante Biegung seines Munds erinnerte vage an Alecs.

Brüder.

Jetzt erkannte sie es. All die Ähnlichkeiten mit Alec, die sie in dem Tower zu ihm gezogen hatten. Sein Blut. Seine Gene. Seine Züge. Doch die Wärme und Liebe, die in Alecs Augen leuchteten, fehlten diesem Mann. Sein Blick war voller Unheil und männlicher Überheblichkeit.

Damit konnte sie jetzt irgendwie besser umgehen.

»Ich bin der Kerl, der dich zu drei Orgasmen gebumst hat, Babe.«

»Wie ich sehe, ist das Arschlochgen in eurer Familie dominant.« Die Tatsache, dass sie mit einem Fremden redete, mit dem sie es an einem öffentlichen Ort, *vor einer Kamera* getrieben hatte, einem Fremden, der zufällig Alecs Bruder war, Flügel hatte und gerade noch eine Leiche gewesen war, holte sie mit solcher Wucht ein, dass sie sich an die Küchenschränke lehnen musste. »Jetzt könnte ich echt gut eine kurze Ohnmacht gebrauchen.«

»Reed«, sagte er sanfter, und sein leicht spöttischer Ton wurde ernst. »Mein Name ist Reed, Evangeline.«

»Was hast du mit mir gemacht?«

»Hat Alec dir erzählt, dass du jetzt gezeichnet bist?« Reed setzte sich auf einen Barhocker am Tresen und nahm sich einen Apfel aus der Obstschale. »Verdammt, den Abschaum von der Erde zu jagen und die Welt für alle sicherer zu machen?«

»Das mit dem Verdammt-Sein habe ich kapiert. *Wer* für den Teil zuständig ist, finde ich allerdings ziemlich schwammig.«

»Sagen wir, du solltest dir noch mal überlegen, ob du wirklich Agnostikerin bist.«

Eve drehte den Wasserhahn auf und spritzte sich kaltes Wasser ins Gesicht. »Herrgott … Scheiße!«, zischte sie, als ihr Mal brannte.

Er grinste. »Es wird schon wärmer.«

»Haha.« Sie wollte sich unbedingt normal verhalten, griff nach einem der beiden Becher, die sie vorhin aus dem Schrank geholt hatte, und schenkte sich heißen Kaffee ein. »Warum jetzt? Es ist zehn Jahre her.«

»Die Mühlen der Gerechtigkeit mahlen da oben genauso langsam wie hier unten.«

»Und wie passt Alec in das alles hinein?« Sie warf einen besorgten Blick über die Schulter. »Ist mit ihm alles okay?«

»Ihm geht es gut. Es ist ja nicht das erste Mal, dass er mich umgebracht hat. Und was die Frage betrifft, wie er da reinpasst …«, begann Reed achselzuckend. »Er hätte dich verschonen können, hätte er seinen Schwanz in der Hose behalten.«

Eve holte Kaffeesahne aus dem Kühlschrank und schüttete einen großzügigen Schluck in ihren Becher. »Den Teil verstehe ich. Steht er unter einer Art Zölibatseid?« Der Gedanke gefiel ihr.

Reed lachte. »Von wegen!«

Stirnrunzelnd stellte Eve die Kaffeesahne wieder in das Fach der Kühlschranktür und knallte sie fester zu als nötig.

»Schätzchen, du magst ja Eve heißen, aber in diesem heiteren Märchen spielst du den Apfel. ›Ansehen, aber nicht anfassen‹.« Reed biss herzhaft in den Red Delicious in seiner Hand.

»Das ist doch krank. Wer quält Leute denn so?«

»Denk an den freien Willen«, sagte er genüsslich kauend. »Man hat immer eine Wahl, nur ist manchmal offensichtlich, welche man treffen soll. Wenn man beschließt, sein eigenes Ding durchzuziehen, muss man mit den Folgen leben.« Reed leckte sich die Lippen. »Hätte Alec die richtige Wahl getroffen, wärst du jetzt verheiratet mit zwei Kindern, mopsfidel und glücklich.«

Eve starrte in ihren Kaffee und fragte sich, wie ihr Leben gewesen wäre.

»Und wofür ist das Mal?«, fragte sie schließlich.

Über den Becherrand hinweg musterte sie Reed und bemerkte, dass sein Haar viel kürzer war als Alecs, seine Lippen waren schmaler, und er hatte insgesamt eine strengere Ausstrahlung. Im Gegensatz zu Alecs eher schäbigem Aufzug, trug Reed maßgeschneiderte Kleidung. Heute war es eine graue Hose zu einem schwarzen Oberhemd, dessen oberste Knöpfe offen und die Ärmel aufgekrempelt waren.

»Tja, das Mal hat mehrere Funktionen. Zunächst einmal merkt es dich für eine Anhörung vor. Die Prozessliste ist voll, und es ist wichtig, so bald wie möglich vorgemerkt zu werden.«

»Eine Anhörung?«

»Jeder bekommt eine Anhörung, Babe.« Sein Lächeln hatte Wirkung auf sie, wie sie leider zugeben musste. Und es war nicht allein seine Ähnlichkeit mit Alec, die ihn attraktiv machte. »Alecs Beitrag zu dem Mal ist ein Verzicht auf die Anhörung und quasi eine Bitte um eine Vereinbarung. Statt deinen Fall zu verhandeln, darfst du dir deinen Freispruch im Außendienst erarbeiten.«

»Warum klingt das nicht so, als hätte er mir einen Gefallen getan?«

Reed zuckte mit der Schulter. »Kommt drauf an, wie man es betrachtet. Es war die einzige Möglichkeit zu garantieren, dass er die ganze Zeit bei dir ist. Wärst du vor Gericht gegangen, hätte man dir die erstbeste Aufgabe auf der Warteliste zugeteilt, für die du geeignet bist. Nicht alle Positionen erfordern Mentoren, und sie sind nicht alle im Außendienst.« Er musterte sie. »Nur auf diese Weise kann er sicher sein, dass er nicht von dir getrennt wird.«

»Und was soll ich im Außendienst machen?«

»Dämonen jagen und böse Feen, interdimensionale Schurken, Hexer und diverse andere Mistviecher. Du wirst für deine Absolution arbeiten müssen, genau wie Alec es seit Jahrhunderten tut.«

»Jahrhunderten?« Sie war scharf auf einen *jahrhundertealten* Mann? Eve stellte ihren Becher hin, bevor sie den auch noch fallen ließ. »Ist er unsterblich?«

»Fast. Gezeichnete heilen schnell, dementsprechend gehört einiges dazu, sie zu töten. Es gibt kein Zeitlimit, wie lange man sich beweisen muss, und die ganze Geschichte mit dem Schutz der ›siebenfachen Rache‹ schreckt die meisten ab.«

»Siebenfache Rache?«

»Das wird im Buch Genesis erwähnt. ›Der Herr aber sprach: Darum soll jeder, der Kain erschlägt, siebenfacher Rache verfallen. Darauf machte der Herr dem Kain ein

Zeichen, damit ihn keiner erschlage, der ihn finde.‹ Du hast das Zeichen, also hast du auch den Schutz.«

»Wie schlimm ist das, dieser siebenfache Kram?«

»Was der Dämon einem Gezeichneten antut, blüht ihm selbst siebenfach.«

Eve zog die Brauen hoch. »Das kann übel sein, nehme ich an.«

»Für gewöhnlich ja. Wie gesagt, es wirkt meist abschreckend. Nur den bösesten, verdorbensten und wahnsinnigsten Kreaturen ist es egal.«

»Wie reizend.«

Er stand auf und kam um die Kücheninsel herum. Es war sonnenklar, dass er auf etwas völlig anderes konzentriert war.

Als er sie in die Küchenecke drängte, reckte Eve trotzig das Kinn. »Du musst nicht nur lernen, zu töten und deine Angst vor allem Bösen in den Griff zu bekommen, sondern auch noch mit Alec und deinen Gefühlen dazu umgehen, dass dir das alles seinetwegen passiert ist.« Er hielt den halb gegessenen Apfel zwischen ihnen in die Höhe. »Und dann wären da noch die Äpfel.«

Sie zog die Brauen hoch und hoffte, dass es ihr gelang, ihre körperliche Reaktion auf seine Nähe zu verbergen. Ihre Sinne erinnerten sich an ihn – seinen Duft, die Kraft und Hitze seiner großen Gestalt, seine fast schon brutale Leidenschaft. Und an die Orgasmen, in die er sie getrieben hatte.

»Die Äpfel?«, fragte sie leise und blickte auf seine Lippen, während sie sich zu einem gefährlichen Lächeln bogen.

Reed strich mit der angebissenen Apfelseite von der Kuhle unten an ihrem Hals bis zu ihrem Ausschnitt. Erschauernd griff Eve hinter sich und packte die Kante der Arbeitsplatte. Langsam senkte Reed den Kopf, beobachtete sie und gab ihr Zeit zurückzuweichen. Seine Zunge berührte ihre Haut und glitt die Apfelspur hinauf. Dann knabberte er zart an ihrem Kinn, bevor er ihren Mund einnehmen wollte. Eve drehte den Kopf weg.

Sein warmes Lachen füllte die elektrisch aufgeladene Luft zwischen ihnen. Er änderte seine Taktik, tauchte mit einer Hand in ihren Kimono und umfing ihre Brust. Während seine Finger ihren Nippel ertasteten und grob drückten, fuhr er mit der Zungenspitze an ihrer Ohrmuschel entlang. »Äpfel, Baby. Versuchungen. Die Ausübung deines freien Willens.«

Reeds Hüften pressten gegen ihre, und er beugte die Knie, bis sein harter Schwanz an ihre weiche Scham geschmiegt war. Sanft stieß er gegen sie. Eve stöhnte, ließ die Hände jedoch an der Arbeitsplatte. Ihr Körper war so angespannt, dass schon die kleinste Provokation genügte, damit sie sich die Kleider vom Leib reißen wollte. Jederzeit. Überall.

»Ich fragte mich«, hauchte er dicht an ihrem Ohr, »was du hast, das Cain derart irre macht.« Seine andere Hand lag an ihrem Hintern und zog sie dichter an ihn heran, wobei er weiter ihren Nippel knetete, sodass Schockwellen bis zwischen ihre Schenkel fuhren. »Jetzt weiß ich es.«

»Zurück!«

Seine Zungenspitze drang in ihr Ohr, und ihre Knie gaben nach. »Der heißeste, engste Fick, den ich je hatte. Deine feuchte Muschi, die an meinem Schwanz saugt. Und diese Laute, die du von dir gibst … dieses leise Wimmern«, knurrte er. »Ich will dich gleich jetzt nehmen. Hart und tief. Meinen Schwanz in dich hämmern und sehen, wie du kommst, bis du es nicht mehr aushältst.« Seine Hand an ihrem Hintern rutschte tiefer, hob ihr Bein an und lehnte es auf seine Hüfte. Seine Stöße wurden fester, dringlicher, und sein Brustkorb hob und senkte sich unter raschen Atemzügen. »Du bist jetzt ein Raubtier, Eve. Und Raubtiere vögeln gern.«

»Weg von mir!« Eve stemmte beide Hände gegen seine Schultern und schob ihn energisch weg. Er flog durch das Zimmer und landete auf ihrem Wohnzimmerteppich.

»O mein Gott!«, hauchte sie. Das verdammte Mal brannte wieder so stark, dass ihr schwindlig wurde.

Reed warf den Kopf in den Nacken, lachte und richtete sich geschmeidig wieder auf. »Siehst du? Du kriegst den Dreh schon raus.«

Er griff nach unten, rückte seine Hose zurecht und lenkte Eves Aufmerksamkeit auf den feuchten Flecken, wo ihre Scham an ihm gerieben hatte. »Pass auf die Äpfel auf, Babe.«

Mit einem anzüglichen Augenzwinkern verschwand er, löste sich schlicht in Nichts auf, so wie Alec zuvor. Und im nächsten Moment war Alec zurück. Er war immer noch nackt, aber ohne das Blut, und seine schönen Züge waren verfinstert.

Eve hob den Apfel auf und warf ihn nach Alec.

7

Alec fing den Apfel auf und zerquetschte ihn in seiner Faust zu tropfendem Matsch.

Seine Geduld machte ihn zu einem erfolgreichen Jäger. Im Gegensatz zu den meisten anderen Gezeichneten ging es ihm nicht um Quantität, sondern um Qualität. Höllenwesen waren wie alle Parasiten: Sie lernten, passten sich an, mutierten. Während sie wiederholte Angriffe auf ihr Leben überstanden, wurden sie stärker und Furcht einflößender.

Erhielt Alec einen Tötungsbefehl, war er darauf vorbereitet, Tage, Wochen, Monate oder auch Jahre zu warten, bevor er zuschlug. Zähe, lang anhaltende Schlachten waren ermüdend und erregten zu große Aufmerksamkeit. Alec zog den raschen Anschlag vor, und er ließ sich Zeit, bis die ideale Gelegenheit da war.

Deshalb ärgerte ihn seine Unfähigkeit, Abel gegenüber Geduld zu beweisen, umso mehr. Sein Bruder wirkte auf ihn wie Fingernägel auf einer Schiefertafel; Alec konnte ihn weder ignorieren noch ihm vergeben. Sein Groll gegen ihn hatte sich schon zu tief eingegraben.

Mit wenigen Schritten war er in der Küche, öffnete den Mülleimer und ließ den zermatschten Apfel hineinfallen.

Klebriger Saft benetzte seine Finger, und er beobachtete gedankenverloren, wie er in den Eimer tropfte.

Eve gab einen Laut von sich, und Alec sah sie an. Sie stand ganz in der Nähe, das Gesicht gerötet und die Augen glänzend. Erregt.

»Bleib ihm fern«, knurrte Alec.

Sie sah zu ihm auf, als wollte sie widersprechen, doch dann drehte sie sich um, stellte sich auf die Zehenspitzen und öffnete einen Hängeschrank, um nach einer Flasche Baileys Irish Cream zu greifen.

»Falls du dich zudröhnen willst, das wird nichts damit«, sagte er scharf.

Sie hielt inne.

»Dein Körper verarbeitet Alkohol – oder sonstige bewusstseinsverändernde Drogen – nicht mehr wie früher.«

Ihre Hand sank auf die Arbeitsplatte, jetzt zur Faust geballt. Eve wandte sich wieder zu ihm und verengte die Augen vor Wut. »Soll das heißen, ich kann nicht mehr high werden?«

»Du kannst bis in alle Ewigkeit Orgasmen bekommen«, antwortete er barsch. »Ist das high genug für dich?«

»Leck mich.«

»Mit Vergnügen.«

»Oh, halt die Klappe!«, fuhr sie ihn an. »Das ist ganz allein deine Schuld!«

»Mehr hast du nicht zu bieten?«, reizte er sie, weil er aufgebracht und mieser Stimmung war. Man hatte ihn dafür bestraft, seinen Bruder *schon wieder* getötet zu haben, was zur Folge hatte, dass Alec dringend einen Kampf wollte. Oder eine heftige, rohe Nummer. Da letztere Eve überhaupt erst in diese Schwierigkeiten gebracht hatte, wollte er sich lieber auf ersteren verlegen. »Dein Leben ist dir gerade eben um die Ohren geflogen, und du sagst nur ›Halt die Klappe‹?«

Sie ballte die Fäuste, und Alec war zufrieden. Solange sie sauer auf ihn war, dachte sie nicht an Abel.

»Weiß ich nicht«, konterte sie. »Ich fühle mich wie eine Superheldin. Vielleicht könnte ich dir deinen nackten Arsch versohlen und wir würden uns danach beide besser fühlen.«

Alec lachte und ging zur Spüle, um sich die Hände zu waschen. »Das bringst du raus, nachdem du zugesehen hast, wie ich einen Mann getötet habe? Du hast echt Nerven, Angel. Gott sei Dank, denn die wirst du brauchen.«

»Nimm es nicht auf die leichte Schulter, Alec.«

Er drehte den Wasserhahn ab und trat auf sie zu. Seine Hüften drückten sie gegen die Unterschränke, während seine nassen Hände ihre Wangen streichelten. »Das tue ich nicht.«

»Mir kommt es vor, als hätte ich den Verstand verloren.«

»Du hast nichts verloren. Du bist immer noch dieselbe kluge, heiße Frau, an die ich mich erinnere.«

»Damals war ich keine Frau«, murmelte sie.

Er strich über ihre Augenbrauen und folgte dem Bogen ihrer Wangenknochen. »Willst darüber auch mit mir streiten?«

Seufzend lehnte Eve ihre Wange in seine Hand. »Du hast ihn getötet.«

»Ja.«

»Kannst du mir das erklären?« Ihre dunklen Augen betrachteten ihn mit einer Mischung aus Abscheu und misstrauischer Faszination. »Er sagte, es wäre nicht das erste Mal.«

»Bin ich meines Bruders Hüter?«, zitierte er leise.

Eve blinzelte, und ein Stirnrunzeln entstellte ihr schönes Gesicht. »In einem solchen Moment zitierst du aus der Bibel?«

Alec sah, wie ihre Verwirrung nach und nach wich und sie begriff. Vor ihm hatte sie noch nie irgendwas verbergen können, doch nun sollte sie dringend lernen, ein Pokerface aufzusetzen. Bemerkten die Höllenwesen eine Schwäche, nutzten sie die gnadenlos aus.

»Das Kainsmal«, flüsterte sie. »Alec *Cain*.«

»Ich weiß, dass das bizarr klingt«, sagte er.

»Ich glaube dir.« Sie machte eine ungeduldige Geste und lachte verächtlich. »Und es wundert mich nicht mal so sehr. Nicht nach der letzten Woche. Sieben Tage. O Mist, das ist auch kein Zufall, schätze ich.«

»Es gibt keine Zufälle.«

»Was geht hier vor?« Ihre Hand bedeckte das Mal an ihrem Arm. »Was hat das zu bedeuten?«

»Es ist eine Berufung, Angel. Eine …«

»Ich dachte, es wäre eine Strafe.«

»Dem Zweck dient es auch.«

Wie sie an ihrer Lippe nagte, zeigte ihm, dass sie unglücklich war, doch der stahlharte Kern, der ihn als Erstes an ihr angezogen hatte, war immer noch da.

»Dämonen und Feen umbringen? Sieh mich an, Alec. Sehe ich aus, als könnte ich das?«

»Du bist zu allem fähig, was nötig ist. Weit mehr als die meisten Gezeichneten.«

»Die meisten?« Sie machte große Augen. »Es gibt noch andere?«

»Tausende.«

»Mein Gott ... Au, verdammt! Dieses Ding brennt immer wieder.«

»Weil du den Namen des Herrn missbrauchst. Das musst du dir abgewöhnen.«

Sie verzog den Mund. »Das ist doch Schwachsinn. Wieso ich? *Wieso?*«

Als er ausatmete, wehte das Haar auf ihrem Kopf auf. Natürlich konnte er seine Schuld an ihrem Fall nicht leugnen, aber das war ja kein Grund, immer wieder darauf hinzuweisen.

»Nachdem mein Vater geschaffen wurde«, antwortete er stattdessen, »war den Engeln befohlen, sich vor ihm niederzuwerfen, weil er nach dem Bild des Herrn erschaffen war.«

Eve schnaubte verächtlich. »Der ist nicht zufällig total eingebildet, oder?«

»Sei vorsichtig«, warnte Alec sie. »Dein vorlautes Mundwerk bringt dich sonst noch in ernste Schwierigkeiten.«

»Mein Mundwerk scheint nicht meine einzige Problemquelle zu sein.«

»Einige der Engel weigerten sich und behaupteten, sie wären dem Menschen überlegen.«

»Ich neige dazu, ihnen zuzustimmen.«

»Diejenigen, die sich Gottes Willen widersetzten, wurden aus dem Himmel verbannt. Sie fielen auf die Erde, wo sie sich mit Menschen vereinten und Nephilim hervorbrachten – Halbengel, die dem Herrn feindselig gesinnt waren. Meine Familie begann, ihre Stellung in der Nahrungskette zu verlieren.«

»Und deshalb hat Gott dich entworfen?«

Er lachte leise, doch es klang verbittert. »Er sagte, die

Sünde lauerte vor unserer Tür, und es wäre meine Pflicht, ihrer Herr zu werden. Wenn ich es gut machte, würde mir der Tod meines Bruders vergeben. Wenn nicht, würden mich die Höllenwesen töten.«

»Warum kennt keiner diesen Teil der Geschichte?«

»Er steht in der Bibel, Angel. Die Reihenfolge der Ereignisse ist ein bisschen verworren, aber es wird durchaus erwähnt.«

»Also hattest du keine Wahl.«

»Wir haben immer eine Wahl. Es war mein Bruder Seth, der mich drängte, den Handel anzunehmen. Da ich … *Erfahrung* hatte, leuchtete es ein. Am Ende war ich froh, eine Aufgabe zu haben. Ich bin gut in dem, was ich tue.«

»Du hast *noch einen* Bruder?« Der Gedanke entsetzte sie merklich.

»Zweiunddreißig, und dreiundzwanzig Schwestern. Von ihnen sind nicht mehr alle hier auf der Erde. Viele sind bereits aufgestiegen.«

»Oh, G…« Sie verzog wieder das Gesicht. »Deine arme Mutter.«

»Vergiss nicht, dass ohne Fernsehen, Radio oder Sportveranstaltungen Sex die beste Form der Unterhaltung war, die es gab.«

»Ich würde verzichten, wenn es mich davor bewahrte, so viele Kinder zu gebären.«

»Nein, würdest du nicht«, widersprach er halb im Scherz, denn ihre knisternde Erregung entging ihm nicht. Unter Eves Angst und Verwirrung nahm Alec das Aroma puren Verlangens wahr. In Kombination mit der Meeresbrise, die durch die offenen Glastüren kam, war es mächtig und verlockend. Eve war von Natur aus ein sexuelles Wesen, und diese Neigung würde nun verstärkt sein.

»Erzähl weiter«, sagte sie. »Du fingst also an, die Nephilim zu töten?«

»Ja, was Sammael wütend machte.«

»Sammael?«

»Satan.«

»Ah, alles klar.«

»Als die Nephilim begannen, sich mit anderen ihrer Art und den Gefallenen zu paaren, bildete Sammael ihre Nachkommen aus und erzog ihnen einen Hass auf alles außer ihm an. Ich konnte die Aufgabe nicht mehr allein bewältigen. Es gab zu viele zu töten, zu viele Unterarten und Mutationen.«

»Also fing Gott an, andere Leute mit dem Mal zu zeichnen?«

»Ja, Sünder. So erhielten sie die Chance, sich ihre Absolution zu erarbeiten.«

»Ich bin keine Sünderin. Und das ganze System ist doch völlig verkorkst. Es rennen Millionen religiöser Eiferer frei herum, die jederzeit in seinem Namen töten, aber die setzt er nicht ein, oder? Das wäre ja viel zu naheliegend. Lieber zieht er sich unfreiwillige Trottel wie mich an Land, weil es mehr Spaß macht, denen die Daumenschrauben anzulegen und zuzugucken, wie sie sich winden.«

»Evangeline ...« Alecs Bauch verkrampfte sich. »Du musst Ihn nicht mögen, aber du musst Ehrfurcht vor Seiner Allmacht haben.«

»Was kann er mir denn sonst noch tun?« Sie schubste ihn weg.

Für einen Moment überlegte Alec zu widerstehen, dann

dachte er daran, dass ihm seine Nacktheit einen Vorteil verschaffte. Er war ein geborener Jäger, ein Raubtier. Und er wusste, dass er bei Eve vorsichtig sein musste. Nur indem er es geschickt anstellte, sich nach Bedarf anpasste, könnte er sie in seiner Nähe halten. Stürzte er sich blindlings auf sie, würde es ihr Vertrauen zu ihm nur noch weiter erschüttern, und sie musste ihm trauen. Sonst sah er für ihre Überlebenschancen schwarz.

Als hätte sie gespürt, woran er dachte, sah Eve ihn fragend an und zurrte den Gürtel ihres Kimonos fester. »Warst du so bei ihm? Völlig unbedeckt?«

Er zuckte mit den Schultern. »Was blieb mir anderes übrig?«

»Ich kann das nicht, Alec. Du hast mich da reingezogen, also hol mich auch wieder raus.«

»Ich versuche es.«

»Dann streng dich mehr an.« Sie knurrte wie ein verärgertes Kätzchen. »Hör zu, ich kann mir nicht mal Horrorfilme ansehen und drehe schon durch, wenn ich allein durch ein Parkhaus laufen muss. Eine Bionic Woman zu sein wird nichts an der Tatsache ändern, dass ich nicht darauf programmiert bin, Sachen zu töten.«

»Und das von der Frau, die mich mit einer geladenen Waffe begrüßt.«

»Selbstverteidigung ist etwas anderes«, widersprach sie, kehrte ihm den Rücken zu und nahm ihren Kaffeebecher wieder in die Hand.

»Er hätte dich nicht gezeichnet, wenn du es nicht schaffen könntest.«

Eve verschluckte sich und blickte sich verärgert zu ihm um. »Wir reden hier über den Gott, der Moses versprach, er würde in den Himmel kommen, wenn er wie ein Tier schuftet und sich sein Leben ruiniert, um den Deal in letzter Minute wieder abzublasen.«

Alec biss die Zähne zusammen und verschränkte die Finger auf dem Rücken. »Allmählich denke ich, Er hat dich nicht meinetwegen ausgewählt, sondern wegen *dir*. Du musst noch eine Menge lernen.«

»Kann sein. Dein Bruder hat gesagt, ich könnte einen Prozess bekommen. Den will ich.«

»Dafür ist es zu spät.«

Eine schreckliche Stille erfasste sie. »Wegen dem, was ich getan habe?«

Die befremdliche Angst, die sich in ihm regte, als er nickte, war ihm zuwider. Eve musste ihm blind vertrauen, hatte jedoch allen Grund, genau das nicht zu tun. Leider war das Schlachtfeld kein Ort, an dem zu zweifeln, der einem den Rücken freihielt. »Ich kann dir nicht helfen, wenn ich auf der anderen Seite des Globus bin. Deshalb musste ich tun, was ich getan habe – damit ich bei dir bleiben kann.«

Eve verließ die Küche und ging durch den Flur zu ihrem Schlafzimmer.

Alec folgte ihr. »Wo willst du hin?«

»Im Moment kann ich dich nicht sonderlich gut leiden.«

»Angel …«

Sie fuhr herum – ein Rausch aus schwarzem Haar und blutroter Seide. Die Bewegung war fließend und durch und durch elegant. Sinnlich.

»Ich hole dich da raus«, sagte er und rang mit der Reaktion seines Körpers auf ihren Anblick. Er war so hart, dass es wehtat.

Ihr Blick senkte sich, und ihre Lippen öffneten sich zu einem stummen Aufschrei. Sie wies auf seine Erektion. »Pack das Ding weg! Es hat mich schon hinreichend in Schwierigkeiten gebracht.«

Mit diesen Worten verschwand sie in ihrem Schlafzimmer und knallte die Tür hinter sich zu.

»Meine Sachen sind da drinnen«, rief er ihr grinsend nach.

Im nächsten Augenblick flogen seine Jeans und das T-Shirt auf ihn zu und trafen ihn an der Brust.

»Hast du mich lieber ohne Unterwäsche?«, fragte er.

»Halt die Klappe und zieh dich an.« Dem leichten Kippen ihrer Stimme entnahm er, dass ihr die Vorstellung nicht gänzlich zuwider war.

»Wir sind noch nicht fertig.«

»Lass es gut sein, okay?«

Er ging ins Gästezimmer, wobei seine nackten Füße einen jammervollen Takt auf dem Parkett schlugen. Das zweite Schlafzimmer war genauso modern gestaltet wie das Hauptschlafzimmer, ebenso spärlich möbliert und fast gleich groß. Ein Wandschrank mit massiven, lackierten Pinienholztüren, die in Metallschienen an der Decke hingen, zog sich über die gesamte rechte Wand. Auf dem gleichfarbigen Holzboden lagen mehrere weiße, flauschige Läufer in unterschiedlichen Formen. An der hinteren Wand waren unten weiße Regale eingebaut, den Rest der Wandfläche nahmen Schwarz-Weiß-Fotos in Silberrahmen ein.

Das Bett stand links. Es war niedrig, recht groß und mit einem schokobraunen Satinüberwurf sowie cremeweißen Kissen mit braunen und rostroten Ziernähten drapiert.

Auf das Bett zu sehen reizte und deprimierte Alec zugleich. Er war erschöpft. Während sich Eves Körper verwandelte und Energie sammelte, hatten Sorge, Schuldgefühle und Schlafmangel an seinem gezehrt. Hätte er eine Wahl, würde er mit ihr im Bett liegen, statt gegen den Drang zu kämpfen, mehrere Stunden zu schlafen. Allein.

Er war es leid, allein zu sein. Was diese ganze vertrackte Situation erst recht kompliziert machte.

Sein Wunsch, das Beste für Eve zu tun, damit sie ihr Leben zurückbekam, stand im krassen Widerspruch zu seinem lang gehegten Wunsch, nicht mehr ziellos umherzuwandern. Eves Mentor zu sein, gab ihm die Chance, erstmals zu beweisen, dass er gut mit anderen zusammenarbeiten konnte.

Schließlich, nach einem jahrhundertelangen Nomadenleben, wurde ihm ein festes Zuhause zugeteilt. Nun konnte er alles lernen, was er brauchte, um seine Ziele zu erreichen. Hatte er erst das System durchschaut, nach dem das Kainsmal verteilt wurde, könnte er seine Bitte nach Stabilität überzeugend vortragen. Er könnte anderen beibringen, auf dem Gebiet so gut zu werden wie er ... vorausgesetzt, er hatte eine Truppe aus Ausbildern und Gezeichneten zur Verfügung.

Schon lange träumte er davon, Jehova eines Tages glaubwürdig zu erklären, dass er mit seiner eigenen Firma noch produktiver wäre. Jeder wusste, dass eine Expansion des Systems längst überfällig war. Und Alec wollte ins Spiel kommen, wenn eine neue Firma geschaffen wurde. Keiner hatte so viel Erfahrung wie er.

Wie immer hatte er die Wahl zwischen Pest und Cholera gehabt. Er musste Eve dringend fit für ihre Aufgaben machen, und doch war er nicht, was *sie* brauchte.

Seine Augen brannten vor Müdigkeit.

»Tu mir das nicht an«, raunte er gen Himmel. »Du weißt verdammt gut, dass es kein günstiger Zeitpunkt ist, um einzuschlafen.«

Natürlich wurden seine Wünsche wieder einmal ignoriert. Seine Strafe für Abels Tötung stand an, und Jehova hatte nicht verraten, wie sie aussehen sollte. Auf jeden Fall war der Abruf mitten im Kampf eine leichte und wirksame Methode gewesen, Alec in seine Schranken zu verweisen.

Alec sank mit dem Gesicht voran auf das Bett und schlief trotz aller Bemühungen ein.

Als er wenige Stunden später wach wurde, regte sich eine unbändige Wut in ihm, als hätte sie sich während seines ungewollten Schlafs in ihm aufgestaut. Durch die offene Zimmertür drangen die Möwenschreie und das Wellenkrachen vom Strand zu ihm und erinnerten ihn an tausend andere Aufwachmomente. Zu viele Tage seines Lebens glichen einander, glitten nahtlos ineinander über. Er wünschte sich ein anderes Leben, das er mit jemandem teilte. Er wünschte sich Eve, aber sie konnte er nicht haben.

Deshalb musste er einen Weg finden, sie zu befreien und danach loszulassen. Wieder mal. Ihm war schleierhaft, woher er die Kraft nehmen wollte, ein zweites Mal zu gehen, doch er würde es tun. Und wenn es ihn umbrachte.

»Eve!«, rief er, fuhr sich mit den Händen durchs Haar und stand auf.

Sie war fort. Das spürte er sofort, denn ihre Abwesenheit war wie eine frostige Leere. Und sie war lebensbedrohlich. Eine unausgebildete Gezeichnete war für Höllenwesen leichte und unwiderstehliche Beute.

Leise fluchend zog sich Alec blitzschnell an und stürmte aus dem Haus.

Eve atmete tief ein, öffnete ihre Wagentür und stieg aus in den Sonnenschein Südkaliforniens.

Einen Moment lang blieb sie stehen und strich über ihr T-Shirt von Knott's Berry Farm. Hätte sie ihren Verstand eingeschaltet, statt instinktiv loszurennen, wäre ihr wohl eine passendere Garderobe für die Kirche eingefallen als eine Jogginghose und ein ausgeblichenes T-Shirt. Obwohl sie nicht an institutionalisierte Religionen glaubte, respektierte sie den Glauben jener, die es taten. Und sie hatte nicht vorgehabt hierherzukommen.

Ihr Blick wanderte über das Autodach zu der modernen katholischen Kirche, deren Baustil an Südstaaten-Architektur erinnerte. Für Eve sah sie eher zeitgenössisch christlich als traditionell katholisch aus, aber was wusste sie schon?

Und genau deshalb war sie hier. Eve ging niemals ein Projekt an, ohne vorher gründlich zu recherchieren. Als Kind hatten ihre Eltern, die Südstaaten-Baptisten waren, sie mit Religion bekannt gemacht, doch Eves Erinnerungen an die Bibelstunden damals waren bestenfalls blass.

Eve ging um ihren Wagen herum und über den großen Parkplatz auf die mit Schnitzereien verzierten Holzeingangstüren zu. Nahe dem Eingang parkten nur wenige Wagen. Manche von ihnen hatten religiöse Sticker oder Symbole aufgeklebt, doch die Mehrzahl war völlig frei von äußeren Bekenntnissen. Was trieb Leute dazu, mitten in der Arbeitswoche zur Kirche zu fahren?

Eve griff nach der Klinke, zog die Tür auf und betrat die

kühle, stille Kirche. Auch drinnen war alles minimalistisch und sauber. Das Deckengewölbe erhob sich in der Mitte über neun Meter über das Kirchenschiff, und die Deckenbalken zierten ebenfalls aufwendige Schnitzarbeiten. Ganz vorn stand eine Bronzestatue des Gekreuzigten und glänzte im Schein eines großen Strahlers. Eve fröstelte; sie fand die Darstellung ewiger Qual eher unheimlich als anregend.

Wie immer blieb sie an der Schwelle stehen und forschte in sich nach einem Gefühl von Ehrfurcht oder Wohlbehagen. Viele Leute sagten, sie würden es als eine Art Heimkehr empfinden, in ein Gotteshaus zu gehen. Eve fühlte sich nicht anders, als hätte sie ein Kaufhaus betreten.

Das leise Murmeln von Stimmen lenkte Eves Aufmerksamkeit zu einer Nische mit einer lebensgroßen Marienstatue, vor der reichlich Gebetskerzen standen. Dort kniete eine Frau mit ihrem Kind und hatte den Kopf zum Gebet geneigt.

»Kann ich Ihnen helfen?«

Die warme männliche Stimme erschreckte Eve. Das Timbre passte zu einer Telefonsex-Nummer und wirkte hier vollkommen fehl am Platz.

Neugierig drehte sich Eve zu der Stimme um.

Sie gehörte einem untersetzten Mann mit Halbglatze, der einen Priesterkragen trug. »Hi«, brachte Eve verdutzt heraus.

»Guten Tag«, entgegnete er.

Es war nicht dieselbe Stimme. Eve runzelte die Stirn.

»Ich bin Pater Simmons. Dies ist Pater Riesgo.« Der Priester zeigte hinter sich, und Eve musste sich etwas zur Seite neigen, um zu sehen, wen er meinte.

Sie hätte beinahe einen Schrei ausgestoßen, konnte sich aber gerade noch zusammennehmen. »Pater.«

Pater Riesgo war gut zwanzig Jahre jünger als Pater Simmons und sah in seinem Ornat so unglaubwürdig aus, dass es an ihm eher wie ein Kostüm wirkte. Er hatte kantige, leicht verlebte Züge, außergewöhnlich grüne Augen und eine Narbe an der Wange, von der Eve vermutete, dass sie von einer Messerklinge stammte. Sein dunkles Haar war zu einem kurzen Zopf gebunden, und insgesamt machte er den Eindruck eines Rebellen, nicht eines Missionars.

»Hallo«, sagte er lächelnd und entblößte perfekt weiße Zähne. »Was kann ich für Sie tun?«

»Ich brauche eine Bibel.«

Beide Priester blinzelten verwundert, und Eve wollte sich ohrfeigen, weil sie so blöd war. Ja, ihr Vater hatte keine Bibel besessen, und die ihrer Mutter war in Kanji gewesen. Sie hätte in eine Buchhandlung gehen sollen, statt ziellos herumzufahren, bis sie eine Kirche fand, in der sie sich als grenzenlos bescheuert outen konnte.

Pater Simmons legte eine Hand auf Pater Riesgos Schulter und sagte: »Ich fange schon mal mit den Vorbereitungen an.«

So schräg, wie Eves Tag bisher gewesen war, fügte es sich irgendwie ins Bild, dass sie nun der Obhut von Pater Riesgo überlassen wurde. Vielleicht hielten die beiden sie für eine Irre, bei der es Muskelkraft erforderte, sie wieder loszuwerden. Eve konnte sich nicht entscheiden, ob sie es witzig oder traurig fand.

Riesgo nickte und wartete, bis der andere Priester außer Hörweite war. Dann wandte er sich wieder zu Eve und betrachtete sie eine Weile stumm. »Wie heißen Sie?«

Verlegen reichte sie ihm die Hand. »Entschuldigung. Evangeline Hollis.«

»Miss Hollis, freut mich, Sie kennenzulernen.« Sein Händedruck war fest und ungekünstelt, wie alles an ihm. Er bedeutete ihr, in der Kirchenbank Platz zu nehmen, doch sie schüttelte den Kopf. »Okay«, sagte er mit dieser sündigen Stimme. »Sind Sie ein Mitglied dieser Gemeinde?«

»Ehrlich gesagt bin ich nicht mal katholisch, Pater.«

»Warum sind Sie dann hergekommen?«

Sie zögerte, weil sie sich ungern noch lächerlicher machen wollte. Mit Riesgo war eindeutig nicht zu scherzen. Seine grünen Augen schienen alles mit Lasergenauigkeit aufzunehmen, und sein strenges Kinn warnte sie, sich keine dummen Ausreden einfallen zu lassen. Letztlich probierte Eve es mit der Wahrheit, weil es ihr am ehesten lag. »Weiß ich nicht genau. Ich würde gern meine Erinnerung an einige Geschichten aus der Bibel auffrischen, besonders an die von Kain und Abel, und ich stellte fest, dass ich keine Bibel besitze. An dieser Kirche bin ich zufällig vorbeigekommen.«

»Vielleicht war es kein Zufall.«

Eve machte zögerlich einen Schritt zur Seite, in Richtung Tür.

Riesgo trat ebenfalls zur Seite, sodass er wieder vor ihr stand. »Wir bieten Kurse an, Miss Hollis. Über den christlichen Initiationsritus, und wir würden uns freuen, wenn Sie mitmachen. Für viele ist die Bibel eine Reise, auf der sie einen Reiseführer brauchen. Ich möchte nicht, dass Sie sich verloren oder überfordert fühlen.«

»Vielen Dank für das Angebot, aber ich habe kein Interesse, Kirchenmitglied zu werden. Ich brauche lediglich eine Recherchequelle.«

Riesgos Lächeln war wieder da. »Bei Wal-Mart verkaufen sie Bibeln. Sie kosten um die fünf Dollar, glaube ich.«

»Natürlich.« Sie wollte sich in den Hintern treten. »Daran hätte ich gleich denken sollen. Danke.«

Eve ging weiter seitlich zur Tür.

Pater Riesgo hielt mit ihr Schritt und grinste. »Ach, Miss Hollis?«

»Ja?«

Er griff in seine Tasche und reichte ihr eine Visitenkarte. »Falls Sie irgendwelche Fragen haben, melden Sie sich gern jederzeit hier bei uns.«

»Zu freundlich von Ihnen.« Sie nahm die Karte aus purer Höflichkeit an. »Es gibt Kirchen, die näher bei meiner Wohnung liegen, also werde ich Sie wohl nicht wieder belästigen.«

Pater Riesgo war sowieso schon eine verstörende Erscheinung, doch wenn er sich auf einen konzentrierte, war die Intensität geradezu fesselnd. Er war nicht im gängigen Sinne gut aussehend, verfügte allerdings über Charisma … in Massen. Und mit dem und dieser rauchigen Stimme lockte er die Frauen wahrscheinlich in Scharen in die Messe.

»Hmm …« Sein skeptisches Brummen fand Eve ein bisschen beleidigend.

»Ich habe einen sehr schlechten Orientierungssinn.«

Er schüttelte den Kopf. »Nein, das glaube ich nicht. Sie suchen nach Antworten, und diese Suche führte Sie hierher. Würden Sie vielleicht einen Moment warten? Ich habe etwas für Sie.«

»Ich bin ziemlich in Eile«, entgegnete sie, weil sie einen langen Vortrag befürchtete.

»Nur eine Minute. Ich beeile mich.«

Beschwingt ging er den Mittelgang hinunter. Fasziniert beobachtete Eve ihn und bemerkte nebenher, dass seine strenge schwarze Kluft der Eleganz seiner Bewegungen nichts anhaben konnte.

»Verschwinde«, befahl sie sich.

Eve zog sich weiter zur Tür zurück. Wenn sie es bis zum Parkplatz schaffte, bevor er zurück war, sollte ihre Flucht wohl sein, dachte sie.

An der Wand neben dem Ausgang gab es eine Spendenbox mit einem Vorhängeschloss. Eve steckte die Visitenkarte in den Schlitz und griff nach der Türklinke.

Ihre Hand hatte das kühle Metall kaum berührt, als Riesgo mit einer dunkelroten Tüte hinten am Ende des Mittelgangs erschien. Eves berüchtigte Neugier übermannte sie, und der Priester, der so aufgeregt und begeistert wirkte, machte es ihr unmöglich, sich von ihm abzuwenden.

Im Nu war er bei ihr und erklärte hastig: »Letzte Woche musste ich diese hier unbedingt kaufen.« Er griff in die Tüte und zog ein Buch hervor. »Dabei weiß ich nicht mal, warum. Meine Schwester hat eine Bibel, die seit Generationen in meiner Familie weitergereicht wird, und meine Mutter lebt nicht mehr.«

Zögerlich nahm Eve die angebotene Bibel. Sie hatte einen seidenweichen bordeauxroten Ledereinband mit aufgestickten Blumenranken und bunten Schmetterlingen – auf jeden Fall für eine Frau gedacht. Solch ein Kunstwerk war teuer, und Eve starrte es verwirrt an.

»Sie gehört Ihnen«, sagte er.

Entgeistert sah Eve zu ihm auf. »Das kann ich nicht annehmen!«

»Ich habe sie für Sie gekauft.«

»Nein, haben Sie nicht.«

»Doch«, erwiderte er mit funkelnden Augen, »habe ich.«

»Sie sind ja verrückt.«

»Ich glaube an Wunder.«

Sie schleuderte ihm die Bibel entgegen. »Nehmen Sie die zurück.«

»Nein.«

»Dann lasse ich sie fallen«, drohte sie.

»Ich glaube nicht, dass Sie das können.«

»Warten Sie es ab.«

»Leihen Sie sie sich«, schlug er vor.

»Hä?«

»Sie brauchen eine Bibel. Ich habe eine. Leihen Sie sich diese. Wenn Sie fertig sind, bringen Sie sie mir zurück.«

Eve rümpfte die Nase.

Er verschränkte die Arme, um deutlich zu machen, dass er aufgab.

»Sie täuschen sich in mir«, sagte Eve. »Ich bin keine verlorene Seele, die gefunden werden will.«

Sie war schon gefunden worden, und genau das war das Problem.

»Schön«, antwortete er leichthin. »Sie recherchieren, was Sie wollen, und bringen sie wieder her. Dieses Buch sollte gelesen werden, nicht in einer Tüte in einer Schreibtischschublade liegen.«

Als Eve wenige Minuten später aus der Kirche trat, konnte sie nicht fassen, dass sie eine Bibel in der Hand hielt. Verärgert über die bizarren Verwicklungen, die ihr einst so geordnetes Leben störten, blieb sie auf dem Gehweg am Parkplatzrand stehen und stöhnte.

»Mir gefällt das nicht«, sagte sie laut, denn die Nähe zu einer Kirche dürfte ihre Chance erhöhen, von jemandem da oben gehört zu werden.

Ein Wassertropfen traf ihre Wange, dann ein zweiter ihre Nasespitze. Stirnrunzelnd blickte sie nach oben zum wolkenlosen Himmel. Ein dritter Tropfen traf sie direkt ins Auge und brannte.

»Autsch! Verdammt!«

Schrilles Kichern lenkte Eves Blick zurück zur Kirche. Sie rieb sich die Augen und suchte nach der Quelle. Als sie gerade wieder klare Sicht hatte, schoss ihr ein Strahl Flüssigkeit mitten auf die Stirn.

Eve machte einen Satz zurück und wischte sich mit dem Handrücken übers Gesicht. Dann sah sie hinauf zu dem Torbogen über ihr.

»Haha!«, rief eine schadenfrohe Stimme.

Eves Augen wurden groß, als sie die Ursache fand, verengten sich jedoch gleich wieder, denn ihr wurde klar, dass sie mit Urin bespritzt wurde.

Mit Gargoyle-Urin.

Das kleine Zementungeheuer war ungefähr so groß wie eine Milchkanne. Es hatte winzige Flügel und ein breites Grinsen. Tanzend vor Freude hüpfte er in einem kleinen Kreis von einem Fuß auf den anderen, sodass er eigentlich von dem Steinbogen stürzen müsste.

»Joey hat die Gezeichnete gezeichnet! Joey hat die Gezeichnete gezeichnet!«, trällerte er pinkelnd.

»Heiliger Bimbam«, hauchte sie und kniff sich.

Ein heftiger Schlag auf ihren Hinterkopf sorgte dafür,

dass ihr die Tüte aus der Hand fiel, und bewies, dass sie keinen Albtraum hatte.

»Schämen Sie sich!«

Eve hielt sich den Kopf und drehte sich zu dem Angreifer um. Er entpuppte sich als eine gebeugte alte Dame, die eine sehr schwere Handtasche schwang.

»Es ist nicht so, wie Sie denken«, jammerte Eve und rieb sich die rapide anschwellende Beule.

»Hau sie noch mal, Oma!«, schlug das engelhafte Wesen neben ihr vor.

»Verdufte!«, befahl die Frau mit einem drohenden Taschenschlenkern.

Eve war hin- und hergerissen, ob sie lachen oder heulen sollte. »Jetzt ist aber mal gut.«

»Sünderin«, schimpfte das Kind.

»Ich bin *keine* Sünderin! Das ist nicht meine Schuld!«

Eine große warme Hand berührte Eves Schulter, dann tauchte die fallen gelassene Tüte in ihrem Sichtfeld auf. »Hier.«

Pater Riesgo. Die Stimme war unverkennbar.

Eve sah zu dem Torbogen hinter ihnen. Der Gargoyle war weg. Überhaupt hatte die gotische Steinfigur gar nicht zum modernen Äußeren der Kirche gepasst.

»Pater«, begrüßte die handtaschenschwingende Frau ihn süßlich.

»Wie ich sehe, haben Sie Miss Hollis bereits kennengelernt.« Er blickte zu Eve. »Geben Sie die Gute noch nicht auf, Mrs. Bradley. Ich hege große Hoffnung.«

Eve nahm die Tüte von ihm an und ging eilig auf Abstand. »Danke. Auf Wiedersehen.«

Sie lief zu ihrem Wagen und gab nichts auf die bösen

Blicke, die Mrs. Bradley ihr nachwarf. Aber leider wurde sie das Gefühl nicht los, dass sie von etwas Dunklerem, Boshafterem beobachtet wurde.

Und das machte ihr entsetzlich Angst.

Nachdem sie eingestiegen war und alle Türen verriegelt hatte, atmete sie endlich wieder.

»Ich komme da raus«, versprach sie sich und jedem, der sie hören könnte. Dann angelte sie die feuchten Wischtücher aus ihrer Tasche, die sie auf Anordnung ihrer Mutter, einer pensionierten Krankenschwester, immer bei sich hatte.

Sowie sie sich Gesicht und Hände abgewischt hatte, ließ Eve den Motor an. Sie fuhr um den Block und suchte nach »Joey«. Zwar hatte sie keine Ahnung, was sie tun würde, wenn sie ihn fand, aber sie ließ sich ganz sicher nicht anpinkeln und dann alles auf sich beruhen.

8

Nach einer Stunde erfolgloser Suche parkte Eve ihren Wagen auf ihrem Platz in der Garage ihres Wohnhauses. Die Hände um das Lenkrad geklammert, weigerte sie sich, zu der leeren Stelle zu sehen, an der Alecs Harley gestanden hatte, als sie weggefahren war. Er könnte für fünf Minuten, fünf Jahre oder für immer fort sein.

Als sie sich das erste Mal geliebt hatten, war er hinterher verschwunden, bevor sie wieder aufwachte. Den ganzen Vormittag hatte sie in dem Hotelzimmer gewartet – müde, wund und irre verliebt. Sie hatte fest daran geglaubt, dass er wieder zu ihr zurückkam. Kein Mann konnte eine Frau so in den Armen halten, wie er es getan hatte, und auf Nimmerwiedersehen verschwinden.

Am Ende war sie gegangen, als das Zimmermädchen ihr sagte, sie müsse für eine weitere Nacht bezahlen, wenn sie das Zimmer nicht räume.

Es folgten tagelanges Warten und Hoffen und schließlich Liebeskummer. Wochen vergingen, dann Jahre. Es ärgerte sie maßlos, dass sie zehn Jahre später erneut an diesem Punkt war und denselben Schmerz empfand. Kluge Menschen lernten aus ihren Fehlern, sie machten sie nicht immer wieder.

Ein plötzliches Klopfen an ihrem Seitenfenster riss Eve aus ihren Gedanken. Erschrocken sah sie zur Seite und entdeckte Mrs. Basso, die sich besorgt zu ihr herunterbückte.

»Eve? Ist alles okay?«

Eves angespannte Schultern sackten vor Erleichterung ein, und sie öffnete ihre Tür. »Entschuldigung, Sie haben mich erschreckt.«

»Sie sind heute aber sehr schreckhaft.« Mrs. Basso hielt ihre Post und ihre Schlüssel in den Händen. Die Briefkästen waren im Erdgeschoss, nur wenige Meter von der Garage entfernt.

Beim Aussteigen setzte Eve ein beruhigendes Lächeln auf. »Mir geht nur gerade vieles durch den Kopf.«

»Ich wette, dazu zählt auch etwas, das knapp zwei Meter groß und ungefähr zweihundert Pfund schwer ist.«

Eve blinzelte.

»Er hat nach Ihnen gefragt«, sagte Mrs. Basso. »Und er schien ernsthaft besorgt zu sein, wo Sie sein könnten.«

»Hat er gesagt, wohin er wollte?« *Oder ob er zurückkommt?*

»Nein. Aber er hatte eine Reisetasche dabei. Keine Angst, Kleines, wenn er ein bisschen Grips hat, kommt er wieder. Sie sind es wert.«

Sanft legte Eve eine Hand auf Mrs. Bassos Schulter und küsste ihre faltige Wange. »Danke.«

»Na kommen Sie, ich gehe mit Ihnen nach oben.«

Den Gedanken, in ihre leere Wohnung zurückzukehren, fand Eve so deprimierend, dass sie für einen Moment überlegte, zu ihren Eltern zu fahren, nur glaubte sie nicht, dass sie ihre Mutter gerade jetzt gut aushalten würde. An manchen Tagen war die Schrulligkeit ihrer Mutter genau das Richtige. Meistens jedoch machte sie Eve völlig wahnsinnig. Und da sie sowieso schon kurz vorm Durchdrehen war, hielt sie es für besser, vorerst Abstand zu ihrem Elternhaus zu halten.

Eve schüttelte den Kopf. »Nein, ich glaube, ich muss ein bisschen laufen und einen klaren Kopf kriegen.«

»Mir wäre wohler, wenn Sie mit nach oben kommen. Sie hatten eine harte Woche.«

Eve lachte leise, auch wenn sie kein bisschen amüsiert war. Sie wünschte, sie könnte Mrs. Basso alles erklären, denn irgendwie glaubte sie, dass ihre Freundin sie verstehen würde. »Ich bin auch nicht lange weg. Nur ein paar Minuten.«

Mrs. Basso seufzte. »Okay. Steht unsere Filmverabredung noch?«

»Na, und ob!«

Sie sah Mrs. Basso nach, die zu den Fahrstühlen ging, bevor sie das Gebäude durch die Tür neben dem Garagentor verließ.

Es war ein schöner Tag, und die vielen Leute am Strand gaben Eve ein Gefühl von Sicherheit. Zu viele Zeugen waren sowohl gut als auch schlecht. Einerseits war Eve in der Menge sicherer, andererseits wollte sie gerade jetzt am liebsten für sich sein.

Während sie den Strand entlangwanderte, hielt sie den Kopf gesenkt, um jeden Kontakt zu meiden. Sie war zu sehr mit Nachdenken beschäftigt, als dass sie sich von beiläufigem Geplauder ablenken lassen konnte. Wenn sie aus dieser Gezeichneten-Geschichte herauskommen wollte, brauchte sie etwas, das ihre Verhandlungsposition stärkte.

Der Wind peitschte ihr das Haar über Gesicht und Hals, und mit ihren geschärften Sinnen empfand Eve es besonders intensiv. Es war nicht direkt unangenehm, nur fremd, irgendwie verstörend.

Sie hatte immer alles in ihrem Leben unter Kontrolle gehabt, sogar schon als Kind. In ihrer Mom, einer gebürtigen Japanerin, vermengte sich altmodische japanische Tradition mit der Hippie-Lässigkeit der 1970er. Eves Dad stammte aus Alabama und war so sanftmütig, dass sich Eve oft fragte, ob er überhaupt richtig wach war. Nach zwanzig Jahren bei einer Telefongesellschaft war Darrel Hollis' normaler Ton der eines tödlich gelangweilten Telefonvermittlers. Die freundliche Gleichgültigkeit ihrer Eltern hatte bewirkt, dass Eve frühzeitig sehr selbstständig und extrem verantwortungsbewusst geworden war. Alles musste seinen Platz haben und sich exakt einordnen lassen. Innenarchitektur hatte ideal zu ihrem strukturierten Denken gepasst. Für Gott Monster zu töten nicht.

»Hey, Baby.«

Mit dem Ruf wehte Eve ein ekliger Gestank entgegen. Sie rümpfte die Nase und blickte sich nach dem Rufenden um. Manche Typen ließen sich mühelos ignorieren, andere waren dreister, und Eve wollte wissen, zu welcher Sorte dieser Kerl gehörte.

Er saß auf einem schwarzen Handtuch im Sand, die Beine ausgestreckt und die Ellbogen aufgestützt: blond und blauäugig mit reichlich Tattoos auf den muskulösen Armen. Seine Züge muteten fremd an, und seine Iris funkelte hart wie Saphir. Er trug nur eine Jeans, die unterhalb der Knie grob abgeschnitten war, und sein anzügliches Grinsen machte Eve eine Gänsehaut.

»Komm und setz dich zu mir«, forderte er sie auf. Seine Stimme war kehlig, und er hatte einen auffälligen Akzent. Die Geste, mit der er auf den Platz neben sich klopfte, wirkte alles andere als einladend. Zudem wies ihn die blaue Träne, die in seinen Augenwinkel tätowiert war, als Ex-Knacki aus. Eve wollte wieder wegsehen, als seine Zunge obszön vorschnellte.

»O Gott!«, rief Eve und stolperte rückwärts in den Wellensaum. Sie war so entsetzt von der unglaublich langen, vorn gespaltenen Zunge, die aus seinem Mund glitt, dass sie kaum merkte, wie sofort ihr Mal brannte.

Ein roter Schnitt erschien auf dem Dämonengesicht, und er zischte wie eine Schlange – passend zu seiner Zunge. *»Du Schnumpel!«*, fluchte er.

Eve hatte keine Ahnung, was das heißen sollte, aber es hörte sich nicht gut an.

Als er aufsprang, wich Eve zur Seite. »Bleib ja weg von mir!«

»Versuch, mich aufzuhalten.«

Bei dem drohenden Tonfall sträubten sich Eves Nackenhaare. Zugleich durchfuhr sie eine Hitzewelle, pure Feindseligkeit entflammte in ihr. »Gott, du nervst!«

Sein Kopf flog zur Seite, als wäre er geschlagen worden, und als er Eve wieder ansah, wirkten seine Augen unnatürlich: strahlend, intensiv und unmenschlich blau. Er stürzte nach vorn. Eve schrie auf, wirbelte herum und wollte wegrennen, als sie mit etwas Warmem und Steinhartem kollidierte.

»Lass sie in Ruhe«, warnte eine tiefe Stimme. Männliche starke Arme schlangen sich um sie, und im ersten Moment wollte Eve sich wehren, bis sie den vertrauten Duft wahrnahm. Er war himmlisch, verglichen mit dem Gestank des Dämons, und sie atmete erleichtert auf.

»Reed.« Sie krallte die Hände in sein teures Oberhemd.

»Du darfst dich nicht einmischen«, sagte ihr Angreifer überheblich.

»Willst du ihretwegen den Zorn deiner Brüder riskieren?«, fragte Reed.

»Sie hat mich zuerst geschnitten.«

»Ich habe nichts …«, begann Eve, kam aber nicht weiter, weil Reed ihr Gesicht grob an seine Brust drückte. Zunächst erwog sie, ihn zu beißen, doch dann schaltete sich ihre hyperaktive Libido mal wieder ein und tat sich mit der aggressiven Reizbarkeit zusammen, die von ihrem pochenden Mal ausging. Das war wie PMS hoch zehn.

»Sie hat bloß mit dir gespielt«, schnarrte Reed. »Man sollte meinen, du bist groß genug, das zu verkraften.«

»Ist sie denn groß genug, es mit mir aufzunehmen?«

»Und bist du es, dich mit mir anzulegen?«, konterte Reed. »Du stehst nicht auf der Liste, also darf ich durchaus einschreiten.«

Ein Schwall unverständlicher Wörter, die sich wie Deutsch anhörten, ergoss sich aus dem Mund ihres Angreifers, und Eve entwand sich Reed, um den Kerl anzusehen. Sie fühlte das Böse, das von ihm ausging, und seine Tattoos schlängelten sich eklig auf der regungslosen Haut, als wären sie lebendig.

Eve fragte sich, ob sie die Einzige war, die den Mann wahrnahm, und blickte sich um. Nach wie vor wimmelte es von Leuten am Strand, doch keiner beachtete die Szene, die sich hier vor aller Augen abspielte.

Reed legte seine Hand unten an ihren Rücken und gab

ihr den Halt, den Eve in dieser verrückt gewordenen Welt dringend brauchte.

»Hau ab und lass uns das hier einfach vergessen«, bot Reed dem Dämon an.

»Ich vergesse nichts.« Der Mann verschränkte die Arme. »Wir sehen uns wieder«, sagte er zu Eve.

»Wenn du zu weit gehst, löst du einen Krieg aus, den keiner von uns will«, warnte Reed ihn.

»Nein, *du* willst ihn nicht.«

Eves Blick huschte zwischen den beiden hin und her, während sie sich bemühte zu begreifen, was hier eigentlich ablief. Sie veranstalteten so eine Art Wettbewerb im Sich-gegenseitig-niederstarren. Schließlich sackte der Blonde zurück auf sein Handtuch und nahm eine völlig entspannte Pose ein, die zweifellos beleidigend sein sollte.

Ihr könnt mir nichts, schrie sie förmlich.

Reed atmete langsam aus und bändigte seinen rasenden Zorn. Eine Herausforderung abzulehnen lag ihm nicht, dennoch hatte er keine Wahl. Mit jedem Angriff hätte er sich zum Schuldigen an dieser ungenehmigten Auseinandersetzung gemacht, und er brauchte wahrlich nicht noch mehr Minuspunkte. Nicht nach der Zurechtweisung, die er nach seiner jüngsten Prügelei mit Cain kassiert hatte.

Cain der Held. Cain der Furchtlose. Cain der Unbesiegbare. Ganz gleich, wie oft er gegen die Regeln verstieß, Cain kam jedes Mal ungeschoren davon, und vor allem galt er mit jedem Mal als noch kühner.

Jetzt war Cain auch noch sein Herzenswunsch erfüllt worden, während Reeds Kostproben ihres Zaubers abgelehnt und seine Demonstration ihrer Bereitschaft einfach abgetan wurde. *Er*, der sich immer anpasste, ohne Fragen zu stellen, bekam nur sehr selten, was er sich wirklich wünschte.

Finger weg von Evangeline, hatte man ihm gesagt.

Er biss die Zähne zusammen, griff nach Eves Ellbogen und zog sie weg. Einen Teufel würde er tun, sich jetzt wieder brav zu fügen. Wenn er sich seine Belohnungen selbst beschaffen musste, würde er eben mit ihr anfangen.

»Was zum Teufel ist hier los?«, fragte Eve leise.

»Ein Riesenmist«, raunte er scharf. »Wo ist Cain?«

»Schläft. Und warum hast du zwei verschiedene Namen? Das ist verwirrend.«

»Irgendwann musst du auch die Namen wechseln. Es weckt Misstrauen, wenn man nie stirbt.«

»Vergiss es!«

Er führte sie den Strand hinauf, und in letzter Minute bog er mit ihr zur Terrasse eines mexikanischen Restaurants mit Bar ab. Musik plärrte aus versteckten Lautsprechern, und der würzige Essensgeruch reizte Reeds Nase. Als er Eves Magen knurren hörte, schüttelte er den Kopf. »Hast du noch nichts gegessen?«

»Das hatte ich vergessen. Übrigens habe ich kein Geld bei mir, und die Terrasse ist nur für Gäste.«

Erstaunt sah er sie an. »Ich erwarte nie, dass meine Dates bezahlen.«

»Das hier ist ein Date?«

»Jetzt schon.«

»So kommt es mir nicht vor. Nicht nach dem Gruseltypen am Strand.«

»Der war ein Nix«, korrigierte Reed. »Und du musst aufpassen, was du sagst. Wäre ich nicht vorbeigekommen, wärst du jetzt tot.«

»Ich hatte gar nichts gesagt!« Eve sank auf den Plastikstuhl, den Reed ihr hervorgezogen hatte. Ihr Tisch stand in einer Ecke, die von zwei Plexiglastrennwänden abgezäunt war. Auf die Weise konnte man den Strand sehen, ohne dass der Wind Sandstaub ins Essen wehte.

»Du hast den Namen des Herrn benutzt«, erklärte er und setzte sich ihr gegenüber hin. »Er ist eine Waffe gegen Dämonen; selten tödlich, aber immer schmerzhaft.«

»Woher zum Teufel sollte ich das denn wissen? Er hat mich angemacht. Hätte er mich in Ruhe gelassen, wäre gar nichts passiert.«

»Du bist eine reife Frucht, eine ahnungslose Gezeichnete. Ich könnte Cain umbringen, dass er bei der Arbeit eingeschlafen ist!«

Er schnaubte verärgert. »Verantwortungslos, wie üblich.«

»Was ist ein Nix?«

Ihm entging nicht, dass sie die Spitze gegen Cain ignorierte, und er grinste innerlich. Das erste Mal, als er Eve erblickt hatte, hatte sie ganz nach Geschäftsfrau ausgesehen. Einzig ihr offenes Haar verriet eine gewisse Weichheit an ihr. Ihre »Angucken, aber nicht anfassen«-Ausstrahlung hatte ihn gereizt, doch in dem Moment, in dem sich ihre Blicke begegneten, hatte Reeds Interesse an ihr schlagartig zugenommen. Auf einmal ging es ihm um weit mehr, als Cain auf die Palme zu bringen. Wer behauptete, asiatische Frauen wären scheu und reserviert, musste etwas geraucht haben.

»Ein Wasserdämon.« Reed winkte einem Kellner. »Die Nix waren früher auf Europa beschränkt, aber inzwischen haben sie sich in so gut wie allen Küstenstädten ausgebreitet.«

»Er sah nicht wie ein Dämon aus«, murmelte sie.

»Und wie sollte deiner Meinung nach ein Dämon aussehen?«

»Nicht so. Abgesehen von den irren Tattoos, erinnerte er mich eher an einen Skilehrer, so als müsste er in einem Rollkragenpulli an einem Hüttenkamin sitzen.«

»Du hast eine lebhafte Fantasie.« Er schmunzelte. »Übrigens waren das keine Tattoos, sondern *Kennzeichen*, die uns verraten, zu welcher Gruppe er gehört und welchen Rang er dort hat.«

»Wie Gang-Abzeichen?«

»Genau. Sogar in der Hölle gibt es eine Hierarchie, und die wird laufend von sich bekriegenden Gruppierungen bedroht. Wahrscheinlich haben die Höllenwesen den Sterblichen die Sitte beigebracht, Symbole in die Haut zu malen.« Reed sah zu dem nahenden Kellner, einem jungen Latino mit Oakley-Sonnenbrille, Ohrringen und einer El-Gordito-Schürze über seiner Jeans. »Zwei Modelos«, bestellte er.

»Und zwei Tequilas«, ergänzte Eve.

»Die werden dich nicht …«

»Betrunken machen? Mir egal.« Sie warf dem Kellner ein kleines Lächeln zu. »Und eine Portion Tacos bitte, mit reichlich scharfer Salsa.«

»Für mich auch«, sagte Reed.

Eve wartete, bis sie wieder allein waren, bevor sie sagte: »Die *Kennzeichen* des Kerls haben sich bewegt. So schlängelnd.«

»Er wollte dich einschüchtern.« Und es hatte nicht besonders gut funktioniert, wie Reed bewundernd feststellen durfte. »Höllenwesen können sie absichtlich bewegen, und nur andere ihrer Art und Gezeichnete sehen es.«

»Haben ihn die anderen am Strand deshalb nicht weiter beachtet?«

»Richtig. Einige Höllenwesen haben ihre Zeichnungen gern so sichtbar wie möglich, vor allem wenn sie einen höheren Rang bekleiden. Andere verbergen sie lieber, um nicht aufzufallen. Sie können sie nicht entfernen, aber an Stellen verschieben, wo keiner hinsehen will.« Er zuckte elegant mit den Schultern. »Was im Grunde witzlos ist, denn sie stinken so übel, dass man sie auf Meter erkennt. Und wenn sie dran sind, sind sie dran. Ob sie ihre Zeichen verstecken oder nicht, sobald sie aufgerufen sind, ist es nur noch eine Frage der Zeit.«

»Was bedeutet dieser Geruch? Der hat gestunken wie Kanalisation.«

»Verrottende Seele. Kann man unmöglich verpassen.«

Sie wirkte so entsetzt, dass Reed Mitgefühl bekam ... auch wenn ihm gefiel, dass ihre unvermeidliche Verbitterung einen Keil zwischen sie und Cain treiben würde.

Eve beugte sich vor, stützte die Unterarme auf den Tisch und blickte Reed mit grimmiger Entschlossenheit an. »Wie komme ich aus dieser Nummer raus?«

»Es gibt keine Möglichkeit ...«

»Das glaube ich nicht. Es muss einen Weg geben.«

Er lehnte sich auf seinem Stuhl zurück. »Warum?«

»Weil ich mich wie ein Opfer fühle, darum.« Ihre Züge verhärteten sich. »Und das nehme ich nicht tatenlos hin.«

»Ein Opfer?«, wiederholte er erschrocken.

»Würdest du dich an meiner Stelle nicht so fühlen?«

Möglich. *Wahrscheinlich.*

»Man hat dir eine Machtposition verliehen«, wich er aus, »und dir die Mittel gegeben, die Welt zu verändern, sie sicherer für andere zu machen. Wieso betrachtest du es nicht als Segen statt als Fluch?«

»Das Kainsmal soll ein Segen sein? Du magst aalglatt sein, aber so aalglatt dann auch wieder nicht. Und ich bin nicht blöd.«

»Aalglatt?«

Der Kellner kam mit einem Tablett, beladen mit zwei Bierflaschen, zwei Shot-Gläsern, den Chips und der Salsa. Eve lehnte sich zurück, um ihm Platz zu machen, und Reed beobachtete sie lächelnd weiter.

»Die Kleidung. Das Benehmen.« Mit einem Handschwenk wies sie auf seinen Oberkörper. »Aalglatt.«

»Stil und Selbstbewusstsein nennt man das, Babe. Zufällig besitze ich beides.« Er senkte die Stimme. »Genau wie du.«

Obwohl sie den Kopf schüttelte, bestätigte ihr Blick seine Einschätzung.

Reed streckte eine Hand über den Tisch und fing ihre ein. Ihre Finger waren lang und schmal, die Haut glatt wie Seide. Das würde sich ändern. Schwang man erst oft genug eine Waffe, raute es unweigerlich die Handflächen auf. »Du musst es nicht zugeben.«

»Werde ich auch nicht.«

Er entblößte ihr Handgelenk und neigte den Kopf nach unten. Als sich seine Lippen öffneten und seine Zunge über die Pulsader strich, sah Eve ihm hilflos und fasziniert zu. Reed konnte ihre wachsende Erregung riechen und wusste, dass sie heiß und feucht war. Ihr neuerdings hyperaktiver Geschlechtstrieb war ein Gottesgeschenk in Bezug auf seinen Plan, sie wieder zu haben – und die Anspielung auf Ihn war keine Absicht. In den ersten Jahren war es schwierig, sich zusammenzureißen. Die geschärften Sinne und die Gefühlsschwankungen waren tödlich, bis man gelernt hatte, sie zu beherrschen oder zumindest beiseite zu schieben. Der beste und schnellste Weg gegen die fortwährende Anspannung war und blieb ausgiebiger, harter Sex. Und Reed war entschlossen, der Mann zu sein, den Eve als Ventil wählte.

Er hob den Kopf und blickte ihr in die Augen. Mit einer Hand nahm er den Salzstreuer auf, mit dem Daumen der anderen strich er träge über ihre Handfläche.

»Wohin soll das hier führen?«, fragte sie mit leiser, weicher Stimme.

»Ins Bett.«

»Nicht mit mir.«

Lächelnd streute er Salz auf ihre klamme Hand, hob seinen Shot an und leckte ihr Handgelenk ab, bevor er den Tequila hinterherstürzte.

Eve reichte ihm eine Limonenscheibe. »Du bist nicht hier, um flachgelegt zu werden.«

»Wie kannst du dir da sicher sein?« Genüsslich biss er in die Zitrusfrucht.

»Du bist der Typ, der gern gejagt wird, nicht selbst jagt.«

»Du kennst mich nicht so gut, wie du denkst. Aber das wird sich ändern.«

»Ich sagte dir doch, dass ich da raus will.« Fahrig bewegte sie ihr Shot-Glas ein Stück in seine Richtung, ehe sie den Tequila austrank und mit einem kräftigen Schluck Bier nachspülte. Sie knurrte. »Okay. Das ist jetzt echt bescheuert. Es ist ja wie Wasser trinken!«

»Man kann nicht mit Gott verhandeln, Eve.«

»Man kann mit jedem verhandeln, solange man etwas

hat, das der andere will und sonst nirgends bekommt.« Sie wandte den Kopf zur Straße, von der aus ihrer Position nur ein kurzer Abschnitt zu sehen war.

Reed blickte ebenfalls hin. Geländewagen fuhren neben Luxussportwagen, Jogger und Inline-Skater wichen sich gegenseitig aus.

»Sind einige von den Leuten … *Höllenwesen?*«, fragte sie.

»Sicher.«

Wieder sah sie Reed an. »Die leben einfach friedlich unter uns?«

»Sofern du ein Leben voller Gier, Depression, Mord und Lügen ›friedlich‹ nennen willst.« Reed trank einen Schluck Bier. »Ihr Ziel ist nicht die vollständige Auslöschung der Menschheit. Sie brauchen Sterbliche zur Unterhaltung.«

»Reizend.« Sie atmete energisch aus. »Du hattest eine Liste erwähnt.«

»Wenn ein Höllenwesen die Grenzen einmal zu oft übertritt, gibt es einen Punkt.«

»Müssen sie erst eine Grenze überschreiten?«

»Wir sind keine Bürgerwehr«, sagte er lachend. »Wir können nicht rumlaufen und die Bösen aus lauter Jux vertrimmen. Alles muss in einem Gleichgewicht sein. Yin und Yang, wenn man so will. Erst wenn die Ordnung gestört ist, wird eingegriffen.«

»Und was dann?«

»Der Gezeichnete, der dem Schauplatz am nächsten ist und die notwendigen Fertigkeiten besitzt, wird beauftragt, die Wesen zu erledigen.«

»Und wer gibt den Auftrag? Gott?«

»Der Herr gibt Cain direkte Anweisung. Die Seraphim befehlen über alle anderen.«

Sie schürzte die Lippen, und Reed sah ihr die Neugier regelrecht an. Schließlich sagte sie: »Erzähl mir, wie das funktioniert.«

Reed musste lächeln. »Es ist vielleicht leichter zu verstehen, wenn man es mit dem menschlichen Justizsystem vergleicht. Jeder Sünder bekommt einen Prozess in Abwesenheit, und der Herr ist jeweils der vorsitzende Richter. Christus fungiert als Pflichtverteidiger. Klar so weit?«

»Klar, ich sehe *Law and Order*.«

»Okay, gut. Kommt es zu einer Verurteilung, gibt ein Seraph den Befehl an eine Firma, das Höllenwesen zu jagen.«

»Eine Firma?«

»Stell es dir wie eine Kautionsagentur vor. Ein Erzengel wird beauftragt, den Verurteilten ranzuschaffen, so wie ein Kautionsbürge. Aber der übernimmt nicht die eigentliche Jagd. Für die Drecksarbeit sind die Gezeichneten zuständig, und sie bekommen eine Kopfprämie, genau wie Kautionsjäger. Nur besteht die Prämie in ihrem Fall in Nachsicht. Verdien dir ausreichend davon, und du hast deine Strafe irgendwann abgearbeitet.«

»Sie reinholen? So wie in ›tot oder lebendig‹?«

»Tot.«

»Echt blutig tot oder irgendwie magisch tot?«

»Daran ist nichts Magisches.« Er legte eine Hand auf ihre, um ihr das bisschen Trost zukommen zu lassen, das ihm möglich war. »Manchmal ist es schmutzig, manchmal nicht. Den Unterschied lernst du noch. Die Ausbildung ist gründlich.«

»Eine Ausbildung im Jagen von Höllenwesen?« Sie schüttelte den Kopf. »Nein, danke.«

»Einige Gezeichnete halten die Arbeit für glamourös.«

»Meine Vorstellung von Glamour ist, in einem kleinen Schwarzen Champagner zu schlürfen.«

Reeds Mundwinkel bogen sich zu einem Lächeln. »Ich kann es kaum erwarten, das zu sehen.«

»Wie komme ich da raus?«

»Aus dem kleinen Schwarzen? Dabei helfe ich dir.«

»Verdammt, nein, aus dieser Kautionsjäger-Nummer.«

»Gar nicht.«

»Schwachsinn! Ich will mit jemand anderem reden.«

Sein Lächeln wurde zu einem Grinsen. »Meinem Vorgesetzten?«

»Sicher, warum nicht?«

»Den triffst du noch früh genug. Erst mal kommt der Kurs, der bald anfangen sollte. Man wird dich benachrichtigen, wenn es so weit ist.«

»Kurs?« Eve starrte Reed an und ärgerte sich darüber, dass sie keinen Rausch hatte, ihr aber dennoch schwindlig war.

Dann wanderte ihr Blick über seine Schulter, und sie setzte sich auf. »Achtung, wir bekommen Gesellschaft.«

Reed zuckte nicht einmal. »Wird aber auch Zeit, dass er auftaucht.«

»Was zur Hölle macht ihr hier?«, fragte Alec scharf und blieb an ihrem Tisch stehen.

»Wir warten auf dich«, antwortete sie und trat einen Stuhl unter dem Tisch heraus.

Alec fing ihn ab und sank auf den Sitz. Er sah Reed an. »Was willst du?«

»Dir auch einen guten Morgen.«

»Ich will wissen, wie ich das Mal loswerde«, sagte Eve.

»Noch habe ich es nicht herausbekommen«, erwiderte Alec grimmig, »aber ich arbeite dran.«

»Unmöglich!«, höhnte Reed.

»Hör mal zu«, entgegnete Eve und verschränkte die Arme vor der Brust. »Ich hänge der ›Unmöglich‹-Denkschule nicht an. Alles ist möglich. Wir müssen nur herausfinden, wie.«

»Du weißt ja noch nicht mal, was alles zu dem Job dazugehört, Babe.«

»Sie ist nicht dein *Babe*«, fuhr Alec ihn an.

Reed lächelte.

Eve beäugte beide verdrossen. »Ich weiß jedenfalls, dass ich nicht vorhabe, mich künftig jeden Tag bepissen und provozieren zu lassen. Ich habe einen Job, den ich liebe, ein Zuhause, für das ich verdammt hart gearbeitet habe, und ein Leben, das mir gefällt, auch wenn es nicht vollkommen ist. Ich will keine Dämonen und Schurken jagen.«

»*Anpissen*«, korrigierte Reed.

»Was?«

»Du sagtest ›*bepissen*‹ und provozieren zu lassen, und es heißt ›*anpissen*‹ und provozieren.«

»Mir ist bewusst, was ich gesagt habe! Und ich meinte es auch so. Als Alec geschlafen hat, habe ich ein paar Besorgungen gemacht und traf auf einen Gargoyle mit einem richtig miesen Humor und einer großen Blase.«

Alec erstarrte. »Einen Gargoyle?«

»Wie sah der aus?«, fragte Reed.

»Na, wie ein Gargoyle eben«, antwortete sie trocken. »Aus grauem Stein oder Zement, mit kleinen Flügeln und einem großen Maul. Irgendwie fast niedlich, mit einem Gesicht wie ein Ewok.«

»Nein«, sagte Alec. »Wie sahen seine Kennzeichen aus?«

Sie runzelte die Stirn. »Der hatte keine.«

»Er muss irgendeine Art Zeichnung gehabt haben«, widersprach Reed. »Sie sind genauso gezeichnet wie du.«

»Dann hatte er seine Kennzeichen wohl da versteckt, wo die Sonne nicht hinscheint oder so, denn ich habe alles von ihm gesehen, sogar seine Fußsohlen. Er sprang wild rum, drehte sich im Kreis und hat gegackert wie ein Idiot.«

»Vielleicht ist dein Sehen noch nicht ganz ausgereift«, mutmaßte Alec. »Sie können ihre Kennzeichen nicht in Körperhöhlen verbergen. Auf dem Hintern, den Genitalien und sogar unter ihrem Haar, ja, aber sie müssen auf der Haut sein.«

»Und ich sage euch, das Kerlchen hatte keine!«, beharrte sie. »Außerdem weiß ich, dass mein ›Sehen‹ funktioniert, weil ich die Kennzeichen des Schwachkopfs am Strand prima sehen konnte.«

»Des Schwachkopfs am …«, wiederholte Alec. »Du bist noch etwas anderem über den Weg gelaufen?«

»Jetzt dürfte dir klar sein, dass es keine so tolle Idee war, ein Nickerchen zu machen«, bemerkte Reed bissig.

»Leck mich.« Alec sah aus, als wollte er ihn gleich wieder töten. »Wahrscheinlich war das deine Idee.«

»Diesmal nicht. Ich hatte zu viel damit zu tun, für das Überleben deines Mädchens zu sorgen.«

»Du kannst ja nicht mal für dein eigenes Überleben sorgen!«

Eve stand auf.

Beide Brüder polterten im Chor: »Wo willst du hin?«

»Weg von euch zweien. Ich nehme mir mein Essen mit, und dann dürft ihr euch zanken, wer bezahlt.«

»Setz dich hin, Angel.«

Alecs Stimme ließ sie innehalten, denn der Befehlston war unüberhörbar. Das war eine neue Seite an ihm, und sie war fast noch köstlicher als die anderen.

Verfluchte Libido!

Wütend über ihre unbezähmbaren Gelüste, sackte Eve zurück auf ihren Stuhl.

»Erzähl mir alles, was passiert ist«, sagte Alec. »Jede Einzelheit.«

Als sie es getan hatte, wechselten die beiden Männer einen Blick.

»Was?«, fragte Eve.

»Der Tengu ist hinter dir her«, sagte Reed. »Das dürfte er nicht sein.«

»Tengu?«

»Der Dämon, den du für einen Gargoyle gehalten hast.«

»Ich komme mir vor wie ein Schulkind, auf dessen Rücken ein ›Tritt mich‹-Schild pappt«, murmelte sie und sah Alec an. Sein ungeschriebenes Schild sagte »Leg dich ja nicht mit mir an«. Könnte sie sich eines aussuchen, würde Eve dasselbe nehmen.

»Wir müssen ihn finden.« Alec trommelte mit den Fingern auf den Plastiktisch.

Der Kellner kam mit ihrem Essen, und sie alle warteten, bis die Teller abgestellt waren. Alec bestellte das Gleiche, ehe er Eve beobachtete, wie sie sich über ihr Essen hermachte.

»Warum müssen wir ihn finden?«, fragte sie zwischen zwei Bissen ihres ersten Tacos.

»Weil wir wissen müssen, zu welcher Gruppe er gehört.«

»Und das seht ihr an seinen Kennzeichen?«

»Ja.«

»Prima.«

Alec lächelte fast. »Du klingst mürrisch.«

»Keiner von euch glaubt mir. Das Ding war von Kopf bis Fuß nichts als grau. Da war kein Klecks Farbe und auch kein Muster.«

»Wahrscheinlich haben deine Sinne erst richtig reagiert, als du auf den Nix am Strand getroffen bist«, sagte Reed und wischte sich den Mund mit einer Papierserviette ab. »In den ersten paar Wochen können sie ziemlich schwanken.«

»Ein Nix?«, fragte Alec entsetzt.

»Ist das schlimm?« Eve sah von einem zum anderem.

»Verdammt, ja, das ist schlimm! Und ich wette, du mit deinem Mundwerk hast ihn auch noch angestachelt.«

»Was soll das heißen, mit meinem Mundwerk?«

Beide Männer sahen auf ihre Lippen, die prompt zu kribbeln anfingen. Eve räusperte sich.

»Und der Tengu ist auch übel?«, fragte sie, um die plötzliche Anspannung zu lösen.

»Jeder Dämon ist übel«, antwortete Reed. »Wollte man sie nach Ungezieferarten sortieren, wäre ein Tengu ein Moskito und ein Nix eine Ratte. Unsere Mittel sind sehr begrenzt, also stehen die Tengu weit unten auf der Dringlichkeitsliste. Wir jagen sie nicht so aktiv wie andere Höllenwesen.«

»Diesen werden wir allerdings jagen«, raunte Alec.

»Ich auch.« Eve wischte sich die Finger ab. »Wenn das Ding Kennzeichen hatte, will ich die sehen.«

»Es hatte garantiert welche, Babe.« Reed nahm sein Bier auf. »Das steht fest.«

»Behauptest du«, korrigierte sie und sah Alec an. »Was hast du vor, wenn du ihn findest?«

Alec zuckte mit den Schultern. »Ihn schütteln und abwarten, welche Informationen herausfallen.«

»Sofern er keine verborgenen Talente hat, scheint mir das kein fairer Kampf zu sein. Er war ganz klein.«

»Mir geht es um den Dämon, für den er arbeitet. Die Tengu sind niedere Dämonen, denen es an Antrieb und Ehrgeiz mangelt. Es passt nicht zu ihnen, willentlich Aufmerksamkeit auf sich zu lenken. Sie machen gern Ärger, aber nur indirekt.«

»Es wird doch nicht gefährlich, oder?«

Sein Blick wurde weicher. »Du zeigst ihn mir nur und gehst dann auf Abstand.«

»Das kriege ich hin«, sagte Eve, nahm etwas Reis auf ihre Gabel und versuchte, sich auf das Essen zu konzentrieren. Leider war es nicht so einfach wie gedacht.

Sie war zu erregt, und diese Reaktion fand sie eher verstörend als aufregend.

»Also«, begann Alec eindeutig frustriert. »Erzähl mir, was mit dem Nix war.«

9

Als Eve ihre Wohnungstür aufschloss, staunte sie einen Moment lang darüber, wie schnell sie ersetzt worden war. Doch als sie hineinging, wich ihr Erstaunen einem mulmigen Gefühl.

Hier war jemand.

Alec spürte ihr Zögern, packte ihren Arm und zog sie hinter sich. Dann schnupperte er in die Luft und blickte sich fragend zu Eve um.

Sie seufzte. Es bedurfte keines übertriebenen Geruchssinns, um den Duft von Curry und frisch gedämpftem Reis zu erkennen. »Meine Mutter.«

Ein seltsamer Ausdruck trat auf seine eleganten Züge: Schock und Vorsicht vielleicht, gefolgt von Verwunderung.

Einen ungünstigeren Zeitpunkt hätte sich Miyoko Hollis für ihren Besuch nicht aussuchen können. Sie würde Alecs Anwesenheit eine weit größere Bedeutung beimessen, als Eve lieb war. Und das wusste er, wie sein hinterhältiges Grinsen verriet.

»Evie-san?«, rief ihre Mutter.

»Ja, ich bin's, Mom.« Eve sah Alec warnend an. Sie hoffte inständig, dass ihr Vater nicht auch hier war, denn wenn er Alecs Sachen in Eves Schlafzimmer entdeckte, würde er einen Ring an ihrem Finger erwarten. Miyoko mochte traditionell japanisch erzogen sein, doch tatsächlich war sie weniger altmodisch als ihr Mann.

»Benimm dich«, befahl Eve.

»Natürlich.« Doch das Blitzen in Alecs Augen hieß wohl, dass er log.

Ihre Mutter lugte hinter dem Stützbalken am Ende der Kücheninsel hervor. Sie hatte das gleiche pechschwarze Haar wie ihre Tochter, nur war ihres zu kurzen Korkenzieherlocken gedreht, wodurch sie genauso jung wirkte wie Eve.

»Ah, hallo«, sagte ihre Mutter und strahlte bei Alecs Anblick. Sie schätzte gut aussehende Männer.

Der Rest von Miyoko erschien von hinter der Säule – mit einer Schürze über einem zitronengelben Pulli und einem bunten Rock. Ein kleines, diamantenbesetztes Kreuz hing an ihrem Hals. Die Hollis' waren Christen – Southern Baptist, um genau zu sein –, auch wenn sie gelegentlich zu den Festen in die County Buddhist Church gingen. Eve war als Kind getauft worden, weigerte sich allerdings schon seit der Junior High, die Familie zu Kirchenveranstaltungen zu begleiten. Was bis heute hin und wieder für Streit sorgte. Ihre Familie verstand nicht, was Eve gegen institutionalisierte Religion hatte; allerdings hatten sie auch nie versucht, es zu verstehen.

Eve machte die beiden miteinander bekannt und sah zur Couch, neben der zwei Koffer standen.

»Wo ist Dad?«

»Mal wieder zum Angeln mit seinen Freunden, bei Acapulco.«

Verdammt.

Ihre Mutter musste sich immerzu um jemanden kümmern, und war ihr Mann weg, brauchte sie einen Ersatz. Da Eves Schwester Sophia in Kentucky lebte, traf es Eve.

Der ganze Tag war schon die Hölle gewesen, und jetzt waren ihre Mutter und Alec auch noch gleichzeitig in ihrer Wohnung! Eve krümmte sich innerlich.

»Freut mich, Sie kennenzulernen, Mrs. Hollis«, sagte Alec.

»Bitte, sagen Sie Miyoko zu mir.«

»*Konichiwa*, Miyoko-san.« Er verbeugte sich.

Eve bemerkte die freudige Überraschung ihrer Mutter, doch Alecs Charme würde nicht ausreichen, um seine Bad-Boy-Erscheinung wettzumachen. Mit dem etwas zu langem Haar, der abgewetzten Jeans, dem eingerissenen T-Shirt und den zerkratzten Biker-Stiefeln war er vollkommen inakzeptabel. Eves Mutter stellte unerfüllbar hohe Ansprüche an die Verehrer ihrer Töchter. Reeds Äußeres hätte bessere Chancen, doch seine Arroganz wäre niemals durchgegangen. In all den Jahren hatte Eve noch nie einen Mann kennengelernt, der in den Augen ihrer Mutter länger als fünf Minuten bestehen konnte.

»Hier duftet es köstlich«, lobte Alec.

»Japanisches Curry.« Ihre Mutter strahlte. »Haben Sie das schon mal gegessen?«

»O ja, eines meiner Lieblingsgerichte!«

Eve wunderte sich, bis ihr einfiel, wie lange Alec bereits lebte und wie weit er gereist sein musste.

»Ich koche zwei Varianten«, sagte ihre Mutter und kehrte in die Küche zurück, wo teils geschälte und geschnippelte Zwiebeln, Karotten und Kartoffeln lagen. »Scharf und mild.«

»Warum mild?«, fragte Eve und holte eine Dose Cola aus dem Kühlschrank. Fragend hielt sie die Dose ihren Gästen hin, und als beide nickten, nahm sie drei Dosen heraus und kickte die Kühlschranktür zu.

»Ich habe Mrs. Basso zum Abendessen eingeladen. Die Arme! Ich mag mir gar nicht vorstellen, wie es sein muss, allein zu leben.«

»Ich bin froh, dass sie zugesagt hat.« Eve stellte die Dosen auf die Arbeitsplatte und öffnete den Geschirrspüler. Er war leer.

»Du solltest nicht aus der Spülmaschine leben«, schalt Miyoko. »Ich habe das Geschirr für dich weggeräumt.«

»Das musstest du nicht. Ich kann selbst für mich sorgen.«

»Ach, aber das macht mir nichts aus.«

Vielleicht machte es ihrer Mutter nichts aus, aber sie würde Eve dennoch nie vergessen lassen, dass sie es für sie erledigt hatte.

Eve drehte sich zu dem Schrank mit den Gläsern um, doch Alec war vor ihr dort und holte drei heraus. Er reichte ihr eines und stellte die anderen beiden nacheinander in den Eiswürfelspender des Kühlschranks.

Sie beobachtete es mit einer Mischung aus Entsetzen und Vergnügen. Dies war der Mann, der ihr vor zehn Jahren die Unschuld genommen hatte. Es erschien ihr unvorstellbar, dass er bei ihr zu Hause war und sich bewegte, als hätte er die ganze Zeit mit ihr hier gelebt.

Ihre Blicke begegneten sich.

»Wie lange sind Sie zu Besuch, Alec?«, fragte Eves Mutter.

»Genau genommen bin ich geschäftlich in der Gegend, und das auf unbestimmte Zeit«, antwortete Alec, stellte

Eve die beiden eisgefüllten Gläser hin und nahm ihr das leere ab.

»Aha?« Da schwang ein Hauch von Misstrauen in Miyokos Stimme mit. »Was machen Sie denn beruflich?«

»Ich bin Headhunter.«

»Für welche Firma?«

Alec lächelte. »Meggido Industries. Wir sind auf Katastrophenschutz spezialisiert.«

»Wie interessant.« Nun leuchteten die Augen ihrer Mom.

Während sie Alec abermals musterte, sah Eve förmlich, wie sich die kleinen Rädchen in ihrem Kopf drehten. Es wäre gar nicht gut, sollte Miyoko nachforschen und entdecken, dass Alecs Firma ein Schwindel war.

»Wie haben Sie Evangeline kennengelernt?«

»Das war vor Jahren, als sie …«

»… auf dem College«, warf Eve ein, bevor sie einen Schluck Cola trank.

Miyoko hielt mitten im Gemüsezusammenraffen inne und runzelte die Stirn. Lächelnd lehnte Alec seine Hüfte gegen die Arbeitsplatte.

»Ich brauche eine Dusche«, sagte Eve und stellte ihr leeres Glas ab.

»Pack das weg«, befahl ihre Mutter.

»Dies ist meine Wohnung, Mom!« Trotzdem trug sie das Glas brav zur Spüle.

»Kann ich irgendwie helfen?«, fragte Alec, als Eve den Raum verließ.

»Würden Sie vielleicht die Zwiebeln schneiden?«, fragte Miyoko. »Ich muss dabei immer weinen.«

Auf dem Weg durch den Flur zwang sich Eve, das Gefühl abzuschütteln, sie wäre überfallen worden. Ihre Mutter war offensichtlich schon eine Weile hier: Die Waschmaschine lief, und es roch nach Putzmittel. Womit sich als Nächstes die Frage aufdrängte, wie lange Alec draußen auf der Suche nach ihr gewesen war.

Du kannst froh sein, dass du nicht tot bist, hatte er gesagt, nachdem sie ihm von der Begegnung mit dem Nix erzählt hatte.

Eve konnte sich ein Leben, in dem ein Spaziergang am Strand zu einer Kamikaze-Übung wurde, beim besten Willen nicht vorstellen. Nicht einmal in der Kirche war sie mehr sicher. Eigentlich nirgends. Ein Schauer jagte ihr über den Rücken.

Nach einer sehr langen, sehr heißen Dusche fühlte sich Eve ein bisschen besser. Sie zog sich einen bordeauxroten Jogginganzug an und ließ ihr Haar offen, damit es an der Luft trocknen konnte. Als sie in den Flur kam, stieß sie mit Alec zusammen, der aus ihrem Gästezimmer trat. Er hatte sich ein Oberhemd und eine weite Baumwollhose angezogen, sodass er sehr ordentlich und geradezu zum Anbeißen aussah. Eve starrte ihn an.

Seine Mundwinkel bogen sich nach oben. »Es gibt eine Menge Seiten von mir, die du noch nicht gesehen hast, Angel.«

»Das ist nicht meine Schuld.«

»Nein.« Er kam näher. »Ist es nicht.«

Der Duft seiner Haut berauschte sie. »Ich werde noch zur Nymphomanin.«

»Ich bin verfügbar.«

»Wie lange?«, fragte sie. »Ich frage mich, wann ich mich umdrehen und feststellen werde, dass du fort bist.«

»Ich bleibe bei dir, bis wir eine Methode gefunden haben, dich zu befreien.«

»Also zeitlich befristet.«

»Wünscht du dir denn etwas Dauerhaftes?« Sein Blick war glühend heiß.

Eve überlegte einen Moment lang und zuckte mit den Schultern. Sie wusste nicht, was sie wollte, verdammt! Vor einer Woche hätte sie gesagt, sie wünschte sich Erfolg im Job, einen liebevollen Ehemann, zwei Kinder und einen Hund. Ein normales, gemütliches Leben.

»Meine Mom hat vor, hier zu übernachten«, antwortete sie ausweichend.

Er nickte, doch sein intensiver Blick blieb. »Habe ich schon mitbekommen. Ich habe angeboten, mir ein Hotel zu suchen, aber sie weigert sich, das Gästezimmer zu übernehmen, und meinte, der Futon in deinem Arbeitszimmer wäre bestens.«

Eve seufzte. »Sie mag nicht ohne meinen Dad in einem großen Bett schlafen. Und den Futon klappt sie nicht einmal aus, sondern legt sich einfach so drauf.«

»Eine Ehefrau ganz nach meinem Geschmack.«

»Ich kann mir nicht vorstellen, dass du jemals heiratest.«

»Dass es beim ersten Mal nicht funktioniert hat, muss ja nicht heißen, dass es nie etwas werden kann.«

Eve erstarrte.

»Ich habe dir doch gesagt, dass es vieles gibt, was du nicht über mich weißt«, murmelte er.

»Ich hab nie die Chance bekommen, es zu erfahren.«

»Die hast du jetzt.«

Eve lehnte sich an die Wand. Alec kam noch näher und stützte eine Hand neben ihrem Kopf auf, sodass sie gefangen war. Erinnerungen an die letzte gemeinsame Nacht stürmten auf Eve ein. Die verzweifelte, alles verschlingende Lust. Die unersättliche Gier. Die Leidenschaft, mit der er beides stillte.

Da sie nur Zentimeter trennten, konnte Eve seine Wärme spüren, und wenn sie genau hinhörte, nahm sie sogar sein schneller werdendes Herzklopfen wahr.

»Dein Herz rast«, flüsterte sie.

»Weil ich bei dir bin. Sex ist einer der seltenen Momente, in denen wir die volle Kraft unserer körperlichen Reaktionen erleben.«

»Wir haben keinen Sex.«

»In meinem Kopf schon.«

Eves Unterlippe bebte. Es wäre so leicht, sich bei ihm Trost und Unterstützung zu holen. Nur hatte sie sich damit überhaupt erst in diese Schwierigkeiten gebracht. Und wenn sie es schaffte, das Mal loszuwerden, würde er mit ihm zusammen verschwinden.

Was nicht verhinderte, dass sie ihn wollte. Sehr wollte.

Ihr Magenknurren beendete den Moment.

»Ich fasse nicht, dass ich schon wieder Hunger habe«, flüsterte sie, und so peinlich es war, freute sie sich über die Unterbrechung. »Tacos machen mich normalerweise den ganzen Tag satt.«

»Dein Körper durchläuft einige ziemlich drastische Veränderungen. Da braucht er entsprechend Treibstoff.«

»Wird sich das alles wieder umkehren, wenn ich … frei bin?«

Alecs Seufzen wehte wie ein federleichter Kuss über ihre Lippen. »Ich weiß es nicht, Angel. Ich bin noch nie einem ehemaligen Gezeichneten begegnet.«

»Nicht?«, fragte sie nervös.

»Nein.« Er lehnte seine Schläfe an ihre, und sie spürte die unterschwellige Anspannung in ihm.

»Ich finde einen Weg«, versprach sie sich selbst, ebenso wie ihm.

»Und ich helfe dir.«

Es klingelte, und sie wichen auseinander. Eve sah als Erste weg.

»Was ist mit dem Gargoyle?«, fragte sie, als sie zum Wohnzimmer gingen.

»Um den kümmern wir uns morgen.« Alec bemerkte ihren verwunderten Blick und erklärte: »Er kann nicht weit sein. Tengu beziehen ihre Energie aus den Bewohnern der Gebäude, die sie zieren. Sie wecken Gefühle von Angst und Unglück und ernähren sich von denen. Bewegen sie sich zu weit weg, verhungern sie sozusagen.«

»Ist ja faszinierend.«

»Alle Höllenwesen haben ihre Vorlieben und Schwächen. Die Nix bleiben nahe am Wasser, wie die Kappas. Die Trolle leben in oder nahe bei Wäldern. Wenn du erst mit dem Kurs anfängst, lernst du die Macken aller Arten kennen. Wissen ist Macht. Und Schwächen auszunutzen kann dir das Leben retten.«

Eve griff nach dem Türknauf. »Wie viele Arten gibt es?«

»Ein paar Hundert. Aber jede hat Unterarten, die in die Tausende gehen können.«

»O mein G…« Sie bremste sich rechtzeitig.

»Pass auf.«

»Ich versuch's ja«, raunte sie mürrisch.

Als sie die Tür öffnete und Mrs. Basso gegenüberstand, besserte sich Eves Stimmung merklich. Ihre Nachbarin trug heute Abend eine olivgrüne Hose mit passender Sweat-Weste und smaragdgrüner Kette. Eine weite weiße Bluse vervollständigte das lässig feminine Ensemble.

Eve umarmte sie.

»Sie sehen fantastisch aus«, sagte Mrs. Basso.

»Sie auch«, erwiderte Eve. Dann stellte sie Alec vor.

Mrs. Basso hielt eine braune Papiertüte und eine Flasche Chianti in den Händen. Eve bot an, ihr beides abzunehmen, doch Mrs. Basso lehnte ab und wurde verblüffend rot.

»Evie-san!«, rief Eves Mutter. »Kannst du den Tisch decken?«

»Ja, Mom.« Sie sah Alec an. »Die Fernbedienung liegt auf dem Couchtisch, falls ihr zwei fernsehen wollt.«

Als sie in die Küche ging, hörte Eve die leisen Stimmen hinter sich. Sie strengte sich an, sie zu verstehen, weil sie wissen wollte, wie Alec mit anderen Menschen umging. Er hatte recht. Sie wusste nichts über ihn, abgesehen von der enormen Anziehung, die er auf sie ausübte. Vielleicht sollte sie genauer hinsehen, und sei es nur in der Hoffnung, etwas zu entdecken, das sie genug abschreckte, um über ihn hinwegzukommen.

Als sie den Schrank mit den Tellern öffnete und vier herausnahm, wurden die Stimmen im Wohnzimmer lauter. Und das nicht, weil Alec und Mrs. Basso näher gekommen waren oder lauter sprachen, sondern weil Eves Gehör schärfer wurde. Auf einmal schien jedes Geräusch verstärkt zu sein, so als hätten Eves Ohren einen Volume-Knopf, den irgendjemand höher gedreht hatte.

»Das hier habe ich für Sie mitgebracht, Mr. Cain«, sagte Mrs. Basso.

Dem Knistern entnahm Eve, dass die Papiertüte den Besitzer wechselte.

»Danke schön.« Alec klang so überrascht, dass Eve grinsen musste.

»Es war eines der Lieblingsrezepte meines verstorbenen Mannes. Ich habe einige von den Gewürzen hineingetan, die nicht so leicht zu bekommen sind.«

Eve lehnte sich um den Stützpfeiler herum und reckte den Hals, um ins Wohnzimmer zu linsen. Die beiden standen vor der Couch im weißen Schein der indirekten Beleuchtung. Alec überragte Mrs. Basso so sehr, dass es beinahe aussah, als würde ein Mann mit einem Kind sprechen. Er blickte in die Tüte und runzelte perplex die Stirn, was Eve bezaubernd fand.

»Gießen Sie vor dem Servieren eine Tasse Chianti in die Sauce«, sagte Mrs. Basso, »und trinken Sie den Rest zum Essen. Sie werden feststellen, dass dieses Gericht heiter und wohlig stimmt.«

»Heiter?«

Hastig stellte Eve die Teller ab und kämpfte mit einem Lachanfall.

Mrs. Basso räusperte sich. »Evangeline ist mir in vielem so ähnlich.« Wieder wurde sie rot. »Wir wirken manchmal tougher, als wir sind. Ich glaube, ein ruhiger, romantischer Abend bei gutem Essen wird ihr sehr gefallen.«

Alec drehte sich um, und Eve blickte eilig geradeaus, während sie auf die Besteckschublade zusteuerte. Sie gab vor, nichts von ihrer Unterhaltung gehört zu haben. Doch sie spürte Alecs Blick in ihrem Rücken und biss sich auf die Unterlippe. Mrs. Basso, die Alec Verführungstipps gab, war schlicht unbezahlbar!

»Vergiss die Gabeln nicht«, ermahnte ihre Mutter sie, die gerade das Curry aus dem Topf in eine Schüssel füllte. »Auch wenn man nur die Löffel benutzen will, sollte man immer Gabeln mitdecken.«

»Schhh, Mom«, sagte Eve und machte eine ungeduldige Handbewegung.

»Warum flüsterst du?«

»Öhöm«, hüstelte Alec.

»Ich mache mir Sorgen um Evangeline«, sagte Mrs. Basso. »Eine junge schöne Frau, die allein lebt. Das ist nie gut, aber dieser Tage … Wir leben in rauen Zeiten.«

»Da haben Sie recht«, pflichtete Alec ihr bei.

»Sie ist so ein reizendes Kind, innerlich wie äußerlich. Ich würde sie zu gern mit jemand Besonderem zusammen sehen, und heute Nachmittag, als Sie weg waren … Na ja, da wirkte sie ein bisschen verloren.«

»Mrs. Basso …«

»Ich hoffe nur, dass es mit Ihnen beiden gut geht, sonst nichts. Und jetzt werde ich Sie nicht weiter in Verlegenheit bringen. Ich komme mir sowieso schon vor wie eine aufdringliche alte Tante.«

Eve griff an den Rand der Schublade und blinzelte ihre Tränen weg, so gerührt war sie. Und in diesem Moment sah sie die große Glasschale auf dem Tresen, die mit Wasser und einer einzelnen, wunderschönen Seerose befüllt war.

Ihre Mutter war eine passionierte Hobbygärtnerin und besaß wahrlich einen grünen Daumen. Oft brachte sie Pflanzen und Blumen aus ihrem Garten mit, aber noch nie war es etwas so Außergewöhnliches gewesen.

»Die Seerose ist traumhaft, Mom.« Eve schniefte, wie bezaubert von der Vollkommenheit der Blüte.

»Ja, nicht wahr? Noch halte ich mich mit meinem Urteil über deinen Alec zurück, aber solche Aufmerksamkeiten sind ein gutes Zeichen – wenn er sie denn beibehält. Am Anfang strengen die Männer sich immer an, und dann lässt es nach. Wie dem auch sei, du solltest sie auf den Tisch stellen.«

»Die Seerose ist von Alec?« Eve blickte sich zum Wohnzimmer um, wo er nun mit Mrs. Basso auf der Couch saß.

»Das nehme ich an. Es sei denn, du hast irgendwo noch einen anderen Freund.«

»Er ist nicht mein Freund.« Könnte Reed ihr die Blüte geschenkt haben? Eve wusste nicht, was sie davon halten sollte.

Miyoko summte nachdenklich. »Sie wurde geliefert, als du unter der Dusche warst und Alec sich umgezogen hat. Ein ganz netter Lieferbursche. Er wollte nicht mal ein Trinkgeld. Und wie gut er aussah! Mich hat er an diesen blonden Schauspieler aus *A Beautiful Mind* erinnert.«

Mit den Gabeln in der einen Hand und den Messern in der anderen erstarrte Eve. Ihr war nach Herzrasen zumute, aber ihr Herz konnte ja nicht mehr rasen. »Paul Bettany?«

»Ja, genau der. Sehr skandinavischer Typ. Er hatte auch einen leichten Akzent.«

Die Wasserlilie gewann eine völlig neue Bedeutung; sie verwandelte sich von einem entzückenden Geschenk in eine finstere Warnung. Der Hauch eines ekligen Geruchs entlockte Eve ein Naserümpfen, als ihr klar wurde, was das hieß. Ihre Hände zitterten heftig.

Der Nix wusste, wo sie wohnte.

Sobald Alec hörte, wie Miyoko die Badezimmertür hinter sich schloss, verließ er das Wohnzimmer und machte sich auf die Suche nach Eve. Er fand sie in ihrem Arbeitszimmer vor dem Computer.

Es war ein geräumiges Zimmer mit zwei Schreibtischen – einem für ihren Computer und einem Zeichentisch für ihre Entwürfe. Außerdem standen in dem Raum ein kamelhaarfarbenes Futon, ein Couchtisch und drei Bücherregale.

»Deine Nachbarin ist … interessant«, sagte er.

Eve lachte. »Sie dachte, dass du ein paar Tipps brauchst.«

»Ich wusste, dass du über mich lachst.« Seine Hände legten sich auf ihre Schultern. Während er sie sanft massierte, blickte er zum Monitor. Sie googelte Nixe.

»Was willst du wissen?«, fragte er leise. »Ich kann dir mehr erzählen als Google.«

»Kann ich die mit einer Kugel erledigen?«

Ein strenges Lächeln trat auf seine Züge. Eve glaubte nicht, dass sie das Zeug zur Gezeichneten hatte, wohingegen Alec nicht den geringsten Zweifel daran hegte. Was allerdings nichts an der Tatsache änderte, dass er es irgendwie schaffen musste, ihr das Leben zurückzugeben, das sie wollte.

»Kannst du, wenn du ihm den Schädel wegpustest, solange er in voller Sterblichengestalt ist«, antwortete er. »In seiner flüssigen Form funktioniert es nicht. Enthauptung tötet alles außer einer Hydra. Du kannst Nixe auch dehydrieren, indem du sie vom Wasser trennst. Anders als ein Mensch, vertrocknet ein Nix binnen weniger Stunden. Doch das ist nicht so einfach, wie es sich anhören mag. Jede Wasserquelle kann sie stärken – ein Wasserhahn, Pfützen, Tränen, feuchte Luft. Wirft man sie nicht mitten in einer Wüste ab, gibt es keine Garantien.«

»Das ist alles?«

»Feuer ist gut. Flammenschwerter gehen, habe ich gehört.«

»Und wo bekomme ich so etwas her?« Eve atmete angestrengt aus und drehte sich auf ihrem Stuhl um, sodass er sie loslassen und zurückweichen musste.

»Man bringt dir bei, wie du um eines bittest.«

»Irgendwann. Eines Tages. Falls er mich nicht vorher killt.«

Seine Fingerspitzen strichen über ihre Wange. »Ich würde es dir zeigen, wenn ich könnte. Aber ich habe es selbst nie herausgefunden, und da ich bisher ohne überlebt habe, war es mir nie wichtig, es zu lernen.«

Ihre dunklen Augen waren voller Sorge. »Was hältst du von seinem Geschenk?«

Alec verschränkte die Arme. »Ich denke, dass er dich umbringen will.«

Und dieses Wissen zerfleischte ihn innerlich. Er musste an ein Sushi-Restaurant denken, in dem er einmal gewesen war. Dort hatten sie den Fisch noch atmend serviert, den Bauch der Fische aufgeschnitten, während sie noch nach Luft schnappten. Jetzt fühlte sich Alec wie so ein Fisch.

»Kann er das?«, fragte sie leise. »Ist das erlaubt?«

»Tja, entweder ist er ein Einzelgänger, der hofft, seine Tat im Nachhinein rechtfertigen zu können, oder es ist abgesegnet.«

»Was ist schlimmer?«

»Beides ist verdammt schlecht.«

»So viel habe ich schon kapiert.«

»Warum musstest du die Wohnung verlassen, Eve?«

»Ach, jetzt ist es meine Schuld?« Sie stand auf. »Willst du allen Ernstes *mir* vorwerfen, was passiert ist?«

Alec rieb sich übers Gesicht. »Nein, verdammt, ich gebe dir nicht die Schuld!«

Sie reckte das Kinn. Obwohl sie sehr zierlich war und gerade in einer Betty-Boop-Flanellpyjamahose mit passendem Top vor ihm stand, sah sie fabelhaft aus. Sie *war* fabelhaft. Eve konnte ihn allein mit einem strengen Blick aus den Socken hauen.

»Ich habe die Wohnung verlassen«, sagte sie, »weil ich eine Bibel brauchte, um zu recherchieren. So bin ich auf den Tengu gestoßen. Und ich bin an den Strand gegangen, weil ich nach der Tengu-Geschichte frische Luft brauchte. Und so bin ich über den Nix gestolpert.«

»Scheiße.«

»Du hast gesagt, nichts ist Zufall.«

»Stimmt.«

»Und was ist hier los?«

»Wenn ich das wüsste.« Es gab zahlreiche Möglichkeiten, und keine von ihnen war gut. »Hast du eine Bibel gefunden?«

»Ja.«

»Hast du Angst?«

»Panische Angst.«

»Gut, dann bleibst du wachsam.« Er breitete die Arme aus, und nach kurzem Zögern schmiegte sich Eve in seine Umarmung.

Das Sicherste wäre, wenn er sich weit von ihr entfernt hielt, damit sein Duft an ihr abklang und sie nicht mehr gegen ihn benutzt wurde. Aber er traute keiner Seele zu, sie so zu beschützen, wie er es konnte. Wenn sie in den Außendienst geschickt wurde, musste er bei ihr sein, sonst würde er den Verstand verlieren.

»Was machen wir?«, fragte sie.

»Falls der Nix ein Einzelgänger ist, wird seine Tötung das Ganze beenden. Falls er beauftragt ist, gibt es zwei Möglichkeiten – entweder ist die Jagd persönlich, sodass sie mit seinem Tod endet, oder man würde es als Affront gegen seine Einheit auffassen und jemand anderen schicken, der beendet, was er nicht geschafft hat.«

»Mist.« Sie sah zu ihm auf. »Wie kann ich helfen?«

»Du bleibst immer an meiner Seite. Wir passen beide auf. Ich höre mich um und sehe, was ich herausfinde.«

»Wir jagen ihn.«

»*Ich* jage ihn.«

»Ich kann da nicht blind reinwandern.«

»Angel …«

Ihre Miene wurde störrisch. »Ich muss wissen, womit ich es zu tun habe, Alec, und ich will nicht bloß eine nervige Belastung für dich sein.«

»Du bittest mich hoffentlich nicht, dich zu meiner Partnerin zu machen.«

»Natürlich nicht.« Sie lächelte, und Alec stockte der Atem. In diesem Moment erinnerte sie ihn sehr an das Mädchen, das er vor zehn Jahren kennengelernt hatte. »Ich sage lediglich, dass ich *Informationen* brauche, und ich will, dass du mich einsetzt, wenn es nötig ist. Versprich mir einfach, dass du nicht versuchst, mich zu schonen, indem du mir Sachen verschweigst.«

Alecs instinktive Reaktion war, Eve so gut wie möglich zu schützen. Aber er wusste, dass er sich ihr dadurch nur entfremdete und ihren Trotz weckte, selbst wenn sie deshalb noch lange nicht dumm handeln würde. Ihre Suche nach einer Bibel sagte ihm, dass sie nach wie vor alles gründlich recherchierte, eine Eigenschaft, die er schon in ihrer ersten Liebesnacht an ihr bemerkt hatte. Da hatte sie ihm alle Vor- und Nachteile frei verkäuflicher Verhütungsmittel aufgezählt, bis er endlich aufhören konnte zu lachen und ihre Gedanken auf anderes lenkte.

»Es ist mein Job zu führen, Angel. Und ich muss sicher sein, dass du mir folgst, auch dann, wenn es heißt, auf Abstand zu bleiben. Fürs Erste möchte ich, dass du nicht ohne mich die Wohnung verlässt.«

Sie überlegte. »Was sind wir eigentlich?«

Er zog die Brauen hoch, während er mit den Händen über ihren Rücken zu ihrem Hintern glitt.

»Benimm dich!«, wies sie ihn zurecht.

»Du magst es doch, wenn ich ungezogen bin«, raunte er und streifte ihr Ohr mit seinen Lippen. Er fühlte, wie sie erschauerte, obwohl sie ihn wegstemmte. Es war eine schlechte Idee, diese Sache noch zu vertiefen, denn ihre Trennung war unvermeidlich. Doch er konnte nicht anders.

Wenn er sie gehen ließ, könnte sie nicht zu ihm zurück, nicht einmal, wenn sie wollte. Und er konnte nicht mal versuchen, ihrer beider Strafen zusammen abzuarbeiten, und hoffen, eines Tages das zu sein, was sie brauchte. Und dann würde er sie verlieren.

Evangeline Hollis stand *Familie* ins Gesicht geschrieben. Sie wollte zweieinhalb Kinder, einen Hund und ein Haus im Grünen. Ihre Schwester war verheiratet und hatte Kinder. Ihre Eltern hatten ihre Silberhochzeit hinter sich. Und dass sie sich selten verabredete, sprach nicht für eine Angst vor Bindungen, sondern vielmehr für die Sorge, Zeit mit dem Falschen zu vergeuden.

Alec konnte ihr nicht das Leben bieten, nach dem sie sich sehnte, und wenn er ehrlich war, müsste er zugeben, dass er es wohl niemals konnte. Er war ein Killer, ein Mörder. Jeder hatte ein Talent, und Leben zu beenden war seines. Er wäre niemals der Familienmensch mit der geregelten Arbeit, den Eve sich wünschte und den sie verdiente.

»Derzeit habe ich echt reichlich zu grübeln«, sagte sie heiser. »Ich weiß nicht, wann du verschwindest, was ich tue, wohin mich dieses Mal führt oder wie zur Hölle ich mein Leben zurückbekomme.«

Alec lächelte, denn der Jäger in ihm freute sich auf die Jagd.

Sie entwand sich ihm. »Ich brauche keine weiteren Komplikationen. Und jetzt beantworte meine Frage: Wie stehst du zu mir?«

»Jeder Gezeichnete hat einen Mentor. Die Ausbildung ist umfassend, aber nichts kann die praktische Erfahrung ersetzen. Mentoren leiten die Neu-Gezeichneten beim Übergang vom Kurs auf die Straße an.«

»Klingt gut organisiert. Ausbildung. Mentoren.«

»Ist es auch.«

Eve nickte. »Okay, also jetzt weiß ich, wie man einen Nix tötet. Womit muss ich von ihm rechnen? Will er mich auf die gängige Weise umbringen, oder hat er spezielle Gaben, auf die ich gefasst sein sollte?«

»Sie können mit einem Kuss töten. Ihre Lippen versiegeln deine, und dann fluten sie deine Lunge mit Wasser, sodass du ertrinkst. Sie können dir sämtliche Flüssigkeit entziehen, dich so dehydrieren, dass du stirbst. Aber das dauert. Du müsstest bewegungsunfähig gemacht werden. Und sie töten auch auf altmodische Art.«

»Demnach ist meine beste Vorgehensweise die, die der gesunde Menschenverstand rät – mich von ihnen fernhalten.«

»Ja. Mit ein bisschen Glück passt sich dein Körper schnell dem Mal an, und dann kannst du bald riechen, wenn er kommt.«

»Ich habe vorhin schon eine Note von ihm wahrgenommen.« Sie rümpfte die Nase. »Ein bisschen was von seinem Gestank außen an der Vase.«

Alec nickte. »Normalerweise riechen Gezeichnete anfangs alles. Dann lernen sie, ihre Sinne auf die Kleinigkeiten zu konzentrieren. Bei dir läuft es offensichtlich anders herum. Wie zur Hölle kannst du etwas so Dezentes so schnell riechen?«

Eve gähnte. »Als wenn ich das wüsste! Das ist eine Frage zu viel für mich, jedenfalls heute. Ich gehe schlafen. Ich bin erledigt.«

»Möchtest du Gesellschaft?«

Ihr einer Mundwinkel bog sich nach oben, und Alec wurde heiß. »Heute nicht. Ich habe eine Mutter im Haus.«

»Auch wieder wahr. Morgen fahren wir los und schnappen uns deinen kleinen Steinfreund.«

»Jippie«, murmelte sie wenig begeistert. »Ich kann's gar nicht erwarten.«

Mit einem trägen Winken ging sie aus dem Zimmer.

10

»Ist das nicht ganz schön weit weg von deiner Wohnung?«, fragte Alec, als Eve auf den Parkplatz der St. Mary's Church bog.

»Ich fahre herum, wenn ich nachdenken muss.« Ihr Blick wanderte zum Dach des Gebäudes, bevor sie sich nach einer freien Parklücke umsah.

»Eine aktive Gemeinde«, stellte Alec fest.

Es kam Eve komisch vor, ihn bei sich im Auto zu haben. Jahrelang hatte sie ihn sich auf seinem Motorrad vorgestellt. Es schien einfach besser zu passen, wenn er auf der Harley saß und praktisch ein Teil der Maschine war. Doch als er ihr angeboten hatte zu fahren, hatte sie sofort abgelehnt. Sie brauchte einen klaren Kopf, um die Informationen zu verdauen, die er ihr gab. Und den bekam sie sicher nicht, wenn sie hinter ihm auf der Harley saß, ihre Schenkel an seine Hüften gepresst und die Arme um seine Mitte geschlungen.

»Scheint so«, stimmte sie seiner Bemerkung zu.

Eve bog in eine freie Lücke, stellte den Motor aus und löste den Gurt. Da sie nicht wusste, wie ihre »Jagd« aussehen würde, hatte sie sich eine ältere Jeans, Vans und eine kurzärmlige Bluse angezogen. »Bereit?«

Ein sanfter Glanz lag in seinen Augen, als er sie ansah. »Warum hast du mich nicht gefragt, was du wissen wolltest?«

»Du hast geschlafen.«

Alec schnaubte. »Das ist eine billige Ausrede.«

»Was ist denn so falsch daran, wenn ich es selbst lesen will?«

»Es ist Hörensagen. Eine Menge der Geschichten sind eher Fabeln als die Wahrheit.«

»Und du willst mir die ungefärbte Wahrheit erzählen?«

Er lächelte nur und öffnete die Beifahrertür. Eve blieb sitzen, während er ausstieg, und betrachtete seinen Hintern und die langen Beine. Auch er trug Jeans. An den Füßen hatte er Doc Martens mit Stahlkappen, und sein Oberkörper war von einem dunkelblauen T-Shirt verhüllt. Es war verblüffend, wie normal er aussah, wo er doch alles andere als normal war.

Sie stieg aus dem Wagen, bevor er ihr die Tür öffnen konnte. »Was jetzt?«

»Wir sehen uns die Kirche an.« Alec setzte seine Sonnenbrille auf. »Danach nehmen wir uns zu Fuß die Gebäude drum herum vor, bis wir ihn gefunden haben.«

»Ich dachte, Kirchen sind heilig.«

»Tja, Augen auf im Straßenverkehr«, scherzte er. »Man lernt jeden Tag dazu.«

»Nur nichts, was ich wissen will«, murmelte sie, schlug ihre Wagentür zu und steckte die Schlüssel ein.

Sie gingen zwischen den Autoreihen hindurch, Alec vorweg. »Wo hast du ihn gesehen?«

»Da oben.« Sie zeigte auf den Torbogen. »Es waren noch andere Leute in der Nähe, aber von denen schien ihn keiner bemerkt zu haben.«

»Sie sind nicht gezeichnet.«

»Wie schön für sie.«

Der Blick, den er ihr über die Schulter zuwarf, brachte sie zum Grinsen.

»*Miss Hollis!*«

Die rauchige, raspelnde Stimme von Pater Riesgo war unverkennbar. Eve blieb abrupt stehen, drehte sich um und lächelte, als der Priester auf sie zukam. Gleichzeitig spürte sie, wie Alec dicht hinter sie trat.

»Pater«, begrüßte sie ihn. Das Priestergewand kam ihr an ihm immer noch unpassend vor.

Sie machte die beiden Männer bekannt und staunte, als Alec dem Pater die Hand reichte und in eine Fremdsprache wechselte. Pater Riesgo antwortete entsprechend und schüttelte Alecs Hand. Seine grünen Augen funkelten.

Dann sah Riesgo wieder Eve an. »Das muss der Mann sein, der Sie auf die Idee gebracht hat, sich mit der Kirche zu befassen.«

»Äh …«

»Der bin ich«, bestätigte Alec mit einem vielsagenden Schmunzeln.

»Hervorragend. Ihre Beziehung muss wohl ernst sein.« Der Priester blickte wieder zu Eve. »Wir haben einige sehr schöne Paartreffen, die Ihnen vielleicht gefallen.«

Alec legte einen Arm um Eves Schultern. »Leider ist sie noch ein bisschen störrisch.«

»Je hartnäckiger sie sich sträuben, desto überzeugter können sie später werden«, entgegnete Riesgo unbekümmert. »Sind Sie zur Morgenmesse gekommen?«

Eve verneinte. »Ich recherchiere etwas anderes. Wissen Sie, ich bin Innenarchitektin, und mir wurde gesagt, dass es in dieser Gegend ein gotisches Gebäude gibt. Kennen Sie es zufällig?«

»Dafür kommen Sie zur Kirche?«, fragte er verwundert. »Warum fahren Sie nicht herum und suchen danach?«

Eve sah Alec an. Sogar durch die Sonnenbrille war zu erkennen, dass er sich prächtig amüsierte, und Eve stellte ein wenig beleidigt fest, dass sie von ihm wohl keine Hilfe erwarten durfte.

»Es war seine Idee«, sagte sie kurzerhand und wies auf Alec.

Er schlang auch den anderen Arm um sie. »Ich habe dich zwei Tage in Folge zur Kirche gelockt, nicht wahr? Wie ich schon sagte, Wunder geschehen.«

Eve rammte ihm den Ellbogen in den Bauch, was allerdings nur ihrem Arm wehtat. Alec lachte.

»Die Messe beginnt in einer Stunde«, sagte Pater Riesgo lächelnd. »Ich hoffe, Sie bleiben bis dahin.«

Mit einem lahmen Winken zog Eve Alec weiter.

»Siehst du?«, fragte er, als sie den Parkplatz verließen. »Keiner hält dich für einen hoffnungslosen Fall.«

Sie ging weiter.

»Werde ich jetzt mit Schweigen bestraft, Angel?«

»Ich suche nach meinem *Freund*.«

Er brummelte etwas, griff nach ihrer Hand und verschränkte seine Finger mit ihren.

Als sie um eine Ecke bogen und von der ruhigeren Seitenstraße auf die belebte Hauptstraße kamen, wurde es merklich lauter, was Eves Gefühl verstärkte, den sicheren Bereich hinter sich zu lassen und eine unbekannte, gefährliche neue Welt zu betreten. Die Wagen auf dem Beach Boulevard bewegten sich im typischen Südkalifornien-Tempo, das zwischen gelassener Spazierfahrt und Hetze lag. Alle Cabrios fuhren mit offenem Verdeck, die übrigen Wagen hatten die Fenster heruntergedreht. Folglich dröhnte eine wilde Mischung aus Country, Rap, Alternative und Pop aus den Autos.

Der Himmel war pudrig blau, wolkenlos und sonnig. Genau die richtige Mischung aus warmem Sonnenschein und kühler Meeresbrise …

Eine Brise, die Eve einen giftigen Gestank direkt ins Gesicht blies.

Sie zog eine angewiderte Grimasse. Den Geruch zu beschreiben war unmöglich, denn Eve kannte nichts, was auch nur annähernd so scheußlich stank.

Sofort veränderte sich Alec. Er umfing ihre Hand fester und wechselte vom lässigen Schlendern in einen aufmerksamen, leisen Gang. Eve entging nicht, dass ihr Körper den Wandel automatisch mitmachte. Die Umgebung schien sich zu verengen. Die Hintergrundgeräusche verklangen, Eves Sicht nahm die Konturen schärfer wahr, und ihre Muskeln wölbten sich. Adrenalin pumpte durch ihre Adern, und die plötzliche Kraft in ihr war brutal. Auch erregend, nur nicht im rein erotischen Sinn.

»Ich rieche sie«, murmelte sie fröstelnd. Ihr war, als könnte sie wie der Wind flitzen und mit bloßen Händen ein Telefonbuch zerreißen.

Euphorie. Das war es. Und sie wurde von Aggressivität hervorgerufen. Wie zur Hölle passten die zwei zusammen?

»Ja.« Alec blickte sich um und wies verhalten auf einen Mann in einem Anzug, der wenige Meter entfernt in einen Range Rover stieg. »Da ist einer.«

»Wo sind seine Kennzeichen?«

»Unter seiner Kleidung oder seinem Haar versteckt. Er ist ein niederer Dämon, deshalb bleibt er bei seiner Sterblichen-Gestalt.«

Eve zog an Alecs Hand. Er blickte kurz zu ihr und zuckte zusammen.

»Ich fühle mich komisch«, sagte sie angestrengt, weil ihr Mund vollkommen ausgetrocknet war.

»Du siehst fantastisch aus. Das Mal an dir ist heiß, Angel.«

Ja, es fühlte sich auch auf primitive Art heiß an.

Sie holte tief Luft und fing eine Vielzahl von Gerüchen ein – Abgase, aufgeheizten Asphalt, frischen Kaffee, eine verrottende Seele …

»Deutscher Schäferhund«, platzte sie heraus und staunte, wie sicher sie den Hund identifizieren konnte.

»Gut gemacht. Der Kerl auf der anderen Straßenseite mit dem Starbucks-Becher. Welche Aromazutat?«

Sie schnupperte und sortierte Parfüms und Weichspüler aus. »Keine. Es ist schwarzer Kaffee.«

»Großartig.« Alec nickte nach vorn. »Kannst du die Schlagzeile auf der Zeitung dort am Stand sehen?«

»Nein, die liegt falsch herum, Schlaumeier.« Sie sah genauer hin. »Aber ich sehe das Haus ungefähr eine Meile entfernt mit einem winzigen Gargoyle auf der Ecke im dritten Stock.«

Er lächelte. Es war deutlich zu spüren, dass er es kaum erwarten konnte.

»Du genießt das richtig, oder?«, warf sie ihm vor und versuchte, sich nicht anmerken zu lassen, wie ansteckend seine Vorfreude war.

»Ich bin gut darin«, erwiderte er. »Genießt du es nicht, gut in etwas zu sein, egal was es ist?«

Eve ließ seine Hand los, nahm ihn beim Ellbogen und zog ihn über die Straße. Dabei versetzten sie gleich zwei Dinge in mildes Staunen: dass sie stark genug war, Alec mit sich zu ziehen, und dass sie beide die Straße überquert hatten, bevor das Fußgängersignal auch nur zwei Sekunden getickt hatte.

Niemand konnte so schnell gehen. Das war unmöglich.

Eve blieb stehen, denn ihr Verstand musste erst mal ihren Körper einholen. »Wow!«

»Deine Verwandlung geht voran«, sagte Alec. Seine Hand war auf ihrem Rücken, sein Blick auf das Ende der Straße fixiert. »Aber du musst lernen, deine Fertigkeiten in der Öffentlichkeit zu bändigen. Wir können uns so schnell bewegen, dass es keiner sieht, trotzdem ist es riskant. Wenn wir nicht aufpassen, lösen wir eine Panik aus. Höllenwesen ernähren sich von negativen Stimmungen, und sie brauchen wahrlich nicht noch mehr Stoff, als sie schon bekommen.«

»Das war keine Absicht.«

»Weiß ich. Ich sage es ja nur.«

Eve machte sich gerade und atmete aus. »Okay, ich bin bereit.«

Sie fielen in einen gelasseneren Schritt, auch wenn an ihnen sonst nichts gelassen war. Je näher sie dem Gebäude kamen, desto angespannter wurde Eve und umso konzentrierter wirkte Alec. Geräusche und Gerüche spülten über Eve hinweg, die in Wellen mal intensiv, mal gedämpft waren. Es erschwerte Eve die Orientierung, und bis sie ihr Ziel erreichten, war sie so weit, dass sie sich am liebsten hinlegen wollte.

»Das Haus ist noch im Bau«, stellte sie fest, als sie sah,

dass an einigen der oberen Fenster noch die Aufkleber des Herstellers hafteten.

»Und ich rieche nichts. Das kann nicht das richtige Haus sein.«

»Alec, hier wimmelt es nicht direkt von Gargoyles, und diese hier sehen genauso aus wie der gestern.«

»Wäre hier ein Tengu, würde der ganze Straßenabschnitt stinken. So wie es in Hafengegenden über mehrere Straßenblöcke nach Fisch riecht.«

Sie verschränkte die Arme vor der Brust. »Okay, na gut.«

»Gut.« Er griff nach der Tür und rüttelte daran. »Abgeschlossen.«

Eve sah durch das Fenster. Drinnen war alles für einen Empfangstresen und eine große Namenstafel vorbereitet, und innen am Fenster lag ein umgedrehtes Schild. Vermutlich standen darauf die Kontaktinformationen des Maklers.

Eve neigte den Kopf zur Seite. »Hörst du das?«

»Was?«

»Klingt wie ein Kompressor.« Sie trat zurück an den Gehwegrand, lehnte sich an eine Parkuhr und blickte nach oben.

»Wir müssen auf das Dach.«

»Sicher, und wie kommen wir da rauf?«, fragte Eve. »Mit einem Superman-Sprung?«

Alec verzog den Mund und schaute sich um. »Nein.«

»Ein Glück«, seufzte sie erleichtert. »Ich habe Höhenangst.«

»Wir klettern an der Fassade nach oben.«

»Vier Etagen?« Sie umklammerte die Parkuhr. »Das sind gut sechzehn Meter! Bist du wahnsinnig?«

»Nein, das war ein Scherz.« Augenzwinkernd hielt er ihr seine Hand hin. »Gehen wir nach hinten und sehen, ob wir da reinkommen.«

Mit einem leisen Fluch ging Eve an ihm vorbei und suchte nach einem Durchgang zum Hof hinter dem Gebäude. Gleich hinter einem Sportschuhladen einige Türen weiter fand sie ihn.

Hinter dem Gebäude stießen sie auf einen hohen Maschendrahtzaun, der die Baustelle dort absperrte, wo später die Tiefgarageneinfahrt sein würde. Ein Dutzend Männer mit Werkzeuggürteln und Helmen waren hinter dem Zaun unterwegs, und laut dem großen Schild am Maschendraht arbeiteten sie für D&L Construction.

»Da gibt es eine Wache am Tor«, sagte Eve und zeigte zu einem Mann mit Klemmbrett, der jeweils in einer Liste abhakte, wer kam und ging.

»Ist das üblich bei einer Baustelle?«

»Manchmal. Kommt darauf an, wie gefährlich der Bauplatz und wie teuer das Material ist. Man will sich ja gegen Klagen wegen Unfällen oder Diebstahl absichern.« Wieder musterte sie das Gebäude. »Bei diesem Retro-Design außen kann man davon ausgehen, dass sie drinnen einige kostspielige Armaturen und sonstiges verbauen.«

»Entschuldigung!«, rief Alec dem kräftig gebauten Wachmann zu. Der Kerl sah aus, als würde er Steroide wie Bonbons lutschen. »Was für ein Gebäude wird das?«

»Ein Bürohaus. Richtig schick.«

»Können wir es uns vielleicht mal ansehen? Ich bin auf der Suche nach neuen Geschäftsräumen.«

Der Wachmann schüttelte den Kopf und griff in seine Tasche. »Bedaure, da müssen Sie einen Termin mit der

Maklerfirma machen.« Seine grauen Brauen zogen sich zusammen. »Ich habe schon wieder keine Karte mehr von der Frau. Der Bau zieht reichlich Leute an, und ich gebe die Dinger jeden Tag dutzendfach heraus. Ich wette, hier ist schon alles belegt, bevor es überhaupt eröffnet.«

»Für wann ist die Eröffnung geplant?«, fragte Alec.

»Weiß ich nicht genau. Der Bauunternehmer hinkt hinterher. Drinnen sind noch die Klempner und Elektriker beschäftigt.« Der Wachmann zuckte mit den Schultern. »Warten Sie hier, ich hole neue Visitenkarten.«

Der Mann wollte sich wegdrehen, als eine große Gruppe von Bauarbeitern um die Ecke bog. Die Styroporbecher in ihren Händen legten nahe, dass sie aus der Pause zurückkehrten.

»Tut mir leid«, sagte der Wachmann. »Zuerst muss ich die Jungs eintragen. Wir haben Probleme mit der Stempeluhr, deshalb muss ich die Schichtzeiten aufschreiben.« Er senkte die Stimme. »Die werden stinksauer, wenn ihre Stunden nicht stimmen, und der Vorarbeiter ist zum Mittagessen, also ist keiner sonst hier, der die Jungs im Blick behält.«

Alec lächelte. »Ich habe in einer Stunde ein Meeting und muss mich vorher noch umziehen. Macht es Ihnen etwas aus, wenn ich mir selbst eine Karte hole? Ich kann Ihnen dann gleich welche mitbringen.«

Eve bemühte sich, nicht erstaunt auszusehen. Wozu die Eile?

Der Wachmann überlegte, bevor er zu einem Bauwagen in der Nähe zeigte. »Die sind in einem offenen Kästchen auf dem Schreibtisch des Vorarbeiters.«

»Danke.« Alec nahm Eve beim Arm und zog sie durch das Tor.

»Wie hast du es geschafft, dass er dich einfach reinlässt?«

»Das Mal macht uns … überzeugend.«

Ihr fiel wieder ein, wie sehr es sie verlockt hatte, mit Reed zusammen zu sein, und ihr stockte der Atem. »Dieser Jedi-Gedankentrick ist cool, aber was soll das hier? Wir müssen mit der Maklerin wiederkommen.«

»Was wie eine Sackgasse aussieht, muss nicht zwingend eine Sackgasse sein. Such immer nach einem anderen Weg.«

»Und der ist in diesem Fall eine Visitenkarte?« Sie wartete, während Alec die Metallrampe hinaufging und an die Bauwagentür klopfte. Niemand öffnete.

»Der Vorarbeiter ist zum Mittagessen, schon vergessen?« Lächelnd drehte er am Türknauf. »Ein unbesetztes Büro voller Papiere ist ein anderer Weg. Komm schon.«

Nachdem sie sich rasch umgesehen hatte, legte Eve eine Hand auf das Geländer und schwang sich die Rampe hinauf. Sie war schnell, aber Alec war schneller. Bis Eve die Tür hinter sich geschlossen hatte, blätterte er bereits die Papiere auf dem großen Schreibtisch durch.

Das längliche Büro war ein einziger Raum. Rechts standen einige Spinde und ein abgewetztes Sofa. Links waren der Schreibtisch und mehrere Metallaktenschränke mit jeweils sechs Aktenschüben. An den Wänden hingen mehrere Zeichnungen des Gebäudes, und der Linoleumboden war kahl und übel zerkratzt.

»Was zum Teufel machst du da?«, fragte Eve.

»Diese Gargoyles sehen aus wie dein Tengu, stimmt's?« Er sah zu ihr auf. Seine Sonnenbrille hing ihm hinten im Nacken, und er wirkte entschieden zu entspannt für einen Schnüffler. »Wahrscheinlich wurden sie in derselben Werkstatt gefertigt, und ich will wissen, in welcher.«

Eve sah nervös zur Tür. »Dann soll ich wohl Schmiere stehen.«

»O nein, Angel. Du musst herkommen und mir sagen, wonach ich suche. Dieser ganze Bau- und Architektenkram ist dir vertraut, aber für mich ist das wie Griechisch.«

Eve schnaubte abfällig. »Meinetwegen. Ich würde allerdings wetten, dass du auch fließend Griechisch sprichst.«

»Kannst du ruhig. Jetzt schwing deinen heißen kleinen Arsch hier rüber und hilf mir.« Er sah sich jeden Zentimeter des Raums an. »Nach dem, was der Wachmann sagte, gibt es bei diesem Projekt reichlich Probleme – Verzögerungen, unzuverlässige Arbeiter, ausfallende Geräte.«

»Das ist nichts Besonderes. Manche Jobs sind einfach schwieriger als andere.«

»Stimmt, und manche Baustellen werden schlicht von Tengu terrorisiert.«

»Ich dachte, du glaubst mir nicht.«

Er sah sie an. »Willst du nun beweisen, dass ich falschliege, oder nicht?«

»Ah, dann machst du das hier für mich?«

»Ja, was ist jetzt?«

»Und wer steht Schmiere?«, fragte sie, kam um den Schreibtisch herum und stieß Alec mit der Hüfte zur Seite, bevor sie sich auf den staubigen Stuhl setzte, dessen Sitzkissen an mehreren Stellen mit Gewebeband geflickt war. Dann rüttelte sie an der Computermaus, um den Rechner zu wecken, und begann, die Dateien durchzugehen.

»Wir haben keine Zeit zu verlieren«, sagte Alec. »Wir müssen beide arbeiten, also horch nebenher aufmerksam. Wir hören es, wenn jemand kommt.«

»Äh …« Stirnrunzelnd sah sie auf den Monitor und

konzentrierte sich darauf, die Information schnellstmöglich zu finden. »Horchen?«

»Ja.« Alec ging zum Aktenschrank. Einen Augenblick später fragte er amüsiert: »Angel? Horchst du?«

»Hä?«

»Dachte ich mir doch. Im Multitasking bist du nicht gut.«

»Was?« Sie sah ihn an. »Schhh. Ich kann mich nicht konzentrieren, wenn du redest.«

Alec lachte.

Eve arbeitete still weiter, wobei ihr neuerdings sehr effizienter Körper ausgesprochen hilfreich war. Vor dem Mal hätte sie in so einer Situation geschwitzt, gezittert und Herzrasen bekommen. Jetzt fand sie das alles nur irre aufregend.

»Hier ist der Name des Herstellers«, sagte sie mit einem Seitenblick zu Alec. »Gehenna Masonry.«

Er schob das Hängeregisterfach zu. »Dann gehen wir.«

Etwas in seiner Stimme störte Eve.

»Was ist los?« Sie schloss alle Fenster auf dem Monitor und setzte den Rechner zurück in den Ruhezustand, ehe sie sich vom Schreibtisch wegstemmte.

»Dieser Steinmetz. Hast du schon mal von denen gehört?«

»Ja, klar.« Eve suchte in den drei Kästchen auf dem Schreibtisch nach den Visitenkarten, doch da waren keine. Als sie eine Schublade aufzog, fand sie die Schachtel, in der sie geliefert worden waren, doch in der lag nur noch der »Zeit, neue zu bestellen«-Zettel. »Sie haben keine Visitenkarten mehr.«

»Macht nichts. Wir haben, was wir brauchen.« Alec öffnete die Tür. »Ich glaube nicht, dass der Name des Steinmetzes Zufall ist.«

»Aha?« Sie verließ den Bauwagen und war froh, dass niemand auf sie zu achten schien.

»In der Bibel ist Gehenna ein Ort nahe Jerusalem, an dem verbotene Rituale durchgeführt wurden. Der Ort wurde verflucht und zu einem Platz, an dem Sünder bestraft wurden.«

»Oh.« Eve blieb unten an der Rampe stehen und blickte nach oben. Von hier aus konnte sie eben noch zwei Gargoyles sehen. Sie strengte sich an und wünschte, dass ihre neue Sehkraft einsetzen würde … und tatsächlich: Als würde sie ein Fernglas einstellen, erschienen die Steinfiguren klar und deutlich. Sie hockten erstarrt an der Dachkante, ein breites Grinsen auf ihre Gesichter gemeißelt. Und sie waren identisch mit dem Gargoyle, der auf Eve gepinkelt hatte.

Sie schnupperte.

Alec nahm ihren Arm und zog sie lachend zum Tor. »Du siehst albern aus.«

»Ich versuche, meine Superkräfte zu nutzen.«

»Wir sind hier fertig.«

Sie erreichten das Tor, und Eve erklärte dem Wachmann, dass keine Visitenkarten mehr im Büro waren. Dann machte sie sich mit Alec auf den Weg zurück zur Kirche.

»Pass auf, was du dir wünschst«, murmelte sie.

Alec stutzte. »Wie bitte?«

»Ich hatte darüber nachgedacht, etwas in meinem Leben zu verändern – mir eine andere Firma zu suchen, die Haare kürzer zu schneiden oder meine Wohnung neu einzurichten.«

»Du bist eine abenteuerlustige Frau.« Er schob die Hände in seine Taschen. »Wie wir zusammengekommen sind, beweist es.«

»Nein, so habe ich mich eigentlich nie gesehen.«

»Wünschst du dir eine Familie?«

Die Frage klang, als wäre ihm ihre Antwort sehr wichtig.

Sie schürzte die Lippen. »Wir leben im einundzwanzigsten Jahrhundert, Alec. Heute kann eine Frau eine Karriere *und* eine Familie haben.«

»Schnapp nicht gleich ein. Ich frage ja nur.«

»Morgen muss ich ins Büro«, sagte sie, »und ich kann nur hoffen, dass Mr. Weisenberg mich nicht feuert.«

Sie blieben an einer Ampel stehen.

»Willst du wieder zur Arbeit?« Alecs zog die Brauen hinter der Sonnenbrille hoch. »Bei allem, was du weißt, willst du einfach wieder deinen Job machen? Was ist, wenn dein Boss ein Nix ist? Oder deine Kollegin ein Sukkubus? Willst du das dann einfach ignorieren?«

»Das ist nicht witzig!«

»Sollte es auch nicht sein.« Er lehnte sich mit der Schulter an den Ampelpfahl und beobachtete sie. »Sie können dich riechen und erkennen, was du bist.«

»Und was soll ich sonst tun? Ich muss arbeiten! Schließlich habe ich Rechnungen zu bezahlen.« Eve schob die Hände in die Jeanstaschen. »Bis ich zum Kurs geholt werde, kann ich sowieso nichts anderes machen, oder? Es gibt keinen, mit dem ich darüber reden kann, wie ich aus dieser Mal-Geschichte rauskomme, stimmt's?«

»Du kannst mir helfen, die Gehenna Masonry zu überprüfen.«

»Warum? Du brauchst mich nicht.«

Alec richtete sich wieder auf. »Darum geht es nicht. Es geht um Richtig und Falsch, und hier ist irgendwas *falsch.*«

Sie gingen über die Straße. Eine Touristengruppe kam ihnen auf dem Überweg entgegen. Die Frauen in der Gruppe starrten Alec an und blickten ihm bewundernd nach.

»Falls ich recht habe, was den Tengu in dem Gebäude angeht, bringt ihn eine Identifizierung durch mich dann weiter nach vorn in der Liste?«, fragte Eve. »Ist einen Gezeichneten zu bepinkeln schlimm genug, dass man aufgerufen wird?«

»Er ist noch lange nicht dran.«

»Aber Reed hat gesagt, es gibt eine Liste. Keine Selbstjustiz.«

»Das stimmt. Und hätte der Tengu versucht, dich zu töten, wäre es gut möglich gewesen. Notwehr lässt einen immer weit aufrücken.«

»Und was hast du jetzt vor?«

»Ich forsche nach«, sagte er mit einem Achselzucken, bei dem sich seine Muskeln wölbten. »Mehr nicht.«

Eve richtete die Augen nach vorn, doch eigentlich war ihr Blick nach innen gerichtet. Ein Teil von ihr fand die Vorstellung reizvoll, aktiv nachzuforschen. Der Kitzel der Entdeckung, der Moment, in dem einem blitzartig alles klar wurde … ja, das hatte etwas. Es war eines der Dinge, die sie in ihrem Job am meisten genoss: die Suche nach Lösungen.

»Du bist so still«, bemerkte Alec, als sie um die Ecke zur Kirche bogen.

»Was folgerst du aus dem Namen des Steinmetzes?«, fragte sie.

»Es ist denkbar, dass sie bei der Lieferung der Gargoyles den Tengu mit auf dem Lastwagen hatten. Den, der hinter dir her war. Vielleicht hat er eine Pinkelpause eingelegt, solange sie auf der Baustelle ausgeladen haben. Er könnte dich erschnüffelt und gedacht haben, dass er sich ein bisschen harmlos vergnügt, bevor er wieder von dannen fuhr.«

»Und deshalb ist hier nichts mehr zu riechen?«

»Das wäre die logische Erklärung. Und sollte meine Theorie stimmen, müssen wir herausfinden, wohin er letztlich geliefert wurde. In Gebäuden mit Tengu ist die Suizidrate überdurchschnittlich hoch, es kommt häufiger zu Firmenpleiten, Zwangsräumungen, Veruntreuungen und Ehebruch. Sieh dir jedes beliebige geschlossene Einkaufszentrum im Land an, und du wirst darin einen Tengu-Befall feststellen. Dieser eine Tengu ist auffallend frech, also wird er mehr Ärger machen.«

»Tja, deine Theorie legt leider auch nahe, dass wir es mit einer beachtlichen Ausbreitung zu tun haben könnten«, ergänzte Eve. »Falls du recht hast, dass es mit dem Steinmetzbetrieb zusammenhängt.«

»Genau.« Er lächelte.

Eve drückte auf die Fernbedienung ihres Wagens, als sie noch mehrere Schritte entfernt waren. Inzwischen waren alle Parkplätze besetzt. Aus der Kirche hörte man den gedämpften Klang von Stimmen, die ein Lied sangen. Auf dem Rasen davor lief der Sprinkler, und die Sonne warf Regenbögen in den Wassernebel.

Einer der Sprinklerköpfe war abgebrochen, sodass sich ein Wasserrinnsal über den Asphalt schlängelte. Eve bemerkte es nur, weil die Asphaltdecke so glatt war, was in Kalifornien eher selten vorkam.

Im Laufe ihres Lebens war Eve schon viel gereist – mit der Familie, als sie noch jünger war, und später bei Fahrten zu Baustellen. Und nirgends sonst hatte sie je solche ausgeblichenen, rissigen Straßen gesehen wie hier in Kalifornien. Die Reparaturen beschränkten sich immer auf Teerflicken an den Bruchstellen, was zur Folge hatte, dass die Straßen wild gesprenkelt aussahen und die geflickten Stellen oft mehr auffielen als die aufgemalten Sicherheitslinien. Nicht jedoch hier bei St. Mary's. Und das musste ein weiteres Zeichen dafür sein, wie gut es der Gemeinde ging.

Vor allem aber dachte Eve beim Anblick des Asphalts an ihr Leben. Über die Jahre hatte es ebenfalls einen Großteil seiner Farbe eingebüßt, Eve hatte die Risse einfach mit einem Pflaster zugeklebt und war weitergefahren. Ihre Unzufriedenheit kam ihr beinahe vor wie eine Midlife-Crisis, für die sie mit achtundzwanzig entschieden zu jung war.

»Ich helfe dir«, sagte sie prompt und sah über das Wagendach Alec an. »Aber nur neben meiner Arbeit.«

»Abgemacht.« Sein Lächeln lenkte ihren Blick auf seinen Mund.

Sie schüttelte die aufkeimenden Gedanken an Sex ab, öffnete ihre Wagentür und trat einen Schritt zurück, um sie ganz aufzuschwingen. In dem Moment, in dem sie zum Fahrersitz blickte, schlug ihr ein so erbärmlicher Kanalisationsgestank entgegen, dass sie einen Satz rückwärts machte. Sie blickte sich nach dem Hundehaufen um, in den sie getreten sein musste, und sah stattdessen ein Paar bösartige, kristallblaue Augen. Ein Gesicht, in der Pfütze zu ihren Füßen. Eve kreischte und trat instinktiv zu, worauf die Visage des Nix in einen Schwall von Wassertropfen explodierte.

Als sie das Bein wieder zurückzog, fügte sich der Sprühregen zu einer Wasserschlange, die sich um Eves Knöchel wickelte und heftig an ihm riss. Eve fiel hin, wobei es ihr vorkam, als würde ihr der Boden entgegenfliegen, und das Nix-Gesicht nahm einen dermaßen schadenfrohen, fiesen Ausdruck an, dass es Eve bis ins Mark erschütterte.

11

Als Eves Knie einknickten, griff sie blind nach der Wagentür und schrie, sowie ihre Unterarme auf die schmale Metallkante oben an der Tür knallten. Sie bekam die Kante mit den Fingern zu packen und baumelte quasi an dem Wagen, während das Wasser um ihre Wade kroch und an ihr zerrte.

Dann war Alec da, packte sie an der Taille und sang etwas in einer Sprache, die Eve nicht erkannte. Was sie jedoch erkannte, war seine unglaubliche Wut. Er vibrierte förmlich vor Zorn, und seine Stimme klang eindeutig bedrohlich. Eve trat hektisch weiter nach der Pfütze, und ihre Schienbeine schlugen heftig gegen die Unterkante der Wagentür. Das verirrte Wasser floss wieder zusammen und verdunstete unnatürlich schnell.

»Schhh«, murmelte Alec, dessen Lippen an Eves Ohr waren. »Er ist weg. Alles okay. Beruhige dich.«

»*Mich beruhigen?*«

»Ich fasse nicht, dass er dich angegriffen hat, als ich bei dir war«, sagte er verbissen. »Er wusste, dass ihm keine Zeit bleiben würde, dir etwas zu tun, bevor ich eingreife. Er will dir nur Angst einjagen.«

Sie hickste, und erst jetzt merkte sie, dass sie weinte. »*Nur?* Das reicht ja wohl, verdammt!«

»Nein, es ist sogar zu viel.« Alec setzte sie ab und schob sie behutsam zur Beifahrerseite. »Ich fahre. Du bist zu zittrig.«

»Ich bin stinksauer!« Und das war sie. Sie hatte schreckliche Angst, ja, aber sie war auch rasend wütend. Ihre Unterarme und Schienbeine schmerzten, und pure Aggressivität strömte unter ihrer Haut und erhitzte sie.

»Wir müssen den Nix mit auf unsere To-do-Liste setzen.«

»Da hast du gottverdammt … Aua! Scheiße!«, zischte sie, weil ihr Mal brannte.

»Sei vorsichtig.«

Alec öffnete ihr die Wagentür, bevor er um die Kühlerhaube herumging und sich hinters Steuer setzte. Er stellte den Sitz nach hinten, um seine langen Beine unterzubringen, dann ließ er den Motor an und schaltete den Rückwärtsgang ein. »Alles okay?«

»Nein. Gar nichts ist okay!«

Sanft drückte er ihr Knie und lehnte seinen Arm auf ihre Rückenlehne. Den Kopf nach hinten gewandt, fuhr er aus der Parklücke.

Auf der Fahrt zu Eves Wohnung schwiegen sie. Eve wischte sich die Tränen ab, betrachtete ihre bereits verheilenden Arme und holte tief Luft. Nachdem Alec auf ihren Platz neben seiner Harley gebogen war, blieb er zunächst mit beiden Händen am Lenkrad sitzen und starrte nach vorn zur Betonmauer der Garage. Eve stieg aus.

Hinter dem Durchgang zur Eingangsdiele stoppte sie an den Briefkästen und wartete auf Alec. Er kam, ließ die Schlüssel in ihre ausgestreckte Hand fallen, und Eve schloss ihren Briefkasten auf. Post quoll heraus und fiel auf den Marmorboden. Fluchend zerrte Eve die noch verbliebenen

Umschläge aus dem Kasten. Einige waren eingerissen, Werbesendungen waren zerknickt, und es waren drei Benachrichtigungen für Päckchen da, die sie abholen musste, weil sie nicht in den Kasten gepasst hatten.

Alec stieß einen leisen Pfiff aus und reichte ihr die Post, die er vom Boden aufgehoben hatte. »Du bist anscheinend sehr beliebt.«

»Ich habe seit über einer Woche nicht mehr nach meiner Post gesehen«, erinnerte sie ihn und trat hinüber zu einem Abfalleimer, wo sie eilig alles durchsortierte. Die Werbebroschüren, Coupons und Kataloge warf sie weg. Dann war ein Brief von ihrer Schwester gekommen, den sie oben auf den Eimerdeckel legte. Ihre Fingerspitzen verharrten ein klein wenig länger als nötig auf dem Umschlag. Einen DelTaco-Flyer hob sie auf, weil sie auf einmal sehr hungrig war. Dann erstarrte sie.

»Was?« Alec sah über ihre Schulter und erstarrte ebenfalls, bevor er um sie herumgriff, ihr die Postkarte aus den tauben Fingern nahm und sie umdrehte. »Es ist eine Briefmarke drauf, also wurde sie nicht eingeworfen.«

»Nein.« Ein eisiger Schauer durchfuhr Eve und machte ihr eine Gänsehaut. »Dem Poststempel nach wurde sie an dem Tag abgeschickt, bevor ich das Mal bekommen habe.«

Eve nahm die Postkarte zurück und las den Text auf der Rückseite. Es war eine Einladung zur Besichtigung des Tengu-befallenen Neubaus im gotischen Stil. Olivet Place hieß das Haus. Nur war das vorgedruckte Datum auf der Karte noch einige Monate hin, und die Fotocollage auf der Vorderseite enthielt einige Leerfelder mit Einträgen wie »Lobby-Foto einfügen«. Es war ein Muster und hätte niemals verschickt werden dürfen.

»Jemand wollte, dass ich zu dem Gebäude komme«, sagte sie.

»Sieht so aus.«

»Warum?«

»Das ist die Preisfrage.« Alec nahm sie in die Arme und neigte den Kopf über sie. »Das ist gar nicht gut.«

»Ach nein?« Sie musterte das bedrohliche Papier in ihren Händen. »Wie hoch ist die Wahrscheinlichkeit, dass ich exakt zu dem Zeitpunkt, als ich das Kainsmal bekomme, zu einem Dämonengebäude gelockt werde?«

»Sehr gering, würde ich sagen.« Seine Umarmung hatte etwas Besitzergreifendes.

»Besteht die Möglichkeit, dass die bösen Jungs es schon vorher wussten? Die beiden Ereignisse müssen doch zusammenhängen, nicht? Sonst wäre das wirklich ein zu großer Zufall.«

»Es gibt keine Zufälle.«

Auch wenn sie es nicht sagte, war Eve froh, Alec bei sich zu haben. Ja, er hatte sie überhaupt erst in diese vertrackte Lage gebracht, aber wenigstens half er ihr, mit den Auswirkungen fertigzuwerden. »Und was machen wir jetzt?«

»Miss Hollis?«

Als Eve ihren Namen hörte, zuckte sie zusammen. Alec drehte sich zu dem Mann um und schob gleichzeitig Eve hinter sich. Der große, schlanke Besucher trug einen makellosen grauen Dreiteiler und stand regungslos da, die Hände auf dem Rücken verschränkt. Sein Haar und die Augen waren so grau wie sein Anzug, und die schmalen Lippen zeigten lediglich die Andeutung eines Lächelns. Hinter ihm wartete eine schwarze Limousine.

»Ja?« Eve ging um Alec herum … trotz seiner gemurmelten Warnung.

»Mr. Gadara würde Sie jetzt gern empfangen«, sagte der Mann mit monotoner Stimme.

»Jetzt?«

»Ja.«

»Wie sind Sie hier hereingekommen?« Für die Garage brauchte man eine Fernbedienung oder musste einen Bewohner-Code eingeben.

Er lüpfte eine graue Braue. »Gadara Enterprises ist die Verwaltung für Ihre Eigentümergemeinschaft.«

Eve sah zu Alec, dessen Züge sichtlich angespannt waren. »Ich brauche einen Moment, um mich umzuziehen«, sagte sie.

»Ich fürchte, dafür ist keine Zeit«, erwiderte der Mann in Grau und wies zur offenen hinteren Tür der Limousine. »Mr. Gadara fliegt um vier Uhr weg.«

»Ich habe eine nasse Jeans an«, sagte sie. Außerdem war sie ungeschminkt, ihr Haar zu einem unordentlichen Zopf gebunden, und sicher glänzten ihre Stirn und ihre Nase. Darüber hinaus hatte Mr. Gadara sie letztes Mal schnöde versetzt, weshalb sie jetzt nicht sonderlich gut auf ihn zu sprechen war. »Und ich brauche meine Mappe.«

»Mr. Gadara ist mit Ihrer Arbeit vertraut.«

»Er wird mich wohl kaum so erwarten.«

Der graue Mann schwieg und wartete.

»Okay, na gut«, gab sie schließlich nach.

»Ich komme mit«, sagte Alec, ohne die Augen von dem Besucher abzuwenden.

»Das ist nicht ratsam«, entgegnete der Graue.

Eve wurde misstrauisch. »Er begleitet mich.«

»Mr. Gadara wird diese Bitte nicht schätzen, Miss Hollis.«

»Tja, und ich schätze diese kurzfristige Einladung nicht«, konterte sie.

»Wie Sie wünschen.« Der graue Mann drehte sich weg, um zurück in die Limousine zu steigen. »Ich unterrichte ihn von Ihren Wünschen.«

Eve traf eine spontane Entscheidung. Sie könnte weiterhin über den Mist schimpfen, der auf sie einprasselte, oder etwas dagegen tun. Sie sah Alec an. »In meinem Kofferraum ist ein Blazer, kannst du mir den bitte holen?«

Alec sah erstaunt und kein bisschen froh über ihre Bitte aus. »Du fährst nicht allein mit.«

»Schon gut. Mir ist klar, dass du unbedingt mitkommen willst.«

Sie blickte zu dem grauen Mann, der stehen geblieben war. Er ließ sich nicht anmerken, dass er den Wink verstanden hatte, wohingegen Alecs verkniffener Mund sagte, dass er durchaus begriff, was hier geschah. »Du kannst dann auch gleich die Post ins Auto werfen«, schlug sie mit einem unschuldigen Lächeln vor, schloss ihren Briefkasten ab und reichte ihm die Schlüssel.

Alec ging zu ihrem Wagen und blickte sich immer wieder zu ihr um. Während er damit beschäftigt war, den richtigen Knopf für den Kofferraum zu finden, schlüpfte Eve auf den Rücksitz der Limousine. »Fahren wir.«

Ohne zu zögern, stieg der graue Mann ein und fuhr los. Alec rief ihnen etwas nach, und Eve zuckte zusammen. Sie wusste, dass er sauer war, doch sie hielt es für das Beste, ein bisschen nach Gadaras Pfeife zu tanzen und zu sehen, was »rauszuschütteln war«, wie Alec es ausdrücken würde. Sie war in Gadaras Gebäude gezeichnet worden, nachdem er sie versetzt hatte. Da Alec darauf bestand, dass es keine Zufälle gab, hielt Eve es für angebracht, an den Anfang zurückzukehren. Und wenn das nur allein möglich war, musste es eben sein. Sie war ja nicht hilflos; nicht mit ihren neuen Superkünsten. Vielleicht durchblickte sie bisher kaum etwas, doch sie war nicht hilflos. Und Alec wäre ihr dicht auf den Fersen.

Angst hatte sie keine. Oder aber sie hatte solche Angst, dass ihr Gehirn sich weigerte, sie wahrzunehmen. Ohne die üblichen körperlichen Anzeichen ließ sich das schwer sagen. Wofür Eve dankbar war, denn das ausbleibende Gefühl bewahrte ihr einen klaren Kopf.

Eve löste das Gummi aus ihrem Haar und kämmte mit den Fingern hindurch. Zum Glück hatte sie die dichten Locken ihrer Mutter geerbt, die sich selten verknoteten.

»Woher wussten Sie, dass ich nicht bei der Arbeit bin?«, fragte sie in einem halbherzigen Versuch, Konversation zu betreiben.

Der graue Mann setzte jenes merkwürdige Lächeln auf, das ihn eher träge als angenehm wirken ließ, und sagte nichts.

»Fliegt Mr. Gadara in den Urlaub?«, versuchte sie es. »Oder ist es eine Geschäftsreise?«

Abermals nichts.

Eve band sich das Haar wieder zurück und sah aus dem Seitenfenster. Trotz der beklommenen Stille verging die Fahrt zum Gadara Tower schnell. Was nicht zuletzt an den Ampeln auf dem Beach Boulevard lag, die sämtlich grün waren. Eve hatte kaum ihre Gedanken sortiert, als die Limousine vor den großen Drehtüren anhielt. Auf dem Gehweg herrschte wie immer reger Betrieb.

Eve folgte dem grauen Mann vom Wagen zum Eingang und bedauerte, kein Kostüm und passende Schuhe zu tragen. Damit wäre sie gewappneter. In Jeans und kurzärmliger Bluse – und nach Dämon stinkend – fühlte sie sich schlimmer als nackt.

Sie durchquerten das belebte Foyer und gingen direkt zu den gläsernen Aufzügen. Anders als beim letzten Mal, fand sie den süßlichen Duft der Atrium-Pflanzen diesmal fast Übelkeit erregend. Sie konzentrierte sich darauf, ihren Spiderman-Geruchssinn abzustellen, doch es funktionierte nicht. Und dann fiel ihr noch etwas anderes auf.

Die Tür zum Treppenhaus, in dem sie gezeichnet worden war.

Die Erinnerungen krachten in einer Bildersalve auf sie ein. Sie konnte Reeds Duft riechen, seine raue Berührung spüren. Es war gleichermaßen verstörend wie erregend.

Sie stöhnte innerlich, denn ihre Libido war nun offiziell eine echte Pest.

»Hier entlang, Miss Hollis«, sagte der graue Mann und zeigte zu einem Fahrstuhl etwas abseits von den anderen.

Erst jetzt bemerkte Eve die vielen Blicke, die auf sie gerichtet waren. Und die waren vielsagend. Eve zupfte unten an ihrer Bluse und reckte das Kinn. Erst als die Fahrstuhltüren sich hinter ihr schlossen, atmete sie auf.

Der graue Mann schob einen Schlüssel in das Schaltbrett an der Wand, und der Aufzug schoss nach oben. Eve sah hinunter ins Atrium, wo die Leute auf Ameisengröße schrumpften. Emsige Ameisen. Und so ahnungslose, unbedeutende! Sah sie für Gott so aus? War es ihm deshalb egal, dass er ihr Leben kurz mal in eine Geisterbahnfahrt verwandelt hatte?

Der Fahrstuhl bimmelte, und die Türen glitten auf. Eve drehte sich um und fand sich einem großen, edel eingerichteten Büro gegenüber. In der hinteren Ecke stand ein kunstvoll gearbeiteter Mahagoni-Schreibtisch, gegenüber von großen Panoramafenstern. Zwei braune Ledersessel standen dem Schreibtisch gegenüber, ein Feuer knisterte, und ein Porträt vom Letzten Abendmahl zierte die Wand über dem Kamin.

»Miss Hollis. Es freut mich sehr, dass Sie es so kurzfristig einrichten konnten.«

Sie drehte sich zu Gadara um. Er sah nicht zu ihr auf, sondern in eine Akte, die er direkt am eingebauten Aktenschrank las. Nun steckte er die Mappe zurück und schloss den Schrank. Der Auszug fügte sich nahtlos in eine Holzfront ein, die aussah wie eine normale Kommode.

»Mr. Gadara.«

»Bitte, nennen Sie mich Raguel.« Er drehte sich zu ihr und lächelte.

Sie hatte Fotos von ihm gesehen, doch die wurden ihm nicht gerecht. In seiner Guayabera, dem lässigen Leinenhemd der Mittel- und Südamerikaner, und der Leinenhose war Gadara weniger einschüchternd, als er es in einem Anzug mit Krawatte fraglos sein könnte. Er war ein Afroamerikaner mit kaffeebraunem Teint, kurzem, graumeliertem Haar und Sonnenflecken auf den Wangenknochen. Seine Augen waren dunkel und wirkten uralt.

Nachdem er Eve von oben bis unten gemustert hatte, nickte er. »Ich bitte um Verzeihung, dass ich unser letztes Treffen versäumt habe.«

Sie musste sich ein Lächeln abringen, denn weniger reumütig hätte diese Entschuldigung kaum klingen können.

Als sie nicht antwortete, sah Gadara sie fragend an. »Wollen Sie den Auftrag noch?«

»So, wie er ausgeschrieben war, wäre er ein Traum, wie Sie sicher wissen.«

Er bedeutete ihr, auf einem der Sessel vor seinem Schreibtisch Platz zu nehmen. Als sie saß, ging er um den Tisch herum und setzte sich ihr gegenüber. Seine Haltung war verräterisch entspannt, als handelte es sich um einen freundschaftlichen Besuch. Er legte einen Knöchel auf das angewinkelte Bein und stützte die Arme lässig auf die Seitenlehnen seines Stuhls. Einzig sein Blick war der eines Adlers, und als er die Fernbedienung von seinem Schreibtisch aufnahm, wurde Eve skeptisch.

»Ich bin allerdings nicht sicher, ob es ratsam war, heute unbefugt auf meine Baustelle einzudringen«, sagte er und drückte einen Knopf, worauf die Jalousien herunterfuhren, sodass es dunkel im Raum wurde. Eine Leinwand wurde ausgefahren.

Während Bilder von Eve über die Leinwand flirrten, wie sie vor dem Computer in dem Bauwagen saß, wurde ihr schlecht.

Gadara lächelte. »Ich hätte Sie verhaften lassen können.«

Eve riss sich zusammen. »Wenn Sie das wollten, hätten Sie es längst getan.«

»Richtig.«

»Und was wollen Sie?«

Seine Stimme bekam einen scharfen Klang, als er antwortete: »Ich will, dass Sie Ihren Job so machen, wie es von Ihnen erwartet wird.«

Eves wirre Gefühle brachen sich mit unangebrachter

Vehemenz Bahn – sie platzte heraus, bevor sie nachdenken konnte: »Ich arbeite nicht für Sie, Mr. Gadara!«

»Sie arbeiten seit nunmehr acht Tagen für mich, und ich fange schon an, diesen Umstand zu bedauern!«

»Seit acht Tagen?« Sie sprang auf. Es war weniger Angst, die sie rastlos machte, als vielmehr Wut, und sie stellte fest, dass sich ihre neue Verfassung nicht gut mit irgendeiner Form von Aufgeregtheit vertrug.

»Sie sind ein wandelndes Pulverfass, Miss Hollis, und das ist das Letzte, was ich in meiner Firma gebrauchen kann.«

»In Ihrer *Firma?*«

Eve fiel das Gespräch mit Reed am Strand wieder ein. *Stell es dir wie eine Kautionsagentur vor. Ein Erzengel muss sie zurückholen – wie ein Kautionsjäger.*

War Gadara ein Erzengel? Eve wurde schwindlig.

Das Telefon auf Gadaras Schreibtisch klingelte leise, und er nahm den Hörer auf. »Ja?« Seine dunklen Augen blitzten. »Schick ihn rauf.«

Eve blickte zur Tür und rechnete damit, dass Alec eintreten würde. Trotzdem war sie seltsam überrascht, als er es tat: fast zwei Meter wütender, windzerzauster Mann.

»Raguel«, donnerte er mit einem finsteren Blick in Eves Richtung. »Ich schätze es nicht, wenn du nach meiner Gezeichneten schickst, ohne mich zu dir zu bitten.«

»Ich wollte sehen, ob sie dir trotzt, Cain, und ob du sie aufhalten könntest, wenn dem so wäre. Leider habt ihr beide gegen Befehle verstoßen.«

Die Leinwand verschwand wieder in der Zimmerdecke, und die Lichter wurden heller. Vorher jedoch hatte Alec noch einen kurzen Blick auf die Nachmittagsvorstellung werfen können.

»Denk dir lieber eine andere Taktik als Einschüchterung aus«, warnte Alec ihn. »Die mag bei anderen Novizen helfen, aber nicht bei dieser.«

Eve sah von einem Mann zum anderen und kam sich vor, als würde sie als Einzige nicht begreifen, was hier vor sich ging. Eines immerhin war schmerzlich klar: Alec und Gadara kannten sich. Was nicht gut sein konnte.

»Was ist los?«, fragte sie.

»Du hast gegen eine der Grundregeln der Initiation verstoßen«, sagte Gadara zu Alec. »Eine Gezeichnete vor dem Training mit zum Außeneinsatz zu nehmen …«

»Das war kein Einsatz.«

Gadara stand auf und knallte beide Hände auf den Tisch. Es war beängstigend, wie abrupt seine gelassene Haltung verging. »Blödsinn! Sie stinkt nach Dämon. Ob der Auftrag genehmigt war oder nicht, ist unerheblich.«

»Ich kann sie nicht allein lassen; die Höllenwesen sind hinter ihr her, und sie ist zu verwundbar.«

»Du hättest ihren Betreuer um Hilfe bitten müssen.«

»Hätte ich, wenn ich wüsste, wer das ist.«

»Ich dachte, das war offensichtlich. Abel betreut sie.«

»Willst du mich verarschen? Nach der Art, wie er sie gezeichnet hat?«

»Möchtest du dir vielleicht die Aufnahme ansehen?«, fragte Gadara spöttisch. »Die Zeichnung war nicht so einseitig, wie du gern glauben möchtest.«

»Es gibt eine Aufnahme?«, quiekte Eve. Wären ihre körperlichen Reaktionen noch die alten, wäre sie jetzt bis zu den Haarwurzeln errötet.

Alec ballte die Fäuste. »Ich bringe dich zu Fall, Raguel. Ich bin keiner von deinen Bauern.«

»Nein.« Gadara lächelte. »Aber *sie* schon.«

Alec verkrampfte sich spürbar.

»Ich will das Band«, mischte sich Eve ein.

»Er hat dein Leben in der Hand, und du willst ein Sextape?«, fragte Alec wütend.

»Ja.« Sie sah Gadara an. »Wenn Sie mich hier nicht haben wollen, lassen Sie mich einfach gehen. Ich würde mich sicher nicht beschweren.«

»Das wird er nicht tun.« Alecs Tonfall war zu gedämpft.

»Woher weißt du das?«

»Weil wir beide im Paket kommen, und Gottes persönlichen Vollstrecker in seinem Team zu haben, ist ein Coup, den er für nichts aufgeben würde.«

»Verdammt!«, schimpfte sie. »Du bist den Ärger, den du mir aufbrummst, wahrlich nicht wert!«

»Ich habe auch Vorzüge, die du nur zu nutzen wissen musst. Außerdem kann er dich bestenfalls in eine andere Firma versetzen. Einzig Gott kann dich vollständig befreien.«

Eve fixierte Gadara mit einem strengen Blick. »Ich hasse es, im Dunkeln zu tappen. Erklären Sie mir, was das für eine Firma ist.«

Gadara wies auf ihren Stuhl. »Setzen Sie sich, Miss Hollis, und ich erkläre es Ihnen …« Er sah Alec an. »… da es Ihr Mentor bisher versäumt hat.«

»Spar dir die Mühe«, erwiderte Alec trocken. »Du treibst keinen Keil zwischen uns.« Er zog den zweiten Stuhl näher zu ihr, setzte sich und ergriff Eves Hand.

Gadara betrachtete diese Zuneigungsbekundung und setzte sich wieder hin, als hätte er alle Zeit der Welt. »Genau wie es in der Hölle mehrere Könige gibt …«

»… gibt es im Himmel mehrere Bosse«, beendete Alec den Satz.

»Ich kann diesen Ausdruck nicht leiden«, sagte Gadara.

»Wenn er aber doch passt …«

»Tut er nicht.«

»Aha …«

Eve drückte Alecs Hand. »Weiter.«

Gadara staunte über ihren Ton. »Das System der Gezeichneten ist riesig. Es muss organisiert und eigenständig sein, und um das zu erreichen, wurden Kapitalgesellschaften gegründet, die das Einkommen erwirtschaften, das die Gezeichneten und ihre diversen Aktivitäten in der Sterblichengesellschaft finanziert. Einige Firmen waren erfolgreicher als andere, und am Ende stiegen sieben von uns zu prominenten Unternehmen auf. Wir sind über die sieben Kontinente verteilt, stimmen uns aber oft ab, und diejenigen, die ein großes Gebiet lenken, teilen ihre Last mit denen, die für kleinere Bereiche zuständig sind. Zum Beispiel arbeiten die Firmen in Afrika und der Antarktis zusammen.« Er lächelte, und seine strahlend weißen Zähne blitzten in dem dunklen Gesicht. »Ich bin für die Gezeichneten in Nordamerika zuständig. Für alle zwanzigtausend.«

»O mein Gott … Autsch!« Eve zuckte zusammen, als ihr Mal brannte.

»Vorsicht«, sagten beide Männer im Chor.

»Also sind alle Leute in dem Atrium Gezeichnete?«, murmelte sie und legte eine Hand auf ihren Arm. »Stinkt es deshalb da unten, als wäre der Boden mit Parfüm aufgewischt worden?«

»Einige der Leute sind Sterbliche, mit denen wir Geschäfte machen.«

»Was ist mit Ihnen?«

»Ich bin ein Erzengel, Miss Hollis.«

Sie überlegte einen Moment lang, hielt es aber für besser, Alec über Gadara auszufragen und nicht ihn selbst. »Und ich wurde Ihrer Firma zugeteilt, weil ich aus Nordamerika bin?«

»Nein.« Gadaras Stimme hatte etwas Einlullendes. Je mehr er redete, desto schläfriger wurde Eve. »Gewöhnlich werden die Gezeichneten umgesiedelt, um den Übergang leichter zu machen. Es ist weniger traumatisch, ein neues Leben zu beginnen, wenn einen das alte nicht behindert.«

»Warum wurde das bei mir nicht so gemacht?«

»Seinetwegen.« Der Erzengel wies mit einem eleganten Handschwenk zu Alec. »Er hat versucht, Sie verschont zu lassen. Und als das abgelehnt wurde, bat er darum, dass Sie bei Ihrer Familie bleiben dürfen. Ich vermute, dass er jemanden erpresst hat, um zu bekommen, was er wollte.«

Eve sah Alec an, der mit starrer Miene geradeaus blickte. Ihre Augen brannten.

»Ein ziemliches Opfer«, schnurrte Gadara. »All die Jahre verbannt und gezwungen, sich in der Fremde herumzutreiben. Er hätte Sie auch in sein Heimatland umsiedeln können. Sicher fehlt es ihm.«

»Halt den Mund«, raunte Alec. »Du weißt ja nicht, wovon du redest.«

Dankbar drückte Eve seine Hand. »Was passiert jetzt?«

»Sie arbeiten für mich. Ihre Kündigung bei der Weisenberg Group ist gestern in Kraft getreten. Gelegentlich werden wir Ihre weltlichen Talente nutzen, doch vornehmlich besteht ihre Aufgabe darin, so gut zu trainieren, wie Sie können, und auf Ihren Mentor, Ihren Betreuer und mich zu hören.«

»Ich höre auf mein Gefühl«, sagte sie. Sie war nicht gläubig, und das sollte lieber gleich klargestellt werden.

»Ich werde keinen Ungehorsam dulden«, erwiderte er.

»Prima«, sagte Eve achselzuckend. »Dann wäre das ja schon mal geklärt.«

Gadara grinste provozierend. Dieser Raubtierausdruck stand ihm nicht. Er war viel zu elegant, sprach zu kultiviert und präzise. »Wonach habt ihr heute Nachmittag gesucht?«

»Einem Tengu.«

Gadara machte große Augen, und Alec erklärte es ihm. Als er fertig war, wirkte Gadara aufgebracht.

»Ich dachte, dir läge mehr an deiner Novizin«, schalt ihn der Erzengel. »Es kam dir nicht zu, so unbedacht ihr Leben zu riskieren.«

»Von welchem Risiko redest du?«, schnaubte Alec. »Sie wurde bereits angepinkelt und zweimal bedroht. Es war riskanter, nichts zu tun. Und ich sagte dir schon, dass ich sie nicht allein lassen kann. Der Nix weiß, wo sie wohnt.«

»Du bist ihr Mentor. Wenn du zulassen willst, dass dein Zwist mit deinem Bruder deine Novizin in Gefahr bringt, liegt mir nichts ferner, als mich einzumischen.« Gadaras Augen nahmen einen eisigen Glanz an. »Fahr mit deinen Nachforschungen fort. Bring das zum Abschluss, und lösch die Bedrohung aus.«

Eve runzelte die Stirn.

»Du willst ihr einen Auftrag geben, bevor sie ausgebildet ist? Kommt nicht infrage.«

»Es ist deine Entscheidung, Cain. Erlaub deinem Bruder, seinen Job zu machen, oder du musst es für ihn erledigen.«

»Das bestimmst nicht du. Abel ist der Einzige, der ihr einen Auftrag geben kann.«

Gadara lachte tief und rollend. Es war ein seltsam angenehmes Lachen, bedachte man, dass es nicht so gemeint war. »Er gliedert sich eben in die Firma ein, was dir auch gut zu Gesicht stünde.«

»Ihr verstoßt beide gegen das Protokoll.« Alec fauchte beinahe. »Von dir erwarte ich nichts anderes, aber Abel? Er hat in seinem ganzen Leben noch nie gegen eine Regel verstoßen. Du wirfst mir vor, sie in Gefahr zu bringen, während Abel bereit ist, sie draußen verdorren zu lassen?«

»Es ist völlig akzeptabel, bei einer Abweichung zu bleiben, ist sie erst einmal begangen worden, sofern die Fortsetzung der einzig vernünftige Weg ist.«

»Eve und ich sind nicht abgewichen.«

»Darüber ließe sich streiten, nicht wahr? Ich bezweifle, dass einer von uns das nach oben tragen will, wo wir beide mit einer Strafe rechnen müssten. Machen wir das lieber unter uns aus, in Ordnung?«

Alec stand auf und beugte sich über den Schreibtisch. Obwohl sich Gadara nichts anmerken ließ, bemerkte Eve, dass die Falten in seinen Mund- und Augenwinkeln tiefer wurden.

Gadara hatte Angst vor Alec. Diese Information merkte sie sich für später.

»Wie kann das Losschicken einer unausgebildeten Gezeichneten ein ›vernünftiger Weg‹ sein?«, fragte Alec wütend.

»Wenn die Höllenwesen denken, dass sie sich versteckt oder wir sie schützen, werden sie erst recht in Scharen nach ihr jagen. Mit dir als ihrem Mentor muss sie tougher sein als eine durchschnittliche Gezeichnete. Wir können es uns nicht leisten, dass sie schwach oder verängstigt aussieht. Wir müssen so anfangen, wie wir auch weitermachen wollen.«

»Nein.«

Eve erhob sich. »Ich komme damit klar.«

Alec drehte den Kopf zu ihr um. »Angel …«

»Ist schon gut.« Sie sah zu Gadara. Nicht bloß die Höllenwesen mussten begreifen, dass sie tough war.

»Braves Mädchen«, murmelte Gadara zustimmend.

»Seien Sie nicht so überheblich. Gibt es sonst noch etwas, das ich wissen sollte? Oder kann ich gehen? Es war ein langes Wochenende.«

Gadara griff in eine Schublade, nahm einen Schlüsselbund heraus und warf ihn Eve zu. »Damit kommen Sie ins Gebäude und in Ihr Büro. Ihre Sachen wurden vom alten Arbeitgeber hierhergebracht. Ihr Gehalt bekommen sie per Überweisung, und es wurde ein Spesenkonto für Sie eingerichtet.«

»Wie sind meine Arbeitszeiten?«

»Rund um die Uhr. Das Büro ist Fassade, die Sie als Teil Ihrer Tarnung brauchen, aber hauptsächlich werden Sie im Außendienst tätig sein. Ihre Haushaltsausgaben – Hypothek, Auto, Betriebskosten und so weiter – werden von der Firma übernommen. Ihnen wurde außerdem die Renovierung eines meiner Casinos in Las Vegas übertragen, doch bis dahin sind es noch einige Monate.«

Eve war kurz sprachlos, dann sagte sie: »Und ich dachte immer, man muss dem Teufel seine Seele verkaufen, damit Träume wahr werden.«

»Was glauben Sie denn, von wem der alles gelernt hat?« Er klappte einen Holzkasten auf seinem Schreibtisch auf und nahm eine Zigarre heraus. »Alles, was Sie brauchen, wurde in Ihre Wohnung geliefert.«

»Jemand von Ihnen war bei mir zu Hause?« Sie tippte mit den Fuß auf den Teppich. »Ich nehme an, Ihre Beziehung zu meiner Eigentümergemeinschaft ist kein Zufall.«

»Zufälle gibt es nicht, Miss Hollis.«

Alec ergriff ihren Ellbogen. »Wir sind hier fertig.«

»Nicht so schnell«, murmelte sie. »Ich will diese Aufnahme.«

»Und ich den Weltfrieden«, antwortete Gadara. »Ich würde auch gern diese Zigarre rauchen, aber mein Körper ist ein Tempel. Wir bekommen nicht immer, was wir wollen.«

»Das werden wir ja sehen.« Eve lächelte verbittert und ging zum Aufzug.

»Cain.«

Ein Schauer lief ihr über den Leib, als sie Alecs Namen mit dieser kultivierten Stimme hörte. Der berüchtigte Cain. Jeder kannte seine Geschichte. Aber nachdem sie beide Brüder kennengelernt hatte, wusste Eve, dass an der Legende weit mehr dran war, als in den wenigen Bibelabsätzen stand.

Alec blieb stehen. »Ja?«

»Ich wurde ermächtigt, dir deine Erfolge gutzuschreiben um dich zu entlasten, solange du Miss Hollis' Mentor bist. Doppelter Ablass könnte deine Dienstzeit halbieren, wenn du deine Karten richtig ausspielst.«

Alecs unheimliche Stille machte Eve Angst. Sie legte ihre Hand leicht an seine Hüfte, wo er sie einfing und festhielt.

»Das ist kein Spiel«, sagte er scharf.

»Eine Redewendung, sonst nichts«, entgegnete Gadara.

»Alec?«, flüsterte Eve, als er nicht aufhörte, Gadara anzustarren.

Dann schüttelte er angewidert den Kopf und zog Eve weiter zum Fahrstuhl.

Nachdem sich die Türen hinter ihnen geschlossen hatten, nahm Eve seine Hand. Sie öffnete den Mund, um etwas zu sagen, bemerkte jedoch rechtzeitig die Kamera in der Ecke. Also blieb sie lieber still, bis sie aus dem Gebäude heraus waren.

Sobald sie die Abgase anstelle der Dufttarnungen einatmeten, platzte Eve heraus: »Den Ablass verdoppeln?« Sie hatte Mühe, nicht hysterisch zu lachen. »Er besticht dich.«

»Was nicht funktionieren wird.«

»Es muss aber verlockend sein.«

»Angel.« Sein Ton war genauso streng wie der Blick, mit dem er sie bedachte. »Es wird nicht funktionieren. Basta.«

»Du hast ihn einen Boss genannt. So wie bei der Mafia?«

»Du hast ihn gehört und gesehen, wie er arbeitet. So sind die alle. Wir haben immer eine Wahl, aber das heißt nicht, dass die Optionen gleich gut oder erstrebenswert sind.«

»Also war sein Bild von den sieben Obermuftis, die harmonisch zusammenarbeiten, Blödsinn?«

»Ich würde sagen, sie arbeiten ungefähr so gut zusammen wie Demokraten und Republikaner.« Er löste den Beifahrerhelm von seinem Bike und befreite Eves Haar aus dem Pferdeschwanz. »Und auch bei ihnen dreht sich alles um Politik.«

»Wie reizend.«

Nachdem er ihr den Helm aufgesetzt hatte, zog Alec den Gurt unter ihrem Kinn fest und küsste sie auf die Nasenspitze. »Wer sich bei ihnen beliebt macht, bekommt die größeren Vergünstigungen.«

»Das muss persönlich sein, was er gegen dich hat.« Es war keine Frage. »Und meinetwegen spielst du ihm direkt in die Hände.«

Alec stieg auf das Bike, und Eve sprang hinter ihm auf, wo sie die Arme um ihn legte. »Der einzige Mensch, der mich in der Hand hat, bist du«, sagte er über das Rumpeln des Motors hinweg.

»Denk dir lieber eine bessere Erklärung aus«, rief sie.

»Okay.« Er stemmte die Maschine nach hinten, sodass sich seine kräftigen Schenkel an ihren strafften. »Aber nicht hier.«

Sie fuhren vom Parkplatz.

12

Als Reed auf das Dach des Gadara Towers trat, setzte er seine Sonnenbrille auf und betrachtete die herrliche Aussicht. Ein Hubschrauber wartete auf dem Landeplatz, dessen Rotorblätter im späten Sonnenlicht glänzten. Von hier aus war ein Streifen Meer zu sehen, und die Spiegelungen auf den umstehenden Gebäuden machten den sonnigen Tag noch strahlender. Wind zerzauste Reeds Haar, streichelte seinen Nacken und blies ihm eine Luft frei vom Höllenwesengestank zu.

»Abel.«

Er drehte sich zu Raguel um, der aus dem Treppenhaus auf das Dach kam. Mit Strohhut und Ledersandalen war er für die Tropen gekleidet. Zwischen seinen Lippen hing eine unangezündete Zigarre, und er bewegte sich elegant lässig.

»Raguel.« Reed reichte ihm die Hand, die Gadara fest umfing.

Der Erzengel nahm die Zigarre aus dem Mund und sagte: »Du hattest recht. Cain hatte Miss Hollis noch nichts erklärt.«

Reed schob die Hände in die Hosentaschen und lächelte. Eve war also eingeweiht worden, was das Leben um ein

Vielfaches interessanter machen dürfte. »Hervorragend. Wann fängt die nächste Trainings-Runde an?«

»Wann sie mit dem Training anfängt, hängt von deinem Bruder ab. Er forschte einem Tengu-Befall in einem meiner Neubauten nach. Da mir der Sorge macht, habe ich ihn gebeten, das zuerst abzuschließen.«

»Und was hat das mit Eve zu tun?«

»Nun, er will sich nicht auf dich verlassen, was das Wohlergehen von Miss Hollis betrifft; folglich müssen wir warten, bis sie mit der Tengu-Geschichte durch sind.«

»Sie? Erwartest du, dass Eve ihm dabei hilft?«

»Cain will es so.«

»Das hat er nicht zu entscheiden.«

»Nein. Aber ich.«

Reed blieb abrupt stehen. Raguel ging noch einige Schritte weiter, bevor ihm bewusst wurde, dass er allein war. Er drehte sich um.

»Du hast Eve den Auftrag gegeben?« Reed erschrak mehr über die brodelnden Gefühle, die sich in ihm regten, als über die ungeheuerliche Abweichung vom Protokoll. »Ohne mich zu fragen?«

Eve gehörte zu Raguels Firma, ja, aber ihr einen Auftrag zu erteilen war einzig und allein Reeds Angelegenheit. Und er hielt eine Menge von Regeln, ja, hatte sie sogar richtig gern. Es war leichter, Erwartungen zu übertreffen, wenn man wusste, wie sie aussahen. Und bei Eve war seine Position als Betreuer sein einziger Ansatzpunkt in der Zweierdynamik. Er kämpfte sowieso schon als fünftes Rad am Wagen und ließ nicht wehrlos zu, dass seine Lage willentlich verschlechtert wurde.

Raguel zuckte mit den Schultern. »Ein bisschen voreilig, mag sein, aber ich wusste, dass du zustimmen würdest.«

»Tue ich nicht.«

»Ach nein? Wie könnte dein Bruder besser lernen, sich an das System zu halten?«

»Was ist mit Eve?«

»Was soll mit ihr sein?«

»Blöde Frage!«, schimpfte Reed. »Mit Cains Duft überall an ihr muss sie auf alles vorbereitet sein, nicht völlig blind mitlaufen.«

Raguel wippte grinsend auf seinen Fersen. »Du hörst dich an, als wäre dir der Gedanke an deinen Bruder und Miss Hollis zuwider.«

»Lächerlich! Das hat nichts mit Cain zu tun, sondern nur mit meiner Verantwortung als Eves Betreuer. Mir gefällt es nicht, Gezeichnete zu verlieren.«

»Es hat ausschließlich mit Cain und nichts mit Miss Hollis zu tun«, konterte Raguel und winkte dem Hubschrauberpiloten zu. »Sie ist ein Mittel zum Zweck. Sie dient als der Stock, mit dem wir deinen Bruder wieder auf Linie treiben.«

Reed ballte die Fäuste in den Taschen. »Kommt das von oben oder von dir?«

»Die Vernunft gebietet es.« Der Hubschraubermotor sprang an, und die Rotorblätter schnitten durch die Luft. »Cain ist eine Gefahr, solange er nicht lernt, sich unterzuordnen.«

»Er ist unverbesserlich. Glaubst du etwa, du kannst erreichen, was Jehova nicht gelang? Dann überschätzt du dich gnadenlos.«

»Ganz und gar nicht.« Raguel lächelte. »Du unterschätzt Miss Hollis und ihre Wirkung auf deinen Bruder.«

»Du siehst nur die Frau in ihr, nicht die Gezeichnete.«

»Genau wie du.«

Reed ignorierte die Spitze. »Ich ziehe sie von dem Auftrag ab. Sie muss richtig ausgebildet werden.«

»Mach das, und ich versetze Miss Hollis in eine andere Firma, zu einem anderen Betreuer.«

»Schwachsinn! Wegen so etwas Unbedeutendem würdest du Cain nie übergehen.«

»Willst du darauf wetten?«, brüllte Raguel über das Rattern der Rotorblätter hinweg. »Er könnte weniger Schwierigkeiten machen, wenn er einer anderen Firma zusetzt.«

»Zusetzt? Er hat eine Erfolgsrate von hundert Prozent!«

»Nicht mehr lange, wenn er dich als Betreuer übergeht und Miss Hollis allein anleiten will. Einer von ihnen wird dabei umkommen, und so berühmt er auch sein mag, könnte sein Verlust oder der seiner Gezeichneten unter meiner Aufsicht mein Prestige auf Jahrhunderte vernichten. Das lasse ich nicht zu.«

»Du kannst nicht von mir verlangen, die Regeln zu befolgen, wenn du es nicht tust.«

»Ihr drei seid der Tod füreinander.« Raguel trat näher, bis die beiden nicht einmal mehr ein Schritt trennte. »Wie dein Interesse an Miss Hollis auch immer geartet sein mag, ich rate dir, es rein professionell zu halten. Durch sie gewinnst du keine unanfechtbare Macht über deinen Bruder. Sie zusammenzuhalten sollte deine oberste Priorität sein. Und jetzt muss ich zum Flughafen. Falls du immer noch Bedenken hast, wenn ich zurückkomme, reden wir weiter.«

»Bis dahin könnte sie tot sein.«

»Falls das Gottes Wille ist.« Er hielt seinen Hut fest, lief das letzte Stück zum Hubschrauber und stieg ein.

Gottes Wille. Reed spuckte angeekelt aus. Gott war weit weg, getrennt von ihnen durch die verschiedenen Ebenen von Seraphim, Cherubim und Engeln. Reed fragte sich schon länger, was die Entfernung zwischen Jehova und der Welt bedeutete. Vielleicht sollte sie alle erinnern, dass sie es nicht allein schafften. Er versuchte sich zu sagen, dass der Zweck lehrreich wäre – je härter sie arbeiteten, umso mehr könnten sie die Früchte ihrer Arbeit schätzen. Doch in Wahrheit stellten diese Mechanismen seinen Glauben ein ums andere Mal auf die Probe.

»Zum Teufel mit dir, Cain!«

Wieder einmal störte sein Bruder die Ordnung, und von Reed erwartete man, dass er sich verbog und anpasste, damit es trotzdem noch funktionierte.

Während der Helikopter abhob und der Rotorwind durch sein Haar peitschte, ging Reed im Geiste seine Möglichkeiten durch. Er wollte noch eine Runde mit Eve, doch das könnte Cain vollständig aus dem Bild katapultieren, und ohne ihn verlor Reed die Chance, seine Ziele zu erreichen.

Das durfte nicht geschehen. Dies war seine beste Gelegenheit zu beweisen, dass er reif für die Beförderung zum Erzengel war.

Reed war sich absolut sicher, dass er eine Firma leiten könnte, und zwar gut. Die Weltbevölkerung war enorm angewachsen, die bestehenden sieben Firmen waren so überlastet wie unterbesetzt, und die Erzengel an ihren Spitzen wurden völlig überschätzt. Sie gierten nach Gottes Zustimmung und bekriegten sich untereinander. Eine Expansion war dringend nötig, und Reed war entschlossen, in dem Moment ins Spiel zu kommen, in dem sie anstand.

Eve zu vögeln war höllisch scharf, jedoch ein flüchtiges Vergnügen. Könnte er seinen Schwanz von ihr fernhalten, wäre ihm die Befriedigung gewiss, etwas zu beherrschen, von dem Cain dachte, es gehörte ausschließlich ihm.

Er sollte überhaupt nicht mit sich hadern. Hier ging es nicht um zwei widersprüchliche Optionen – Eve oder die Verwirklichung seiner Ziele.

»Eve«, knurrte er und fuhr sich mit den Händen durchs Haar.

Sie war so hilflos und verwundbar wie ein Küken, und die Höllenwesen umschwirrten sie wie die Geier. Verflucht, *er* umschwirrte sie!

Hüte dich vor den Äpfeln.

Er hätte ahnen müssen, wie es ausgehen würde, als sie ihm an jenem ersten Tag in der Lobby diesen Blick zugeworfen hatte.

Mist!

Reed machte auf dem Absatz kehrt und verließ das Dach.

Alec hielt an einer roten Ampel und stützte einen Fuß auf. Er hatte gewusst, dass es Raguels Gier nach göttlicher Zustimmung gefährlich machte, Eve so nahe bei ihrem Zuhause zu lassen; allerdings hätte er nie gedacht, dass Raguel sie vorsätzlich gefährden würde. Sonst hätte er um eine andere Firma gebeten. In der Antarktis vielleicht. Oder in Australien.

Seine Fingerknöchel am Lenker traten weiß hervor. Er war durch das Eine gebunden, das ihm etwas bedeutete, sodass er sich in die Enge getrieben fühlte – gefangen zwischen einem tadelnden Gott, einem feindseligen Bruder und einem übertrieben ehrgeizigen Erzengel, der alles tun würde, um zu bekommen, was er wollte. Und Eve, die kecke, sexy Eve schweißte sie alle zusammen.

Raguel nahm an, dass Alec das Mal abwerfen und zu einem normalen Leben zurückkehren wollte. Das war sein größter Fehler. Er dachte, mit doppeltem Ablass und Freiheit zu locken wäre unwiderstehlich. Was er nicht begriff, war, dass Alec nur eine Fertigkeit, ein Talent besaß: töten. Alec könnte sich davon genauso wenig abwenden und ein »normales« Leben führen, wie er aufhören könnte, Evangeline Hollis zu lieben. Hingegen war sein Bestreben, eine eigene Firma zu führen, ein Geheimnis, von dem keiner wusste. Er wahrte es, um es zu präsentieren, wenn die Zeit reif war, es nicht mehr als eitlen Traum abzutun.

Eve.

Nicht einmal seine abschweifenden Gedanken konnten ihn gänzlich von der Erinnerung an ihren weichen, warmen Körper ablenken, der seinen umschlang. Sie war so zart und zerbrechlich. Er müsste sie vorerst selbst trainieren, auch wenn die Lösung alles andere als ideal war. Er arbeitete schon so lange allein und hatte keine Ahnung, wo er anfangen, worauf er sich konzentrieren sollte. Ja, er hatte nicht den geringsten Schimmer.

Eve tippte ihm auf den Schenkel und rief über den Motorenlärm hinweg: »Fahr nach Hause. Ich möchte nach meiner Mom sehen.«

Nach Hause. Mit Eve. Sein Mund verzog sich morbide amüsiert. Der Teil von ihm, der nicht tödlich war, liebte diesen Traum.

Er nickte. Als die Ampel auf Grün wechselte, änderte er die Richtung und fuhr zu Eves Wohnung. Diesmal musste er nicht warten, bis er einem Bewohner in die Garage nachfahren konnte. Eve tippte den Code ein, und er bog in die Lücke neben ihrem Wagen. Seine und ihre. Den Platz einzunehmen, der für den einen wichtigen Menschen in ihrem Leben reserviert war, hatte eine verstörende Wirkung auf Alec – er wurde hart. Damit wurde das Absteigen vom Bike mühsam, doch er schaffte es.

Ihre begrenzte gemeinsame Zeit, die Drohungen gegen sie, die Furcht, dass er sie womöglich nicht ausreichend schützen könnte, und die Pheromone, die ihr Mal abstrahlte … Sein Körper reagierte mit dem primitiven Verlangen, sie zu seiner zu machen. Als sie den Helm abnahm und ihr Haar ausschüttelte, war es wie ein rotes Tuch vor einem rasenden Stier. Er kämpfte mit dem überwältigenden Drang, sie an die Wand zu drücken und zu nehmen. Er wich zurück, um Abstand zwischen ihnen zu schaffen.

Dann sah Eve ihn an und erstarrte. Er beobachtete, wie sich die Hitze auf sie übertrug und eine Lust in ihren Augen aufloderte, die seine eigene spiegeln dürfte. Dies war nicht das scheue, unerfahrene Mädchen, das er vor zehn Jahren geliebt hatte. Jenes Mädchen hatte gezittert, als er es berührte, und geschrien, als er es küsste. Die Frau, die ihn jetzt ansah, brachte ihn zum Zittern.

Eve befestigte den Helm hinten am Bügel des Motorrads und murmelte: »Fang mich.«

Mehr Warnung bekam er nicht, bevor sie sich auf ihn warf. So zierlich sie auch war, verlieh ihr das Mal Kraft und Energie. Alec stolperte rückwärts und ließ Schlüssel und Helm auf den Estrichboden fallen. Eves Beine wickelten sich um seine Hüften, ihre Arme um seinen Hals. Sie presste den Mund auf seinen und bewegte die Lippen mit einer Verzweiflung, die Alec Atem und Verstand raubte.

Sie umklammerte ihn fester mit den Beinen und stemmte sich nach oben, sodass ihr Kopf seinen überragte. Diese dominante Position machte Alec erst recht hart – es war undenkbar, nach oben zu gehen, bevor er in ihr gewesen war. Der Duft ihrer Erregung war berauschend, erfüllte seine Sinne. Auf der ganzen Welt gab es kein Aroma wie dieses, ähnlich der sinnlichen Note von süßen, reifen Kirschen. Das Mal intensivierte sie noch, veredelte sie wie eine Sahnehaube.

Mit einer Hand stützte er ihren Hintern und tauchte die andere in ihr dichtes Seidenhaar. Während Eve sich über ihm wand, löste er keuchend seinen Mund von ihrem. Sogleich waren ihre Hände in seinem Haar und forderten seine Aufmerksamkeit ein. Ihr Blick war so heiß, wie Alec sich fühlte, doch das entschlossene Funkeln verriet ihm, dass sie noch nicht vollständig von Lust übermannt war.

Dafür müsste Alec sorgen. Er ließ ihr Haar los, umfing ihre Brust mit der Hand und streichelte sie. Als sich der Nippel zwischen seinen Fingerspitzen verhärtete, stöhnte er auf.

Eve neigte sich näher, sodass sich ihr Atem mit Alecs vermischte und ihr Haar ihre Gesichter verhüllte. »Jemand beobachtet uns, oder?«, flüsterte sie. »Und belauscht uns?«

»Was?« Er zog sie ein Stück nach unten, bis ihr Schritt über seinem schmerzenden Schwanz war, und rieb sie daran. Sofort übernahm sie, wiegte sich geschmeidig und brachte ihn zum Erschauern.

»Meine Wohnung«, sagte sie mit einem fiebrigen Glanz

in den Augen. »Die Gemeinschaftsbereiche. Kameras, Mikros. Es gibt nirgends Privatsphäre, richtig? Gadara beobachtet und belauscht uns.«

Die Realität drängte sich durch den Lustnebel in Alecs Kopf. »Wahrscheinlich.« Ihm fiel wieder ein, dass Raguel die Hausverwaltung unter sich hatte. »Ja, höchstwahrscheinlich.«

»Wir können nicht offen reden.«

»Wer will denn reden?«

Ein Räuspern hinter ihnen ließ beide zusammenzucken. Sie drehten sich gleichzeitig zu Mrs. Basso um, die an den Briefkästen stand. Sie hatte den Blick von ihnen abgewandt und mühte sich ungeschickt mit dem Schloss an ihrem Briefkasten ab. Offensichtlich hatte sie mehr gesehen, als sie sollte.

»Lass mich runter«, zischte Eve.

Alec stellte sie hin. »Wenn der Kuss Mrs. Basso nicht geschockt hat, dürfte es mein Ständer tun.«

Eve versetzte ihm einen Klaps. »Benimm dich!«

»*Du* hast *mich* angefallen, Angel.«

Sie zwinkerte. »Und dich zum Lächeln gebracht.«

Für einen Moment sah er sie sprachlos an, weil er ein Déjà-vu erlebte, das ihn zehn Jahre zurückversetzte. Dann lachte er leise.

»Ich schwächle offenbar«, raunte er. »Du hast an Gadara gedacht, während du mit mir geknutscht hast.«

»Weil ich gehört habe, wie sich die Kamera bewegt.«

Alec stutzte. Ihn wunderte nicht, dass er nichts gehört hatte. Es ärgerte ihn, erstaunte ihn aber nicht. Zum ersten Mal im Leben hatte er, was er sich wünschte, und er kostete es so gut aus, wie er konnte. Eves Gehör war dennoch verblüffend. »Du hast gehört, wie sich die Kamera bewegte«, wiederholte er.

Sie grinste. »Ich schätze, wir waren noch nicht ganz an dem Punkt, an dem unsere Hirnzellen verschmoren.«

»Nächstes Mal«, versprach er und bückte sich, um seinen Helm und die Schlüssel aufzuheben. »Du bist ein kluges Köpfchen, Angel. Das macht mich scharf.«

»Was wäre nur, hätte ich kein Faible für James Bond und Jason Bourne? Da müsste Pamela Anderson Angst um ihren Job in der Pornoindustrie bekommen.«

Es versetzte ihm einen Stich, doch sie hatte recht. »Ich war noch nie Mentor, also lerne ich auch noch.«

»Na super.«

»Ich bin schnell.« Er blickte zur Eingangshalle. Mrs. Basso war nicht mehr da.

»Das will ich hoffen.« Seufzend ging sie zum Kofferraum ihres Wagens, öffnete ihn und nahm ihre Post heraus. »Sonst geben wir beide ein erbärmliches Paar ab.«

Alec grinste. Von Eve hätte er weder Hysterie noch Drama zu erwarten. Ein Glück.

»Gehen wir. Wir haben viel zu tun.« Entschlossen schritt sie voraus zu den Fahrstühlen. »Und ich muss mir ausdenken, was ich meiner Nachbarin erzähle. Wie peinlich.«

»Vielleicht tut sie, als wäre nichts gewesen.« Alec folgte ihr, wobei er beobachtete, wie sie sich bewegte, und überlegte, welche Selbstverteidigungstechniken die besten für sie wären. Sie hatte lange, geschmeidige Beine und eine Andeutung von Oberarmmuskeln. Kickboxen wäre wohl ein guter Anfang.

»Oh, ich hasse es, wenn Leute das tun«, jammerte sie.

»Mir ist es lieber, wenn man die Dinge offen anspricht und für klare Verhältnisse sorgt.«

Draufgängerisch, dachte er begeistert. Das war seine Angel.

Ein leises mechanisches Surren ertönte hinter ihnen. Die Sicherheitskamera behielt sie im Auge.

»Mom?«, rief Eve, als sie die Wohnungstür aufschob.

»Die ist nicht hier!«, antwortete ihre Mutter.

Eve war erleichtert. Sie lächelte Alec zu, der nur den Kopf schüttelte. Als er seinen Helm und die Schlüssel auf den Tisch an der Tür legte, blitzte ein amüsiertes Funkeln in seinen Augen auf, doch nichts konnte seine angespannten Schultern verbergen. Auf ihnen schien das Gewicht der Welt zu lasten.

Miyoko erschien in der Diele. Ihre Füße steckten in Hello-Kitty-Hausschuhen, ihr Haar war zu Zöpfen gebunden, und ihre Arme waren voller frisch gewaschener Wäsche. Sie sah aus wie ein Teenager. »Habt ihr Hunger?«

Prompt knurrte Eves Magen. »In letzter Zeit habe ich immer Hunger.«

»Vielleicht bist du schwanger.«

»Mom!« Ihr Widerspruch fiel zahm aus, und erschrocken sah sie Alec an. Seit einer Woche hatte sie die Pille nicht mehr genommen, und in der Zeit hatten sie stundenlang auf den Laken getobt …

Alec bis die Zähne zusammen und schüttelte den Kopf. Doch wie konnte er sicher sein?

Diese Frage konnte sie ihm jetzt nicht stellen.

»Sofern du keine Nonne oder sterilisiert bist«, sagte ihre Mutter, »ist es nicht ausgeschlossen.«

Eve ging in die Küche. Jahrzehnte als Krankenschwester hatten Miyoko brutal offen gemacht, was Körperliches betraf. Eve legte die Post auf die Arbeitsplatte, nahm sich eine Cola aus dem Kühlschrank und wünschte, ein Schuss Rum darin würde etwas bringen. Dann dachte sie an Babys und die Auswirkungen von Alkohol in der Schwangerschaft. Sie stellte die Cola wieder zurück und griff stattdessen nach einem Orangensaft.

»Lass die Post nicht da liegen«, sagte ihre Mutter und lud die Wäsche auf der Couch ab, bevor sie zu Eve in die Küche kam.

»Dies ist meine Wohnung, Mom«, konterte Eve, drehte den Deckel von der kleinen Flasche und trank einen Schluck.

»Und wer putzt sie?«

»Wer hat dich darum gebeten? Ich halte meine Wohnung sauber, und ich bin erwachsen. Tu nicht so, als könnte ich ohne dich nicht überleben.«

Miyokos Züge gefroren. »Ich weiß, dass du mich nicht brauchst. Das hast du nie.«

Alec kam in die Küche. »Wie wäre es, wenn ich ein paar Sandwiches mache?«, bot er an.

»Ich habe *Onigri* gemacht«, antwortete Eves Mutter angespannt.

»Wunderbar.« Alec legte eine Hand an Eves Taille. Er sprach ruhig und beschwichtigend, um die Wogen zu glätten. »Ich liebe *Onigri*.«

Eve ebenfalls, weshalb ihre Mutter die kleinen Reiskugeln wohl überhaupt erst zubereitet hatte. Der gedämpfte Reis wurde mit unterschiedlichen Würzmischungen namens *Furikake* bestreut und zu dreieckigen Plätzchen geformt.

Eve war mit ihnen aufgewachsen und hatte sie immer sehr gemocht.

Mit geschlossenen Augen atmete Eve langsam aus. Sie konnte es nicht leiden, wenn sie das Gefühl hatte, sich gegenüber ihrer Mutter verteidigen zu müssen. Nach all den Jahren sollte sie doch imstande sein, die gelegentlichen Hinweise auf ihre Unzulänglichkeiten an sich abprallen zu lassen. Aber ihre Mutter hatte es immer schon verstanden, genau die falschen Impulse in ihr auszulösen. Mal war sie herablassend und kritisch, dann wieder munter und voll des Lobs. Eve war klar, dass diese Reibungen teils auch auf kulturelle Unterschiede zurückgingen. Ihre Mutter war mit Mitte zwanzig in die USA gekommen und reiste jährlich nach Japan zurück. Sie mochte inzwischen die amerikanische Staatsbürgerschaft besitzen, doch im Kern blieb Miyoko Japanerin.

»Tut mir leid, Mom«, sagte Eve, stellte ihr Getränk ab und lehnte sich an die Arbeitsplatte. Nicht zum ersten Mal betete Eve insgeheim, sie könnte irgendwann ein entspannteres Verhältnis zu ihren eigenen Kindern haben. »Es ist ein ziemlich mieser Tag. Und ich freue mich über alles, was du tust.«

Ihre Mutter stand zunächst stumm da, die zierliche Gestalt starr vor Kränkung. »Hängt deine miese Laune zufällig mit deinem neuen Job zusammen?«

»Woher weißt du davon?« Eve war abergläubisch, weshalb sie ungern gute Neuigkeiten herausposaunte, solange sie nicht sicher waren.

»Ich bin deine Mutter. So etwas spüre ich.«

Eve stöhnte innerlich.

»War jemand hier, solange wir unterwegs waren?«, fragte

Alec und langte in den Behälter auf der Arbeitsplatte, um sich ein Reisplätzchen mit viel Beefsteak-*Furikake* herauszunehmen. Er reichte es Eve, bevor er sich eines mit gewürztem *Nori* – Seetang – aussuchte.

»Ja, zwei junge Männer. Sie haben eine Aktentasche und einen Karton für Eve dagelassen.«

Eve richtete sich auf. »Wo?«

»Ich habe die Sachen in dein Arbeitszimmer gestellt.«

»Haben sie etwas gesagt?«

»Die waren sehr nett.« Miyoko lächelte sogar. »Ich hatte einen Kaffee gemacht, und sie erzählten mir ein wenig von Mr. Gadaras großen Erfolgen. Das klingt nach einer wunderbaren Möglichkeit für dich.«

Eve fröstelte bei der Vorstellung, dass Gadaras Männer bei ihrer Mutter gewesen waren und sie mit ihrem Charme bearbeitet hatten. Wie Schlangen im hohen Gras.

»Bist du deshalb so mürrisch?«, fragte ihre Mutter wieder. »Ein Arbeitgeberwechsel ist mit das Stressigste, was man durchmachen kann. Du solltest mehr Vitamin B nehmen.«

»Ja, das ist mit ein Grund.« Der einzige. Sie sah zu Alec, der etwas zu aufmerksam ihren Orangensaft beäugte.

»Du hattest mir gar nicht erzählt, dass du die Firma wechseln wolltest«, sagte Miyoko ein bisschen beleidigt.

»Ich wollte es nicht beschreien. Für Gadara Enterprises zu arbeiten ist ein Riesensprung, und ich war ja nicht sicher, ob es klappt. Außerdem hatte ich erst ein Vorstellungsgespräch.«

»Und hast ein Angebot bekommen?« Ihre Mutter wischte die makellose Arbeitsplatte mit einem Geschirrtuch ab. »Wundert mich nicht. Du bist wunderschön und klug. Jeder könnte froh sein, dich zu haben.«

Eves miese Laune schwand. »Danke.«

Miyoko zuckte mit den Schultern. »Na, ist doch wahr. Ist er Jude? Oder aus dem Nahen Osten?«

»Gadara? Er ist Afroamerikaner. Warum?«

»Wegen seines Namens. Der stammt aus der Bibel.«

»Ach ja?« Eve blickte zu Alec, der nach einem zweiten *Onigri* griff.

»Gadara ist der Ort, an dem Christus die Dämonen in Schweine verwandelte«, erklärte er, bevor er in sein Reisplätzchen biss.

»Hat er sich den Namen selbst ausgesucht?«, fragte Eve.

»Wer sucht sich denn seinen Namen selbst aus?« Miyoko schüttelte den Kopf. »Abgesehen von Prominenten. Jedenfalls mache ich jetzt die Wäsche fertig und fahre nach Hause.«

»Kommt Dad heute zurück?«

»Nein, morgen, aber ich habe zu Hause noch zu tun.«

Eve fühlte sich furchtbar, weil sie ihre Mutter verletzt hatte. »Bleib doch bitte noch.«

»Du hast Besuch. Und du brauchst mich nicht.«

»Ich muss dich doch nicht brauchen, um dich hier haben zu wollen, Mom.«

»Heute nicht.« Miyoko ging um die Insel herum zurück ins Wohnzimmer, wo sie sich auf die Couch setzte und begann, Wäsche zusammenzulegen.

Alec rieb Eve zwischen den Schulterblättern. »Alles okay?«

»Nein. Mein Leben ist zum Kotzen.«

»Ich könnte dir helfen, es für eine Weile zu vergessen«, raunte er leise.

Sie drehte sich zu ihm und wollte etwas erwidern, aber

die Küche war nicht der geeignete Ort, um über Sex und seine unvermeidlichen Folgen zu sprechen. Also krallte sie sich in sein Hemd und zog ihn in ihr Arbeitszimmer.

»Ich bin steril«, kam er ihr zuvor.

Sie stand mit offenem Mund da. Alec war der maskulinste Mann, der ihr je begegnet war. »W-was?«

»Ich habe gesehen, wie du die Cola gegen Orangensaft ausgetauscht hast. Du bist nicht schwanger.«

Für einen Moment war sie starr. Er sagte es mit solcher Endgültigkeit, bevor er die Lippen zu schmalen Linien presste und seine Augen kalt wurden.

»Gott bewahre, was?« Sie lächelte verbittert. »Diese Komplikation willst du ja sicher nicht.«

»Erzähl mir nicht, was ich will«, entgegnete er. »Nichts, was Himmel oder Hölle einem aufbürden können, ist so schmerzlich wie der Verlust eines Kindes. Trotzdem würde ich es deinetwegen vielleicht noch einmal durchmachen, aber das ist nicht möglich, Eve.«

»Warum nicht?«

»Ich habe beinahe den Verstand verloren, als das Letzte meiner Kinder starb. Damals sagte ich Dinge zu Gott, die ich bereue. Ich konnte nicht verstehen, warum ich auch noch auf diese Weise gestraft wurde. Warum ich unendlich leben musste, während meine Kinder sterblich waren.«

Eve wurde die Kehle eng. »Alec …«

»Gott *hat* es verboten, Angel.« Er verschränkte die Arme vor der Brust. »Heute macht das Mal jeden unfruchtbar. Gezeichnete Frauen menstruieren nicht, und die männlichen geben keinen Samen weiter.«

Für einen Moment stand die Zeit still, ehe sie mit voller Wucht auf Eve einstürmte. Jahrelange Träume und Hoffnungen lösten sich in strömende Tränen auf. »Bekomme ich das zurück?«

»Ich weiß es nicht. Eve …« Er zitterte am ganzen Leib. Wenn sie tief genug einatmete, könnte sie den Tumult in ihm riechen. Alec hatte stets das Gefühl, alles falsch zu machen. Noch ein Fehler in einem Leben voller anderer. Nur weil er leidenschaftlich, impulsiv und stur war.

Aber konnte sie ihm vorhalten, was mit ihr geschah? Er hatte nicht voraussehen können, wie sich seine Entscheidungen auf andere auswirkten. Mist passierte nun mal. Vergewaltigungen, Prügeleien, Überfälle, Missbrauch … und unzählige andere entsetzliche Sachen. Fehlgeburten, Unfälle, Hungersnöte. Doch man entschied selbst, ob man ein Opfer sein wollte, und Eve weigerte sich, es zu sein.

»Angel?« Alec trat näher, was ruckartig aussah, nicht so elegant und geschmeidig, wie er sich sonst bewegte.

»Gib mir eine Minute.« Sie wandte sich ab, um ihre Tränen zu trocknen, und erschrak, als eine außergewöhnlich gut gekleidete Gestalt in der Tür erschien.

»Einen harten Tag gehabt, Babe?«, murmelte Reed, der sie zu eingehend musterte.

»Es wird immer besser.« Sie wischte sich ungeduldig über die Wangen.

»Wie kann ich helfen?«

»Hau verdammt noch mal ab«, knurrte Alec. »Du hast schon genug angerichtet.«

»Du kannst mich nicht rauswerfen«, erwiderte Reed.

An Eves Lage war nichts zu ändern. Alles geschah aus einem Grund, und sie musste nicht religiös sein, um das zu glauben. Es würde mehr Kraft kosten, sich darüber aufzuregen, als etwas daran zu tun. Statt sich erschlagen zu fühlen, wuchs ihre Entschlossenheit. Eines nach dem anderen.

Den Tengu finden.

Sich den Nix vorknöpfen.

Das Mal loswerden.

Alles war machbar.

»Ich gehe duschen«, sagte sie, weil sie aus der Jeans herauswollte, die vom getrockneten Wasser des Nix steif geworden war. »Danach sehe ich mal, was ich online über Gehenna Masonry herausfinde. Ihr zwei könntet euch entweder gegenseitig umbringen oder meiner Mom helfen, die Wäsche zusammenzulegen.«

Beide glotzten sie an.

»Oder ein Abendessen kochen, falls ihr wisst, wie das geht. Ich bin am Verhungern.« Auf dem Weg zur Tür winkte sie ihnen zu.

13

Eve blickte konzentriert auf ihren Computerbildschirm. Unter der Dusche hatte sie sich einen ausgiebigen Weinkrampf gegönnt. Einer Dusche übrigens, an der neuerdings ein Aluminiumkreuz baumelte. Eve, lebenslange Agnostikerin, hatte ein Kreuz in ihrer Dusche hängen und das Kainsmal an ihrem Arm.

Zuerst hatte sie über ihre Situation lachen müssen, dann wollten die Tränen nicht aufhören. Sie ließ alles heraus: ihren Frust, ihre Wut, ihren Kummer und ihre Sorge. Sie war ziemlich sicher, dass sie mehr geweint hatte als jemals zuvor in ihrem ganzen Leben. Und anschließend sagte sie sich, dass sie sich hinreichend in Selbstmitleid gesuhlt hatte. Es kostete sie zu viel Energie.

Die Nachwirkungen waren allerdings nicht hübsch. Sie fühlte sich ausgelaugt und groggy. Sowohl Reed als auch Alec beobachteten sie schuldbewusst. Schließlich zog sie sich in ihr Arbeitszimmer zurück, um ihnen allen die beklemmende Stimmung zu ersparen.

Reed hatte mit ihrer Mom zusammen Wäsche gefaltet, während Alec einen herzhaften Eintopf fürs Abendessen kochte. Miyoko bestand darauf, das Gemüse zu schnippeln und Gewürze vorzuschlagen, ehe sie offensichtlich widerwillig nach Hause fuhr. Stur bis zum Ende. Eve rechnete fest mit einem Anruf am nächsten Tag, denn garantiert wollte ihre Mutter fragen, warum Reed – ihr Vorgesetzter – zum Abendessen kam und Eves Kleidung zusammenlegte. Eve hoffte, dass ihr bis dahin eine glaubwürdige Erklärung einfiel.

Vorerst suchte sie bei Google nach Informationen über die Gehenna Masonry. Eine Zeit lang war sie von ihrer kurzen Suche nach Meggido Industries abgelenkt worden. Die gab es tatsächlich, und Alec wurde als CEO und Gründer aufgeführt. Der Name »Meggido« erschien auch als weniger bekannte Bezeichnung für »Armageddon«. Alec hatte sich ja selbst Headhunter mit Spezialgebiet Katastrophenschutz genannt. Eve musste über seinen schrägen Humor lachen.

»Was ist so witzig?«, fragte Reed.

Sie blickte auf. Wieder einmal lehnte er in der Tür, und seine Pose war fast unverschämt: die Hände in den Taschen, das hellblaue Hemd oben offen. Im Zimmer war es dunkel, sodass seine Silhouette vom Flurlicht hinter ihm eingerahmt war und gefährlich reizvoll wirkte.

Eve gab sich ungerührt. Was er auch tat oder sagte, sie konnte die Erinnerung an ihre Begegnung nicht abschütteln. »Nichts. Was gibt's?«

»Was ist mit dir los?«

»Ich recherchiere den Steinmetzbetrieb, der den Tengu gemacht hat.« Eves Blick kehrte zum Monitor zurück.

»Und wie kommst du voran?«

»Gut. Es ist allerdings nicht leicht zu wissen, ob man gefunden hat, was man sucht, wenn man nicht einmal weiß, was das ist.« Sie beobachtete, wie er ins Zimmer kam.

Sein Schritt war wiegend, fast schlendernd. Die beiden Brüder bewegten sich so unterschiedlich, und dennoch hatte es eine gleich starke Wirkung auf sie. »Wo ist Alec?«

»Überprüft den Balkon auf Wasserlecks.«

»Wegen des Nix?«

»Ja.«

»Könnte der so reinkommen?«

»Er kann überall rein, wo es eine Wasserquelle gibt.« Inzwischen stand Reed neben ihr und betrachtete sie mit diesem undeutbaren Ausdruck, der ihr allmählich vertraut wurde, auch wenn sie ihn nicht verstand. Den »Ich möchte dir die Kleider vom Leib reißen«-Teil kapierte sie, aber den Rest – die Verwirrung, die Reue und das Mitgefühl – konnte sie nicht einordnen.

Eve drehte sich auf ihrem Stuhl um und lehnte sich zurück, um ihn anzusehen. Äußerlich blieb sie kühl, obwohl sein Anblick einschüchternd war. Im matten Schein des Monitors sah er eher aus wie ein Teufel als wie ein Engel. »Gehenna arbeitet mehr oder minder regional«, sagte sie. »Sie sitzen in Upland, hier in Kalifornien.«

»Wie weit ist das? Eine Dreiviertelstunde Fahrt?«

»Kommt auf den Verkehr an.«

Er nickte.

»Ihre Webdomain ist erst wenige Jahre alt«, fuhr Eve fort. »Offenbar gibt es sie noch nicht lange, aber wie es aussieht, sind sie schnell sehr solvent geworden.«

Das Licht ging an, und Alec kam ins Zimmer.

»Wir müssen da hin.« Er sah seinen Bruder an. »Uns mal ansehen, was sie so treiben.«

»Fahr du allein«, sagte Reed. »Ich bleibe hier bei ihr. Es ist überflüssig, sie unnötig in Gefahr zu bringen.«

»Blödsinn.« Alec trat an den Schreibtisch. »Das hättest du dir überlegen sollen, bevor du sie hierfür eingeteilt hast. Du kannst nicht beides haben.«

»*Ich* habe sie eingeteilt?« Reed klang ehrlich entgeistert.

Eve sah ihn an, um sich zu vergewissern, dass seine Verwunderung nicht ihrer Einbildung entsprang, doch er setzte sofort eine neutrale Miene auf. Vorher aber hatte sie genug gesehen, um den Verdacht zu hegen, dass Reed nicht so viel zu sagen hatte, wie er sollte.

»Hast du nicht?«, fragte sie.

»Er würde dir sowieso nicht die Wahrheit sagen«, raunte Alec.

»Sprich nicht für mich«, wies Reed ihn zurecht.

»Du bist ein Loser, der einen einzigen Treffer hatte, Bruder. Bekomm das lieber in deinen Schädel. Du wirst nie wieder mit ihr allein sein.«

Eve stand auf. »Das reicht. Und ich finde die Treffer-Anspielung beleidigend.«

»Entschuldige, Angel«, murmelte Alec zerknirscht.

»Ich treffe meine eigenen Entscheidungen«, sagte sie. »Und jetzt gerade würde ich wirklich gern noch mal zu dem Gebäude mit den Gargoyles fahren und sie mir genauer ansehen.«

»Warum?«

»Weil wir heute Abend nicht mehr nach Upland fahren können. Dafür ist es zu spät. Und ich habe das Gefühl, etwas tun zu müssen.« Sie sah beide Männer an. »Schaden kann es ja nicht.«

»Da wird alles abgeriegelt sein.«

»Und das hält euch normalerweise auf?«, fragte sie.

»Die haben garantiert Wachleute«, mischte sich Reed

ein. »Aber du müsstest einen Ausweis von Gadara Enterprises haben. Als Mitarbeiterin dürfte dich jeder Wachmann problemlos hereinlassen.«

Er warf Alec einen triumphierenden Blick zu. »Du musst noch eine Menge lernen, *Bruderherz.*«

Eve wandte sich zu der schwarz lackierten Kiste, die man für sie abgegeben hatte, klappte den Deckel mit dem eingearbeiteten Elfenbeinkreuz hoch und wühlte in dem Inhalt.

»Sie haben auch eine Kiste für dich dagelassen, Alec«, sagte sie und zeigte auf einen Pappkarton auf dem Sofa. »Die ist da drin.«

»Zum Teufel damit! Raguel träumt davon, mich als seinen Mitarbeiter ausgeben zu können.«

Eves Kiste war so groß wie ein Schuhkarton und voller willkürlich zusammengestellter Utensilien, von einer Art Pfefferspray bis hin zu Lippenbalsam. Sie nahm eine kleine Ledermappe hervor und schlug sie auf. Drinnen war ein Foto von ihr, das aufgenommen wurde, als sie zum ersten Gesprächstermin kam. Sie erschauderte bei dem Gedanken, dass an jenem Tag jeder gewusst hatte, was Minuten später mit ihr geschehen würde, aber weder etwas sagte noch irgendwie eingriff. Sie hätte der Rekrutin ganz sicher geraten, wegzulaufen und ja nicht wiederzukommen.

»Da ist er ja«, sagte Reed, der ihr über die Schulter sah.

Eve strich über das eingravierte Gadara-Logo. Wasserzeichen reflektierten das Licht und verhinderten ein allzu leichtes Kopieren. Die Symbole waren eine Kombination aus bekannten Zeichen – wie einem Kreuz – und anderen, die wie Hieroglyphen aussahen. »Ich dachte, alle Gadara-

Mitarbeiter sind Gezeichnete. Können die nicht riechen, was ich bin? Wozu dann noch dieser Ausweis?«

»Die Mitarbeiter im Gadara Tower sind Gezeichnete«, erklärte Reed. »Sie dienen als Frühwarnsystem, um Raguels Sicherheit zu gewährleisten. Für Höllenwesen wäre es unmöglich, unbemerkt in das Gebäude zu gelangen. Aber in den Tochterfirmen und Zweigstellengebäuden gibt es sterbliche Mitarbeiter.«

»Seine Sicherheit? Ich dachte, er ist ein Erzengel. Wer würde sich denn mit dem anlegen?«

»Ein Höllenwesen, das auf eine große Beförderung aus ist.«

»Könnte ein Erzengel den nicht mühelos plattmachen?«

»Falls er ahnt, was auf ihn zukommt. Die sieben Firmenchefs leben wie Sterbliche, ausgenommen sieben Wochen im Jahr, wenn sie ihre Kräfte frei einsetzen dürfen, um Gezeichnete zu trainieren.«

»Und sonst verlieren sie diese Kräfte?«

»Sie haben die Wahl«, korrigierte Alec. »Sie können ihre Gaben nutzen, doch das hat jedes Mal Folgen. Es liegt bei ihnen, ob die Übertretung es wert ist oder nicht.«

Eve schnaubte spöttisch. »Noch ein Beispiel dafür, wie Gott einen irre zu machen versucht.«

»Wie sonst könnten sie mit Sterblichen mitfühlen, Angel? Die Erzengel brauchen Empathie und Verständnis, um motiviert zu bleiben. Sie wollten sich nicht den Menschen beugen, wie Gott es befahl. Und was wäre eine bessere Methode, ihnen den Fehler begreiflich zu machen, als sie eine Weile in den Schuhen der Sterblichen verbringen zu lassen?«

»Empathie und Verständnis?« Eve lächelte trocken.

»Ehrlich, ich wäre geneigt, wütend zu sein. Warum sollte ich das Privileg verlieren, meine Kräfte zu nutzen, um Menschen zu schützen, die einen Dreck auf mich geben? Sofern die Erzengel nicht wahrhaft engelsgleich sind – und den Eindruck vermittelt Gadara ganz sicher nicht – ist dieser ganze Macht-gegen-Strafe-Deal doch ziemlich sinnlos.«

»›Engelsgleich‹ und ›teuflisch‹ sind menschliche Konstrukte«, sagte Reed.

»Ja, das habe ich schon begriffen. Gadara sagte, dass die Dämonen ihre Tricks aus demselben Repertoire beziehen wie die Engel. Die sind verbrüdert, nicht? Früchte desselben Baums, Abkömmlinge desselben Vaters und so? Da leuchtet es ein, dass sie denselben Lastern erliegen, einschließlich dem, sich richtig angepisst zu fühlen, wenn ihnen etwas verweigert wird, obwohl sie nichts falsch gemacht haben.«

Reed runzelte die Stirn. »Warum reden wir darüber?«

Eve warf den Firmenausweis auf den Schreibtisch und stand auf. »Weil es sein muss. Wann bekommen die Erzengel wieder volle Gewalt über ihre Kräfte?«

»Nach Armageddon.« Alec nahm Verteidigungshaltung ein – die Arme verschränkt, die Beine leicht ausgestellt.

»Könnte es sein, dass sie es gern ein bisschen beschleunigen würden?«, fragte sie.

»Du denkst wie eine Sterbliche«, entgegnete Reed.

»Tja, falls du es noch nicht weißt: Ich bin eine Sterbliche. Dieses Mal an meinem Arm ändert nichts daran. Willst du mir weismachen, dass du nicht auf den Gedanken gekommen bist, die Firmenbosse könnten abseits der Regeln spielen?«

Reed zog die Brauen hoch. »Bin ich nicht.«

Sie wandte sich an Alec. »Ich weiß, dass du es durchaus schon gedacht hast.«

»Was soll das heißen?«, fragte Reed.

»Gadara sagte, dass du dich einfügst, Reed. Du tanzt nicht aus der Reihe«, antwortete Eve achselzuckend. »Du willst, dass die Dinge ihre Ordnung haben, und nur so nimmst du sie auch wahr.«

Er trat näher. »Versuch ja nicht, mich zu analysieren! Falls du jemanden therapieren willst, versuch es lieber mal mit dem mordlüsternen Irren, den du vögelst!«

»Ah, ich habe einen Nerv getroffen«, stellte sie fest.

»Du redest Blödsinn. Soll ich mal den Spieß umdrehen, und wir sehen uns an, wie es dir gefällt?«

»Lass es gut sein«, warnte Alec ihn. »Sonst muss ich dir etwas antun.«

»Halt die Klappe.« Reed ballte die Fäuste. »Wenn sie wilde Verschwörungstheorien schmieden will, muss sie mit den Auswirkungen allein fertigwerden.«

Reeds aggressive Reaktion erstaunte Eve. Alec nahm ihre Fragen relativ gelassen hin, während Reed extrem angespannt war. Sie sah Alec an. »Also sind außerhalb des Gadara Towers auch einige Mitarbeiter normale Sterbliche.«

Er nickte.

»Und wenn ich mit diesem Ausweis wedele, lassen sie mich rein, notieren allerdings auch, dass wir dort waren, nicht wahr? Dann wären da noch die Firmenkreditkarte, die Abhöreinrichtungen, die Kameras … das ist Cyberstalking anstelle von göttlicher Sicht auf alles, oder?«

»Sicher. Was hast du denn gedacht?«

»Nichts.« Eve ging um ihren Schreibtisch herum. Für

diejenigen, die sie belauschten, hatte sie schon genug gesagt. Den Rest würde sie für sich behalten, bis sie das Gefühl hatte, frei sprechen zu können. »Ich mache mich fertig, dann können wir los.«

Reed wollte ihr folgen, doch Alec versperrte ihm den Weg. »Lass sie in Ruhe.«

»Ich mache nur meinen Job.« Reeds Stimme klang gefährlich ruhig.

»Entspann dich, Alec«, sagte Eve.

Ein tiefes Knurren erfüllte den Raum, und kopfschüttelnd ging Eve hinaus. Diese beiden mussten noch lernen zusammenzuarbeiten.

Sie schloss gerade ihre Schlafzimmertür, als sie mittendrin gebremst und wieder aufgestoßen wurde. Reed kam herein, blickte sich im Zimmer um und sah aufs Bett.

»Feng Shui«, murmelte er. »Dann bist du ja doch ein bisschen gläubig.«

»Was hat denn Feng Shui mit irgendwas zu tun?« Sie sah, wie er die Tür hinter sich schloss, insgeheim beeindruckt von seiner Beobachtungsgabe.

»Du versuchst, Energien anzuzapfen, die du weder sehen noch beweisen kannst. Ob du denkst, dass sie von Gott kommen oder nicht, ist weniger ausschlaggebend als die Tatsache, dass du Kräfte außerhalb deiner selbst anerkennst.«

»Deinetwegen bekomme ich noch Kopfschmerzen.«

Er lachte, was so samtig klang, dass es wie ein Streicheln war. »Du kannst keine Kopfschmerzen mehr kriegen.«

»Denkst du.« Sie ging zu ihrem Kleiderschrank und schob die hängende Tür auf. Es hatte sie viel Zeit gekostet, die richtigen gebleichten Kiefernpaneele zu finden, doch der Aufwand hatte sich gelohnt. Wenn sie im Bett lag, betrachtete sie gern die Maserungen, bis sie einschlief.

»Hör zu.« Sein Tonfall war so ernst, dass Eve ihn ansah. »Wenn Gezeichnete auf die Jagd gehen, verändern sie sich.«

»Verändern?«

»Ihre Sinne sind geschärfter. Du wirst eine Art Tunnelblick entwickeln, wie man ihn bei Katzen sieht, wenn sie sich hinhocken und auf den Sprung vorbereiten. Sie sind so auf das fixiert, was sie tun, dass sie nichts anderes wahrnehmen.«

»Ich glaube, das habe ich schon erlebt.«

»Kann sein. Alle Mentoren sind ausgebildet, ihren Fokus auszuweiten, um ihre Schützlinge im Blick zu behalten. Ungefähr so, wie man das Fernlicht einschaltet statt der normalen Scheinwerfer.«

Eve nahm ihre älteste Jeans aus dem Schrank. »Und Alec ist nicht dazu ausgebildet.«

»Stimmt. Er ist richtig gut in dem, was er tut, aber ich fürchte, er wird dich ungeschützt lassen. Du musst sehr gut aufpassen. Und achte darauf, dass du alles mitbekommst.«

»Sagst du mir das, um deinen Bruder schlecht zu machen, oder ist es dein Ernst?«

»Schön wäre es, wenn ich mir das bloß ausdenken müsste.« Er lehnte sich wieder in den Türrahmen. »Du wirst mir vertrauen müssen, Babe. Es ist mein Job, dich am Leben zu erhalten und deine Strafe abzuarbeiten.«

»Ich würde sagen, mich ohne jede Ausbildung loszuschicken, um Sachen zu töten, ist keine so tolle Taktik.«

Seine Züge verhärteten sich kaum merklich, doch Eve

hatte ja genau darauf gewartet. Gadara schubste sie alle herum. Eve wusste, welches Druckmittel er gegen Alec einsetzte – sie. Aber was war es bei Reed? Das sollte sie dringend herausfinden.

Reeds Blick wanderte hinüber zu ihrem Bett, und er grinste. »Du schläfst nicht mit Cain.«

»Woher willst du das wissen?«

»Sein Duft ist hier drinnen schwächer als im Rest der Wohnung.«

»Meine Mom hat die Bettwäsche gerade gewaschen und frische aufgezogen.«

»Aha …« Er betrachtete sie mit dunklen, schläfrigen Augen. Reed war hochexplosiv, keine Frage. Und der Teil von Eve, der sich nach ruhigen Abenden zu Hause sehnte, war entsetzt darüber, wie anziehend sie es fand.

Sie drehte sich weg, entschlossen, sich für die Aufgabe bereit zu machen und nicht an Sex zu denken. »Bilde dir ja nicht ein, dass es irgendwas mit dir zu tun hat.«

»Womit dann? Zehn Jahre lang hast du an ihn gedacht, und jetzt ist er hier, und du lässt ihn am ausgestreckten Arm zappeln?«

Sie dachte an die Knutscherei in der Garage und lächelte. »Mein Privatleben geht dich nichts an.«

»Rede dir das ruhig ein, dann glaubst du es vielleicht selbst irgendwann. Trotzdem ist es nicht wahr.«

»Meinetwegen. Hast du sonst noch etwas für mich?«

»O ja, und ob ich das habe, Babe. Komm her und nimm es dir.«

»Uärgs.« Eve sah über die Schulter. »Du hast soeben die Grenze zwischen arrogant und eklig überschritten.«

Er senkte den Blick. »Entschuldige.«

Sie seufzte. Äußerlich war er makellos elegant, aber im Innern … Der Mann besaß einige raue Züge. Doch komischerweise wollte Eve sie nicht glätten. Sie wollte sie einfach nur verstehen. »Woher diese Anwandlung von Geschmacklosigkeit?«

Reed richtete sich auf und griff nach dem Türknauf. »Wenn ich das wüsste«, murmelte er und ging hinaus.

Hinter ihm schloss sich die Tür mit einem leisen Klicken.

»Es ist kalt«, murmelte Eve und zog ihre Sweatshirt-Jacke fester zusammen.

Alec legte einen Arm um ihre Schultern und verkniff sich die offensichtliche Frage. Es herrschten mindestens zwanzig Grad, was die meisten Leute als lau bezeichnen würden. Und so zügig, wie sie auf ihr Ziel zugingen, hätte es sie eigentlich warmhalten müssen. Eves Frösteln musste aus ihr selbst kommen, entweder hervorgerufen von den Veränderungen ihres Körpers oder von ihrer finsteren Stimmung. Letztere hatte Abel ebenfalls an den Tag gelegt, als er die Wohnung verließ.

Alec war auf mehr bissige, arrogante Bemerkungen seines Bruders gefasst gewesen und hatte gestaunt, als Abel aus Eves Schlafzimmer gekommen und wortlos verschwunden war. Sich in Luft auflöste. Das konnten alle Engel, ausgenommen Alec. Er war der einzige *Mal'akh*, dem diese Gabe genommen wurde; ein weiteres Beispiel dafür, dass man ihm selbst die einfachsten Vorzüge verweigerte. Überhaupt war ihm im Leben wenig geschenkt worden, und nun war das Eine, an dem ihm wirklich lag, in Gefahr.

Intimität. Er war nicht darauf vorbereitet gewesen, dass

es zwischen Eve und Abel passieren würde. Doch Sex war Sex und nicht zu vergleichen mit der Intimität, die sich zwischen Eve und ihm entwickelte. Trotzdem nagte die Eifersucht an ihm. Abel und er hatten schon früher Frauen benutzt, um sich gegenseitig eins auszuwischen. Doch niemals hatte ihnen eine gleich viel bedeutet. Das war eine Bedrohung, mit der Alec nicht umgehen konnte. Nach einem Leben des immer Gleichen, war er nun mit zu vielen Unbekannten konfrontiert.

»Nachts sieht es anders aus«, sagte Eve leise.

Er sah zu dem Gebäude. So wie es angestrahlt wurde, wirkte es stattlich und selbstverständlich, als stünde es schon seit Jahrzehnten dort und nicht erst seit einigen Monaten.

Als sie sich dem Haupteingang näherten, atmete Alec tief ein. Kein Gestank. Er wurde langsamer und blickte hinauf zu den Gargoyles. Von hier aus waren zwei zu sehen, und die waren an ihrem Platz.

»Was ist los?«, fragte Eve, die nach dem Ausweis in ihrer Tasche griff.

»Es riecht nicht, Angel.«

Sie sah ihn misstrauisch an. »Nicht das schon wieder!«

»Ich will dir ja glauben.«

»Das weiß ich«, erwiderte sie lächelnd.

Nachdem sie dem Wachmann ihren Ausweis gezeigt hatte, ging Eve mit diesem katzenartigen Hüftschwung voran, der Alec einst zur Sünde verführt hatte. Und wem machte er hier etwas vor? Er verführte ihn immer noch.

»Angel.« Er pfiff ihr nach. »Lust auf ein Spiel?«

Sie blieb vor den Fahrstühlen stehen und zwinkerte ihm zu. Ein zweiter Wachmann in Uniform kam zu ihnen und sagte, dass die Aufzüge noch nicht in Betrieb waren. Sie müssten die Treppe nehmen.

»Wer zuerst oben ist«, rief Eve, bevor sie das Geländer packte und lossprintete.

Alec könnte sie einholen. Seine Beine waren länger. Doch es machte viel mehr Spaß, ihr dicht auf den Fersen zu bleiben. Atemlos lachend stürmten sie auf das Dach … Was sie dort erblickten, ließ sie allerdings sofort verstummen.

»Ach du Scheiße.« Alec schlitterte ein Stück über das Blechdach, ehe er zum Stehen kam.

Eve, der ihre neuen Kräfte noch fremd waren, wäre beinahe mitten in das Lagerfeuer hineingerutscht, landete aber noch rechtzeitig auf dem Hintern. »Autsch!«

Alec kam sich vor, als stünde er unter halluzinogenen Drogen. Mit offenem Mund starrte er den Tengu an, der hämisch kichernd um das Höllenfeuer tanzte. Keiner von Alecs Sinnen nahm das Monster vor ihm wahr. Einzig der schwache Sehsinn, mit dem er geboren wurde, registrierte den Dämon. Und es war nicht so, als hätten ihn seine Sinne im Stich gelassen. Er sah ja das Höllenfeuer, das weder Licht noch Schatten warf, weshalb es für Ungezeichnete unsichtbar wäre.

Doch würden seine geschärften Sinne richtig funktionieren, könnte er den Tengu auch riechen und seine Kennzeichnungen sehen. Dann wüsste Alec, zu welchem Höllenkönig er gehörte und wie er ihn am besten auslöschte. So allerdings steckte Alec mächtig in der Patsche. Und das mit Eve zusammen.

Er drehte sich um, um zu prüfen, ob noch mehr Tengu da waren, aber mit den hohen Schächten der Klimaanlage war das schwierig zu sagen.

»Hübsches Ding, hübsches Ding«, trällerte der Tengu, dessen Knopfaugen auf Eve gerichtet waren. Alec schien er überhaupt nicht zu bemerken. »Das hübsche Ding kommt Joey besuchen.«

»Wenn du mich noch mal bepinkelst«, sagte sie und rappelte sich auf, »trete ich dir in den Arsch!«

»Joeys Arsch ist aus Stein, hübsches Ding. Da bricht sich das hübsche Ding den Fuß.« Der Tengu lachte und tanzte immer weiter zu einer Melodie, die nur er hörte.

»Mein Fuß ist größer«, sagte Alec.

Jetzt blickte der Tengu ihn an und grinste breit. »Cain, Cain, wie schön, dich zu sehen!«

»Kennst du den?«, fragte Eve und kam näher zu Alec.

»Wenn ich das wüsste! Ohne seine Kennzeichen kann ich das nicht sagen.«

»Was machen wir?«

»Wir nehmen ihn gefangen.«

Sie schnaubte. »Und wie sollen wir das anstellen?«

»Will das hübsche Ding tanzen?«, rief Joey und sprang auf Eve zu.

Alec stürzte sich zwischen die beiden und ächzte, als ihm der schwere Stein in den Bauch rammte. Er fiel rücklings zu Boden und rollte sich mit dem zappelnden Tengu herum. Die Dachkante war von einer niedrigen Sicherheitsmauer umgeben, gegen die sie polterten.

Die Kreatur war heiß, aufgeladen von dem Bösen des Höllenfeuers. Während Alec mit dem Dämon rang, zischelte die Haut in seinen bloßen Handflächen. Der Gestank nach verschmortem Fleisch erfüllte die Luft, und für einen kurzen Moment überlegte Alec, den verfluchten Tengu einfach über die Dachkante zu werfen, auf dass er unten in tausend Steinkrümel zerbrach. Aber er brauchte ihn heil, damit er ihn sich genauer ansehen konnte.

Was zur Hölle war das?

Der schwere kleine Kobold krabbelte auf Alecs Brust, stemmte sich mit zusammengeballten Fäusten auf und machte sich bereit, sie wie einen Hammer nach Alecs Gesicht zu schwingen. Eve versetzte ihm einen Tritt. Ihr Stiefel traf das Gesicht des Tengu und katapultierte ihn von Alec weg. Schreiend krachte er ins Feuer.

»Wir müssen die Flammen löschen.« Alec sprang auf. »Das Feuer lädt ihn immer wieder auf, und wir werden schneller fertig sein als er.«

Der Tengu schoss wie eine rot glühende Kanonenkugel aus den Flammen, und Eve duckte sich. Er flog über sie hinweg und knallte in einen großen Lüftungskasten. Ein Rohr in dem Kasten zerbarst und sprühte Wasser auf das Dach.

»Geht es damit?«, fragte sie.

»Nur, wenn es geweiht ist.«

»Wie zum Geier wollen wir denn hier oben an Weihwasser kommen?« Sie kickte etwas von dem Wasser ins Feuer. Der Tengu schälte sich aus der großen Delle, die er in den Lüftungsschacht geschlagen hatte, und raste auf Eve zu, wobei er unverständliche Worte kreischte.

»Lass mich einen Moment darüber nachdenken.« Alec schnappte sich den Dämon, bevor er bei Eve war.

Entsetzt und fasziniert sah sich Eve die Szene an. Obwohl der Dämon im Vergleich zu Alec so winzig wirkte, schien das Kräfteverhältnis ungefähr gleich zu sein. Alec hatte eindeutig alle Hände voll zu tun. Eve blickte sich nach etwas um, das sie als Waffe benutzen könnte.

»*Adjutorium nostrum in nomine …*«, rief Alec. »*… Domini.*«

»Was?« Sie rannte um den Lüftungsschacht herum und wurde mit voller Wucht zurückgestoßen. Atemlos starrte Eve zu der Kreatur auf, die auf ihr hockte. Es war noch ein Tengu.

»Ich bring dich um«, sagte der Tengu mit einer melodischen, weiblichen Stimme, die überhaupt nicht zu der grässlichen Fratze passen wollte.

Alec brüllte weiter etwas, von dem Eve annahm, dass es Latein war. Als der Tengu nach ihr schlug, warf sie den Kopf zur Seite. Der Krach von scheppterndem Metall direkt neben ihrem Ohr war unangenehm, doch der Schmerz schwand genauso schnell, wie er gekommen war. Eve nutzte den Vorwärtsschwung des Tengus, um die schwere Kreatur über ihren Kopf zu werfen. Blitzschnell rollte sie sich auf den Bauch und sprang auf, war allerdings kaum oben, als der Tengu wieder auf sie losging.

»Alec!«, schrie sie und trat nach dem Dämon, der durch die anschwellende Wasserpfütze schlitterte. Eve hatte es satt, dauernd nass zu werden. Gründlich satt.

Der Tengu glitschte ins Feuer und einen Moment später lachend wieder heraus. Alec schleuderte seinen Tengu auf den anderen. Bei der Kollision brach einer der Figuren ein Bein, der anderen ein Arm ab. Hastig sammelten die beiden ihre Gliedmaßen auf und sprangen wieder ins Feuer.

Inmitten des Wasserstrahls machte Alec ein Kreuzzeichen. »*Commixtio et aquæ pariter fiat in nomine Patris, et Filii et Spiritus Sancti.*«

Seine Stimme wurde lauter, und die Worte klangen wie Gesang. Eve drehte sich zu dem kaputten Lüftungsschacht um und hoffte, dass ihre Superkräfte funktionstüchtig waren. Sie packte ein Ende des gebrochenen Rohrs, riss kräftig und bekam ein Stück frei. Das schwang sie wie einen Schläger und wirbelte herum. »Joey« stürmte auf sie zu, und Eve verpasste ihm einen Homerun-Schlag, der ihn geradewegs über die Dachkante schickte. Das Rohrstück war hinüber. Fluchend ließ Eve es fallen und suchte nach einem Ersatz.

»Eve!«, rief Alec, als von der Straße unten ein lautes Krachen zu hören war. »Wir brauchen einen von denen.«

Sie verzog das Gesicht. »Entschuldige. Ich unterschätze meine Kräfte.«

Der einbeinige Tengu kreischte auf und hinkte auf Eve zu, wobei er sein abgebrochenes Bein schwang wie einen Knüppel. Alec schlug mit der Faust zu, erwischte das Biest aber nur unten an der Flanke, sodass es ins Kreiseln geriet. Das Tempo des weiblichen Kobolds nahm zu, und er traf Eve, die nach hinten umfiel.

Der Tengu landete auf ihren Schenkeln und holte mit den Steinarmen aus, um Eve das Bein auf den Kopf zu knallen. Schreiend krümmte sich Eve und schirmte ihren Kopf mit den Armen ab. Sie kniff die Augen zu und wartete auf den Schlag.

Doch auf einmal waberte ein ekliger Gestank über sie hinweg, bei dem sich Eves Magen umdrehte und sie würgen musste.

Ein Rauschen dröhnte durch die Luft wie von einem mächtigen Wasserfall. Der Boden unter Eve geriet ins Rutschen und zog sie ein großes Stück mit. Sie riss die Augen auf und bestaunte die Szene vor sich, die in Zeitlupe abzulaufen schien.

Das Wasser wogte zu einer Flutwelle auf, und mitten in der Wasserwand erschien ein allzu bekanntes Gesicht.

Der Tengu schrie auf und ließ sein Bein fallen.

»Sie ist mein!«, brüllte der Nix.

In einer brodelnden, schäumenden Welle schwemmte der Nix den Tengu über die Dachkante.

Und Eve mit.

14

»Alec!«

Eve purzelte wie ein ohnmächtiger Surfer in die Welle. Ihr Rücken knallte auf die Steinkante, und sie kippte über den Rand, wild mit Armen und Beinen wedelnd. Ihre Finger tasteten nach einem Halt, wobei sie sich einen brach. Dann fiel sie, beschwert von dem Tengu, der sich an ihr eines Bein klammerte, und dem Nix, der sie wie ein Wasserstrudel umhüllte.

Als die Dachkante über ihr verschwand, langte ein Arm hinüber und nahm ihr Handgelenk in einen schraubzwingenartigen Griff. Sie blickte nach oben und sah hilflos zu, wie ihr Schwung und die Schwerkraft Alec unnachgiebig nach vorn zogen, bis er mit dem gesamten Oberkörper über der Dachkante hing. Sie schrie, und das nicht aus Furcht vor dem Sturz oder ihrer Höhenangst, sondern wegen Alec, der drauf und dran schien, mit ihr in den Abgrund zu stürzen.

»Du wirst sterben«, brüllte sie ihm zu und trat wie verrückt auf den kreischenden Tengu ein. »Lass mich los!«

»Kommt nicht infrage.« Er hielt sie mit beiden Händen fest. »*Deus, invictæ virtutis auctor, et insuperabilis imperii rex, ac semper magnificus triumphator …*«

Während Alec weitersprach, wurde Eve von einer Seite zur anderen geschleudert. Ihre Schultern knackten unter dem enormen Gewicht der Wesen, die an ihr hingen, und es fühlte sich an, als würden ihre Arme gleich ausreißen. Sie war sogar ziemlich sicher, dass das längst passiert wäre, wäre sie nicht übermenschlich.

Sie sah nach unten, zielte mit ihrem Stiefelabsatz auf das Tengu-Auge und trat mit aller Kraft zu. Alec rutschte weiter nach vorn, bis ihn nur noch seine Hüften hinderten, vier Etagen in die Tiefe zu stürzen.

»*Per Dominum nostrum!*«, brüllte Alec.

Das Wasser explodierte in einem gewaltigen Sprühnebel, schlug den Tengu los und schleuderte Eve gegen die Ziegelsteinfassade. Alec riss sie nach oben und über den Rand, sodass sie beide sehr unelegant auf dem Dach landeten. Von unten war das Krachen des Tengu zu hören, das eine Autoalarmanlage auslöste.

»Was zur Hölle war das?«, japste Eve und strich sich das nasse Haar aus dem Gesicht.

Alec lag unter ihr und lachte. »Ich habe für eine Segnung des Wassers gebetet. Gott weihte es, und da warf es den Nix raus.«

»Wie kannst du da lachen?« Sie boxte ihn in die Schulter. »Dieser Job ist totaler Mist! Und wir haben nichts!«

»Stimmt nicht. Wir leben, und du hattest recht.« Er legte eine Hand in ihren Nacken und gab ihr einen Kuss. Unwillkürlich schrie sie auf, als sie sich ihren gebrochenen Finger anstieß. Alec hob sie neben sich, setzte sich auf und sah sich ihre Hand an. »Angel …«

Sie konnte nicht hinsehen. Egal, ob sie kotzen könnte

oder nicht, schon bei der Vorstellung ihres verdrehten Fingers wurde ihr schlecht.

»Komm her«, murmelte Alec. Er beugte sich vor und küsste sie wieder, sanft zunächst, dann sinnlicher. Und Eve war so verwundert, dass sie gar nicht richtig mitbekam, wie er seinen Griff an ihrer Hand veränderte, bis er den Finger wieder einrenkte.

Eve schrie im selben Moment, in dem die Treppenhaustür aufflog und zwei Wachmänner aufs Dach gerannt kamen. Sie glitten auf dem Wasser aus, rutschten ein Stück und landeten beide auf dem Hintern.

»Mein Leben wird echt immer besser«, bemerkte Eve verdrossen.

Auf dem Weg vom Aufzug zu ihrer Wohnungstür hinterließ Eve eine Tropfenspur. Hinter ihr war das Quatschen in Alecs Stiefeln deutlich zu hören. Es war ein Anruf bei Gadara nötig gewesen, um sie bei der Security vom Haken zu holen. Und das hatte länger gedauert, als Eve lieb gewesen war. Sie wollte gar nicht daran denken, dass er so spät an sein Telefon gegangen war, weil er in Las Vegas gerade so nett plauderte, während sie klatschnass und wund wartete. Es regte sie viel zu sehr auf.

Ihr war kalt. Sie konnte weder bibbern noch mit den Zähnen klappern, trotzdem fror sie. Ihre Kleidung half nicht unbedingt, denn nass wog ihre Sweatshirt-Jacke etwa eine Tonne. Deshalb war Eve gezwungen gewesen, Jacke und Shirt auszuziehen. Leider war die einzige Ersatzkleidung in ihrem Wagen ein schwarzer Leder-Trenchcoat. Kombiniert mit ihrem schwarzen Spitzen-BH und der Jeans, ließ er sie wie eine Nutte aussehen, was Eves Stimmung um nichts besser machte. Alec hatte versucht, sie aufzumuntern, schließlich aber eingesehen, dass Schweigen klüger war.

Eve blickte auf ihren ehedem gebrochenen Finger. Er war inzwischen vollständig verheilt, nicht einmal mehr ein blauer Fleck oder eine Schwellung waren da, um die Verletzung zu beweisen. Könnte ihre Seele doch genauso leicht wieder heilen! Es gab Dinge, die kein Mensch erleben sollte. Flutwellen auf Dächern, Angriffe von koboldartigen Kreaturen und sechzehn Meter über dem Boden zu baumeln, gehörten dazu.

»Hast du deine Schlüssel?«, fragte Alec.

»Ja.«

Als sie an Mrs. Bassos Tür vorbeikamen, ging sie auf. Mrs. Basso musterte beide flüchtig. »Ihr seht aus wie ersäufte Ratten.«

»Ich fühle mich auch wie eine«, murmelte Eve, rang sich jedoch ein Lächeln ab.

»Darf ich fragen, was ihr gemacht habt?«

»Äh … wir waren surfen?«

»In diesen Sachen?«

»Es war eine spontane Aktion.«

Mrs. Basso sah Alec an, der mit der Schulter zuckte, und schüttelte den Kopf. »Die jungen Leute heute. Ich bin schon erschöpft, wenn ich nur an diese Werbungsrituale denke! Was ist nur aus Schoko-Shakes und Autokinos geworden?«

Eve lachte. Mrs. Basso erinnerte sie daran, wie normal das Leben für manche Leute war. So wollte sie sich auch wieder fühlen. »Ich bin auch erledigt, falls es Sie tröstet. Wir sehen uns morgen.«

»Mr. Cain«, sagte Mrs. Basso. »Könnte ich Sie einen Moment sprechen?«

Alec war verwundert, stimmte aber zu. »Sicher. Lassen Sie mich nur vorher aus den nassen Klamotten kommen.«

»Natürlich.«

»Möchten Sie vielleicht in fünf Minuten rüberkommen?«

Mrs. Basso sah Eve an, als wollte sie lieber allein mit Alec reden – nicht in Eves Nähe.

»Ich werde mir ein langes, heißes Bad gönnen«, erklärte Eve und ging zu ihrer Wohnung. Es grenzte an Ironie, dass sie nach Tagen, an denen sie immer wieder durchnässt wurde, ausgerechnet in Wasser sitzen wollte, aber eine schnellere Art, wieder warm zu werden, fiel ihr nicht ein.

Sobald sie ihre Wohnung betreten hatte, begann sie, sich auszuziehen. Sie öffnete die Lamellentüren zur Waschnische und stopfte ihre nassen Sachen in die Maschine. Auf einen leisen Pfiff hin blickte sie sich um. Alec stand am Eingang zum Wohnzimmer. Hätte er sie weniger heiß angesehen, wäre ihr vielleicht peinlich gewesen, dass sie splitterfasernackt war. Zumal sie sicher war, dass Mrs. Bassos Vergleich mit der ersäuften Ratte zutraf.

Alecs Stimme klang heiser. »Die Aussicht bei dir ist fantastisch.«

»Stehst du auf nasse Nager?«

»Ich stehe auf dich, heiß, nass und nackt.«

»Charmeur.« Sie klang ungewöhnlich rauchig. »Es gibt nichts, was du in unter fünf Minuten anfangen und beenden könntest.«

Ein träges Lächeln trat auf seine Züge. »Ich könnte dein Badewasser sicher machen.«

Sie seufzte. »Das klingt nicht so sexy wie das, woran ich dachte.«

»Dann merk dir deinen Gedanken für später.« Er kam mit diesem fließenden Gang zu ihr, den sie schon immer zum Dahinschmelzen gefunden hatte. Eine Hand an ihrem Ellbogen, führte er sie durch ihr Schlafzimmer ins Bad, das von den Wandschränken vom Schlafbereich abgeteilt war. Dort wartete ihr in den Boden eingelassener Whirlpool darauf, ihre Sorgen wegzuspülen.

Wäre es doch so einfach!

Alec steckte den Stöpsel ein, drehte die Hähne auf und segnete das Wasser. Sein Sprechgesang war so einlullend, dass Eve zu schwanken anfing.

»Spring lieber rein«, sagte er, nachdem die Wanne voll und er fertig war, »bevor du noch im Stehen einschläfst.«

»Sollte das Mal nicht vor Erschöpfung schützen?«

»Schlaf erinnert uns daran, dass wir nicht unbesiegbar sind.«

»Ach was?«

Er küsste sie auf die Nasenspitze und umfing ihre Brust. »Du solltest lieber raus in die Pampa ziehen«, flüsterte er, während sein Daumen über ihren angespannten Nippel strich. »Da hättest du keine aufdringlichen Nachbarn.«

»Sicher doch. Aber sie ist nicht aufdringlich, sondern nur besorgt.«

Lächelnd ließ er Eve allein, und sie sank dankbar in das dampfende Wasser. Der Anblick des Kreuzes am Duschkopf drückte ihre Stimmung, also schloss sie die Augen. Wenig später hörte sie ein Klopfen an der Tür, was sie niemals wahrgenommen hätte, bevor sie dieses Supergehör bekommen hatte.

Das Flüstern gesenkter Stimmen drang bis ins Bad. Eve konzentrierte sich, um die Worte zu verstehen. Und tatsächlich wirkte die Verwandlung wie ein Stethoskop.

»Mr. Basso hat die vor einem Jahr oder so abends im Fernsehen entdeckt«, sagte Mrs. Basso. »Und er hatte sie abonniert. Aber jetzt, wo er nicht mehr lebt, habe ich keine Verwendung dafür.«

»Das verstehe ich nicht«, murmelte Alec.

»Nehmen Sie die Schachtel.« Eve hörte ein Rasseln. »Sie sind ein gesunder junger Mann, aber nachts in Ihren Sachen schwimmen … und das neulich im Carport …« Mrs. Basso räusperte sich. »Ach, es ist schrecklich! Ich sollte dringend lernen, mich rauszuhalten.«

Wieder erklang ein Rasseln, wie von Trockenbohnen in einem Glas, und Eve runzelte die Stirn.

»Potenzmittel?«, krächzte Alec.

Eve setzte sich so hastig auf, dass Wasser über den Wannenrand schwappte.

»Die Wände sind dünn«, flüsterte Mrs. Basso. »Und vor ein paar Nächten … Kein Mann kann das unbegrenzt durchstehen.«

Alecs Schweigen war ohrenbetäubend. Eve biss sich auf die Unterlippe. Er war sprachlos, und sie platzte gleich vor unterdrücktem Lachen.

»Sie können unmöglich verlegener sein als ich«, sagte Mrs. Basso. »Lassen Sie mich ausreden, und ich verspreche, mich nie wieder einzumischen. Frauen mit einem ausgeprägten Trieb sind die besten Ehefrauen, sagte mein Mann früher immer. Ich weiß aber, dass es kräftezehrend sein kann … und beschämend. Aber geben Sie das Mädchen nicht kampflos auf. Geben Sie sie überhaupt nicht auf. Ein Mädchen wie Evangeline finden Sie nie wieder.«

»Ich weiß.«

Obwohl Alec leise sprach, hörte Eve ihn deutlich. Ihre Kehle wurde eng, und ihre Augen brannten.

Sie griff nach dem aufblasbaren Wannenkissen mit dem Frotteebezug und lehnte sich mit geschlossenen Augen zurück. Das Leben war weniger schlimm, wenn man gute Freunde hatte. Dabei fiel ihr ihre beste Freundin Janice wieder ein.

Eve hoffte, dass Janices Europareise ihren Zweck erfüllte. Beide hatten ein Jahr lang geklagt, dass alles so festgefahren schien. Zuerst gaben sie dem Mangel an anständigen Männern die Schuld. Dann wurde ihnen klar, dass es nur eine willkommene Ausrede für das wahre Problem war – sie selbst. Janice beschloss, dass ihr ein Tapetenwechsel eine neue Perspektive verschaffen würde, und als Barkeeperin konnte sie leicht irgendwo anders ihr Geld verdienen. Eve hatte behauptet, ihr Job hinderte sie daran, mit ihrer Freundin zu gehen, doch das stimmte nicht ganz. Sie hatte schlicht nicht gewusst, wie sie es ihren Eltern beibringen sollte, und die Vorstellung, mit einem Rucksack umherzuziehen, widersprach ihrer Sehnsucht nach einem behaglichen Nest.

»Hey.« Alecs Stimme riss sie in dem Moment aus ihren Gedanken, in dem sie merkte, dass die Düsen stoppten.

Sie blinzelte schläfrig. »Hmm?«

»Du musst da rauskommen, Angel.« Er streckte die Arme nach ihr aus. »Du bist schon so lange in der Wanne, dass deine Haut ganz schrumpelig wird. Und das will bei einer Gezeichneten wahrlich etwas heißen.«

»Wie?«

»Du bist eingeschlafen.« Er hob sie aus der tiefen Wanne, als wäre sie ein Kind, und achtete gar nicht darauf, dass sie seine Boxershorts nass machte. Bis auf die war er nackt und sehr verführerisch. Dass sie halb tot vor Erschöpfung war, erkannte Eve daran, dass ihre Super-Libido bestenfalls ein marginales Interesse zustande brachte.

»War ja klar«, murmelte sie.

Er stellte sie auf den Läufer und trocknete sie mit einem Handtuch ab.

»Du bist ziemlich gut im Babysitten«, sagte sie. »Machst du das öfter?«

Die Frage war nur teils scherzhaft gemeint, denn sie fragte sich wirklich, ob er schon andere Frauen so zärtlich umsorgt hatte.

»Nur bei heißen asiatischen Babes.« Er warf das Handtuch in den Wäschekorb.

Eve trat einen Schritt zurück und musterte ihn. Lange, muskulöse Beine, straffer Bauch, wunderschön geformte Oberarme und eine dicke, schwere Wölbung in seiner Hose. Sie leckte sich die Lippen. »Wo ist dieses Potenzmittel?«

Er verschränkte die Arme. »Wie bitte?«

»Denkst du, es wirkt bei mir?«

Alec lächelte. »Dir fehlen die nötigen Körperteile.«

»Ach ja? Warum fragst du nicht deine Teile, ob sie meine für nötig halten oder nicht? Sie widersprechen womöglich.«

»Du kannst kaum noch stehen.«

»Ich kann mich hinlegen.«

Er warf sie kurzerhand über seine Schulter. Fast wollte sie protestieren, dann schob sie stattdessen seine Boxershorts nach unten und bewunderte seinen Hintern. Er wackelte damit. »Benimm dich.«

»Du magst mich ungezogen«, konterte sie mit seinen früheren Worten.

»Ich mag dich auch wach.«

Eve seufzte. »Haarspalterei!«

Alec warf sie auf das Bett, wo sie ein wenig wippte. Dann zog er einen Deckenzipfel hervor, deckte sie zu und küsste sie wieder auf die Nasenspitze. »Gute Nacht, Angel.«

»Wo willst du hin?« Sie gähnte.

»Ins Bett.«

»Ich habe hier so was.«

Er zog seine Boxershorts hoch. »Du würdest keinen Schlaf bekommen, wenn ich mich zu dir lege, und du brauchst dringend welchen. Wir haben morgen eine Telefonkonferenz mit Raguel.«

Sie schmiegte sich ins Kissen. »Ich nehme mir morgen frei.«

»Ist nicht drin.«

»Wart's ab.«

Als er die Tür schloss, hörte sie ihn lachen.

»Das riecht fantastisch.«

Alec, der Speckstreifen anbriet, lächelte beim Klang von Eves Stimme. Er drehte sich zu ihr um und stellte fest, dass sie ihren roten Kimono und ein Handtuch um den Kopf trug. »Kaffee ist in der Kanne.«

»Wirkt das Koffein bei mir?«

»Nein.«

»Dann ist es ja gut, dass ich den Geschmack mag.«

Sie tapste barfuß zur Kaffeemaschine, schenkte sich eine Tasse ein und ging damit zu einem der Barhocker auf der anderen Seite der Kücheninsel. Dort hatte Alec die Zeitung hingelegt, die Eve sofort ausbreitete und zu lesen begann.

»Nach dem Frühstück müssen wir Raguel anrufen«, sagte er.

»Ich sagte doch, dass ich heute frei habe.«

»Sei nicht so dickköpfig.« Er legte die Gabel ab, mit der er den Bacon gewendet hatte. »Diese Geschichte ist mächtiger als du und ich, Angel.«

»Weil wir sie nicht riechen konnten?«

»Oder ihre Kennzeichen sehen. Falls es irgendwo eine neue Splittergruppe gibt, die vollständig außerhalb des Systems arbeitet, müssen es alle Firmen erfahren.«

Sie schürzte die Lippen. »Du kannst auch ohne mich mit Gadara reden.«

»Sprich mit mir.«

Eve sah von der Zeitung auf. Sie war makellos, erfrischt und hellwach. Doch die Tatsache, dass sie keine Ringe unter den Augen hatte, täuschte nicht über ihren Unmut hinweg. »Ich brauche eine Pause, Alec. Wenigstens ein paar Stunden.«

Sie ließ die Zeitung auf dem Tresen liegen. »Ich brauche ein bisschen Zeit, um normal zu sein. Um über die letzten beiden Wochen meines Lebens nachzudenken. Damit ich nicht den Verstand verliere, okay?«

»Das verstehe ich.«

»Tust du das?« Ihre schmalen Finger trommelten auf der Zeitung. »Dann regle das mit Gadara allein. Ich kann dem, was du ihm erzählen wirst, sowieso nichts hinzufügen.«

»Na gut.« Er wandte sich wieder zum Bacon um und bemühte sich, nicht zu empfindlich auf ihren Rückzug zu reagieren. Den ganzen Morgen hatte er praktisch gesummt vor Zufriedenheit. Die Sorge um die Tengu und die möglichen Auswirkungen ihrer Existenz auf das gesamte System erfüllte ihn mit gespannter Vorfreude. Sicher wurde jetzt eine neue Firma gebraucht, und er hatte als Einziger direkte Erfahrung mit dieser neuen Bedrohung.

Aber Eve war unglücklich und hatte vermutlich Angst. Es war ihr gutes Recht, so zu empfinden, und er war ein Arschloch, das nur an sich gedacht hatte.

»Du bist wütend«, sagte sie.

»Nicht auf dich.«

Stille trat ein. Er briet weiter den Speck und anschließend Eier. In einer zweiten Pfanne hatte er Pancakes zubereitet. Hinter sich hörte er das Geraschel der Zeitung. Es war eine ziemlich häusliche Szene, doch die Vertrautheit, nach der Alec sich sehnte, fehlte leider.

»Hier steht etwas über eine Serie von Tierverstümmelungen«, murmelte sie. »Man vermutet, dass es sich um Rituale handelt.«

»Dann wird es wohl so sein.«

»Dachte ich mir. Und dass das letzte Tier – eine Dänische Dogge – hinten auf einem Pick-up von Gehenna Masonry gefunden wurde, kann kein Zufall sein, weil es keine Zufälle gibt, nicht wahr?«

Alec drehte den Gasherd ab und ging zur Kücheninsel. Er las die Geschichte über Eves Schulter hinweg mit. Der *Orange County Register* berichtete über den letzten ultimativen Kampf in der Upland Sports Arena. Weiter unten auf der Seite wurde über eine neuere Serie von Hundeverstümmelungen und -tötungen in der Gegend berichtet. Zwei Tierkadaver waren letzte Woche auf dem Stadionparkplatz gefunden worden – einer hinten auf einem Gehenna-Truck, der über Nacht dort gestanden hatte, weil die Firma im Stadion irgendwelche Bauarbeiten durchführte.

»Das riecht verdächtig«, sagte er.

»Es riecht nach Frühstück«, erwiderte Eve. »Und ich habe Hunger.«

Er drückte ihr einen Kuss auf das Handtuch in ihrem Haar. »Sehr wohl, Madam.«

Alec kehrte zum Herd zurück, füllte zwei Teller und brachte sie zum Tresen.

Eve blickte auf ihre Riesenportion. »Soll ich fett werden?«

Er lächelte. »Was du nicht willst, musst du nicht essen.«

»Ich will aber alles essen.«

»Und ich helfe dir, es wieder abzutrainieren.«

»Wie überaus nett von dir.«

»Mein ganzes Streben ist, dir zu dienen.«

Und das war der eigentliche Knackpunkt, wie ihm bewusst wurde, als er ein Eigelb auf seinem Teller zerstach. Er konnte unmöglich Gottes, Eves und seine eigenen Bedürfnisse gleichzeitig befriedigen. Eines von den dreien musste ausfallen.

Er ertappte sich bei dem Wunsch, dass sie lernte, ihr Mal zu mögen, damit er alles haben konnte. Dann dachte er an die letzte Nacht und erinnerte sich an sein blankes Entsetzen, als sie vom Dach gespült worden war. Wäre er fähig, einen Herzinfarkt zu bekommen, wäre es da so weit gewesen.

»Ich denke, ich gehe heute mit Mrs. Basso ins Kino«,

sagte Eve, bevor sie sich ein Stück knusprigen Bacon in den Mund steckte. »Solange du mit Gadara sprichst. Das Kino ist weit weg vom Wasser und noch weiter von dem Tengu-Gebäude. Und ich sollte mir noch ein bisschen netten, harmlosen Spaß gönnen, bevor mir das nächste Mal jemand den Schädel einschlagen will, meinst du nicht?«

Er schluckte. Der Gedanke, dass sie allein ausging, jagte ihm eine wahnsinnige Angst ein. »Mir wäre es lieber, wenn du nicht gehst.«

»Weiß ich.« Sie stützte die Ellbogen auf den Tresen und das Kinn in die Hände. »Falls du glaubst, dass es wirklich unsicher ist, werde ich nicht gehen. Ich bin ja nicht bescheuert. Aber falls du nur besorgt bist, lass mich bitte. Ich würde gern ein paar Stunden anderen Leuten zusehen, wie sie ein durchschnittliches Leben führen. Und sei es nur für wenige Stunden – ich brauche die Illusion.«

Alec sah zum Fenster. Es war ein strahlend sonniger Tag. Kein Regen, kein Nebel. Wenn sie direkt ins Kino ging und von dort gleich wieder nach Hause, müsste es in Ordnung sein. »Geh da nicht zur Toilette.«

»Okay. Und jetzt reden wir darüber, warum ich nicht zur Toilette gehen kann. Dieser Nix ist hinter mir her, aber ich begreife nicht, was er eigentlich will. Ich habe ihm nichts getan. Zugegeben, ich bin ausgeflippt, als er mir seine Schlangenzunge gezeigt hat, und ich habe auch etwas gesagt, was ein Fehler war und ihn verletzt hat. Aber er muss doch gesehen haben, dass ich keinen Schimmer hatte und keine Bedrohung für ihn war. Warum benimmt er sich trotzdem, als hätte ich seinen Hund überfahren?«

»Ich weiß es nicht.« Alec tippte mit seiner Gabel auf den Teller. »Das ist außerhalb jeder Norm. Ich werde Raguel fragen, was er davon hält. Wir können hier nicht herumsitzen und warten, bis der Nix wieder zuschlägt. Wir müssen ihn finden und auslöschen.«

»Klingt gut.« Eve stand vom Barhocker auf, nahm das Handtuch von ihrem Haar und hängte es hinten über die Hockerlehne. »Ich gehe mal nach nebenan und frage Mrs. Basso, ob sie Lust auf Kino hat. Sie wollte den neuen Film mit Hugh Jackman sehen, und der läuft in der Matinee in einer Stunde.«

Alec nickte und aß weiter sein nunmehr fades Frühstück, während seine Gedanken bei dem Nix waren. Nebenher lauschte er, wie die vielen Schlösser vorn aufgeschlossen und die Tür geöffnet wurde. Vielleicht war es das Beste, wenn er allein mit Raguel sprach. Von Eve getrennt zu sein half eventuell, ihr Bild vom unzertrennlichen Team zu widerlegen. Irgendwann würden sich ihre Wege zwangsläufig trennen; das mussten sie um Eves willen. Danach müsste er den gegenwärtigen Kurs allein beibehalten. Und das könnte schwierig werden, wenn alle glaubten, dass er nur in Verbindung mit ihr nützlich war.

Natürlich fragte er sich selbst, wie nützlich er ohne sie überhaupt sein könnte.

Als Eve auf den Flur ging, ließ sie die Wohnungstür offen. Unwillkürlich sah sie sich zu Alec um und wurde ein wenig langsamer. Ihn in ihrer Küche zu sehen – vollkommen entspannt in seinem T-Shirt und den Boxershorts – war beinahe so bizarr wie der Tengu-Angriff gestern. Und dass er nach zehn Jahren auf einmal wieder in ihrem Leben auftauchte, brachte sie auf einen Gedanken, der ihr vorher gar nicht gekommen war: Vielleicht waren seine Rückkehr und die Zeichnung keine Umwege in ihrem Leben. Vielleicht waren die letzten zehn Jahre einer gewesen.

Es war ein verrückter Gedanke, aber wie sonst könnte sie sich erklären, dass sie jetzt kein schockstarres Wrack war? Oder warum sie sich in dieser neuen Haut so viel wohler fühlte als in der, mit der sie geboren wurde.

Was ihre hemmungslosen Offerten an Alec betraf, könnte sie sagen, dass sie eine unerwartete Nachwirkung der Nahtoderfahrung waren oder ihrer Super-Libido die Schuld geben. Doch damit würde sie sich selbst belügen. Und so verkorkst, wie der Rest ihres Lebens war, brauchte sie nötiger denn je einen klaren Kopf.

Eve blieb vor Mrs. Bassos Tür stehen und klopfte. Während sie wartete, zurrte sie den Gürtel ihres Kimonos fester. Sie sah sich auf dem Flur um und bewunderte den Sonnenschein, der durch das Fenster hinter ihrer Wohnungstür fiel. Für einen Moment streckte Eve die Arme aus und fragte sich, ob sie sich lieber hätte richtig anziehen sollen, bevor sie aus der Wohnung ging. Zum Glück war es ein normaler Wochentag, und die meisten Bewohner waren nicht zu Hause.

Als nichts passierte, klingelte sie. Manchmal war es schwierig, ein Klopfen in den hinteren Schlafzimmern zu hören. Ihr Mal begann zu kribbeln, dann zu brennen, so wie immer, wenn sie beim Fluchen den Namen des Herrn verwandte. Stirnrunzelnd rieb sie die Stelle an ihrem Arm. Warum fing das verdammte Ding jetzt an, Stress zu machen?

»Mrs. Basso?«, rief sie, falls ihre Nachbarin nicht öffnete, weil sie dachte, es wären Vertreter vor der Tür. Eigentlich sollten die nicht ins Gebäude kommen können, und taten sie es doch, wurden sie schnell hinauskomplimentiert. Aber oft war die simpelste Methode sie loszuwerden, einfach nicht auf Klopfen oder Klingeln zu reagieren.

Ihr Mal pochte inzwischen wie wild, und wütende Energie strömte von dort durch ihre Adern, bis sie eine überwältigende Rastlosigkeit empfand. Eves Nasenflügel bebten, weil sie auf einmal sehr intensive Gerüche wahrnahm. Gleichzeitig wurde ihre Sicht schärfer und vergrößerte winzige Details wie die Kratzer von Schlüsseln an dem Sicherheitsschloss.

Ehe sie richtig begriff, was sie tat, rammte Eve ihre Schulter in Mrs. Bassos Tür. Die Schlösser brachen aus dem Rahmen, sodass Splitter durch die Luft flogen und der Knall durch den Flur hallte.

»Mrs. Basso!« Eve blickte sich rasch im Wohnzimmer um.

Ihr Mal pochte immer noch und jagte Adrenalin durch ihren Körper. Dazu schalteten ihre Supersinne in den höchsten Gang. Die Türen und Fenster waren verschlossen, trotzdem hörte Eve das Wellenrauschen und die Möwenschreie vom Strand, als wären sie direkt vor ihr.

»Eve?«

Alec! Sie fuhr herum und begegnete seinem Blick. Er stand barfuß in der Tür, hatte sich allerdings eine Jeans übergezogen.

»Das Mal macht mich irre«, erklärte sie.

Er kam in die Wohnung. »Mrs. Basso?«, rief er mit kräftiger, steter Stimme.

»Vielleicht ist sie im Restaurant.«

Sein völlig emotionsloser Gesichtsausdruck sagte mehr als tausend Worte.

Mrs. Bassos Wohnung war genauso geschnitten wie Eves, doch die Einrichtung machte beide Apartments gänzlich unterschiedlich. Während Eves Wohnung im modernen, minimalistischen Stil gehalten war, strotzte Mrs. Bassos vor italienischer Eleganz. Gewischte Faux-Tapeten und schweres Mobiliar luden Gäste mit warmer Behaglichkeit ein. Dennoch war Eve kalt, denn die Stille hier wurde einzig vom Ticken der schönen Uhr an der Wohnzimmerwand gefüllt.

Eve blickte auf die übergroßen Ziffern und den dicken Gusseisenrahmen. Sie wunderte sich, dass ihr Atem so ruhig ging und ihr Herz rhythmisch schlug, denn sie war panisch, während sie körperlich den Eindruck vermittelte, auf einen Espresso und Tiramisu vorbeigekommen zu sein. Diese Kombination von körperlicher Ruhe, rauschendem Adrenalin und Supersensibilität hatte etwas brutal Primitives. Es war vollkommen unelegant … und verführerisch.

»*Eve.*«

Sie erstarrte, denn ihr Name wurde kaum geflüstert, klang jedoch lauter als ein Gewehrknall.

»Mrs. Basso?« Sie ging zunächst zögerlich, dann schneller durch den Flur.

»*Eve.*«

»Mrs. Basso!«

Als sie in das Schlafzimmer stürmte, rang Eve vor Erleichterung nach Luft, denn Mrs. Basso stand neben ihrem Bett. Sie trug eine weiße Baumwollhose und eine blassrosa Bluse, als hätte sie sich für den Tag bereitgemacht. Lächelnd musterte Mrs. Basso sie von Kopf bis Fuß. »Was für ein niedlicher Pyjama.«

Eve lachte unsicher und kam sich für einen Moment

lächerlich vor, weil sie so übertrieben reagiert hatte. Offenbar hatte sie sich noch nicht an die Begleiterscheinungen ihres Kainsmals gewöhnt. »Sie haben mir Angst gemacht, als Sie nicht aufmachten.«

»Es war ein … *seltsamer* Morgen.«

Eve verzog das Gesicht, als sie an ihr gewaltsames Eindringen dachte. »Was Ihre Tür betrifft …«

»Ah, das war der Lärm?« Mrs. Basso lächelte. »Sie haben so viel Kraft.«

Eve stutzte. »Ich wollte Sie fragen, ob wir uns den Film ansehen wollen, den Sie erwähnt haben.«

»Würde ich zu gern, aber ich fürchte, ich kann nicht.«

Alecs Hand berührte Eves Rücken, und sie sah ihn an. Seine Lippen waren sehr schmal und angespannt.

Mrs. Basso lächelte Alec an. »Passen Sie gut auf sie auf, Cain.«

»Das werde ich.«

»Wir können es auch verschieben«, bot Eve an. »Ich gehe nicht ohne Sie in den Film.«

»Sie sollten ihn wirklich behalten, Evie«, sagte Mrs. Basso und nickte mit dem Kinn in seine Richtung. »Vor allem, wenn er das Rezept beherrscht, das ich ihm gegeben habe.«

Mrs. Basso drehte sich wieder zum Bett, sodass Eve den Nachttisch sehen konnte. Dort stand eine Glasschale mit Wasser, in dem eine wunderschöne weiße Seerose schwamm.

Eve starrte ihre Nachbarin an, die sich über die Matratze beugte und die Bettdecke über eine zierliche Gestalt zog, die dort friedlich inmitten der Kissen lag – eine Gestalt, die durch die zunehmend durchsichtige Mrs. Basso hindurch leicht zu erkennen war.

Es gab zwei von ihnen. Die eine geisterhaft, die andere … tot.

Eve schluchzte auf und schlug sich die Hand vor den Mund.

Das silbrige Haar auf dem Kissen war nass, genauso wie Mrs. Bassos Haut, und sie wirkte, als würde sie schlafen.

Sie sah so friedlich aus, so ernst.

So leblos.

15

Eve nahm den Pulli an, den Alec ihr reichte, und schlüpfte hinein. Sie war völlig durchgefroren, ihr Blut eisig vor Trauer, Wut und Angst. Sie standen vor ihrer Wohnungstür, um den Sanitätern und der Polizei Platz zu machen, die in Mrs. Bassos Apartment ein- und ausschwärmten.

»Gehen wir es noch mal durch«, sagte der Detective in einem Ton, der Eve verriet, dass er ihr kein Wort glaubte. Detective Jones, wie er sich vorstellte, war ein unscheinbarer Mann in einem billigen Anzug und mit einer braunen Haartönung, von der Eve bis dato geschworen hätte, sie wäre in den Siebzigern vom Markt genommen worden. Sein Partner war Detective Ingram. Er hatte den besseren Geschmack, was Kleidung betraf, war aber größer, fetter und hatte einen entschieden zu dicken Schnauzbart.

Aus irgendeinem Grund widerstrebten Eve beide Männer. Sie waren so eintönig und verbraucht, ihre Stimmen so monoton und ihre Augen so ausdruckslos. Wahrscheinlich abgestumpft gegen den Abschaum der Gesellschaft und allem, womit sie es tagtäglich zu tun hatten.

»In welchem Zustand war die Tür von Mrs. Basso, als Sie bei ihr anklopften?«, fragte Jones.

»Sie war verschlossen«, antwortete Eve und fragte sich, warum sie das wieder und wieder sagen musste. Sie hatte die Geschichte doch schon zwei anderen Detectives erzählt.

»Wer ist eingebrochen?«

»Das war ich.«

»Durch zwei Sicherheitsschlösser?« Ingram glaubte ihr nicht.

»Ja.«

»Können Sie uns vorführen, wie Sie das gemacht haben?«, fragte Jones. »An Ihrer Tür?«

Eve atmete aus und drehte sich um. Sie schloss ihre Tür, packte den Knauf mit einer Hand und rammte ihre Schulter in die Tür. »Ich habe natürlich etwas kräftiger zugestoßen.«

»Natürlich.« Er machte sich Notizen.

»Sie müssen mir nicht glauben«, sagte sie. »Sehen Sie sich einfach die Daten der Sicherheitskamera an.«

»Werden wir.« Sein Lächeln wurde angespannter. »Haben Sie die Tote berührt?«

»Ich habe gar nichts angefasst.«

»Der Gerichtsmediziner sagt, die Leiche ist nass«, erklärte Ingram, »aber das Bett nicht. Jemand muss die Leiche ins Bett gelegt und sie zugedeckt haben.«

»Ich war es nicht.«

»Hatte Mrs. Basso Angehörige oder enge Freunde in dieser Gegend?«

»Nicht dass ich wüsste.«

»Kinder?«

Sie schüttelte den Kopf.

»Die Tatsache, dass sie bewegt und so hübsch arrangiert

wurde, legt nahe, dass sich der Täter ihr nahe fühlte. Kennen Sie jemanden, auf den das zutreffen würde?«

Eves Unterlippe bebte, und ihr kamen die Tränen. »Nein.«

Bei dem Gedanken daran, wie Mrs. Bassos letzte Minuten gewesen sein mussten, wurde ihr schlecht. Eve wischte sich die Tränen ab, die ihr über die Wangen rannen.

Alec wechselte seine Position: Hatte er eben noch neben ihr gestanden, war er nun ein wenig vor ihr. Es war eine Beschützergeste, und Eve war ihm dankbar dafür. Als er seine Hand hinter sich streckte, ergriff Eve sie. »Miss Hollis hat heute eine Menge durchgemacht«, sagte er. »Ich muss Sie bitten, sie jetzt in Ruhe zu lassen.«

Beide Detectives verengten die Augen, bevor sie fast gleichzeitig nickten. Ingram zog eine Visitenkarte aus seiner Tasche und reichte sie Eve. »Falls Ihnen noch etwas einfällt, was Sie dem anderen Detective vorhin nicht erzählt haben, rufen Sie uns bitte an.«

Eve sah auf die Karte und stutzte. »Anaheim Police Department? Sind Sie hier nicht etwas außerhalb Ihrer Zuständigkeit?«

Im nächsten Moment fiel ihr etwas noch Verstörenderes auf. »*Mordkommission?*«

Alecs Finger schlossen sich fester um ihre. »Gehen Sie von einem Mord aus?«

»Das wäre vorerst alles«, antwortete Jones. »Danke für Ihre Hilfe.«

»Warum glauben Sie, dass es sich hier um Mord handelt, Detective?«, wiederholte Alec in einem seltsam veränderten Ton.

Überzeugend. Fasziniert beobachtete Eve die beiden

Detectives und fragte sich, ob der Jedi-Gedankentrick bei ihnen wirken würde.

Ingram und Jones standen eine ganze Weile stumm da, dann sagte Jones: »Die Seerosen.«

Eves Mal kribbelte, und sie zog ihre Hand aus Alecs, um es zu reiben. Er blickte kurz zu ihr. »Was ist so besonders an Seerosen?«

»Solche Blumen hat man eher nicht im Haus«, sagte der Detective.

»Erklären Sie mir das?«

»Die Seerose ist eine Visitenkarte.«

»Wie viele haben Sie gefunden?«, hakte Alec nach.

»Ein Dutzend in den letzten sechs Monaten.«

Eve lehnte sich an den Türrahmen. »Alle in Anaheim?«

»Bis heute.«

Der Nix war ein Serienmörder. In Anaheim, wo ihre Eltern lebten.

»Detectives!«, rief eine junge Frau in einer blauen Windjacke von Mrs. Bassos Tür aus. »Der Gerichtsmediziner fragt nach Ihnen.«

»Entschuldigen Sie uns«, sagte Ingram.

»Gott sei mit Ihnen«, murmelte Alec.

Jones lächelte verkniffen. »Danke.«

Eve war blitzschnell in ihrer Wohnung und bei ihrem Wandtisch mit der Handtasche und den Schlüsseln. Sie hörte, wie die Tür hinter ihr geschlossen wurde.

»Was hast du vor?«, fragte Alec.

»Meine Eltern wohnen in Anaheim.«

»Und?« Er stand mit ausgebreiteten Armen vor der Tür. »Wenn du jetzt hinfährst, könntest du ihn direkt zu ihnen führen.«

»Es ist nicht schwer, sie zu finden, Alec. Wir haben denselben Nachnamen. Er könnte meiner Mom sogar von hier dorthin gefolgt sein, verdammt!«

»Lass das System seine Arbeit machen.«

»Und die wäre was genau? Jedem das Leben zu ruinieren?«

Alec kam zu ihr und nahm sie in die Arme. Da sie es nicht gewohnt war, sich von einem Mann emotionale Unterstützung zu holen, sträubte Eve sich zunächst. Doch dann sank sie an seine Brust, weil sie einfach zu erschöpft war. Alec war warm und hart. Äußerlich hatte er nichts Weiches, keine Andeutung von Schwäche. Wie ein Fels. Aber so war er in Wahrheit nicht. Nichts Unbeständiges war fest.

»Fahren wir zum Gadara Tower«, schlug er vor. »Dort finden wir die nötigen Mittel, um für die Sicherheit deiner Familie zu sorgen.«

»Ich muss bei ihnen sein. Sie sind wehrlos gegen ihn.«

»Er ist hinter *dir* her, Angel. Wir arrangieren das Nötige, damit sie sicher sind, ohne dich in der Nähe. Nimm dir alles, was du brauchst, dann fahren wir. Und wenn du hinterher immer noch bei ihnen sein willst, komme ich mit dir.«

Eve wühlte in ihrer Tasche und holte ihr Handy hervor. Über die Kurzwahl rief sie bei ihren Eltern an. Es klingelte viermal, und mit jedem Klingeln wurde Eve nervöser. Dann wurde endlich abgenommen.

»Hi, hier ist der Anschluss von Darrel und Miyoko Hollis ...«

Der Anrufbeantworter! Eve bekam entsetzliche Angst.

Doch es klickte wieder in der Leitung. »Hallo?«

»Dad?« Eve sank gegen Alec. »Geht es euch gut?«

»Wir waren im Garten. Was gibt's?«

Eve brauchte einen Moment, ehe sie antworten konnte: »Nichts. Ich wollte nur deine Stimme hören.«

»Du hörst dich nicht gut an. Was ist los?« Ihr Dad hatte diesen tiefen, besorgten Ton, bei dem Eve ihm verlässlich ihr Herz ausschütten wollte. Im Laufe der Jahre hatte sie gelernt, lieber den Mund zu halten. Er war ein großartiger Zuhörer, aber erbärmlich, wenn es darum ging, aktiv zu werden. Es war Miyoko gewesen, die sich für ihre Kinder mit Lehrern und Schulrektoren gestritten hatte. Sie war auch diejenige, die ihren Kindern nichts durchgehen ließ und jeden ihrer Fehler aufwärmte, wenn sie es für angebracht hielt.

»Meine Nachbarin ist heute Morgen gestorben.« Eve klang wie ein Frosch, wogegen sie nichts tun konnte, weil ihre Kehle wie zugeschnürt war. Alec strich ihr über den Rücken, was es leider noch schlimmer machte.

»Oh, das tut mir leid, Kleines«, sagte ihr Dad. »Ich weiß, wie gern du sie hattest.«

»Ja, hatte ich. Sehr gern.«

»Warte, deine Mutter will mit dir reden.« Ihr Dad konnte seine Erleichterung nicht verbergen. Mit Gefühlen umzugehen war noch nie seine Stärke gewesen.

Eve seufzte zittrig.

»Was ist passiert?«, fragte Miyoko im Tonfall der routinierten Krankenschwester. In Krisenzeiten wurde sie immer sehr sachlich und genau.

»Mrs. Basso ist heute Morgen gestorben.«

»Herzinfarkt?«

»Ich glaube nicht.«

»Was sagen die Sanitäter?«

»Zu mir haben sie gar nichts gesagt«, antwortete Eve.

»Hmm. Frag sie.«

»Kann ich nicht.«

»Warum nicht?«

Eve verzog das Gesicht. »Weil ich nicht kann, Mom. Und ist denn überhaupt wichtig, wie sie gestorben ist? Sie ist tot, und ich bin kreuzunglücklich.«

Es läutete an der Tür. Alec drückte Eve einen Kuss auf die Stirn und ging öffnen.

»Ich muss Schluss machen«, sagte Eve. »Ich melde mich nachher wieder.«

»Okay. Aber ruf bald wieder an.«

Sie klappte ihr Handy zu und steckte es zurück in das Innenfach ihrer großen Coach-Tasche. Eve war wirklich kein Designer-Junkie, aber sie brauchte Taschen, die nicht gleich auseinanderfielen.

»Verzeihen Sie, dass ich Sie noch mal störe«, sagte Detective Ingram.

Alec bat ihn nicht in die Wohnung.

Eve rieb sich die Nasenwurzel. Zwar hatte sie keine Kopfschmerzen, aber sie war eindeutig gestresst. Und sie musste dringend dafür sorgen, dass ihre Eltern in Sicherheit waren. Sofort!

»Tut mir leid, aber ich bin in Eile, Detective«, sagte sie ungeduldig.

»Ja, ich müsste auch nur wissen, ob Sie irgendetwas nebenan angefasst haben.« Er hatte eine Hand in die Hüfte gestemmt und strich sich mit der anderen über die Enden seines Schnauzbarts. »Die Spurensicherung macht natürlich ihre Arbeit, aber es ist immer nett, wenn man vorher weiß, was man findet.«

»Das Telefon im Wohnzimmer, um den Notruf zu wählen«, sagte Eve.

Er nickte, während sein Blick an Eve vorbei zu ihrem Wohnzimmer wanderte. »Hübsch hier. Mein Partner sagte, dass Sie Innenarchitektin sind.«

»Ja.« Sie hängte sich ihre Tasche über die Schulter. »Wenn Sie mich jetzt bitte entschuldigen.«

Ingram starrte etwas hinter ihr an. Eve drehte sich um und begriff, was seine Aufmerksamkeit fesselte.

Die Schale, in der die Seerose gewesen war, stand nun leer auf dem Couchtisch. Alec hatte sie dort hingestellt, nachdem Eve die Seerose durch den Müllzerkleinerer gejagt hatte. Eve krümmte sich innerlich.

»Kann ich Ihnen irgendwie helfen?«, fragte Alec und stellte sich vor den Detective, um ihm die Sicht zu versperren.

Ingram versuchte, an ihm vorbeizusehen. »Woher haben Sie die Schale auf Ihrem Tisch?«

»Die habe ich gekauft«, antwortete Eve.

»Haben Sie auch die Tassen dazu?«

»Wie bitte?«

Er sah sie an, und seine Augen wirkten nicht mehr stumpf, sondern geradezu schneidend. »Die Tassen zu der Bowle.«

»Ich weiß nicht, wovon Sie sprechen.«

»Das ist eine Drei-Gallonen-Bowle von Crate and Barrel. Sie gehört zu einem Set mit zehn passenden Tassen und einer Plastikkelle. Wenn Sie die Schale gekauft haben, müssten Sie auch die Tassen haben.«

»Ich habe sie nicht von Crate and Barrel.«

»Und wo haben Sie die Schale gekauft?«

»Weiß ich nicht mehr. Bei der Heilsarmee?« Eve zuckte mit den Schultern. »Das ist schon lange her. Hören Sie, ich muss jetzt wirklich los.«

»Ah, das erklärt die fehlenden Tassen.« Ingram zupfte an seinem Bart. »Wollen Sie wissen, warum ich so viel über Bowlen weiß, Miss Hollis?«

»Eigentlich nicht. Ich …«

»In letzter Zeit habe ich einige von genau diesen Bowlen gesehen«, fuhr er fort. »Zu viele. Eine erst heute Morgen, genau genommen. Gleich nebenan. Haben Sie Ihre Schale auch mit einer Blume darin gekauft?«

»Nein.« Ihr Mal brannte scheußlich, und sie biss die Zähne zusammen. Ähnlich einem Elektro-Halsband für Hunde, funktionierte ihr Mal wie ein Benimmkorrektor. »War es das?«

Ingram sah Alec an. »Was ist mit Ihnen, Mr. Cain? Müssen Sie auch schnell weg? Ich hätte nämlich noch ein paar Fragen an Sie.«

»Ich kann nicht mehr sagen als das, was Miss Hollis Ihnen schon erzählt hat«, erwiderte Alec. »Und, ja, ich gehe mit ihr.«

Eve bewunderte Alecs Haltung. Er wirkte ruhig und entspannt, während sie sich reizbar und schreckhaft fühlte.

»Darf ich die Schale vielleicht mitnehmen?«, fragte der Detective.

»Eigentlich«, antwortete Alec, bevor Eve etwas sagen konnte, »brauchen wir die.«

Sie sah ihn fragend an. Eve wollte die Bowle nicht in ihrer Wohnung. Und ein Teil von ihr hoffte, dass der Nix darauf Spuren hinterlassen hatte, Fingerabdrücke zum Beispiel.

»Du hast doch versprochen, eine Bowle mit zur Betriebsfeier zu bringen«, sagte Alec.

Die plötzliche Spannung war erdrückend. Eve war nie der Gedanke gekommen, dass das System die Schale brauchen könnte. Und jetzt wurde der Detective noch misstrauischer. Das roch Eve.

Sie grinste verlegen. »Es stimmt, Detective. Tut mir leid. Sie können die Schale haben, wenn wir sie nicht mehr brauchen.«

»Falls sie nicht zerbricht oder verloren geht.« Ingram stemmte beide Hände in die Hüften, und Eve vermutete, dass es eine Angewohnheit von ihm war. Auf diese Weise klaffte sein Revers weit auf und betonte seine kräftige Statur. »Ich versuche, einen Serienmörder zu fangen, Miss Hollis, und Sie wissen mehr, als Sie mir erzählen. Falls dieser Kerl Sie kontaktiert hat, muss ich es wissen. Sollte er Sie bedroht haben, kann ich Ihnen helfen.«

Eve blieb noch eine Sekunde lang eisern, dann gab sie auf. Dieser Mann war nicht ihr Feind. Er war einer von den Guten, kämpfte für Recht und Gesetz. »Wenn ich etwas wüsste, das Ihnen weiterhilft, würde ich es erzählen. Ehrenwort.«

Das Mal brannte nicht, weil sie die Wahrheit sagte. Nichts von dem, was sie sagen könnte, würde der Polizei helfen. Trotzdem machte es die Situation nicht weniger unangenehm.

Detective Ingram wies mit dem Finger auf sie. »Verreisen Sie bitte nicht weiter weg, ohne mir Bescheid zu geben.«

Vermutlich könnte sie entgegnen, dass er kein Recht dazu hatte, ihr solch einen Befehl zu geben. Doch was sollte es? Sie würde sowieso nirgends hingehen, solange der Nix da draußen war. »Okay.«

Ingram ging. Alec holte die Bowle, und sie verließen die Wohnung. Die Tür verriegelten sie hinter sich. Eve verzog das Gesicht, als sie den Schlüssel im Sicherheitsschloss drehte. Früher hatte sie mal geglaubt, diese Schlösser würden ihre Sicherheit garantieren.

Niemand war sicher.

Als sie durch den Flur gingen, wurde eine Bahre aus Mrs. Bassos Wohnung gerollt. Eve blieb stehen, erschüttert von dem Anblick. Zwei Sanitäter standen neben der Bahre, und den einen erkannte Eve sofort, auch ohne den aufgestickten Namen *Woodbridge* auf seinem Hemd zu lesen. Er stockte.

»Hey!«, sagte Woodbridge. »Ich wusste doch, dass ich diese Adresse erst vor Kurzem gelesen habe. Wie geht's?«

Eve reckte das Kinn. »Sie war eine Freundin von mir.«

»Das tut mir leid.« Sorge überschattete seine blauen Augen.

»Danke, das ist sehr nett.«

Alec kam neben Eve und legte seine Hand unten an ihren Rücken. Es war eine besitzergreifende Geste, die Eve noch zusätzlich stresste. Ihr Leben war schon kompliziert genug.

Sie sah zu, wie Mrs. Basso weggebracht wurde, und die volle Wucht ihres Verlusts holte sie ein. Eve dachte an all die gemeinsamen Filmabende, die Abendessen. Keine überraschenden Besuche mehr, die ihren Tag aufhellten. Niemand, für den sie einkaufen konnte.

Plötzlich kam sich Eve sehr einsam vor.

»Wir sollten gehen«, murmelte Alec und drückte sanft ihre Taille.

Mit einem Nicken umrundete sie die Leute auf dem Flur und wartete, dass der Fahrstuhl zurück nach oben kam. Dann stieg sie ein und atmete auf. Als die Türen zuglitten und das Chaos in ihrem Stockwerk aussperrten, wurde Eve bewusst, dass sich ihre Welt unwiderruflich verändert hatte.

Ob sie das Mal wieder loswurde oder nicht, ihr früheres Leben war vorbei.

Eine Firma zu betreten war für Alec stets ein berauschendes Erlebnis, egal welche er besuchte oder wo sie war. Sein ganzer Körper summte vor Energie, und sein Herz schlug schneller, als würden die anderen Gezeichneten ihre Energie mit ihm teilen. Er holte tief Luft und inhalierte den Duft von Hunderten Gezeichneten auf engstem Raum.

Neben ihm gab Eve einen erstickten Laut von sich. Sie rümpfte die Nase, und Alec fragte sich, was ihre Sinne wahrnahmen. Anscheinend fand sie den Geruch eher verstörend als angenehm. Dann schob er den Gedanken beiseite. Natürlich war alles verstörend für sie. Es war neu und unerwünscht, und sie hatte heute einen schrecklichen Schock erlebt. Eines nach dem anderen. Als Erstes musste er für die Sicherheit ihrer Eltern sorgen. Eve wäre nicht wirklich einsatzfähig, solange sie keine Gewissheit hatte, dass ihren Eltern nichts geschah.

»Hier entlang«, sagte er und führte sie zu den nichtöffentlichen Fahrstühlen. Anders als die Privataufzüge, die direkt in Raguels Büro fuhren, gingen diese nach unten in die Eingeweide des Gebäudes. Dort, tief unter der Erde, gab es einen kleinen Komplex mitsamt Leichenhalle und diversen Spezialabteilungen.

Eve schien nicht zu bemerken, wohin sie fuhren. Während der Fahrstuhl nach unten rauschte, blickte sie blind auf den Fußboden. Alec nahm die Bowle in eine Hand und strich Eve über den nackten Arm. Sie war so gedankenverloren, dass sie es offenbar nicht bemerkte. Also zog Alec seine Hand wieder zurück und lehnte sich an das Metallgeländer. Er hatte keine Ahnung, wie er zu ihr durchdringen könnte, und das gab ihm das Gefühl … unfähig zu sein, was ihn halb wahnsinnig machte.

Gegen die beklemmende Stille im Fahrstuhl konnte die Barry-Manilow-Instrumentalmusik nichts ausrichten. Alec lauschte Eves Atem und horchte auf ihren Herzschlag. Der war unvorstellbar regelmäßig, wie eine Maschine. Früher hatte er gelegentlich auf seinen eigenen Herzschlag gehört und das Mal verflucht, weil es seinem Herzen die Fähigkeit raubte, zu rasen oder zu stocken. Machte dieses Organ mit seinen Reaktionen auf Ereignisse nicht die Menschlichkeit aus? Und wenn das so war – raubte man einem Gezeichneten nicht die Seele, wenn nichts mehr sein Herz erreichte?

Früher hatte er sich einzig in einer Firma wirklich wichtig gefühlt. Er hatte angefangen, sich nach dem Gefühl von Erneuerung zu sehnen. Bis er Eve begegnet war, hatte er nichts anderes gekannt, das ihn so lebendig sein ließ. Es machte ihm Angst, dass er das letzte Mal in diesem Gebäude – auf der Suche nach Eve – nichts gefühlt hatte, bis er sie gefunden hatte.

Der Fahrstuhl wurde langsamer und hielt mit einem leisen »Pling«. Sowie die Türen aufglitten, wurde Manilows »Mandy« von einem Höllenlärm übertönt.

Der heulende Schrei einer Todesfee zerriss die Luft und sämtliche Trommelfelle in der Nähe. Zwei im Kampf verschlungene Gestalten rollten am Fahrstuhl vorbei. Die eine war von grobem Tierfell bedeckt, die andere mit fließenden, pechschwarzen Locken. Ein Werwolf und eine Lili. Um sie herum stand eine größtenteils aus Höllenwesen bestehende Menge, die sich an der negativen Energie nährte.

In der linken Ecke war der Empfangstresen, an dem ebenfalls ein Werwolf stand, weiblich, aber in menschlicher Gestalt. Sie trug eine weiße Bluse und einen schwarzen Rock und beobachtete das Chaos mit einem breiten Lächeln. Rechts waren Stühle an den Wänden aufgereiht, auf denen Gezeichnete und Höllenwesen warteten. Ungeübte Augen würden sich die Menge ansehen und denken, es sei Halloween. An jedem anderen Tag des Jahres ergab dieses Durcheinander von eigenartig gekleideten oder nackten Höllenwesen keinen Sinn. Geradeaus führte ein Korridor zu den verschiedenen Büros. Dorthin wollte Alec, falls dann mal alle aus dem Weg gingen.

Er trat aus dem Fahrstuhl und hielt Eve die Tür auf. Mit großen Augen starrte sie auf das Tohuwabohu, hielt sich die Nase zu und rief: »Was ist das hier?«

»Die Hölle auf Erden.«

Alec hatte die Stimme nicht erhoben, dennoch verstummte alles um sie herum, als hätte er gebrüllt.

»Cain«, hauchte die Empfangsdame und sank blinzelnd auf ihren Stuhl. Auch die anderen setzten sich wieder. Das Paar auf dem Boden glotzte zu ihm auf: der Wolf mit seinem schrecklichen Schlund, die Lili mit ihrem perfekten Schmollmund. Sie schienen vergessen zu haben, dass sie sich eben noch in Stücke reißen wollten.

»Seid ihr fertig?«, fragte Alec spöttisch.

»Hier unten stinkt es«, murmelte Eve näselnd.

»Er hat mich beleidigt«, erklärte die Lili, entwand sich dem Werwolf und stand auf.

»Sie hat einen hübschen Vorbau«, brummelte der Werwolf und richtete sich ebenfalls auf.

Alec sah die Lili an. »Konntest du das nicht als Kompliment nehmen?«

»Ich könnte heute sterben«, schmollte sie. »Und da kann ich ja wohl ein bisschen Respekt erwarten.«

»Wir alle könnten heute sterben«, bemerkte Eve und nahm die Hand herunter. Der Wolf nahm seine nackte menschliche Gestalt an, und Eve stieß einen leisen Pfiff aus.

»Gaffen ist unhöflich«, raunte Alec.

»Bei mir ist es aber wahrscheinlicher als bei anderen«, konterte die Lili mit einem zornigen Blick zu Eve. Dann richtete sie ihre grünen Dämonenaugen auf Alec. »Du nervst. Ich dachte, ältere Brüder sollen einen beschützen.«

»Falls ich älter bin als du, bin ich nicht dein Bruder.«

Eve stand der Mund offen.

»Na, im Prinzip schon, und deshalb könntest du dich so verhalten«, widersprach die Lili.

»Sie ist eine Lili«, erklärte er Eve und zog sie am Ellbogen weg von dem unverhohlen interessierten Wolf. »Von ihnen sterben hundert täglich, und sie wissen nie, wann sie dran sind.«

»*Bruder?*«

»Das hätte sie gern! Mein Dad hat seit Ewigkeiten nicht mehr mit Lilith gesprochen. Und diese Lili ist zu frech, um älter zu sein als ich.«

»Ich bin verwirrt. Wer ist Lilith?«

Alec blickte in dem Moment zu der Empfangsdame, in

dem sie den Telefonhörer aufnahm. »Cain ist hier«, sagte sie zu demjenigen, der am anderen Ende war. Sie strahlte Alec an und zwinkerte ihm zu. Um das zwinkernde Auge herum war das Kennzeichen, das sie als Werwolf auswies, ehemals Untergebene von Mammon, dem Dämonengott der Habgier.

»Lilith war die erste Frau meines Dads.« Alec klemmte sich die Bowle unter den Arm und führte Eve den Korridor hinunter. Das Pochen ihrer Stiefelabsätze auf dem polierten Steinboden hallte ihnen voraus. Hinter ihnen war aufgeregtes Wispern zu hören.

Eve staunte. »Erste Frau? Ich dachte, Adam hatte Eva und sonst keine.«

Er schüttelte den Kopf. »Mach dir darüber keine Gedanken.«

»Nein, im Ernst! Warum habe ich das nicht gewusst? Das hat mir nie einer erzählt.«

»Angel.« Alec öffnete eine Tür mit einem Milchglasfenster, auf dem in Goldlettern »Forensische Wiccanologie« stand. »Eins nach dem anderen.«

Drinnen war die Deckenbeleuchtung aus, und einzelne Hängelampen beleuchteten die diversen Arbeitstische.

»Cain!« Die heisere Stimme erinnerte an Larry King. Sie kam aus der hinteren rechten Ecke. »Es ist viel zu lange her, seit du mich besucht hast.«

Alec drehte den Kopf und sah eine alte Hexe in einem langen Umhang angeschlurft kommen. Als sie vom Schatten ins Licht trat, verwandelte sie sich von einer krummen Alten in eine hübsche, gertenschlanke Rothaarige. Zugleich wurde ihr Umhang zu einem engen, aufreizend geschnittenen Kleid.

»Hallo, Hank«, begrüßte Alec sie und reichte ihr die Bowle. »Ich suche nach dem Nix, der die angefasst hat.«

Hanks volle Lippen bogen sich zu einem gewinnenden Lächeln. »Ich werde mein Bestes tun.« Sie sah Eve an und neigte den Kopf zur Seite. Wieder verwandelte sie ihre Gestalt und wurde zu einem muskulösen Mann mit rotblondem Haarschopf. Aus dem Kleid wurde ein schwarzes Oberhemd mit passender Hose. »Sehr erfreut.«

Eve blinzelte. »Hi.«

Alec berührte ihren Ellbogen. »Evangeline, darf ich dir Hank vorstellen? Hank, das ist Eve.«

»Hi, Eve.« Hank benetzte sich die Lippen.

Eve winkte ihm verhalten zu.

»Wir kommen später wieder«, sagte Alec und zog Eve zur Tür.

»Bring sie mit, wenn du wiederkommst.« Als Hank wegging, wurde er wieder zur buckligen alten Hexe.

Auf dem Korridor atmete Eve durch und fragte sich, ob der Höllengestank wohl ihrem Verstand zusetzte. Sie sah Alec an. »Ich komme mir vor, als hätte mich ein fieser Trip aus Teenagertagen eingeholt.«

»Ausgeschlossen.«

»Was ist Hank?«

»Ein Okkultist. Ein Dämon, der sich auf die magischen Künste und das Aufspüren von Kraft spezialisiert hat, die alles Natürliche durchzieht.«

»Nein, ich meinte, ist es männlich oder weiblich?«

»Weiß ich nicht genau«, antwortete Alec achselzuckend.

»Super. Und was ist das hier?« Sie versuchte, durch den Mund zu atmen, um nicht allzu viel zu riechen, doch es war zwecklos. Der Gestank hing zuhauf in den Wänden.

»Wenn meine Nase mich nicht völlig täuscht, müssten die meisten dieser Wesen Dämonen sein.«

»Sie täuscht dich nicht.« Er wies den Gang hinunter. »Es ist eine Ansammlung der Noten diverser Höllenwesen. Sie werden hier gehalten, weil sie auf die eine oder andere Art nützlich sind.«

»Gehalten?« Eve blickte sich prüfend um. Die Untergeschosse des Gadara Tower erinnerten sie an einen Film Noir aus den Fünfzigern: gedämpfte Beleuchtung, Türen mit Milchglasscheiben, verqualmte Luft.

»Einige werden gegen ihren Willen festgehalten«, erklärte Alec, »andere sind freiwillig hier, weil sie Schutz wollen. Unter den Verdammten gibt es keine Ehre. Wenn man den Falschen verärgert, wird man von ihm gejagt.«

»Wem sagst du das?«, murmelte sie und bemerkte, dass hier und da in Nischen Fenster waren, die einen Anblick der Großstadt bei Nacht boten. Es war verblüffend echt, nur dass es oben noch hell war. »Ist das real?«

»Nein. Die meisten Höllenwesen drehen durch, wenn sie sich gefangen fühlen. Und da sie die Nacht dem Tag vorziehen, hat Raguel es eben entsprechend gestaltet.« Alec blieb vor einer Tür stehen, auf der »Orange County Elektrizitäts- und Wasserverwaltung« stand. Eve runzelte die Stirn, denn eine solche Verwaltung gab es nicht. Nachdem Alec geklopft hatte, warteten sie. »Die Illusion, überirdisch zu sein, sorgt dafür, dass sie richtig funktionieren.«

Die Tür schwang auf, und ein junger, schlaksiger Mann stand direkt vor der Tür an einem Schreibtisch. Auf der Brust seines grauen Overalls war sein Name – Wilson – aufgestickt, und er hatte eine militärisch anmutende »Verhütungsbrille« auf der Nase – so nannte man diese Modelle, weil sie einfach jeden beschissen aussehen ließen. Hinter ihm versperrte eine Abtrennung die Sicht auf den Rest des Raums. Zu seiner Linken standen Aktenschränke, zu seiner Rechten eine große Grünpflanze. Die Luft im Raum roch nach Zuckerwatte, was Eve verriet, dass der Mann ein Gezeichneter war, kein Höllenwesen.

»Cain«, sagte Wilson lächelnd. »Was kann ich für dich tun?«

Eve schnaubte leise. Alec betrat einen Raum, und alle buckelten sofort. Mit jedem Tag geriet das biblische Bild vom bösen, geschmähten Brudermörder mehr ins Wanken.

Sie rückte dichter hinter Alec, als eine Gruppe von drei Gezeichneten um die Ecke kam – zwei Frauen und ein Mann. Die Frauen waren in einem seltsamen Look gekleidet, bestehend aus Dschungelstiefeln, schwarzen Fallschirmspringerhosen und strategisch eingerissenen Tops in grellen Farben. Der Mann trug eine Jeans und ein babyblaues Polohemd. Sie alle musterten Eve von oben bis unten.

»So toll ist die gar nicht«, sagte eine der Frauen naserümpfend.

»Cain kriegt jede Mieze«, sagte der Mann. »Angeblich sind Asiatinnen scharf im Bett.«

»Verzeihung?«, fragte Eve.

»Es gibt keine Entschuldigung dafür, sich nach oben zu schlafen«, zischte eine der Frauen im Vorbeigehen.

Eve sah ihnen nach und empfand eine komische Mischung aus Wut und Übelkeit. »Und für diese Klamotten gibt es auch keine Entschuldigung«, rief sie ihnen nach. »Falls ihr es noch nicht mitbekommen habt: Die Achtziger sind seit ein paar Jahrzehnten vorbei!«

»Angel?« Alecs Stimme lenkte ihre Aufmerksamkeit zu

ihm zurück. Er hielt ein Klemmbrett in den Händen. »Was machst du?«

»Hinterherhinken.« Sie verließ den Korridor, und die Tür fiel hinter ihr ins Schloss.

»Komm.« Alec hielt ihr das Klemmbrett hin. »Trag die Daten deiner Eltern ein. Und deine.«

Sie sah auf das Formular und stellte fest, dass es nach Namen, Adressen und Telefonnummern von bis zu drei Leuten fragte. »Okay.«

Alec lächelte, und sein warmherziger Gesichtsausdruck sagte ihr, dass er sich über ihren Gehorsam freute. Was erstaunlich war, denn bei jedem anderen setzte er ihn als selbstverständlich voraus. Vor allem aber passte die Rolle des Befehlenden besser zu ihm als zu Gadara. Gadara manipulierte, um das zu bekommen, was er wollte; Alec erwartete schlicht, dass man seine Anweisungen befolgte.

Alec sah zu Wilson. »Wir haben ein Nix-Problem.«

»Darum kümmern wir uns.«

Eve blickte ihn an. »Wie?«

»Genauso wie bei allen anderen möglichen Plagen auch«, antwortete Wilson. »Wir verhindern, dass sie sich überhaupt Zugang verschaffen kann. Bei Nixen speisen wir ein Abwehrmittel in die Hauptwasserleitungen der Wohnanlagen.«

»Wenn Sie das gemacht haben, kann ich dann das Kreuz abnehmen, das in meiner Dusche hängt?«

»Könnten Sie.« Wilson lächelte. »Es wäre allerdings ein Vorteil für Sie, es dort zu lassen.«

Eve sah Alec an. »Ich wohne in einem von Gadara verwalteten Haus. Warum war da nicht gleich so eine Vorrichtung? Es hätte Mrs. Basso das Leben gerettet.«

»So arbeiten wir nicht.« Er schob die Hände in seine Jeanstaschen. »Stell dir vor, Höllenwesen würden eine Barriere um die Stadt Baker errichten. Die würde praktisch alle Gezeichneten an Reisen zwischen Nevada und Kalifornien hindern. Wir müssen fallweise arbeiten, sonst würde es am Ende zu Gebietskämpfen kommen, bei denen Sterbliche ins Kreuzfeuer gerieten. Wir – die Gezeichneten wie die Höllenwesen – brauchen Sterbliche zum Überleben. Und deshalb machen beide Seiten gewisse Zugeständnisse.«

Eve tippte mit dem Stift auf das Klemmbrett.

»Und wann in den letzten zwei Tagen hatten wir die Möglichkeit hierherzukommen?«, fragte Alec und wippte auf den Fersen. »Außerdem warst du bei mir sicher. Ich hätte nie gedacht, dass er deiner Nachbarin etwas tut.«

Das Telefon auf Wilsons Schreibtisch klingelte, und er nahm ab. Eve füllte weiter das Formular aus.

»Ja, die sind gerade hier«, sagte Wilson am Telefon. »Ja, sicher, ich sage es ihm.« Er legte auf. »Raguel ruft in zehn Minuten an. Er möchte, dass ihr das Gespräch in seinem Büro annehmt.«

Alec nickte, und Eve gab Wilson das Klemmbrett.

Wilsons Augen hinter den Brillengläsern wirkten mitfühlend. »Ich schicke sofort jemanden hin.«

»Schicken Sie zwei Leute«, schlug sie vor, »damit keiner Ihren Leuten von mir zu meinen Eltern oder umgekehrt folgen kann.« Sie legte den Stift auf den Tisch. »Wird das, was Sie machen, meine Eltern schützen?«

»Der Nix weiß nicht, wo sie wohnen«, erinnerte Alec sie. »Falls doch, hätte er ihnen etwas getan statt Mrs. Basso. Ob er irgendwie trotzdem reinkommt? Ja, wenn er sie findet und genug Zeit hat, sich etwas auszudenken. Aber vorher hat Hank ihn hoffentlich aufgespürt.«

Sie nickte. Wesentlich besser fühlte sie sich nicht, doch was konnte sie sonst tun?

»Eins nach dem anderen«, wiederholte Alec murmelnd. »Wir kümmern uns um den Nix. Und jetzt gehen wir nach oben und reden mit Raguel. Wir bekommen das hin, vertrau mir.«

Sie lächelte unsicher. »Du bist richtig gut, weißt du das? Ein Jammer, dass du dich mit jemandem so Ahnungslosen wie mir abgeben musst. Du solltest die größeren Fische lenken.«

Alecs Miene wurde verschlossen, aber nicht unfreundlich. Es war mehr, als hätte sie einen empfindlichen Nerv getroffen.

Das verwirrte sie. Als sie zu den Fahrstühlen zurückgingen, fiel ihr etwas ein, das sie bisher nicht bedacht hatte: Wenn es keine Zufälle gab, wie kam es, dass sie in einem von Gadara verwalteten Gebäude lebte?

Hatte er ihr aufgelauert? Wenn ja, wie und warum war sie ausgerechnet zu dem Zeitpunkt mit dem Kainsmal gezeichnet worden, als sie es wurde?

Und was war nötig, um sich davon zu befreien?

16

»Hallo, Cain. Miss Hollis.«

Als sie aus dem Aufzug in Gadaras Vorzimmer kamen, begrüßte sie der Erzengel-Sekretär mit einem strahlenden Lächeln. Er war ein älterer Mann, der ein klein wenig jenseits des Pensionierungsalters sein musste. Zudem war er ein Gezeichneter, was Eve unwillkürlich zu der Frage brachte, was er getan haben mochte, um sich in so hohem Alter in Schwierigkeiten zu bringen. »Kann ich Ihnen etwas zu trinken anbieten?«, fragte er. »Kaffee vielleicht? Oder ein Wasser?«

Eve lehnte höflich ab, Alec schüttelte nur den Kopf.

Der Sekretär führte sie in Gadaras Büro und bedeutete ihnen, auf den beiden Stühlen vor dem Schreibtisch Platz zu nehmen. Mit einer Fernbedienung ließ er die Leinwand herunter und dimmte das Licht. Wieder einmal verblüffte Eve die Größe des Raums. Er war riesig und edel eingerichtet. Als Innenarchitektin konnte sie aus den Vorlieben an Raumgröße und Dekor eine Menge über die Person schließen. Gadara hatte offensichtlich das Bedürfnis, andere zu beeindrucken. Wie viel davon zielte auf die Sterblichen, mit denen er Geschäfte machte? Und wie viel auf die Gezeichneten, die unter ihm dienten?

»Einen Penny für deine Gedanken«, sagte Alec, nachdem der Sekretär gegangen war.

»Ich weiß nicht, ob sie das wert sind.« Ihr Tonfall war so trocken wie ihre Hände. Nach allem, was sie in den letzten Tagen durchgemacht hatte, sollte sie eigentlich ein nervöses Wrack sein.

»Alles okay?«

Eve sah ihn an und stellte fest, dass Alec sogar in dem schwachen Licht umwerfend aussah. Seine Züge waren kräftig und streng, wurden allerdings durch das etwas zu lange Haar weicher. Eve könnte sich gut daran gewöhnen, sein Gesicht täglich zu sehen. Wenn sie es sich erlaubte. »Ich glaube nicht, dass ich schon alles verdaut habe. Frag mich noch mal, wenn wir ein bisschen zur Ruhe gekommen sind.«

Ein leises Piepen ertönte, dann erwachte die Leinwand zu Leben. Gadaras Gesicht erschien. Seine dunkle Haut und die dunklen Augen hatten etwas Majestätisches und einen Hauch göttlicher Eleganz, die bezaubernd war. Eve war abermals wie gebannt vom Zauber seines Charismas, das in der digitalen Übertragung nichts einbüßte. Hinter ihm war ein Fenster, und Eve erkannte die Szenerie auf Anhieb – der Las Vegas Strip. Gadara trug Anzug und Krawatte, und dieser formellere Look stand ihm. Er passte zu seiner Ausstrahlung von Macht und Reichtum.

»Wir haben ein Problem«, eröffnete Alec.

»Ja, hast du«, sagte Gadara. »Wo ist Abel?«

Eve staunte.

»Er weiß von nichts.«

»Eben.« Der Erzengel lehnte sich zurück und strich mit

einer rauen Hand über sein graues Haar. »Er ist ihr Betreuer, Cain. Er muss immer auf dem Laufenden sein.«

»Wenn das sein Job ist, sollte er dabei keine Hilfe brauchen«, entgegnete Alec.

»Ihr zwei schafft es noch, dass sie umgebracht wird.«

»Falls du es nicht vorher erledigst.«

»Ich werde nicht sterben«, mischte sich Eve ruhig ein.

Ein Händeklatschen bewirkte, dass sich Eve umdrehte. Reed trat in einem maßgeschneiderten, anthrazitfarbenen Dreiteiler aus dem Aufzug. Seine makellose Erscheinung – der Schnitt seiner Kleidung, das perfekt gekämmte schwarze Haar, das sinnliche Lächeln – raubte Eve den Atem.

»So ist es richtig«, sagte er. »Lass dich nicht herumschubsen.«

Alec stand auf. »Eve hatte recht. Die Tengu hatten keine Kennzeichen und keinen Geruch.«

Es trat eine Stille ein, in der man das Fallen einer Stecknadel gehört hätte.

»Was soll das heißen, Eve hatte recht?«, fragte Gadara schließlich.

»Als der Tengu mich vor einigen Tagen zum ersten Mal angegriffen hat«, erklärte sie, »fiel mir auf, dass er keine Kennzeichen hatte. Alec und Reed sagten beide, dass meine Supersinne noch nicht vollständig entwickelt waren und ich sie deshalb nicht sehen konnte.«

»Supersinne?« Gadara lachte.

»Aber offenbar haben sie sich geirrt«, fuhr Eve fort. »Alec hat gestern Abend auch keine gesehen. Und Sie wollen mir hoffentlich nicht erzählen, dass seine Sinne noch nicht ganz da sind.«

Reed ging zum Schreibtisch und stützte sich mit beiden

Händen auf. »Das hatten wir noch nie. All die Jahrhunderte, Millionen von Höllenwesen ... Es war noch nie möglich, dass ein Höllenwesen seine Kennzeichen versteckt. Dafür muss es eine Erklärung geben.«

»Zum Beispiel?«, fragte Eve.

»Vielleicht haben seine dieselbe Farbe wie der Stein, aus dem er gemeißelt ist.«

»Okay. Und warum hat er nicht gestunken?«, konterte sie.

Gadara gab einen seltsamen Laut von sich, und alle sahen zu ihm. »Erzähl mir genau, was passiert ist, Cain.«

Alec berichtete von den Ereignissen der letzten Nacht und endete mit Mrs. Bassos Tod.

Reed trat hinter Eve und legte eine Hand auf ihre Schulter. »Hast du ihr nahegestanden?«, fragte er leise.

»Ja, ich mochte sie sehr.«

»Dein Verlust tut mir leid.«

»Die Polizei war da«, sagte Alec. »Und sie haben erzählt, dass der Nix schon länger mordet. Falls das wahr ist, warum wurde er nicht ausgelöscht?«

»Der Befehl kam erst heute nach unten«, antwortete Gadara.

»Das ist krank«, sagte Eve.

»So arbeiten wir nun mal, Miss Hollis.« Gadaras Blick war hart. »Wir sind keine Bürgerwehr.«

»Er hat mindestens ein Dutzend Menschen ermordet! Wir reden hier nicht über Nachbarschaftswachen. Wir reden über Gerechtigkeit und Schutz für die Unschuldigen.«

»Belehren Sie mich nicht«, erwiderte Gadara frostig. »Sie wollen Ihr Mal loswerden und zu Ihrem sorglosen

Leben zurückkehren. Sie scheren sich einen Dreck um den Schutz von Unschuldigen.«

Eine Ohrfeige hätte kaum wirkungsvoller sein können. »Machen Sie mir kein schlechtes Gewissen, weil ich mein Leben zurückwill.«

»Es ist eine Sache, unwissend zu sein; eine ganz andere ist es, bewusst den Kopf in den Sand zu stecken.«

Reed stellte sich vor sie. »Wirf ihr nicht ihre Unzulänglichkeiten vor.«

»Wir müssen entscheiden, was wir tun«, schaltete sich Alec ein, der mit verschränkten Armen dastand. Diese Pose verlieh ihm etwas Einschüchterndes, ließ ihn eisern erscheinen.

»Was schlägst du vor?«, fragte der Erzengel.

»Beide Tengu auf dem Dach hatten weder Zeichen noch den normalen Geruch. Meine erste Frage ist, ob Gehenna Masonry etwas damit zu tun hat. Haben sie die beiden geschaffen? Wenn ja, kennen wir die Quelle.«

»Ich bete, dass es sich wenigstens auf die Tengu beschränkt«, sagte Reed.

Eve blickte von einem grimmigen Mann zum anderen. »Erklärt ihr mir, was das heißen soll?«

»Wir haben nicht genug Gezeichnete.« Gadara klang resigniert. »Wir stocken mit sterblichen Arbeitskräften auf, wie den Wachen in dem Gebäude letzte Nacht. Und wir machen auch Geschäfte mit Sterblichen. Wenn sich Höllenwesen so tarnen können, gibt es keine Grenzen für sie – sie könnten überall hingelangen und jede Information bekommen.«

»Sie hätten einen gewaltigen Vorteil«, sagte Alec. »Sie riechen uns aus einer Meile Entfernung, sind für uns aber nicht aufzuspüren. Falls sie irgendeine Maskierung erfunden haben, müssen wir die zerstören.«

Eve stand auf. »Dann müssen wir herausfinden, wie sie es gemacht haben. Wir müssen nach Upland, zur Gehenna Masonry.«

Alle drei Männer sahen sie an.

»Nicht mit dem Nix, der dich verfolgt«, entgegnete Alec.

»Und den Tengu«, ergänzte Reed.

»Ja.« Gadara lächelte wie ein stolzer Vater. »Ihr solltet hinfahren. Die Tengu scheinen Sie zu mögen, Miss Hollis, und der Nix wurde heute Morgen einem Gezeichneten zugeteilt. Nicht wahr, Abel?«

»Stimmt«, bestätigte Reed.

»Blödsinn!«, knurrte Alec. »Das ist zu wichtig, um es als Training für eine Novizin zu nutzen. Eve wäre vollkommen überfordert. Du musst jemanden Erfahreneres schicken.«

»Ah, aber keiner ist erfahrener als du«, sagte der Erzengel.

»Dann fahre ich allein hin.«

»Da muss ich zustimmen«, sagte Reed.

»Wem?«, fragte Alec scharf.

»Dir.«

Eve hätte über Alecs verdutzte Miene gelacht, wären die Umstände weniger ernst.

»Sehen Sie, Miss Hollis?«, fragte Gadara. »Wunder geschehen.«

Sie sah Alec an. »Ich kann nicht nach Hause. Das ertrage ich jetzt nicht. Und zu meinen Eltern kann ich auch nicht. Wenn du nach Upland fährst, was mache ich dann?«

»Du kannst auf Hanks Ergebnisse warten.«

Nun lachte sie doch, allerdings nicht amüsiert. »Da runter fahre ich nicht wieder. Die Höllenwesen gruseln mich, und einige der Gezeichneten sind feindselig. Nachdem ich ausgebildet bin und mich verteidigen kann, kein Problem. Aber bis dahin, nein, danke.«

Alec runzelte die Stirn. »Feindselig? Was meinst du?«

Reed kam ihr zuvor. »Es gibt einige Eifersüchtige.«

»Sie *muss* mit«, sagte Gadara. »Ist ein Mentor erst einem Gezeichneten zugeteilt, bleiben die beiden zusammen, bis der Gezeichnete eigenständig ist.«

»Fang nicht an, jetzt auf einmal auf die Regeln zu pochen«, entgegnete Alec.

»Und maß du dir nicht an, mir Befehle zu erteilen, Cain. Wenn du dich von Miss Hollis entfernst, werde ich die Trennung permanent machen und sie einem anderen Mentor zuteilen, der sie in seiner Nähe behält.«

Eve stemmte die Hände in die Hüften. »Übrigens kauft Ihnen keiner diese ›So sind die Regeln‹-Nummer ab. Warum erzählen Sie uns nicht einfach die Wahrheit?«

Gadara grinste. »Ich möchte, dass Sie sich die Finger schmutzig machen.«

»Sicher doch. Wo es letzte Woche schon reichlich feucht wurde, kann es zur Abwechslung auch mal schmutzig werden.«

Alec räusperte sich, und Reed grinste.

»Ihr wisst, was ich meine«, murmelte sie.

»Okay«, sagte Gadara halb lachend. »Ob Sie es glauben oder nicht, ich möchte, dass Sie dabei sind. Sie sollen aus nächster Nähe sehen, was wir tun und warum, und ich vertraue darauf, dass Sie bei Cain sicher sind.«

Ich möchte, dass Sie sich die Finger schmutzig machen. Eve überlegte, was genau das bedeutete. Da ihr Gadara nicht übertrieben selbstlos vorkam, lag die Frage nahe, ob ihre Akzeptanz des Mals irgendwie wichtig war. Und, falls dem so war, was ihre Ablehnung heißen könnte.

»Damit wäre das geklärt«, sagte sie. Eve war entschlossen, die Karten auszuspielen, die sie bekam, bis das Spiel zu Ende war. Wenn Gadara unbedingt wollte, dass sie mitfuhr, musste sie den wahren Grund herausbekommen. Und genau genommen wollte sie mit. Da war diese pochende Vorfreude in ihr, die ihr allmählich sehr vertraut wurde; dunkel wie schwarzer Samt – weich, warm und sinnlich. Heute Morgen noch hatte sie nichts weiter gewollt als einige Stunden Normalität. Jetzt wollte sie etwas Nichtmenschliches zu Brei schlagen. Etwas, das ihr einen guten Kampf lieferte, nach dem sie keine Schuldgefühle haben musste.

»Für mich ist es nicht geklärt«, widersprach Alec.

Reed atmete hörbar aus. »Sei vorsichtig, Eve.«

»Was?« Alec ballte die Fäuste und starrte seinen Bruder an. »Du bist damit einverstanden? Du feiger Hurensohn!«

»Leck mich«, sagte Reed. »Sie will es doch so.«

»Das interessiert mich einen Dreck! Sie hat ja keine Ahnung, weil sie nicht ausgebildet ist. Und sie ist wütend.«

»Ähm, entschuldige mal.« Eve winkte mit einer Hand. »Ich bin hier. Redet nicht über mich, als wäre ich nicht da.«

»Entschuldige.« Alec nahm sie in die Arme.

Eve legte eine Hand auf seinen Bauch und blickte zu ihm auf. »Letzte Nacht waren wir gar nicht so schlecht. Wir sind immer noch beide am Leben.«

»Es fehlte nicht viel, dann hätte man dich heute Morgen

vom Asphalt gekratzt.« Er klang erschöpft … und resigniert. »Wie viel schlimmer hätte es noch sein können?«

»Das steht nicht zur Debatte«, sagte Gadara. »Ihr Betreuer und ich sind uns einig.«

Alec drehte sich mit einem Killer-Blick zur Leinwand um. »Dann betet ihr lieber, dass ihr nichts passiert.«

»Ich bete jeden Tag, Cain. Kannst du dasselbe von dir behaupten?«

Eve zog Alec zur Tür, ehe die Stimmung noch explosiver wurde.

»Das ist kein Spiel, Eve«, warnte er sie finster, als die Fahrstuhltüren sich schlossen und den ebenso ernsten Reed aussperrten. Alec stützte sich auf den Handlauf, lehnte sich zurück und stöhnte.

»Für Gadara schon.« Sie verzog den Mund. »Aber ich werde verdammt noch mal nicht untätig das Bauernopfer mimen.«

Reed sah, wie Eve hinter den Aufzugtüren verschwand, und drehte sich wieder zu Raguel um. »Das ist zu ernst für ein einzelnes Team.«

»Ich neige zu der Annahme, dass es ihre Synergie ist, die das Problem verursacht, keine Maskierung.« Raguel richtete seine Krawatte. »Ich habe in einer halben Stunde ein Meeting mit Steve Wynn. Hoffentlich sehe ich in meinem Anzug so gut aus wie du in deinem.«

»Willst du mich auf den Arm nehmen? Du ignorierst einfach, was Cain und Eve erzählt haben?«

Raguel lehnte sich seufzend auf seinem Stuhl zurück. »Du hast seine Geschichte gehört. Er war genauso auf Miss Hollis fixiert wie auf die Jagd.«

»Und? Er hat seinen Job gemacht.«

»Hat er das? Oder lenkt sein Herz seinen Verstand? Es besteht ein großer Unterschied zwischen glücklicher Fügung und Berechnung. Cain ist nicht ausgebildet.«

Ein kalter Schauer durchfuhr Reed. Absichtliche Beschränktheit durchschaute er auf Anhieb. »Du spielst mit etwas, das solch einen ungeheuerlichen Schaden anrichten kann? Mir fehlen die Worte. Ich begreife nicht, wie du jede Vorsicht in den Wind schießen kannst.«

»Willst du meinen Job?« Raguels Stimme war gefährlich sanft. »Nur zu. Regle du die Lage, wie du es für richtig hältst.«

»Mit welchen Mitteln?«

Blütenweiße Zähne blitzten inmitten kaffeebrauner Haut. »Mit denen, die dir zur Verfügung stehen. Ich muss in meiner Position funktionieren, also musst du es auch in deiner.«

»Deine ist aber höher als meine.«

»Eben«, zischte der Erzengel. »Vergiss das nicht.«

Die Leinwand wurde dunkel, und Reed blieb aufgebracht zurück. Er hatte einundzwanzig Schützlinge, Eve eingerechnet. Und jederzeit steckte mindestens einer von ihnen in einem Kampf, der tödlich enden könnte – entweder für den Gezeichneten oder seine oder ihre Beute. Vom Himmel aus strömten die Befehle wie Wasser in Reeds Bewusstsein und zwangen ihn, diverse Spuren gleichzeitig im Auge zu behalten. Er teilte die Gezeichneten nach ihrer Erfahrung, ihrem Standort und einer Vielzahl anderer Faktoren ein, nicht zuletzt nach den Bedürfnissen der Firma, für die er arbeitete.

Seines Wissens hatte noch kein Betreuer seine Schützlinge reduziert, indem er ihnen eigenständig eine Aufgabe übertrug und sich darauf verließ, dass die anderen rechtzeitig einsprangen. Das würde sie alle schwächen. Manche Gezeichnete konnten mit den einen Höllenwesen leicht fertigwerden, mit anderen nicht. Einen Ungeeigneten auf die Jagd zu schicken, weil sein erfahreneres Teammitglied mit einer ungenehmigten Aufgabe befasst war, war extrem gefährlich. Reed konnte nicht fassen, dass er es überhaupt in Erwägung zog.

Doch welche Wahl hatte er?

Er könnte ein Höllenwesen einsetzen, das gerade in der Firma arbeitete oder für die Auslöschung vorgesehen war. Er könnte einen Deal anbieten – Kooperation oder Tod. Höllenwesen hatten einen ausgeprägten Überlebenswillen; sie würden alles tun, um nicht sterben zu müssen. Aber es war nicht an ihm zu entscheiden, welche Höllenwesen wert waren, am Leben zu bleiben, und welche in der Hölle schmoren sollten. Und auch hier hatte Reed keinen Schimmer, welche Auswirkungen es haben könnte, so weit jenseits seiner Befugnisse zu agieren, doch bitter wären sie allemal. Er brauchte jemanden weiter oben in der Befehlskette. Jemanden, der notfalls das Donnerwetter abfing.

Er brauchte einen Erzengel.

Was nicht gänzlich ausgeschlossen war. Solange er eine Belohnung anbot, konnte er Hilfe gewinnen. Cain ging dauernd solche Pakte mit dem Teufel ein.

Reed mied den Fahrstuhl und begab sich stattdessen in den Empfangsbereich. Dort blieb er vor dem Schreibtisch des älteren Gezeichneten stehen, der Raguels Anrufe entgegennahm. »Haben wir Gastfirmen in der Gegend oder jemanden, der bald ankommen soll?«

Die Firmen besuchten sich immerzu gegenseitig. Zwei Erzengel nahe beisammen zu haben, erforderte ausgefeilte Sicherheitsvorkehrungen, außerdem hatten sie das Gefühl, ihnen stünde es zu, immer mal Unterwürfigkeit von Gästen demonstriert zu bekommen.

»Die europäische Firma hat gestern sieben Gezeichnete geschickt«, antwortete der Sekretär. »Sarakiel soll nächste Woche kommen.«

Reed nickte. »Danke.«

Natürlich musste es Sara sein. Gott bewahre, dass seine Aufgabe leicht würde!

Während er sich bereit machte, sich von seinem gegenwärtigen Aufenthaltsort zu ihrem Büro zu teleportieren, wappnete sich Reed für die Aufgabe, die ihm bevorstand. Sie würde Blut sehen wollen.

Und es stimmte. Es gab nichts Schlimmeres als die Rache einer geschmähten Frau.

Von Anaheim aus fuhr man an guten Tagen eine halbe Stunde nach Upland. Zu behaupten, der Verkehr auf dem Freeway in Südkalifornien sei grausig, wäre eine maßlose Untertreibung. Die meiste Zeit fuhr man in Zeitlupe, und die Unfälle verwandelten die Highways stundenweise in Parkplätze.

Heute war es noch nicht so schlimm, weil früher Nachmittag war und die Zeit, in der die meisten Pendler auf die Straßen strömten, erst kam. Alec blickte aus dem Beifahrerfenster und strich mit der linken Hand über den Jeansstoff auf seinem Knie. Er war ruhig, nachdenklich.

Eve und er hatten den Gadara Tower durch die Tiefgarage in einem Jeep Liberty verlassen, der Gadara Enterprises gehörte. Er hoffte, das würde mögliche Verfolger ablenken, die Eves Wagen im Visier hatten. Der nämlich stand noch auf dem Parkplatz vorm Tower. Angesichts misstrauischer Cops und eines übereifrigen Nix konnten sie nicht vorsichtig genug sein.

Eve bog zu einer Ladenzeile ab und parkte den Wagen. Durch den Hintereingang eines Nagelstudios gingen sie die Straße hinauf zu einer Hertz-Niederlassung, wo sie sich einen Mietwagen nahmen. Alec zahlte bar, weil Kreditkarten nachverfolgt werden konnten. Und nun saßen sie in einem Ford Focus, dessen GPS nicht von Raguel überwacht wurde – noch nicht. Der Erzengel würde über kurz oder lang ihre Spur aufnehmen und auch das Hertz-System anzapfen. Vorerst aber hatte er sie nicht auf dem Schirm.

Während des Wagentauschs wechselten sie kein einziges Wort; es gab nichts zu sagen. Eve traute Raguel nicht, und Alec konnte ihn nicht verteidigen. Die ganze Situation war höllisch verkorkst.

»Der bezahlte Knecht aber, der nicht Hirt ist und dem die Schafe nicht gehören, lässt die Schafe im Stich und flieht, wenn er den Wolf kommen sieht; und der Wolf reißt sie und jagt sie auseinander.«

»Was?«, fragte Eve.

Alec sah sie an. »Johannes 10, 12.«

»Nennst du Gadara einen bezahlten Knecht? Denkst du auch, dass er uns den Wölfen zum Fraß vorwirft?«

»Ich weiß nicht, was ich denken soll, Angel.« Er lehnte den Kopf an die Kopfstütze. »Mir fällt es schwer zu verstehen, wie er bei etwas so Wichtigem so gleichgültig sein kann.«

»Er glaubt uns nicht«, sagte sie matt. »Entweder das, oder er glaubt es und will, dass es richtig schwierig wird. Fällt dir ein Grund ein, warum er das wollen würde?«

»Nein.«

Alec hatte die Erzengel nie gemocht. Wie Kinder bettelten sie um die Gunst ihres Vaters. Sie lagen im ständigen Wettstreit mit ihren Geschwistern und hofften, sie irgendwie zu überstrahlen. Gezeichnete und deren Mentoren und Betreuer waren lediglich Mittel zum Zweck. Deshalb hatte Alec seine Eigenständigkeit schätzen gelernt. Sie hielt ihn weit fern von den Machenschaften der Erzengel.

»Und diese ›Mach dir die Hände schmutzig‹-Ausrede ist Schwachsinn«, sagte Eve verärgert. »Das kaufe ich ihm nicht ab.«

»Ich auch nicht.«

»Aber was soll das dann?« Sie sah ihn an. »Was kann für ihn dabei herausspringen, außer dass er alle stinksauer macht?«

»Fragst du mich, oder denkst du nur laut nach?«

»Natürlich frage ich dich!« Sie blickte wieder zur Straße. Sie fuhren beachtliche fünfundsiebzig Meilen die Stunde auf der Route 60. Die Fenster waren zu, damit sie nicht schreien mussten, aber die Klimaanlage lief. Kühle Luft blies Eve über den Kopf und löste die kürzeren Strähnen aus ihrem Pferdeschwanz, um sie über ihre Wangen zu wehen. Gereizt wischte Eve sie weg. »Du weißt besser als ich, was los ist.«

»Eigentlich nicht«, antwortete er trocken. »Das ist ja das Problem. Ich hatte nie einen Betreuer oder habe für eine Firma gearbeitet. Meine Befehle kommen direkt von

Jehova. Ich habe keine Ahnung, wie man innerhalb einer Struktur arbeitet. Du und ich tappen hier völlig im Dunkeln.«

»Okay … Wie würdest du es angehen, wenn du allein wärst?«

Alec zögerte nicht, weil er schon seit letzter Nacht über seine Möglichkeiten nachdachte. »Ich würde mich irgendwo in Upland einmieten. Die Höllenwesen können riechen, dass ich komme, also würde ich den Steinmetzbetrieb observieren und nachts einbrechen, wenn keiner da ist, um mich umzusehen.«

»Noch mal zurück zu diesem Riech-Dings.« Ihre Finger spreizten und schlossen sich am Lenkrad. »Wenn ich allmächtig wäre und ein Heer von Kriegern erschaffen hätte, um in meinem Auftrag zu kämpfen, würde ich sie nicht mit einem einzigartigen Duft ausstatten, der sie von Ferne bewirbt. Ich würde versuchen, sie möglichst gut zu tarnen.«

»Das Wild riecht die nahenden Wölfe. Die Jagd ist nichts anderes als das, was du im Tierreich siehst.«

»Das ist ja, als würde er ihnen eine Chance geben, mit dem davonzukommen, was sie tun.«

»Der Herr hält sehr viel von Fairplay.«

»Oder er hat einen kranken Sinn für Humor.«

»Angel …«

»Also bleiben wir bei deinem Plan«, sagte sie rasch. »Wir nehmen uns ein Hotelzimmer und observieren den Steinmetzbetrieb.«

Er schloss die Augen und legte blind die Hand auf ihr Knie. »Wir haben keine andere Wahl. Tut mir leid.«

Ihre Hand legte sich auf seine viel größere. Eve war

schmal und zart und viel zu kostbar, um so sinnlos in Gefahr gebracht zu werden. »Eins nach dem anderen.«

»Das ist eine gute Einstellung«, murmelte er. »Du bist konzentriert.«

»Ich weiß, was wir gesehen haben, oder, das ist wohl zutreffender, was wir *nicht gesehen haben.*« Ihre Stimme floss über seine Haut wie sonnengewärmter Honig. »Ich hatte noch nie den Ehrgeiz, die Welt zu retten, aber offensichtlich kann ich auch nicht wegsehen und tun, als wäre nichts gewesen.«

Alec öffnete ein Auge und drehte den Kopf zu Eve. »Lass dich nicht von dem kleinkriegen, was Raguel gesagt hat.«

»Leichter gesagt als getan.« Ihre Mundwinkel bogen sich nach unten. »Er hat ja recht. Es ist eine Sache, zufällig keine Ahnung zu haben, aber eine ganz andere, willentlich so zu tun, als hätte man keine. Ich wollte verdammt noch mal ins Kino gehen, Alec, als die Hölle losbrach, und das buchstäblich. Was ist denn mit mir los?«

»Ich verstehe, warum du heute Zeit für dich allein haben wolltest. Ehrlich, ich kann dir gar nicht sagen, wie oft ich mir gewünscht habe, auch nur eine Stunde lang normal zu sein. Das macht dich weder zum Feigling noch beweist es, dass du unrecht hattest.«

»Aber es sagt auch nicht, dass ich recht hatte.«

Eve sah wieder zu ihm. Die Trauer in ihren Augen und ihre entschlossene Miene trafen ihn mitten ins Herz. Ihm wurde grausam klar, dass heute nicht nur eine Frau gestorben war. Das junge Mädchen, das er kennengelernt und geliebt hatte, war ebenfalls fort und würde nie wiederkommen. Eve war aus ihrem sicheren, ordentlichen Leben gerissen und in eine Welt gestürzt worden, in der sie von Dämonen gejagt wurde und enge Freunde den Preis dafür zahlten.

Alec wischte sich mit der Hand übers Gesicht und versuchte, seine Unruhe vor Eve zu verbergen. Während er um den Verlust seiner ersten Liebe trauerte, nagten Zorn und Enttäuschung an ihm. Innerhalb von Tagen war es zu spät geworden, sie zu retten.

Doch es war noch nicht zu spät, die Frau zu retten, die jetzt neben ihm saß, seine Hand hielt und anbot, ihm beizustehen, wenn er sich einer Aufgabe stellte, wie er sie noch nie zu meistern gehabt hatte.

»Das ist nicht deine Schuld, Alec.«

Ein bitteres Lachen entfuhr ihm. »Willst du mich trösten? Nach dem, was du durchgemacht hast?«

»Auch für dich war es nicht leicht. Du hast meinetwegen eine Menge aufgegeben.«

Und er könnte noch eine Menge mehr gewinnen. Aber das wusste sie ja nicht.

Schönheit liegt im Auge des Betrachters. Die Göttin des einen Mannes war der Albtraum eines anderen. Sarakiel hingegen war für jeden wunderschön. Groß, gertenschlank, doch mit den richtigen Kurven ausgestattet, war Sara auf eine Weise vollkommen, für die Schönheitschirurgen ihre Seele verkaufen würden, könnten sie diese Perfektion nachahmen. Es hatte mal eine Zeit gegeben, in der Reeds Blut bei ihrem bloßen Anblick gefährlich in Wallung geraten war. Nun betrachtete er sie ungerührt und bewunderte sie bestenfalls mit vagem Interesse.

»Ich kann kaum glauben, dass Raguel auf diese Information hin nicht gehandelt hat«, sagte sie und schritt elegant auf und ab. Sie erinnerte Reed an eine Tigerin – golden, geschmeidig, tödlich. »Vielleicht weiß er etwas, das ihr nicht wisst.«

»Oder er will die Information möglichst unter Verschluss halten«, entgegnete Reed.

Er nippte an einem Glas mit eiskaltem Wasser und lehnte auf dem goldenen Samtdiwan in Saras Pariser Büro, einen Arm auf der Rückenlehne ausgestreckt. Die Chefin der europäischen Firma wurde von Theologen oft für männlich gehalten. Weiter daneben könnten sie nicht liegen, denn Sarakiel war durch und durch eine Frau.

Heute trug sie einen Nadelstreifen-Hosenanzug und eine Krawatte. Solch ein Ensemble hätte an manchen Frauen maskulin gewirkt, doch bei Sara betonte es nur ihre göttlich verstärkte Weiblichkeit. Ihr blassblondes Haar war zu einem klassischen Chignon gebunden, und in ihrem Gesicht war keine Spur von dem Make-up, mit dem sie ihre Firma finanzierte. Sara Kiel Cosmetics war ein weltweites Phänomen, und die Umsätze wurden vom unvergleichlichen Gesicht der Eignerin befeuert.

Es hatte eine Zeit gegeben, in der Reed geglaubt hatte, sie beide würden außerordentlich gut zusammenpassen, aber das war lange her. Er war längst desillusioniert genug, um zuzugeben, dass ein Sinn für Stil und eine beiderseitige Vorliebe für rohen Sex als Basis für eine dauerhafte Beziehung nicht ausreichten.

»Raguel weiß, dass Cain zu sehr Einzelgänger ist, um jemand anderen um Hilfe zu bitten«, fuhr Reed fort, »und Evangeline ist noch zu unerfahren, um allein irgendwas zu unternehmen.«

»Ah, die berüchtigte Evangeline«, sagte Sara. »Ich habe vor, Raguel bald zu besuchen. Ich sterbe vor Neugier auf Cains Frau. Ja, ich habe sogar gestern ein Team nach Kalifornien geschickt, um meine Ankunft vorzubereiten.«

Berüchtigt. Reeds Züge verhärteten sich. »Sie ist eine ganz gewöhnliche Frau.«

»Ist sie das? Neben Blut ist sie das Einzige, was du mit deinem Bruder teilst.« Saras Lächeln wurde zynisch. »Erzähl mir, *mon chéri*, wie ist es, eine Frau zu vögeln, die den Namen deiner Mutter trägt?«

»Wer hat gesagt, dass ich sie gevögelt habe?«

»Du konntest unmöglich widerstehen. Und gewiss war sie unfähig, dir zu widerstehen.«

Er zuckte mit den Schultern.

Sara kehrte zum eigentlichen Thema zurück. »Ich bin sicher, dass Raguel von dir erwartet, diese Neuigkeit für dich zu behalten, weil es deinen Bruder in Gefahr bringt.«

»Wer weiß schon, was er denkt«, tat Reed es ab.

»Ich sorge mich auch mehr über das, was du denkst. Zugegeben, es überrascht mich, dich hier zu sehen. Sogar noch mehr, dass er nicht hier ist.«

»Die Sache geht weit über die nordamerikanische Firma hinaus. Falls die Höllenwesen eine Tarnung entwickelt haben, ist jeder in Gefahr.«

»Und was soll ich deiner Meinung nach tun?« Sinnlich strich sie mit den Fingern über ihre Krawatte.

Hinter Sara konnte Reed den erleuchteten Eiffelturm in der Dunkelheit glitzern sehen. Es war seltsam, wie ähnlich dieser Hintergrund dem war, vor dem kürzlich erst Raguel gesessen hatte. Zwei Erzengel, zwei Kontinente, eine Aussicht. Und sie hatten noch mehr gemeinsam: Beide waren ehrgeizig und beängstigend wettkampforientiert.

»Ich möchte, dass du mir das Team von Gezeichneten leihst, das du nach Kalifornien geschickt hast«, sagte er.

Sara lachte. »Findest du nicht, dass du zu viel verlangst?«

»Nichts, was du dir nicht leisten könntest.«

»Die Frage ist auch eher, kannst du es dir leisten?« Das Blitzen in ihren Augen bestätigte Reeds Befürchtungen.

»Du tust ja so, als würde es mir schwerfallen«, raunte er und bemühte sich, seine wachsende Anspannung nicht zu zeigen. »Vergiss nicht, dass du langfristig viel zu gewinnen hast. Raguels Team mit deinem zu schlagen wäre ein ziemlicher Coup für dich.«

»Mir ist klar, welche Vorteile es mir bringt, nur was nützt es dir?« Ihre blauen Augen verengten sich. »Abgesehen davon, dass du Raguels Zorn auf dich ziehst, beugst du einer möglichen Demütigung deines Bruders vor.«

Reed blickte auf die Eiswürfel in seinem Glas und ließ sie gedankenverloren klimpern, bevor er Sara ansah. »Ihr vorbeugen? Schatz, du beleidigst mich. Was könnte eine herbere Demütigung für ihn sein, als dass ich ihm zu Hilfe eile?«

Er erwähnte nicht, dass Jehova sein Handeln gutheißen könnte, vor allem angesichts der Folgen, die Untätigkeit seinerseits haben könnte. Und Gott zu gefallen könnte seine Chancen auf eine eigene Firma erhöhen.

Aber Sara merkte, dass er etwas ausließ, wie er an ihrem skeptischen Summen erkannte.

Reed stellte sein Glas auf den vergoldeten Couchtisch und stand auf. Es war Zeit für den finalen Schachzug.

Sara hob eine Hand. »Hatte ich nicht gesagt, dass du zu mir zurückkommen würdest … auf Knien?«

Er lächelte. »Aber es ist so viel spaßiger für uns beide, wenn du auf den Knien bist.«

Ihre Lippen öffneten sich ein wenig, und sie wich einen Schritt zurück.

Reed ging betont langsam auf sie zu, die Finger an seinen Westenknöpfen. Wenn er sich nicht selbst auszog, würde Sara ihm die Sachen vom Leib reißen. Sie genoss es immer, ihm die Kleider zu zerreißen, als könnte sie so irgendwie den Mann enthüllen, der er im Innern war.

Er sah ihr die Vorfreude an und wusste, dass ihre Nippel hart wären, ihr Geschlecht heiß und feucht. Zwei Wochen waren vergangen, seit er Eve gehabt hatte. Zwei Wochen Zölibat, die ihn eigentlich nach dem harten Sex, wie Sara ihn mochte, gieren lassen sollten. Seit Jahrhunderten hatte er nicht mehr so lange ohne eine Frau durchgehalten.

Er streifte sein Jackett und die Weste ab und hängte beides über einen der Stühle vor Saras Schreibtisch. Mit jedem Stück, das er ablegte, nahm Saras Erregung zu. Reed konnte ihre Lust riechen, sie im Glanz ihrer Augen sehen und im nervösen Benetzen ihrer Lippen. Sie griff in seine Tasche, zog sein Handy heraus und schaltete es ab. Dann warf sie es auf den Diwan.

Reed griff nach seinem Hosenbund, und Saras Blick wanderte nach unten. Reed dachte an Treppenhäuser, Kameras und dichte schwarze Wimpern. Endlich machte sein Schwanz mit und wurde hart.

»Bevor wir abgelenkt werden«, murmelte er, »möchte ich, dass du deinem Team in Kalifornien sagst, sie sollen sich für einen Auftrag bereit machen.«

»Die brauche ich«, erwiderte sie. »Ich schicke ein anderes.«

Er ließ die Hände fallen. »Das könnte nicht rechtzeitig da sein. Ein solches Risiko will ich nicht eingehen.«

Sara wurde offensichtlich klar, dass er ging, falls er nicht bekam, was er wollte. »Du bist ein zäher Verhandler, *mon chéri.*«

»Ist das nicht der Grund, weshalb du mich so magst?«

17

Eve bog auf den Parkplatz eines Motel 6 gleich neben dem Highway in Upland ein. Neben dem Motel gab es eine Tankstelle mit Shop und ein Stück die Straße hinauf einen Supermarkt. Nachdem sie den Motor abgestellt hatte, blickte sie zu Alec, bevor sie die Tür öffnete. Die letzten Minuten hatte er nichts gesagt, war ganz in Gedanken gewesen. Eve wusste, dass dies hier für ihn genauso schwierig war wie für sie. Falls sie auf den Gedanken käme, zu einer höheren Macht zu beten, würde sie jetzt um die Fähigkeit bitten, Alec zu helfen, statt ihn zu behindern.

Sie schob die Fahrertür weit auf und stieg aus. Den Arm auf das Wagendach gelehnt, blickte sie sich um. Upland lag weiter im Inland als Orange County, weshalb die Temperaturen hier höher waren und die Luft sich trockener anfühlte. Prompt vermisste Eve die Meeresbrise, nahm jedoch an, dass sie Teil einer generellen Sehnsucht nach Vertrautem waren. Sie war von ihrer Familie und ihrer besten Freundin getrennt, hatte ihren Job verloren und trauerte um Mrs. Basso. Ein Hotelaufenthalt in einer fremden Stadt verstärkte nur das Gefühl, ein Fisch auf dem Trockenen zu sein.

Prompt musste sie an Wasser denken und damit an den Nix.

Eve stemmte sich vom Wagen weg und schloss die Tür. Auf der anderen Seite erschien Alec: groß, dunkel, schön und grüblerisch. Er setzte seine Sonnenbrille auf, sodass sie seine Augen nicht mehr sehen und womöglich erahnen konnte, was in ihm vorging. Im Moment klaffte ein riesiger Graben zwischen ihnen. Ähnlich den Flutwellen am Strand krachten sie zusammen und strebten wieder auseinander.

»Wenn wir ein Zimmer haben, muss ich erst mal zu dem Laden, eine Cola und ein Wegwerfhandy besorgen«, sagte sie.

Er lächelte. »Du wärst eine gute Spionin.«

»Ich habe eher ein Faible für Actionfilme.«

Alec kam hinten um den Wagen herum und streckte die Hand aus. Eve nahm sie, auch wenn diese Nähe nur oberflächlich war. Emotional war er meilenweit weg, weshalb sie ein Zimmer mit zwei Doppelbetten wählte.

»Haben Sie irgendwelche Haustiere?«, fragte der junge Mann an der Rezeption, den Eve auf Mitte zwanzig schätzte. Er hatte ungefähr sechzig Pfund zu viel auf den Rippen und unangenehmen Mundgeruch.

Sie schüttelte den Kopf. »Nein, nur wir beide. Und geben Sie uns bitte kein Zimmer, in dem vorher Haustiere waren. Ich habe eine Katzenallergie.«

»Geht klar.« Er beugte sich über den Tresen und senkte die Stimme. »Jemand in der Gegend hier klaut Haustiere und hackt sie in Stücke. Steht in sämtlichen Zeitungen. Nur als Warnung.«

»Hackt sie in Stücke?«, wiederholte Eve und erinnerte sich an den Artikel, den sie morgens gelesen hatte.

»Ganz ekelhaft. Weidet sie aus, schneidet die Augen raus

und so.« Sein Tonfall klang eher nach genüsslichem Tratschen als angewidert oder verstört. »Ich habe mal gelesen, dass die meisten Serienmörder mit dem Verstümmeln von Tieren anfangen, bevor sie sich auf Menschen verlegen.«

»Dann ist die Gegend unsicher?«

»Nicht für Menschen«, sagte er achselzuckend und richtete sich wieder auf. »Für Haustiere aber schon.«

Während sie die Formulare unterschrieb, bezahlte Alec die Miete in bar. Er sah Eve an, sagte jedoch kein Wort, bis sie wieder draußen waren.

»Willst du mir etwas sagen?«, fragte er, während sie von der Rezeption aus zum Parkplatz des 7-Eleven hinübergingen.

»Worüber?«

»Über die zwei Betten.«

»Nicht unbedingt.«

»Hmm.«

Ein elektronisches Piepen kündigte ihre Ankunft in dem Laden an. Draußen tankten drei Autos, drinnen saß eine alte Frau mit schlohweißer Turmfrisur an der Kasse, und zwei Teenager standen an den Kühlvitrinen mit Getränken.

Eve nahm sich an der Tür einen Einkaufskorb und ging zu den Prepaid-Handys an der Stirnseite eines Gangs.

Alec zeigte auf den Getränkeautomaten. »Willst du etwas trinken?«

»Eine Dose Diet Dr. Pepper, falls sie haben. Sonst nehme ich eine Flasche.«

»Okay.«

Alec wandte sich ab, und Eve ging durch den Gang, wo sie Beef Jerky, Nüsse und einen Kräcker-Mix kaufte. Im

Geiste sah sie sich schon auf dem Motelbett mit Junkfood, Cola und irgendeinem Film im Fernsehen. Die bloße Vorstellung von ein paar Stunden Ausspannen war himmlisch. Sie würden erst spätabends zum Steinmetzbetrieb fahren, also blieb ihr Zeit, locker zu lassen und das Leben zu nehmen, wie es neuerdings war. Mit diesem Gedanken im Kopf packte Eve auch noch Süßigkeiten ein – Twix, Kit Kat und Reese's Erdnussbuttertaler.

Eve wollte in den nächsten Gang gehen, als ihr der Höllengestank entgegenschlug. Sie blickte sich nach der Quelle um und stellte fest, dass es sich um die Teenager an der Kühlvitrine handelte. Der eine trug ein Kapuzenshirt und hatte die Kapuze aufgezogen, der andere steckte in einem Hurley-Shirt und hatte ungekämmtes Haar. In seinem Nacken bewegte sich ein rautenförmiges Tattoo, drehte sich und schimmerte in mehreren Farben.

Eve erstarrte, und als hätte er gespürt, dass sie die beiden ansah, drehte sich der Junge in dem Kapuzenshirt zu ihr um. Sofort senkte Eve den Blick und nahm mit provokant ruhigen Händen noch mehr Sachen aus dem Regal, die sie in ihren Korb legte. Ihr Verstand war wie leergefegt vor Angst, während sie weiterging.

Harmlos und beschäftigt wirken, befahl sie sich.

»Angel.«

Eve sprang ungefähr einen halben Meter in die Höhe, bevor sie sich zu Alec umdrehte, der mit großen Schritten auf sie zukam. Er nahm ihren Ellbogen und zog sie weiter, weg von den Höllenwesen.

Sie waren überall. Wie hatte sie das auch nur einen Moment lang vergessen können? Das Wissen drückte auf ihre Schultern wie ein Bleigewicht.

Während sie vorgaben, mit dem Einkaufen beschäftigt zu sein, beobachteten Eve und Alec die beiden jungen Männer aufmerksam, die sich Energy-Drinks aus der Kühlung nahmen und zur Kasse gingen. Die Kassiererin begrüßte sie fröhlich und tippte die Preise ein. Ihre Wimpern waren zu dick mit Mascara getuscht, und um ihren Mund fanden sich die Falten einer lebenslangen Raucherin, aber ihr Lächeln war aufrichtig freundlich.

Die Frau hatte ja auch keinen Schimmer, womit sie es zu tun hatte.

»Alles okay?«, murmelte Alec, als die jungen Männer den Laden verließen.

Eve nickte und atmete langsam aus. »Ja, sie haben mich nur überrascht.«

Er rieb ihr über den Rücken.

»Ehrlich, ich bin froh, dass ich sie riechen kann«, sagte sie. »Sonst würde ich bei jedem Angst haben und mich fragen, was er ist.«

Alec nickte ernst.

»Allerdings scheint meine Nase immer noch nicht richtig zu funktionieren«, bemerkte Eve. »Du hast sie quer durch den Laden gerochen, und ich musste erst auf wenige Meter an sie heran.«

»Ich hatte sie nicht gerochen.«

»Woher wusstest du es dann?«

Er sah sie an. »Die Nummer von einem der Jungen wurde gerade aufgerufen.«

Es dauerte eine Sekunde, bis Eve begriff. »Du?«

»Ja, ich.« Er schob sie zur Kasse. »Unser Aufenthalt in Upland ist soeben um einiges komplizierter geworden.«

Reeds Finger glitten zwischen Saras Schenkel, als er Eves Angst spürte. Die Entfernung schwächte die Signale zwar, doch sie waren unmissverständlich da.

Er schloss die Augen und lehnte seine Stirn gegen das Fenster, an das er Sara gehoben hatte. Da waren noch andere Empfindungen zu verarbeiten, abgesehen von Eves und der Frau in seinen Armen. Er hatte zwanzig weitere Gezeichnete unter seiner Aufsicht, Anweisungen von den Seraphim und gelegentliche Nachfragen aus Raguels Zentrale.

»Mach schon«, flüsterte Sara, deren Lippen an seinem Ohr lagen.

Gedankenverloren spreizte er ihre Schamlippen und streichelte sie. Sie stöhnte. Reed wusste genau, wie er sie berühren musste, wie er sie befriedigen und ihr das geben konnte, was sie wollte.

Sie biss ihm ins Ohr, und er reagierte entsprechend. Er löste die Hand, mit der er sich am Fenster abstützte, und legte sie an Saras Hals. Dabei bemühte er sich, die Sache nicht allzu auffällig zu beschleunigen, denn er musste Sara lange genug beschäftigen, damit sie ihre Vereinbarung für lohnend hielt. Andernfalls könnte sie ihm das Team wieder wegnehmen, bevor es auf den aktuellen Stand gebracht worden war.

Saras manikürte Finger bohrten sich in seine Hüften, und unter ihrem angestrengten Atmen presste sich ihre Brust immer schneller gegen seine. Sex war eine der wenigen Situationen, in denen ein himmlisch verstärkter Körper ungehemmt reagierte. Deshalb waren die vom Orgasmus freigesetzten Endorphine für viele von ihnen die Droge erster Wahl, auch für Reed.

Als Eves Verzweiflung zunahm, bekam Reed eine Gänsehaut. Schweißperlen traten auf seine Oberlippe und sammelten sich unten an seinem Rücken. Der Drang, zu ihr zu eilen, wurde so mächtig, dass er zitterte. Er sagte sich, dass er nur so übertrieben besorgt war, weil sie bisher nicht trainiert wurde und folglich sehr gefährdet war. Es war eine rein berufliche Sorge, sonst nichts.

»Ich liebe es, wenn du meinetwegen zitterst«, schnurrte Sara, deren Fingernägel über seinen Rücken kratzten.

Reed ließ die Augen geschlossen und malte sich aus, dass die seidigen Muskeln, die seine stoßenden Finger umklammerten, einer anderen Frau gehörten.

»I-ich mache solche … Sachen eigentlich nicht.«

Eves bebende Stimme wisperte durch seinen Kopf. Sie wusste es nicht – und er war nicht sicher, ob er es ihr jemals erzählen würde –, aber ihre Vereinigung in dem Treppenhaus war nicht bloß im Hinblick auf den wilden Sex roh gewesen. Er hatte sie von der Menge weggelockt, aber sobald sie allein waren, hatte er nichts getan, um sie dort zu halten. Das hätte er gar nicht gekonnt, weil er zu sehr auf sie fixiert war – ihren Duft, wie sie sich anfühlte, die Intensität ihres Verlangens. Es war eine der intimsten Begegnungen gewesen, die er jemals erlebt hatte.

Sara mochte groben Sex, sonst nichts. Mit wem sie ihn hatte, war unerheblich. Es waren der Kitzel und der Akt, die sie genoss, nicht den Partner. Eve hingegen war vollkommen überwältigt davon gewesen, wie er sie behandelte. Sie hatte auf *ihn* reagiert. Kein anderer Mann hätte sie so erreichen können.

»Beeil dich«, zischte Sara, deren Schoßmuskeln ungeduldig seine Finger drückten. Sie ließ Reeds Hüfte los und schob ihre weite Hose nach unten, bis sie einen teuren Stoffbausch an ihren Manolos bildete.

Reed trat lange genug zurück, um seine eigene Hose auszuziehen. Flüchtig bemerkte er Saras schwarze Strapse und die Seidenstrümpfe, dann zerrte er fest an ihrem Tanga und warf den zerrissenen Stofffetzen beiseite. Sie konnte ihre Jacke gar nicht schnell genug loswerden, und noch ehe sie ihre Krawatte lockern konnte, hatte Reed sie wieder an das Fenster gedrückt.

Ihr Lächeln erhellte den Raum.

Für einen kurzen Moment überlegte Reed, sie über ihren Schreibtisch zu legen und von hinten zu nehmen. Aber nur die gegenwärtige Stellung weckte Erinnerungen, auf die er sich verlassen musste, um die nächsten Stunden zu funktionieren.

Er legte beide Hände hinten an ihre Oberschenkel und hob Sara hoch. Dann hielt er inne und sah sie an. »Du weißt, was zu tun ist.«

Sie griff zwischen ihre Körper und führte seinen Schwanz an ihre Pforte. Reed trat vor und ließ sie gleichzeitig los, sodass er mit einem harten Stoß in ihr versank. Ihr Schrei durchschnitt die Luft und elektrisierte Reeds Nerven. Kaum war seine Erektion von feuchter Hitze umfangen, übernahm endlich sein Körper und ließ seinen Verstand hinter sich zurück. Endlich.

Mit Armen und Schenkeln bewegte Reed sie auf sich hoch und runter, stieß tiefer und schneller in sie hinein. Das erotische Klatschen ihrer Körper hallte durchs Zimmer und befeuerte seine Lust. Er konzentrierte sich auf das Gefühl ihres Schoßes, der seinen schmerzenden Schwanz festhielt und wieder freigab, worauf er noch härter wurde und zu pochen begann, als plötzlich mehr Blut in die Spitze rauschte.

Sie stöhnte, während er sie ausfüllte und dehnte, und Muskeln spannten sich wie Fäuste um ihn. Körperlich war es verdammt gut. Er steigerte seine Bewegungen, stürmte auf den Höhepunkt zu. Seine Hoden zogen sich nach oben, sein Rücken wurde steifer und sein Atem keuchend vor Anstrengung. Saras Orgasmus war ein Beben an seinem Glied, bevor er das cremige Fluidum spürte. Ihr Stöhnen machte sein Vergnügen noch größer. Sie war schön wie ein Engel, doch beim Sex klang Sara wie ein Pornostar. Es erregte das Tier in ihm, machte ihn beinahe fiebrig.

Und dennoch war ihm nicht annähernd so heiß wie in dem Treppenhaus.

Emotional waren Sara und er Lichtjahre voneinander entfernt. Saras Augen waren geschlossen; sie hatte den Kopf in den Nacken geworfen, und ihre Gedanken gehörten ganz allein ihr. Reeds waren bei Eve, seine Energie ganz auf sie gerichtet, und seine Seele drängte darauf, die Angst zu lindern, die er in ihr gespürt hatte.

Sein Rhythmus verlangsamte sich, als er merkte, wie sie nach ihm tastete. Es war ein zögerliches Berühren, wie eine zaghafte Hand in der Dunkelheit. Ihr Geist streifte seinen so flüchtig wie Rauch, und doch erschütterte es ihn bis ins Mark. Mit einem Brüllen kam er. Sara erbebte unter einem zweiten Orgasmus und stieß ein hohes Quicken aus.

Eve zwang ihn vor dem Fenster auf die Knie, während Sara seinen Rücken zerkratzte und ihm noch Stunden blühten, in denen er sie erfreuen musste. Hinterher rang er nach Atem und sehnte sich nach einer Dusche. Die Wucht seines Orgasmus machte ihn für einen Augenblick ungeschützt, weshalb er nicht gewappnet war gegen den plötzlichen, entsetzlichen Todesschmerz, der ihn erreichte und seine Verbindung zu Evangeline kappte.

Einer seiner Gezeichneten starb!

Reed stöhnte vor Pein und schob Sara von sich. Sein Rücken bog sich durch, sodass seine Brust nach vorn gedrückt wurde und seine Arme nach außen schwangen. Schmerz und Kummer durchwirbelten ihn mit glühender Hitze. Seine Haut brannte vor der Anstrengung, die Botschaft seines Schützlings im Zaum zu halten – ein instinktiver Hilferuf vom Gezeichneten an seinen Betreuer. Bisweilen waren diese Rufe so stark, dass sie sogar für Sterbliche spürbar waren. Einen sechsten Sinn nannten es manche, jenes Gefühl, dass etwas »nicht stimmte«, ohne dass sie wussten, was es war.

»Takeo«, keuchte Reed den Namen seines Schützlings. Takeo hatte zu lange gewartet, bevor er nach Hilfe rief; Reed fühlte die Kraft des Gezeichneten schwinden. Es war ein bohrender Verlustschmerz, der sich durch Reed vervielfachte und an die Firma hinausströmte. Der Tod eines Gezeichneten wurde von der Seele übertragen, nicht über säkulare Kommunikationswege. Als die Botschaft in ihm verklang, sackte Reed nach vorn und rang nach Luft.

»Ich muss gehen«, japste er.

»Du kannst deinen Gezeichneten nicht retten.« Saras hübsches Gesicht war gerötet, und ihre Lippen waren rot und geschwollen, obwohl Reed sie nicht geküsst hatte. »Und wenn du gehst, bevor wir fertig sind, wirst du *sie* auch nicht retten.«

»Sie?« Reed griff nach seiner Hose.

»Evangeline.« Ihr Lächeln war eiskalt. »Glaubst du, eine Frau merkt es nicht, wenn der Mann, der sie vögelt, an eine andere denkt?«

»Sara …«, begann er warnend und ballte die Fäuste.

»Es ist zu spät, Takeo zu retten, und das weißt du. Du willst nur deine Schuld mindern, indem du ihn in seinen letzten Momenten tröstest.« Sie pikte ihm einen perfekt rot lackierten Fingernagel in die Brust. »Ich will, dass du mit dieser Schuld lebst. Du sollst dich erinnern, dass du deinen Gezeichneten im Stich gelassen hast, weil du dich für die Geliebte deines Bruders prostituiert hast.«

Er versetzte ihr eine schallende Ohrfeige. »Du weißt ja nicht, was du redest.«

Sie lachte und rieb den roten Abdruck seiner Hand an ihrer Wange. Dann spreizte sie die Beine, um ihm ihre feucht glänzenden Schamlippen zu zeigen. »Mach dich an die Arbeit, ehe ich beschließe, dass du die Unannehmlichkeiten, die du mir bereitest, nicht wert bist.«

»Wie bist du gerufen worden?«, fragte Eve, während Alec hastig mit ihr über den Parkplatz zurück zum Motel ging.

»Das Mal kribbelt erst, dann brennt es«, antwortete er. »Gib mir die Autoschlüssel.«

Sie tat es. »So, wie wenn man lügt?«

Er sah sie fragend an. »Ich lüge nicht.«

»Ich habe es, und da hat das Mal gebrannt.«

Alec lachte trocken.

»Es hat auch gebrannt, als ich in Mrs. Bassos Wohnung gegangen bin«, sagte sie. »Und es gab mir die Kraft, die Schlösser aufzubrechen.«

Seine Lippen wurden schmaler. »Ich weiß. Das Brennen

des Mals ist wie ein Ermahnung wegen Nichterscheinens vor Gericht.«

Er schloss die Wagentür auf, ging um die Kühlerhaube herum zur Fahrerseite und stieg ein.

»Du hast das mit der eingerammten Tür bei Gadara nicht erwähnt«, sagte Eve, der es jetzt erst einfiel.

Sie nahm die Tüte mit den Einkäufen, die er ihr auf den Schoß stellte, und schob sie in den Fußraum. Als sie sich wieder aufrichtete, durchfuhr sie ein plötzlicher Wärmeschwall. Es fühlte sich fast an, als würde ihr eine warme Wolldecke über die Schultern geworfen. Und diese Decke roch eindeutig nach Reed.

»Ich wollte abwarten, ob Abel etwas sagt.« Alec ließ den Motor an und fuhr rückwärts aus der Parklücke. »Er ist derjenige, der dein Mal steuert. Das gehört zu seinen Aufgaben als Betreuer.«

Eve beobachtete, wie er sich in den Verkehr einfädelte. Sie war immer noch erstaunt, wie schnell ihre Angst verflogen war. Noch vor Minuten war sie außer sich vor Furcht gewesen, und auf einmal fühlte sie sich geborgen und beschützt.

Wie von einem GPS-Signal geleitet, fand Alec die beiden Jungen in einer Seitenstraße und blieb in sicherer Entfernung hinter ihnen.

»Was soll das heißen?«, fragte sie. »Wusste er von Mrs. Basso?«

»Betreuer kennen nicht unbedingt die Einzelheiten eines Verbrechens. Sie wissen gewöhnlich nur, welcher Dämonenkategorie das Ziel angehört und welcher ihrer Schützlinge sowohl in der Nähe als auch qualifiziert genug ist, es mit ihm aufzunehmen.«

»Tja, viel näher als nebenan kann man wohl schlecht sein.«

»Oder viel weniger qualifiziert als eine unausgebildete Novizin.« Er atmete pustend aus. »Abels Job ist es, für jede Jagd den geeignetsten Jäger auszuwählen, selbst wenn es bedeutet, dass derjenige weiter reisen muss – so wie wir heute.«

Eve ballte die Fäuste in ihrem Schoß. »Wenn ein Gezeichneter ausgesucht wurde, kann dann noch ein anderer einspringen?«

»Nein, es würde kein anderer den Ruf hören.«

Reed hatte ihn für mich aufgespart.

Bei diesem Gedanken wurde ihr wohlig warm, was beängstigend war. War sie froh, eine Chance zum Töten zu bekommen? Und wenn ja, zu was machte sie das? Abgesehen von mörderisch.

»Raguel wusste nichts davon, dass Abel dir den Nix zugeteilt hatte«, fuhr Alec fort, »was bedeutet, dass Abel auf eigene Faust handelt.«

»Arbeiten die Betreuer nicht für mehrere Firmenbosse?«

Alec verneinte. »Nur für eine Firma. Aber sie sind bis zu einem gewissen Grad autonom. Sie sind *Mal'akhs* – Engel – und können ihre Gaben uneingeschränkt einsetzen. Vor allem können sie die Aufträge zuteilen, wem sie wollen.«

»Vielleicht traut Reed Gadara auch nicht.«

»Oder Raguel verdient einen Vertrauensvorschuss von uns, und mein Bruder heckt etwas aus«, konterte er. »Aber ich schätze, darüber möchtest du nicht nachdenken.«

»Hey!« Eve drehte sich halb auf ihrem Sitz und zog an ihrem Gurt, damit er ihr nicht in die Schulter schnitt. »Kein Grund, gleich zickig zu werden.«

»Raguel ist ein Erzengel, Eve. Seine Liebe zu Gott ist vollkommen.«

»Das kauf ich dir nicht ab, tut mir leid. Ich habe an dem Kerl nicht einen Funken Mitgefühl wahrgenommen. Einen Haufen Eigennutz und Verlogenheit, aber Liebe und Mitgefühl? Fehlanzeige.«

»Und beides hast du in rauen Mengen an Abel bemerkt?«, höhnte er. »Wann genau soll das gewesen sein? Als er dich im Treppenhaus zur Dienerin geknallt hat? Oder als er dein Training abgeblasen hat, um dich auf einen Dämon zu hetzen, der dich dringend töten will?«

Alec fuhr kurz vor einer Sackgasse an den Straßenrand. Dem Schild nach hieß die Straße Falcon Circle. Die Jungen waren vor einer Minute um die Ecke gebogen. Eve sprang aus dem Auto, während es noch rollte, und lief zu Fuß weiter. Sie kochte vor Wut und Frust. Nach links gingen lauter Durchgangsstraßen von der Hauptstraße ab. Nach rechts hingegen – wo Eve war – gab es nur Sackgassen, die an einem Feld endeten. Und hinter dem Feld ragte eine Baumgruppe auf.

Der Motor verstummte, und die Fahrertür wurde hinter ihr zugeschlagen, doch Eve ging weiter, ohne sich umzudrehen. Erst an der Ecke blieb sie stehen und sah, wie die beiden Jugendlichen ein Haus am Ende der Straße betraten. Es war ein zweigeschossiger Bau mit einem tiefen Bogendach. Die Fassade war in Hellbraun mit schokobraunen Akzenten gestrichen, wie es in den Achtzigern modern gewesen war. Der Vorgarten war dreieckig und hatte schon bessere Tage gesehen; der Rasen war löchrig, und in den Blumenbeeten wucherte Unkraut. Ein abgedeckter Wagen stand in der Auffahrt, und auf dem freien

Stellplatz daneben waren Flecken von einem Ölleck zu sehen.

Es war ein heller, sonniger Tag, doch das Haus wurde von einem riesigen Baum überschattet, sodass es von Weitem im Halbdunkel lag. Es war ein deprimierender Anblick, zumal die übrigen Häuser in der Straße sehr gepflegt und adrett wirkten. Alecs Beute bewohnte den Schandfleck des Viertels, und die Aura von Verfall und Vernachlässigung ließ Eve frösteln.

»Was jetzt?«, fragte sie, als Alec bei ihr war.

»Jetzt warte ich auf den richtigen Moment. Ich weiß ja, wo ich ihn finde.«

»Kannst du mir verraten, wie wir irgendwas geregelt bekommen sollen? Du wirst gerufen, ich werde gerufen, wir werden beide gerufen. Wie viel Mist will Gott uns denn noch entgegenschleudern?«

»Er weiß nicht, was vor sich geht, Angel.«

Sie schnaubte. »Der allwissende, allmächtige Schöpfer von allem hat keinen blassen Schimmer?«

»Er hört zu, aber Er beobachtet nicht.«

Eve wollte etwas erwidern, als sie sich erinnerte, dass Gott nichts von Alecs Mord an seinem Bruder gewusst hatte. Er musste erst fragen, um es zu erfahren. »Dann solltest du ihm vielleicht sagen, dass wir mal eine Pause brauchen.«

»Normalerweise besteht die Aufgabe eines Mentors einzig im Lehren. Wie Raguel sagte, sobald ein Mentor-Gezeichneten-Team gebildet wurde, sind sie unzertrennlich, bis der Gezeichnete fähig ist, allein zu agieren.« Alec wies zurück zum Auto. »In meinem Fall war Gott nicht gewillt, mich als individuelle Einheit aufzugeben. Ich sagte Ihm, dass ich beide Jobs gleichzeitig machen kann. Es war die einzige Möglichkeit, bei dir zu sein.«

Schlagartig verpuffte Eves Wut auf ihn. »Alec …«

»Das erklärt nicht, warum Abel dir einen gefährlichen Auftrag zuteilt, bevor du so weit bist, oder warum Raguel nichts davon weiß.«

»Du vertraust deinem Bruder kein bisschen.«

»Nein, tue ich nicht. Ich müsste erst erleben, wie er sich mal für irgendwas anderes als sich selbst interessiert.«

»So geht die berühmte Geschichte übrigens nicht.«

Er bedachte sie mit einem verächtlichen Blick, ehe er die Beifahrertür öffnete und wartete, dass sie einstieg. »Weiß ich.«

»Erzähl mir, was passiert ist. Worüber streitet ihr zwei all die Jahre?« Sie bekam ihre Antwort erst, nachdem er auf der anderen Seite eingestiegen war. Und auch wenn es nicht mal eine Minute dauerte, kam es ihr wie eine Ewigkeit vor.

Als er den Schlüssel ins Zündschloss steckte, blickte Alec stur geradeaus. »Worum streiten sich alle Männer?«

»Um Land, Besitz oder Frauen.«

»Richtig.«

»Aha, und was davon ist es bei euch?«

Er legte den Gang ein und wendete den Wagen. »Alle drei Dinge.«

Raguel kehrte in die Penthouse-Suite des Mondego Hotels in Las Vegas, Nevada, zurück, das ihm gehörte. Es war ein langer Tag gewesen und erst sechs Uhr abends, also war er noch lange nicht vorbei. Der Papierkrieg, der mit der Renovierung eines Resorts einherging, war gewaltig und ermüdend: monatelang Meetings und Berge von Genehmigungen, die in Akten sortiert werden wollten. Bald bräuchte er Miss Hollis' Ideen, um weiterzumachen. Sie würden sehr viel Zeit miteinander verbringen, was wiederum eine Verbindung zwischen ihnen schuf, die Raguel half, Cain im Zaum zu halten.

Nur flüchtig nahm Raguel den Panoramablick aus den Glaswänden um sich herum wahr, bevor er sich dem Schreibtisch in der Ecke zuwandte.

»Der Bericht«, sagte er zu der Sekretärin, die dort saß. Kathy Bowes trug eine dunkle Hose und einen weißen Rollkragenpullover. Sie sah noch genau so jung aus, wie sie gewesen war, als sie im zarten Alter von vierzehn Jahren ihr Mal bekam. Man ließ sie nahe bei ihrem Zuhause, damit sie am Leben blieb. Es gab schließlich mehr als eine Art, einen Dämon zu töten, und manche Gezeichneten eigneten sich besser für sichere Aufgaben als für die Jagd.

Die Sekretärin stand auf und las von ihrem Block ab: »Drei Gezeichnete verloren, zwei angeworben. Mögliche Sichtung einer neuen Höllenwesenart. Uriel rief an und möchte zurückgerufen …«

Raguel runzelte die Stirn. »Drei Gezeichnete? Wer waren die Betreuer?«

»Mariel hat ein Mentor-Gezeichneten-Team an das Höllenwesen verloren, das sie nicht erkannt hat …«

»Ist das die mögliche Sichtung einer neuen Art?«

»Ja.«

Er lockerte seine Krawatte. »Ich will ihren vollständigen Bericht.«

»Die Aufnahme ist auf Ihrem Schreibtisch.«

»Wer sonst?«

»Abel hat einen verloren.«

Raguel erstarrte. »Wen?«

»Takeo, ein früheres Mitglied der Yamaguchi-gumi Yakuza. Er war sehr gut. Siebenundvierzig Tötungen.«

Der Erzengel war ungemein erleichtert und ermahnte sich im Geiste, dass er einen gefährlichen Einsatz riskierte. Der Verlust von Evangeline Hollis würde ihm in Cain einen Feind schaffen, der jahrhundertelange Arbeit gefährdete. Aber die möglichen Erträge lohnten das Risiko.

Raguel wusste, dass Miss Hollis das Vertrauen zu ihren Fähigkeiten *trotz* Cain finden musste, nicht *wegen* ihm. Seine vorherigen Beobachtungen hatten gezeigt, dass sie ehrgeizig und entschlossen war. Dass Cain ihr Mentor wurde, war nicht vorgesehen gewesen, doch Raguel hielt es nach wie vor für denkbar, dass sie eine Identität losgelöst von ihrem Mentor entwickeln würde.

Die sieben Erzengel waren für die Ausbildung frisch gezeichneter Rekruten zuständig. Damit wechselten sie sich der Fairness halber untereinander ab. Jeder Erzengel bekam sieben Wochen im Jahr die freie Verfügung über seine Kräfte, um das Training durchzuführen. Raguel hatte Miss Hollis' Ausbildung absichtlich verschoben, sodass sie von ihm trainiert würde. Er wollte ihr ein Maß an Aufmerksamkeit zukommen lassen, wie er es noch keinem Novizen geschenkt hatte. Es würde ein Band zwischen ihnen entstehen und sie sich schließlich so vollkommen ihm anpassen, dass die Beziehung zwischen ihnen stärker wurde als die zwischen ihr und ihrem Mentor oder ihrem Betreuer.

Cain reagierte auf Stress mit Aggression, das war schon immer so gewesen. Indem er ihn ständig auf dem Sprung hielt und mit neuen Aufträgen bombardierte, konnte Raguel die Spannung zwischen ihm und Miss Hollis fördern.

Abels offensichtliche Vernarrtheit in die Geliebte seines Bruders konnte da nur hilfreich sein. Sie konnte nicht beide haben, und zwischen den zweien hin und her gerissen zu sein, würde eine tiefere Bindung mit einem von ihnen verhindern.

»Ist Abels Bericht auch auf meinem Schreibtisch?«, fragte Raguel.

»Er hat noch keinen geschrieben. Nur die Nachricht ist schon eingetroffen.«

Der Erzengel runzelte die Stirn. Abel war verlässlich prompt mit seinen Berichten, bei denen es sich um mündliche Aufzeichnungen vom Schauplatz handelte, die später auf himmlische Schriftrollen übertragen wurden. Während einige Betreuer Zeit brauchten, um den Verlust eines Schützlings zu verarbeiten, suchte Abel seinen Trost darin, dem Opfer die nötige himmlische Beachtung zu sichern. Manchen Gezeichneten wurden ihre Verstöße verziehen, losgelöst von der Anzahl von Vergünstigungen, die sie sich verdient hatten.

Raguel ging in sein Büro. Dort überflog er die Sachen auf dem Schreibtisch, die er durchsehen oder genehmigen musste. Er blätterte einige Werbeentwürfe für seine zahlreichen Unternehmen durch und verharrte kurz bei zwei Entwürfen für die Einladungen zur Eröffnung des Olivet Place. Zum Glück wurden die Tengu schon vorher beseitigt. Raguel nahm die Disk mit der Aufschrift »Mariel« auf.

Irgendwas behagte ihm nicht.

»Miss Bowes!«, brüllte er.

»Ja?«

»Prüfen Sie, wo sich Cain und Miss Hollis aufhalten.«

»Natürlich, Sir. Ich kümmere mich sofort darum.«

Eve hätte nie gedacht, dass sie sich einmal freuen würde, in einem Motel 6 zu faulenzen. Eigentlich zog sie weit edlere Unterkünfte vor. Doch jetzt konnte sie es kaum erwarten, in das winzige Zimmer neben dem Highway 10 zu kommen – als wäre es die Penthouse-Suite des Mondego.

Sie stieg aus dem Focus und streckte sich. Eine Spätfolge des Adrenalinschubs, der mit dem Mal einherging, war die anhaltende körperliche Rastlosigkeit. Emotional hingegen wünschte sich Eve nur fünf Minuten, um ein bisschen Schokolade zu genießen.

Alec holte den Motelschlüssel hervor, schloss die Tür im Erdgeschoss auf und ließ Eve hinein. Der ganze Raum war ungefähr so groß wie Eves Gästebadezimmer. Die beiden Doppelbetten passten knapp hinein, wobei das hintere Bett direkt an der Wand zum Bad stand und das vordere sehr dicht an den Klimaanlagenkasten des Fensters stieß. Die Einrichtung war moteltypisch: bunte Tagesdecken, auf denen Flecken nicht auffielen, neutrale Tapeten und ein dreiteiliges Strandbild über den beiden Kopfenden. Neben der Kommode befand sich ein kleiner Kühlschrank, dahinter ein Waschbecken außerhalb des Dusch- und Toilettenbereichs – praktisch, aber nicht hübsch.

Alec stellte die Tüte mit den Einkäufen neben den Fernseher, legte den Schlüssel ab und schob seine Sonnenbrille nach oben auf die Stirn. Dann lehnte er sich an die Kommode und verschränkte die Arme.

Eve sank auf das Fußende des Betts an der Tür. »Kannst du mir bitte ein Kit Kat rüberwerfen?«

Er wühlte in der Tüte und lachte. »Was hast du denn eingekauft?«

Sie dachte an den Tankstellenshop. »Weiß ich nicht genau. Ich bin da kurzzeitig ausgeflippt.«

Alec kippte den Inhalt auf dem zweiten Bett aus, und Eve stand auf, um den Haufen zu betrachten.

»Antibakterielles Spülmittel?« Er sah sie fragend an. »Blumen-Raumduft. Unparfümierte Baby-Feuchttücher. Zwei Packungen Gelatine mit Limettenaroma. Beef Jerky. Feuchte Gesichtstücher mit Lotion.«

Sie nahm sich einen Schoko-Snack und das Handy, klopfte die Kissen auf ihrem Bett auf und streckte sich ans Kopfteil gelehnt aus. Einen Moment später kaute sie, was sie für das Manna irgendeines Gottes hielt. Sie stöpselte das Ladekabel des Handys in die Steckdose der Nachttischlampe und wählte die Nummer ihrer Eltern.

Es klingelte dreimal vor dem »Hallo?«

Eve atmete erleichtert auf, als sie die Stimme ihrer Mutter hörte. »Hi, Mom.«

»Von wo rufst du an?«, fragte Miyoko. »Bei mir leuchtet ›Unbekannter Anrufer‹ auf.«

»Ist eine lange Geschichte. Wie geht es euch?«

»Mir okay, aber deinem Vater nicht. Er ist wütend.«

Darrel Hollis' Version von wütend war ein ernster Dackelblick. Er erhob nie die Stimme, zeigte seinen Frust nie körperlich. Eve nahm an, dass sein Blutdruck mit ihrem neuen übereinstimmte. »Aha? Weshalb?«

»Die Stadt hat uns das Wasser abgedreht und den Vorgarten aufgebuddelt. Sie müssen ein Leck abdichten. Ich habe deinem Dad gesagt, dass es sowieso Zeit wurde, neuen Mutterboden aufzubringen.«

Eve lächelte und war froh, dass das System so prompt handelte. »Sag ihm, er soll es positiv sehen«, schlug sie vor. »Ihr könnt richtig viel Geld bei den Nebenkosten sparen.«

Da ihre Mutter leidenschaftlich im Garten arbeitete und auf Feng Shui schwor, hatte sie sich schon länger einen geschlängelten Weg gewünscht, umrahmt von üppigen Blumenbeeten. Ihr Dad hingegen fand, dass der vorhandene, schnurgerade Gartenweg vollkommen ausreichte.

»Er wird es verkraften«, sagte ihre Mutter ungerührt. »Möchtest du zum Abendessen kommen?«

»Heute Abend geht es nicht.«

»Ein heißes Date?«

Eve lachte. »Weit gefehlt! Ich muss arbeiten.«

»Das ist gut. Eine Frau sollte immer eigenständig sein …« Eves Vater sagte etwas im Hintergrund. »Dein Dad gratuliert dir zum neuen Job.«

»Sag ihm Danke von mir. Ihr wollt heute also nicht mehr weg?«

»Nein. Warum?«

»Nur so. Ich muss jetzt Schluss machen, Mom. Ach, ist bei dir die Nummer auf dem Display zu sehen, von der ich anrufe?«

»Ja, die Nummer schon, bloß kein Name.«

»Okay. Ruf mich unter der an, falls irgendwas ist.«

»Evie-san«, sagte ihre Mutter mit einem besorgten Unterton, »ist alles in Ordnung?«

»Ja, mir geht es gut. Es ist nur gerade viel los.«

»Nimm deine Vitamine, sonst wirst du krank. Stress schwächt das Immunsystem.«

»Mach ich. Bis bald.« Eve klappte das Telefon zu und starrte es eine Weile stumm an.

»Geht es ihnen gut?«, fragte Alec.

Sie nickte und biss in einen Twix-Riegel.

»Ich will den Steinmetzbetrieb observieren«, sagte er. »Bist du bereit dafür?«

Sie war zu allem bereit, das ihr etwas anderes zu tun gab, als über ihr derzeitiges Leben nachzudenken. »Warum sind wir dann überhaupt wieder hergekommen?«

»Pinkelpause.«

»Alles klar.« Eve kaute genüsslich.

Alecs verschränkte Arme betonten seinen Bizeps unter den T-Shirt-Ärmeln auf eine Weise, die Eves Schokolade in ihrer Hand schmelzen ließ. Während sie sich die Fingerspitzen ableckte, beobachtete er sie skeptisch. »Streiten wir?«

Eve zuckte mit den Schultern. »Ich warte nur darauf, dass du die Erklärung zu deinem Bruder beendest.«

»Ich will nicht über ihn reden.«

»Dann nicht.«

Er atmete tief durch. »Ich will nicht *mit dir* über ihn reden.«

»Schon verstanden.«

Sie blickte aus dem Fenster. Das Rauschen des nahen Highways vermischte sich mit dem ihres Pulses in ihren Ohren. Sie inhalierte Alecs vertrauten Duft, bevor er über sie stieg und sie auf dem Bett zwischen seinen Armen und Beinen einfing.

»Hey«, murmelte er und warf seine Sonnenbrille auf den Nachttisch zwischen den beiden Betten.

»Hmm?« Sie sah zu ihm auf. Es gefiel ihr, wie ihm das dunkle Haar in die Stirn fiel. Alles an ihr kribbelte. Doch sie war entschlossen, sich nicht so verzweifelt zu verhalten, wie sie sich in seiner Nähe fühlte, und steckte sich noch ein Twix in den Mund.

Alec senkte den Kopf und biss das andere Ende des Riegels ab. Ein wohliger Laut rumpelte in seiner Brust. Stumm sah Eve zu, wie er das Kauen zu einem Vorspiel machte, und die Bewegungen seiner Kiefer waren tatsächlich verblüffend erotisch.

Sie schluckten gleichzeitig. Ihre Münder öffneten sich gleichzeitig. Dann strich seine Zunge über ihre, und Eve erschauerte unter ihm. Erotische Spannung und Schokolade, gab es etwas Göttlicheres? Alecs Hand wanderte zu ihrer Taille und blieb dort, während seine Hüften zwischen ihre Schenkel sanken, die Eve bereitwillig öffnete.

Mit beiden Armen umschlang sie seine Schultern und zog ihn näher. Sein Körper bedeckte ihren, sodass seine Wärme und seine Kraft zu ihrer wurden.

»Es tut mir leid«, flüsterte er.

Eve wusste nicht, wofür er sich entschuldigte. Dafür, dass er so kurz angebunden gewesen war? Oder womöglich für alles?

Sie tauchte ihre Finger in sein dichtes, seidiges Haar. Es fühlte sich so wunderbar an, gehalten zu werden, dass ihr eine Träne aus dem Augenwinkel kullerte. Ihr folgte eine weitere. Es waren die Tränen, die Eve zurückgehalten hatte, seit sie morgens Mrs. Basso gefunden hatte.

Alec rollte sich auf den Rücken und nahm Eve mit sich. Während er sie festhielt, murmelte er beruhigende, tröstende Worte. Sie spürte, wie eine andere Seele sie im Geiste berührte. Sie kannte Reed gar nicht, doch das war unwichtig. Ihn so zu fühlen war schon ein Trost.

Zusammen schenkten die Brüder ihr die kurze Atempause, die sie brauchte.

18

Reed bog sich weg von den Nägeln, die über seinen Rücken schabten. Er hatte die Stirn an die Granitwand der Duschkabine gelehnt, einen Arm lose herunterhängend, den anderen über dem Kopf an die Wand gestützt. Dampf umwaberte ihn, und heißes Wasser strömte über seinen Leib.

»Lass mich in Ruhe«, knurrte er. Seine Unterlippe pochte noch von Saras Biss.

»Das Team ist einsatzbereit«, sagte sie. »Sie erwarten dich in Ontario.«

Inzwischen war sie zahm, befriedigt und ein bisschen zerknirscht. Aber das war egal. Im Moment hasste er sie, hasste es, wie er ihretwegen über sich selbst dachte, und vor allem, dass sie seine Motive erkannt hatte, bevor er sie sich eingestehen wollte.

Eve sollte ihn einen Dreck kümmern. Was wusste er denn über sie?

Traurigerweise galt diese Ausrede nicht. Cain wusste nicht mehr über Eve als Reed, und trotzdem liebte er sie.

Reed stellte das Wasser ab und nahm das Handtuch, das Sara ihm reichte. Sie trug einen kurzen weißen Seidenmorgenmantel, und das silberblonde Haar fiel ihr offen über die Schultern. Sie hätte kaum engelhafter aussehen können. »Du machst dir ernstlich Sorgen um sie«, stellte sie fest.

»Du solltest dich weniger auf sie konzentrieren und mehr auf den Grund, warum es Anlass zur Sorge gibt.«

»Ich *bin* konzentriert«, konterte sie. »Deshalb begleite ich dich auch.«

»Einen Teufel wirst du tun.« Er rubbelte sich das Haar mit dem Handtuch trocken.

»Du vergisst, in welcher Position du bist.«

Reed ließ das Handtuch auf den Boden fallen und drängte sich an ihr vorbei ins Büro. Dort sammelte er hastig seine Sachen ein. Es war sinnlos, mit ihr zu streiten. Er verfügte frei über seine Gaben. Die Erzengel hingegen zahlten einen Preis, wenn sie ihre nutzten. Reed könnte im Handumdrehen in Kalifornien sein, während Sara einen langen Flug vor sich hatte.

»Ich will, dass du mit mir fliegst«, sagte sie.

Lächelnd sah er sie an.

Ihr Blick wurde härter. »Wir waren gut zusammen.«

»Gelegentlich.«

»Warum bist du dann so distanziert?«

»Weil du mich manipulierst, Sara.« Er ging zur Bar und benutzte den Spiegel dahinter, um seine Krawatte zu richten. »Für dich bin ich nur ein Objekt.«

»Du hast mich auch benutzt.«

»Stimmt, habe ich.« Früher war er mal so naiv gewesen zu glauben, dass sie ihm helfen würde, seine eigene Firma zu bekommen. Sie könnten zusammenarbeiten, hatte er gedacht, und so doppelt so stark sein. Dann wurde ihm zweierlei klar: Zum einen würde sie niemals zulassen, dass ihr »Lustknabe« in denselben Rang aufstieg wie sie, zum anderen wollte sie ihn auf keinen Fall als weitere Konkurrenz. Sara nahm andere Erzengel als Hemmnisse in ihrer Beziehung zu Gott wahr, und das wohl noch mehr als ihre sechs Amtskollegen. »Wir hatten beide etwas davon.«

»Warum sie und nicht ich?«

Er sah sie im Spiegel an. »Du liebst mich nicht.«

»Ich rede nicht über meine Gefühle, sondern über deine!«

Ihm entfuhr ein bitteres Lachen, und er drehte sich zu ihr um. »Ich liebe sie nicht.«

Sie betrachtete ihn misstrauisch. »Aber du willst sie.«

»Und du wolltest früher immer Cain.« Seine Hände ergriffen ihre Unterarme durch die Seide, und er streichelte sie rhythmisch mit den Daumen. »Halte ich dir das vor?«

Ihre Hände legten sich an seine Hüften, und sofort ließ er sie los und wich zurück. Er zog sich seine Weste und das Jackett an, dann schlüpfte er in seine Schuhe. »Machen wir das alles nicht komplizierter als unbedingt nötig.«

»Es könnte herrlich einfach sein«, sagte Sara. »Wir könnten zusammenarbeiten.«

Reed hielt mitten im Zuknöpfen seiner Weste inne. Warum sollte sie ihm jetzt Hilfe anbieten, nachdem sie sich zuvor immer geweigert hatte? »Wobei?«

»Cain von Raguel wegzubringen.« Sie überkreuzte die Arme vor der Brust. »Du hättest freie Bahn.«

Cain. Natürlich. Reed biss die Zähne zusammen. Ohne ihn wäre Raguel ihr nicht mehr so haushoch überlegen.

»Ich denke darüber nach«, sagte er und teleportierte sich zu Takeo.

Eve spritzte sich Wasser ins Gesicht und lehnte sich auf den Waschtisch. Sie fixierte ihr Spiegelbild über dem Waschbecken, weil das sicherer war, als durch die offene Badezimmertür zu Alec in der Dusche zu sehen. Sie hatten das Zimmer billiger bekommen, weil sie keine Wanne wollten. Eve hatte nicht bedacht, dass sie deshalb nun eine gläserne Duschkabine hatten.

»Angel?«

Sie klammerte sich fester an den Waschtisch. »Ja?«

»Kannst du mir einen Waschlappen geben?«

Sie sah zu dem Handtuchgestell an der Wand neben sich, zog einen zusammengerollten Waschlappen heraus und atmete tief ein, bevor sie das Bad betrat. Alec stand mit ausgebreiteten Armen und leicht ausgestellten Füßen in der Kabine. Er blickte ihr mit einem verwegenen Lächeln entgegen. Umgeben von Dampf und tropfendem Wasser, verkörperte er Eves heißeste erotische Fantasien. Lustwellen rollten über ihre Haut und bauten sich mit jeder Sekunde auf, die verging.

»Du bist verdorben«, sagte sie und warf den Waschlappen über die Glaswand.

Er fing ihn auf und zwinkerte ihr zu. »Möchtest du dich zu mir gesellen?«

»Ich habe heute Morgen geduscht.« Sie stemmte eine Hand in die Hüfte. »Außerdem müssen wir noch herausfinden, wie wir Sex haben können, der nicht über Stunden geht. Dazu haben wir keine Zeit.«

»Ein Quickie?«

»Ich trage auch das Mal, falls du es vergessen hast.« Eve zog die Glastür auf. Ehrfürchtig berührte sie ihn und streifte eine dunkle Brustwarze mit ihren Fingerspitzen. Als er nach Luft rang, musste sie lächeln. »Ich könnte es wahrscheinlich über Tage mit dir treiben und noch von einem Quickie sprechen.«

Alec fing ihre Hand ein und küsste die Fingerknöchel. »Das nehme ich als Versprechen für später.«

Aufgeheizt kehrte Eve ins Zimmer zurück, wo sie sich damit beschäftigte, das zweite Bett zu machen und ihre Einkäufe in die Tüte zurückzupacken. Das dauerte ungefähr eine halbe Minute. Dann sank sie auf die Matratze und blickte sich um.

»Eine Observierung.« Sie zog am Griff der Nachttischschublade. Wie erwartet lag darin eine Bibel. Eve nahm sie mit einem resignierten Seufzen heraus. Ein Teil von ihr hatte immer geglaubt, dass sie reine Fiktion war – oder zumindest größtenteils erdichtet. Eher Fabeln als die reine Wahrheit. Es ließ sich jedoch schwerlich alles leugnen, wenn eine der Romanfiguren schon mal nackt unter der Dusche stand.

Eve griff tiefer in die Schublade und stutzte, als sie auf Postkarten stieß. Es waren Werbekarten von dem Motel, ziemlich abgegriffen und mit einem Foto vorne drauf, das vor vielen Jahren gemacht worden sein musste, den Autos auf dem Bild nach zu urteilen. Doch es war nicht das Motiv, das sie stutzig machte, sondern die Karte selbst.

Alec kam pfeifend aus dem Bad. Er hatte sich ein Handtuch um die Hüften gewickelt und trocknete sich mit einem anderen das Haar.

»Hey.« Sie sah ihn an. »Wir haben nie herausbekommen, was mit dieser Einladung war, die mir zur Eröffnung des Tengu-Gebäudes geschickt wurde.«

Er nahm die Arme herunter.

»Und Gadara hast du auch nichts davon erzählt«, bemerkte sie.

»Ich bin es nicht gewohnt, jedes kleine Detail herauszuposaunen.«

»Und das liegt sicher nicht daran, dass du ihm nicht ganz vertraust?«

»Sicher nicht.«

Sie rümpfte die Nase. »Okay, also spiele ich hier mal den Advocatus Diaboli …«

»Sammael braucht keine Hilfe, und noch viel weniger einen Rechtsbeistand.« Alec warf ein Handtuch aufs Bett und ließ das andere an seiner Hüfte zu Boden fallen.

Eve blickte zum Fenster und fragte sich, ob die schlichten Stores vor dem Glas tatsächlich eine gewisse Privatsphäre erlaubten oder irgendeine glückliche Frau jetzt richtig etwas zu sehen bekam. Tagsüber bestand gewiss keine Gefahr, doch inzwischen herrschte Zwielicht, weshalb drinnen Licht brannte.

»Was ist, wenn Gadara diese Tengu-Sache arrangiert hat?«, fragte sie.

»Warum?« Er zog sich eine Unterhose über, und Eve schaute ihm lächelnd zu. David Beckham könnte seinen Vertrag mit Armani in der Pfeife rauchen, wenn die Werbeleute das hier sahen.

»Als Vorwand, um meine Ausbildung aufzuschieben?«

»Warum sollte er willentlich Sachen arrangieren, damit du untrainiert bleibst? Das nützt niemandem etwas.«

»Hast du eine bessere Idee?«

»Vielleicht war es ein getarntes Höllenwesen.«

»Warum? Es wäre doch blöd von ihnen, auf sich aufmerksam zu machen, meinst du nicht?«

»Es sei denn, sie wollten dich von der Bildfläche haben, bevor du dich richtig verwandelst. Tote erzählen keine Geschichten.«

»Willst du mir weismachen, dass die Leute im Himmel nichts auspacken?«

»Du bist Agnostikerin, Angel. Bist du sicher, dass du da hinkommst?«

Sie blinzelte. »Uärgs.«

Defensiv hob er beide Hände. »Ich sag ja nur. Ein Höllenwesen würde so denken.«

»Die Karte wurde einen Tag bevor ich das Mal bekam abgeschickt. Das grenzt es ziemlich ein, oder? Warum die normale Post benutzen, statt sie unter der Tür durchzuschieben oder so?«

Alec streifte seine Jeans über. »Gute Frage.«

»Okay, bleiben wir mal bei der. Ich bin harmlos, also waren sie nicht direkt hinter mir her; sie wollten an dich ran. Woher wussten sie, dass ich das Mal bekommen würde? Woher konnten sie wissen, dass Gott dir erlauben würde, mein Mentor zu sein? Wer es auch war – ob ein getarntes Höllenwesen oder Gadara –, es muss ein Insider gewesen sein.«

»Oder ein Rätsel.« Er richtete sich auf. Das Haar auf seiner Brust und dem Bauch war noch feucht.

Eve kämpfte gegen den Drang, an ihm zu lecken.

»Vergiss nicht: Die Gezeichneten versuchen, ihre Seelen zu retten.«

Eve lächelte. »Ich sagte ja nicht, dass es ein Gezeichneter war. Aber du hältst es für eine Möglichkeit.«

»Habe ich das behauptet?«

»Ich lerne, zwischen den Zeilen zu lesen. Vielleicht haben wir es auch mit Höllenwesen zu tun, die für Gadara arbeiten. Der Teufel muss doch einiges anzubieten haben, nicht? Und die Gezeichneten sind Sünder, keine Säulen der Gesellschaft.«

»Ich folge dir noch, aber wohin führt das hier?« Alec zog sich sein Shirt über den Kopf.

»Wir spekulieren nur.«

»Ich bin nicht gut im Spekulieren. Gib mir Fakten und Beweise.«

»Ich bin eine kreative Denkerin. Mir gefällt es, alle Möglichkeiten zu erforschen.«

»Na gut. Wie wäre es mit der Möglichkeit, dass Gott dich aus einem Grund in diese Kirche geschickt hat? Und vielleicht war der Grund, dir zu zeigen, dass sich Höllenwesen tarnen. Schließlich bist du hingefahren, bevor die Einladung überhaupt ins Spiel kam.«

Wieder mal rümpfte sie die Nase. »Was für Fakten kommen bei dieser Theorie ins Spiel?«

»Die spirituellen.«

Alec setzte sich aufs Bett, legte das Handtuch, mit dem er sein Haar abgetrocknet hatte, auf die Tagesdecke, und griff nach seinen Socken. Dann schleuderte er das benutzte Handtuch in die Ecke unterm Waschbecken.

»Weißt du nicht, dass man keine nassen Handtücher aufs Bett legen darf?«, fragte sie streng und sah auf den Boden. »Oder auf den Teppichboden?«

»Ist so ein Jungsding.«

»Das glaube ich nicht. Es ist ein Alec-Ding.«

Seine dunklen Augen funkelten belustigt. »Hat noch nie ein Freund von dir ein Handtuch herumliegen lassen?«

»Nein.«

»Du spinnst.«

Sie lachte. »Nein, das meine ich ernst.«

»Offensichtlich hast du nie mit einem Mann zusammengelebt.«

»Bei meinen Eltern? Machst du Witze?« Eve schüttelte den Kopf. »Mein Dad ist der stille Typ, aber er hat sehr altmodische Wertvorstellungen. Und meine Mom ist ein Fan von Dr. Laura, also ist ein Zusammenleben vor der Heirat in meiner Familie undenkbar.«

Lächelnd stand er auf und hielt ihr seine Hand hin, um Eve aufzuhelfen. Sie nahm sie, drehte sich um und steckte die Bibel zu den Einkäufen in die Tüte. Sie nahm sie nur mit, um sich die Zeit zu vertreiben, und sicher wollte sie nicht, dass ein Motelangestellter dachte, sie würde das Buch klauen.

Alec schloss die Vorhänge und ging zur Tür. »Bereit?«

»So bereit, wie ich nur sein kann.«

»Was soll das heißen, sie sind *weg?*«, donnerte Raguel und sah Miss Bowes über den Schreibtisch hinweg wütend an.

»E-es tut mir leid.« Sie trat von einem Fuß auf den anderen. »Ich habe mich nicht richtig ausgedrückt, Sir. Sie haben den Jeep bei einer Einkaufszeile stehen gelassen. Bei einer Autovermietung in der Nähe haben sie die beiden auf den Fotos wiedererkannt, also wissen wir, dass sie nicht zu Fuß unterwegs sind.«

»Selbstverständlich sind sie nicht zu Fuß unterwegs! Sie sind nach Upland gefahren. Sie wollten nur ein wenig Privatsphäre auf dem Weg dorthin.« Was Raguel unsagbar wütend machte. Es durfte nicht sein, dass die beiden zu einer eigenständigen Einheit wurden. »Abel weiß, wo sie sind.«

»Er hat sich seit der Nachricht nicht mehr gemeldet.«

Raguel sandte einen Befehl über die himmlischen Kommunikationslinien zwischen den Erzengeln und den *Mal'akhs* unter ihnen aus. Stille. »Holen Sie ihn ans Handy!«

»Habe ich versucht. Es springt direkt die Mailbox an.«

Raguel stand auf und kam hinter seinem Schreibtisch hervor. Ängstlich wich seine Sekretärin zurück.

Er hatte sich eingeredet, dass die drei – Cain, Abel und Eve – nie zusammenarbeiten würden. Es herrschte zu viel Feindseligkeit zwischen den Brüdern. Aber wie war zu erklären, dass sie alle gleichzeitig vom Schirm verschwanden? Was dachten … planten sie? Er konnte es sich nicht leisten, die Kontrolle über das Dreiergespann zu verlieren. Er brauchte sie, um seine Ziele zu verwirklichen.

Für einige Momente überlegte Raguel, seine Gaben zu nutzen, um sie zu finden. Aber letztlich widerstand er dem Drängen seiner Ungeduld. Er hatte schon genügend Übertretungen zu verantworten, und es gab andere Wege, an die Informationen zu gelangen, die er brauchte. Abel mochte ihn gegenwärtig ignorieren – ein abweichendes Verhalten, das Raguel erst recht in Alarmbereitschaft versetzte –, die anderen Betreuer würden es nicht.

»Soll Mariel nach Abel suchen«, sagte er und fuhr sich über sein kurzes Haar. Er hatte vor ungefähr fünf Jahren angefangen, graue Strähnen hineinzufärben, um Alterung vorzutäuschen.

»Ja, Sir.«

Miss Bowes verließ hastig das Zimmer, und Raguel trat ans Fenster. Er blickte zum Las Vegas Strip hinunter. Sin City. Ein Brutkasten des Sündigen. Und er war hier in dieser Welt gefangen, führte ein Leben, das nicht seines war, arbeitete für die Rettung von Menschenseelen, weil Gott sie über die Maßen schätzte. Sie waren so klein und schwach, trotzdem himmelte Er sie an und betrachtete sie als Seine größte Schöpfung. Ihretwegen war Er im Krieg mit dem Gefallenen, und dieser Konflikt reichte so tief ins Sterblichenbewusstsein, dass auf der Oberfläche nichts mehr durchschien. Der Herr würde diese Sache niemals auf die Spitze treiben. Hingabe war mächtiger, wenn sie dem Glauben entsprang, nicht handfesten Beweisen.

Deshalb schob Raguel die Sache im Alleingang an. Schritt für Schritt, mit sorgfältiger Planung und strategischem Vorgehen. Je eher Armageddon kam, desto besser. Raguel war sicher, dass der Herr von seinem Gesamtbild angetan sein würde, war es erst einmal fertig gesponnen. Schließlich war es ein unglaublich kluger Plan.

Cain und Abel hatten die Kette der Ereignisse in Gang gesetzt, indem sie einen Kampf um eine Frau ausfochten, einen Kampf bis aufs Blut. Da war es nur passend, dass sie das Ende der Welt auf die gleiche Weise herbeiführten.

Ein Laubbaldachin schirmte den Mond über Reed ab, doch er hatte keinerlei Mühe, in der Dunkelheit zu sehen. Lautlos und schnell wie ein Geist bewegte er sich durch den Wald in Kentucky.

In seinen Venen pochte noch der Nachhall von Takeos Hilferuf, der ihn vor Stunden erreicht hatte. Takeo war das japanische Wort für »Krieger«, ein sehr passender Spitzname. Er war ein idealer Gezeichneter gewesen, dem seine Ausbildung als Yakuza-Auftragskiller zugutekam. Reed vermisste ihn schon jetzt und wusste, dass er es noch Jahre tun würde. Keiner der anderen in seinem Team war so gut im Töten von Tommyknockers – bösartigen Elfen mit einer Vorliebe für Minen. Deshalb war Reed so schockiert von seinem Tod. Sein Auftrag an Takeo hätte einfach sein sollen: einen lästigen Tommyknocker ausschalten.

Ein Zweig knackte rechts von Reed, und er blieb stehen. Abgesehen von diesem einen Geräusch war es totenstill im Wald, was bedeutete, dass die Natur empfindlich gestört worden war.

»Abel«, begrüßte ihn eine vertraute Frauenstimme.

»Mariel. Was machst du hier?«

Der *Mal'akh* trat hinter einem Baum vor. Obwohl die Nacht sämtliche Farben verschluckte, wusste Reed, dass ihr Haar rot und ihre Augen grün waren. Sie trug ein geblümtes Kleid, eine Jeansjacke, Cowboystiefel und natürlich ihre übliche melancholische Miene.

»Raguel schickt mich dir nach, wahrscheinlich als Strafe für die zwei Gezeichneten, die ich heute verloren habe.«

»Das tut mir leid.«

»Mir auch.« Sie drehte sich um und zeigte nach rechts. »Hier entlang.«

Reed folgte ihr zum Rand einer Lichtung. Dort blieb sie stehen, und Reed trat neben sie. Ein kalter Schauer lief ihm über den Rücken, der nichts mit der Lufttemperatur zu tun hatte.

Die Lichtung war nicht von Natur aus hier. Jahrzehntealte Bäume waren gefällt und tief genug in die Erde gedrückt worden, um eine glatte Oberfläche zu gewinnen. Der Nachtwind wisperte unheimlich durch die Äste und Zweige und raschelte durch loses Gewebe und Wildgras an den Stämmen. Und das Gewebe wies die farbigen

Muster von *Irezumi* auf – »handgestochenen« japanischen Tattoos.

»Gütiger Gott«, hauchte Reed und wich zurück. »Ist das Haut?«

Blinzelnd setzte Reed seine Nickhaut ein, die seine Nachtsicht verbesserte. Das Silber und Schwarz des Mondlichts wandelte sich zu lebendigen Farben.

Blutrot. Überall. Auf jedem Blatt, jedem Zentimeter Baumrinde, bis nach oben in den Himmel. Als wäre Takeo explodiert und sein Körper von der Erde bis zum Himmel versprüht worden.

»Was ist h-hier passiert?« Er räusperte sich. »Wer hat das getan?«

Als wollte sie ihm antworten, stieß eine Eule einen jammervollen Ton aus. Ein Wolf heulte, und schnell stimmten mehrere andere aus seinem Rudel ein. Die Waldbewohner schluchzten ihre Geschichten von den Geschehnissen der Nacht, die als Kakophonie der Trauer gen Himmel aufstieg. Von allen Seiten hämmerte sie auf Reed ein und zwang ihn beinahe in die Knie.

Mariel nahm seine Hand und drückte sie sanft. »Ich weiß es nicht.«

Der Lärm verstummte genauso rasch, wie er begonnen hatte, und wich einer schweren, erwartungsvollen Stille, als wollten die Wesen hier wissen, wer sie vor dem Schicksal schützen würde, das sie in dieser Nacht bezeugt hatten. Sie lauschten wachsam, regungslos und kaum atmend.

»Einer meiner Schützlinge und ihr Mentor wurden heute so getötet«, sagte sie. »Ich habe den Hilferuf gefühlt und bin sofort zu ihnen. *Sofort.* Aber es war schon zu spät, und ich konnte ihnen nicht mehr helfen. Der Mentor war bereits tot. Es war, als hätten sie zu lange gewartet, bevor sie mich riefen …«

»Oder das Höllenwesen hat zu plötzlich zugeschlagen.«

Sie drehte sich zu ihm. »Dasselbe ist dir passiert.«

Er nickte, atmete zittrig aus und betrachtete die Szenerie wieder. Es war nur noch zerfetztes Gewebe von Takeo übrig. »Hast du gesehen, was das war?«

»Kaum.« Ihre grünen Augen waren weit aufgerissen vor Entsetzen und glänzten feucht. »Es war eine monströse Bestie, sehr groß. Fleisch, kein Fell. Massige Schultern und Schenkel. Es kroch in meine Gezeichnete … verschwand in ihr. Sie k-konnte es nicht f-fassen.«

»Mariel …«

»Es ging so schnell. Ich hatte es kaum gesehen, nicht einmal gerochen. Ich war wie gelähmt …« Sie atmete zittrig aus. »Ich habe einmal Sammael in die Augen geblickt, und da hatte ich nicht solche Angst.«

Kein Geruch.

Reed schloss die Augen und kontaktierte seine Schützlinge einen nach dem anderen. Sie berührten kurz seinen Geist und versicherten ihm, dass sie wohlauf waren. Alle bis auf eine.

Eve, rief er.

Dann fühlte er sie wie das Flattern eines Mottenflügels: kaum da, zu grün und untrainiert, zu wenig im Einklang mit ihrer Seele, um zu wissen, wie sie mittels ihrer kommunizierte. Am intensivsten jedoch spürte Reed die Stille, wo früher Takeo gewesen war. Sie dröhnte geradezu.

»Ich muss meinen Bericht machen«, sagte er leise.

Mariel nickte. »Ich warte auf dich.«

»Nein, ich muss dich um einen Gefallen bitten.« Reed

lehnte sich näher zu ihr und senkte die Stimme. »Du musst für mich nach Kalifornien …«

»Darf ich aussteigen und mir die Beine vertreten?«, fragte Eve.

Alec, der den Steinmetzbetrieb beobachtete, sah nach unten zur Uhr am Armaturenbrett und verzog das Gesicht. Fast Mitternacht. Wie so oft während einer Jagd, hatte er die Zeit völlig aus dem Blick verloren.

Trotz der späten Stunde war es in dem Betrieb alles andere als ruhig. Lastwagen fuhren rein und raus. Der Fabrikhof war von einer niedrigen Mauer mit einem schmiedeeisernen Zaun umgeben. Durch die Gitterstäbe sah Alec, wie Säcke – wahrscheinlich Zement – abgeladen wurden, während diverse Steinmetzarbeiten – Springbrunnen, Statuen und Bänke – auf Ladeflächen gehievt und weggefahren wurden.

Abgesehen von der seltsamen Zeit, wirkte hier auf den ersten Blick nichts verdächtig. Andererseits galt bei Höllenwesen, dass am gefährlichsten war, was man nicht sah. Und es würde schwierig, eine Fabrik zu durchsuchen, in der nie Feierabend gemacht wurde.

»Du musst dich wahnsinnig langweilen«, murmelte Alec.

Eve lächelte verlegen. »Tut mir leid. Ich habe das Gefühl, dass ich etwas tun oder dir irgendwie helfen sollte.«

»Dich hier zu haben, genügt schon.« Er nahm ihre Hand und hob sie an seine Lippen.

Ihre Finger umklammerten seine. »Ich hatte mir etwas zu lesen eingepackt, aber nicht bedacht, dass es hier kein Licht gibt.«

»Dabei kann ich helfen.«

»Aha?« Sie grinste.

Alec strich ihr sanft über die Wange. »Mach die Augen zu.«

Sie befolgte seine Anweisung und wartete gespannt, was Alec an ihre erste gemeinsame Nacht erinnerte. Da hatte er ihr die Augen verbunden und sie mit federleichten Berührungen und Küssen geneckt, bis sie am ganzen Leib bebte.

Genau wie damals, zögerte er den Moment auch jetzt hinaus und ließ Eve warten, bis sie zitterte und die Spannung so groß wurde, dass beinahe die Scheiben beschlugen.

»Alec?«, fragte sie atemlos.

Er konnte nicht widerstehen, beugte sich zu ihr hinüber und presste seine Lippen auf ihre. Eve gab ein überraschtes Seufzen von sich, was Alec als Aufforderung nahm, den Kuss zu vertiefen. Er neigte den Kopf, sodass sein Mund ihren vollständig bedeckte und ihrer beider Atem zu einem wurde.

Eve trieb ihn mit leisen Lauten des Verlangens an, tauchte ihre Finger in sein Haar und hielt ihn fest. Sie erwiderte seinen Kuss, streichelte seine Zunge rhythmisch mit ihrer, bis sein Schwanz sich danach sehnte, sie auf seinen Schoß zu ziehen und in ihr zu versinken. Da begann das Mal an seinem Arm zu brennen.

Ärger nahte.

Alec löste sich aus dem Kuss. »Fühlen sich deine Lider schwer an?«

»Und wie«, hauchte sie.

»Dreh die Augen hinter deinen Lidern.«

»Die sind nach hinten gerollt.« Sie knabberte an seinem Kinn. »Meine Zehen sind auch gekrümmt.«

Er musste lachen. »Öffne langsam die Augen.«

Er wich weit genug zurück, damit er sie ansehen konnte. Sie blinzelte und drehte den Kopf hin und her. »Heiliger Strohsack, Batman«, sagte sie ehrfürchtig. »Ich kann im Dunkeln sehen.«

»Zu der Verwandlung, die du durchgemacht hast, gehört auch, dass sich die Nickhäute in deinen Augen angepasst haben. Statt nutzlose Rudimente zu sein, helfen sie dir jetzt, präziser zu jagen.«

»Das ist ja total cool«, sagte sie und blickte sich um.

Am Rande von Alecs Sichtfeld ging ein Licht aus.

»Und auch noch perfektes Timing«, murmelte Eve.

Alec sah zu Gehenna Masonry und stellte fest, dass die Außenbeleuchtung erloschen war. Er blickte auf die Uhr. Mitternacht.

»Hey«, flüsterte Eve. »Siehst du den Typen, der das Tor verriegelt? Ist das nicht dein Auftrag, der Junge, dem wir vom Tankstellenshop aus gefolgt sind?«

Alec brauchte keine visuelle Bestätigung der Identität. Das Pochen seines Mals und der Adrenalinschub sagten ihm alles, was er wissen musste. »Ja, das ist er.«

Der junge Mann hatte seine Aufgabe erledigt und ging die Straße hinunter, die Hände in den Jackentaschen vergraben. Auf seiner Jacke prangte hinten das Gehenna-Masonry-Logo mit einem Gargoyle.

»Er arbeitet hier«, sagte Eve.

»Ja.«

»Und Zufälle gibt es nicht.«

»Stimmt.«

»Was jetzt? Willst du ihm folgen?«

»Noch nicht.«

»Warum nicht?«

Er strich über ihren Handrücken. »Weil er ein Wolf ist. Wölfe zu töten ist vertrackt. Man muss es so machen, dass es nicht den Zorn seines Rudels weckt. Sie verstehen und achten das Gesetz vom Überleben des Stärkeren. Eine versilberte Kugel in den Hinterkopf passt da nicht ins Bild.«

»Du hast keine Waffe. Du gehst nur meinetwegen auf Nummer sicher.«

Alec leugnete es nicht, weil es wahr war. Eve machte ohnehin schon eine Feuerprobe durch, und die musste er nicht noch schlimmer machen. Sie brauchte heute keine weiteren Toten mehr. Was sie brauchte, war ein Erfolg, egal wie klein.

»Eines nach dem anderen«, sagte er. »Kümmern wir uns zuerst um die Fabrik. Sobald wir sicher sind, dass keiner mehr da ist, springen wir über den Zaun und sehen uns um.«

»Einbruch?«

»Mhm.«

»Super«, sagte sie trocken.

Alec tätschelte ihren Schenkel. »Das ist nur eine Aufklärungsmission, Angel. Wir gehen rein, sehen uns um und gehen wieder raus. Ganz einfach.«

»Bisher fand ich nichts besonders einfach.«

»Die einzige Konstante ist die Veränderung«, sagte er mit einem aufmunternden Lächeln. »Irgendwann wird sich das Blatt wenden.«

Eine steile Falte erschien zwischen ihren Brauen, und sie neigte nachdenklich den Kopf zur Seite. »Wird es, ja?«

Sie beugte sich vor und wühlte in der Tüte zu ihren

Füßen. »Hätte ich doch nur eine Flasche Wasser gekauft statt dem vielen anderen Mist, den ich gefuttert habe.«

»Du musst Hunger haben.«

»Und wie!« Eve richtete sich wieder auf. Sie hatte eine Tüte Beef Jerky in der Hand und etwas, das sie in ihre Hosentasche steckte.

»Hiernach führe ich dich zu Denny's aus.«

Sie zwinkerte ihm zu. »Du weißt wahrlich, wie man eine Frau verwöhnt!«

Alec lachte und stieg aus dem Wagen. Im Steinmetzbetrieb war alles dunkel und still. Alec ging um den Focus herum und öffnete Eve die Tür. Als sie ausstieg, gab er ihr einen Kuss.

»Wofür war der?«, fragte sie. Ihre Augen leuchteten im Mondschein.

»Dafür, dass du das alles so gefasst aufnimmst.« Er erklärte ihr nicht, dass ihn die Schuldgefühle erdrückten. Hätte er sich nicht eingemischt und verlangt, ihr Mentor zu sein, wäre ihr vielleicht eine Aufgabe im Innendienst zugeteilt worden. Ja, das war sogar wahrscheinlich, bedachte man, dass sie nie als gewalttätig aufgefallen war. Seine Entschlossenheit, sie zu schützen, hatte sie überhaupt erst in Gefahr gebracht.

»Hoffentlich merkst du dir den Satz«, bemerkte sie naserümpfend. »Ich könnte in wenigen Minuten schon gnadenlos versagen.«

Er schloss die Tür und nahm ihren Arm. »Na, dann wollen wir mal beweisen, dass du unrecht hast.«

Sie gingen ein Stück die Straße hinauf, dann auf die andere Seite zur Steinmetzfabrik. Es war ein Gewerbegebiet, weshalb hier um diese Zeit Grabesstille herrschte. Als sie an einem Platz mit abgeschleppten Wagen vorbeikamen, winselten die beiden Dobermänner hinter dem Zaun nur leise.

»Tolle Wachhunde«, spöttelte Eve.

Wir sind sehr gut.

Sie stolperte. Alec fing sie ab, und Eve starrte die Tiere an.

»Ja, du hast richtig gehört«, bestätigte Alec.

»Die haben gesprochen!«

Ich habe gesprochen. Der größere Hund legte den Kopf zur Seite. *Meine Gefährtin ist gekränkt von deiner Beleidigung.*

Zunächst war Eve sprachlos. Dann sagte sie: »Tut mir leid. Ich hatte keine Ahnung.«

Du solltest sie ausbilden, Cain.

»Ich versuch's«, antwortete Alec. »Habt ihr irgendwas Verdächtiges bei dem Steinmetz ein Stück weiter gesehen?«

Nein. Die fahren hier nicht vorbei, und wir können nur bis zur Karosseriewerkstatt sehen.

»Okay. Danke.«

Alec bedeutete Eve weiterzugehen.

»Seid vorsichtig«, sagte sie zu den Hunden, weil sie daran denken musste, was ihnen der Mann in der Motelrezeption erzählt hatte.

Ihr auch.

Sie blickte nach vorn und wirkte reichlich verblüfft. »Okay … Ich bin Dr. Doolittle.«

»Du bist jetzt mehr animalisch als menschlich«, erklärte Alec.

Sie erreichten das Grundstück des Steinmetzbetriebs. Alec musterte das Gebäude, die Ausstellungsstücke drum herum und die leere Zufahrt. »Ich springe zuerst rüber.«

»Nur zu.«

»Wir sehen uns drüben«, sagte er und kletterte über den Zaun.

Eve versuchte, sich nicht vor dem Steinmetz-Hof zu gruseln, was leider schwierig war. Sie hatte Alec gewarnt, dass sie ein Angsthase war, doch er schien ihr nicht zu glauben. Oder er hatte es schon wieder vergessen. Jedenfalls bewegte er sich vollkommen gelassen zwischen den Skulpturen, während sie ungefähr auf jedem Meter zusammenzuckte.

So viele der Marmorstatuen waren klassische Reproduktionen mit nach oben gerichteten Augen und gequälten Alabaster-Zügen. Gargoyles mit geifernden Schlünden spielten Verstecken zwischen Bänken und blubbernden Springbrunnen. Das Wasserplätschern jagte Eve kalte Schauer über den Rücken und steigerte ihre Furcht noch. Sie war Sternzeichen Fische, und jetzt hatte sie Angst vor Wasser! Ihre Hand wanderte zu ihrer Jeanstasche.

Dabei ließ sie Alec keine Sekunde aus den Augen. Er gab ihr Zeichen, wann sie weitergehen, wann sie stehen bleiben und wann sie sich ducken sollte. Es gab Kameras auf den Zaunecken und auch oben am Gebäude. Alec wusste anscheinend genau, wie man sie mied, was Eve gleichermaßen beeindruckend wie beruhigend fand.

Sie erreichten eine Tür zum Hauptgebäude, in dem ein Ausstellungsraum war. Alec blieb stehen und betrachtete die Schalttafel des Alarmsystems. Dann gab er Eve ein Handzeichen, dass sie weitergehen sollte. Sie schlichen zu einem größeren Gebäude weiter hinten, dessen Mauern aus Zementblöcken bestanden. Eve wollte fragen, warum sie sich das andere nicht angesehen hatten, wagte aber nicht zu sprechen.

Alec brauchte mehrere zähe Minuten, bis er im Schatten von dem Ausstellungsgebäude zur Werkstatt hinten gelangte. Als sie endlich dort waren, bemerkte Eve, dass es keine elektronische Sicherung der Tür gab, nicht einmal ein gewöhnliches Schloss. Alec öffnete und schnupperte nach drinnen, bevor er Eve mit sich hineinzog.

»Warum sind wir hier?«, fragte sie.

»Ist so eine Ahnung.«

»Fühlt die sich wie ein Bauchkrampf an? Dann habe ich die auch, und ich glaube, es ist Angst.«

Er drückte ihre Hand.

Eve blickte sich in dem gigantischen Raum um. Selbst mit ihrer Supersehkraft blieb ein Teil des hohen Deckengewölbes für sie im Dunkeln. Dominiert wurde der Raum von einem riesigen Brennofen, in den Rollschlitten auf Schienen hinein- und wieder hinausführten. Im Moment war er kalt. Ein Gabelstapler stand daneben wie ein stummer Wächter. Alec ging auf den Gabelstapler zu. Er bewegte sich fließend, wich hervorstehenden Rohren und Schläuchen des Brennofens aus. Eve versuchte, ihm zu folgen, und machte prompt eine Bauchlandung.

»Alles okay?«, fragte Alec, der über ihr stand und ihr die Hand reichte.

»Ein angeknackstes Ego, sonst nichts.«

Sie ließ sich von ihm aufhelfen, klopfte den Staub von ihrer Kleidung und sah nach, worüber sie gestolpert war. »Wer lässt denn Zementsäcke auf dem Boden liegen?«, schimpfte sie.

Alecs blickte auf den Sack. »Dem Hersteller-Etikett nach ist das Kalkstein-Splitt.«

»Meinetwegen. Das Zeug sollte trotzdem nicht mitten im Weg liegen.«

Alec bückte sich und holte etwas von dem Inhalt aus dem Loch, das Eve mit ihrer Stiefelspitze in den Sack gerissen hatte. Sie bückte sich ebenfalls, und Alec hielt ihr die Hand hin. Der Kalkstein roch falsch, eklig süß mit einer leichten Moschusnote.

»Das stinkt«, sagte sie.

»Es ist Knochenmehl.«

»Riecht komisch.«

»Weil es teils Hund, teils Gezeichneter ist.«

Eve erstarrte. »*Was?*«

Alec riss das dicke braune Papier eines zweiten Sacks auf, der in der Nähe lag, und Eve musste würgen. Er sah sie an.

»Entschuldige«, murmelte sie. Ihr Körper mochte nicht mehr in der Lage sein zu kotzen, aber deshalb hörte ihr Geist nicht auf, das entsprechende Signal auszusenden.

Alec holte dunkles Pulver aus dem zweiten Sack hervor. »Blutmehl.«

»Das Zeug benutzt meine Mutter im Garten. Ich wusste nicht, dass man es auch für etwas anderes nimmt.«

»Tut man auch nicht.« Er hielt seine Hand dichter unter seine Nase. »Auch wieder teils Tier, teils Gezeichneter.«

»Woher haben sie Blut und Knochen von Gezeichneten?«

»Das willst du nicht wissen.«

Sie schluckte. »Tarnen sie so die Höllenwesen?«

»Anzunehmen.«

»Aber wieso liegt das hier einfach so rum? Sollten sie es nicht bewachen, statt es einfach liegen zu lassen, als wenn …«

»Als hätten sie eilig verschwinden müssen?« Er stand auf und blickte sich um. »Wenn wir sie verscheucht haben, wissen sie, dass wir hier sind.«

Hektisches Kratzen durchbrach die Stille. Eve machte einen Satz in die Luft. »O Gott! Auuu …« Sie klatschte eine Hand auf ihr Mal.

Beide sahen zum hinteren Teil der Halle. In der Ecke befand sich ein kleiner abgetrennter Raum, und das Kratzen kam eindeutig von dort. Es wurde noch panischer.

»Die Tierverstümmelungen«, flüsterte Eve.

»Genau.«

»Wir müssen sie da rausholen.«

»Ja.« Alec klopfte sich die Hände ab.

Gemeinsam liefen sie zur Tür des Eckraums. Alec drückte die Klinke, doch es passierte nichts. Allerdings war deutliches Winseln von drinnen zu hören.

Eve legte ihre Hände über Alecs und zog mit ihm. Nun gab die Tür mit einer solchen Wucht nach, dass sie beide nach hinten kippten. Doch kein Tier stürmte hinaus, froh, endlich frei zu sein.

Alec rappelte sich hastig wieder hoch, zog Eve mit nach oben und schob sie hinter sich.

»Auf einmal kommt es mir gar nicht gut vor, dass diese Halle nicht verschlossen war«, murmelte Eve.

»*Sollte es auch nicht.*«

Ehe sie richtig begriff, wer das gesagt hatte, wurde Eve in die Höhe gehoben und wie eine Stoffpuppe gegen den Brennofen geschleudert. Sie fiel zu Boden. Im nächsten Augenblick gingen helle Lichter im Raum an und enthüllten ein Gewimmel von Tengu.

»Scheiße!«, fluchte Alec, dann wurde er in den kleinen Raum gezerrt, und die Tür knallte zu.

Eve richtete sich auf alle viere auf und sprang nach vorn, um ihm zu helfen, doch sie wurde im Nacken gepackt und nach oben gerissen. Blinzelnd starrte sie in das Gesicht des jungen Wolfs.

Er roch nicht, hatte keinerlei Kennzeichen. Mehr registrierte Eve nicht, denn schon holte er mit der Faust aus und schlug sie bewusstlos.

19

Alec war in einer denkbar schlechten Position.

In die Ecke gedrängt, konnte er sich die Horde Tengu nur knapp vom Leib halten. Es waren mindestens zwei Dutzend, allesamt aus Stein und irre gackernd. Einige schwangen sich von Regalen, andere tanzten auf den Holzkanten, wieder andere hüpften von einem Fuß auf den anderen und schwenkten die Fäuste wie Miniaturboxer.

Mit festen Tritten hielt Alec die meisten von ihnen in Schach, doch ihre schiere Menge und das erdrückende Gewicht forderten allmählich ihren Tribut. Und es half nicht, dass er sich wie verrückt um Eve sorgte. Er hatte den Knall gehört, als sie gegen den Brennofen flog. Zwar waren ihre Heilkräfte übermenschlich, doch ein Aufprall wie der konnte auch für sie fatal sein. Zudem war sie untrainiert und ganz auf sich allein gestellt.

Ein Tengu, der von der Decke hing, trat Alec zwischen die Schulterblätter.

»Hmpf!« Stöhnend sackte er auf die Knie.

Die Tengu lachten und tanzten noch ausgelassener.

»Cain! Cain!«, trällerten sie.

Alec richtete sich zornig auf, packte den erstbesten Tengu und schmetterte ihn gegen einen seiner Brüder. Beide zersprangen. Mit einem kollektiven Aufschrei wichen die anderen an die Wände zurück.

»Wer will als Nächster?«, knurrte Alec.

Sie zögerten. Tengu waren eher hinterhältig als bösartig und keine geborenen Kämpfer. Eine angedeutete Todesdrohung reichte gewöhnlich aus, und sie flohen in Sicherheit. Alec nutzte die Gelegenheit und hechtete zur Tür. Als hätte er damit die Furcht vertrieben, die sie für einen Moment lähmte, stürzten sich die Tengu nun geschlossen auf ihn und begruben ihn unter einer Tonne zappelnden Gesteins.

Die zerquetschen mich.

Er machte sich auf das Unvermeidliche gefasst, als ihn plötzlich ein Kraftschwall durchfuhr. Er entsprang in seinem Zwerchfell und explodierte von dort nach außen wie eine Supernova, die durch seine Venen jagte.

Die Ursache war ihm sofort klar: eine Gruppe von Gezeichneten war in der Nähe.

Alec rammte die Schulter in die Tür, sodass sie vollständig aus den Angeln riss. Auf der Holztür schlitterte er über den Zementboden wie auf einem Surfbrett. Die Tengu rannten ihm nach …

Alles wurde taghell.

Alec glitt weiter an dem länglichen Brennofen vorbei, während die marodierenden Tengu erstarrten. Die vordersten von ihnen blieben so abrupt stehen, dass die hinter ihnen in sie hineinkrachten wie in einer Massenkarambolage.

Ein Fuß in Cowboy-Stiefeln bremste Alec mitten im Schwung. Er blickte auf.

»Mariel.«

Die hübsche Rothaarige lächelte. »Hallo, Cain. Amüsierst du dich?«

Er setzte sich auf. Mariel hielt ihm eine Hand hin, um ihm aufzuhelfen. Hinter ihr stand ein Team aus schwarz gekleideten Gezeichneten, Männern und Frauen. Sie waren mit 9mm-Pistolen bewaffnet, die sie an ihre Oberschenkel geschnallt hatten – die persönliche Leibgarde eines Erzengels. Geschlossen traten sie vor. Die Tengu stolperten übereinander und huschten zurück in ihren kleinen Raum.

»Eve?«, fragte Alec und blickte sich um.

»Ist sie nicht bei dir?«

»Nein. Sie wurde angegriffen.« Gütiger Gott! »Ich wurde da drinnen aufgehalten.« Alec wies zu dem Eckraum, wo einige Gezeichnete die Tür wieder einhängten und sicherten, indem sie den Gabelstapler davorschoben. Alec holte tief Luft und hoffte wider alle Vernunft, dass er irgendeine Duftspur auffing, der er folgen könnte. Doch da war nichts.

Als das rhythmische Piepen vor einem rückwärtsfahrenden Wagen warnte, drehte sich Mariel um. »Wir haben den Alarm und die Kameras ausgeschaltet«, sagte sie, »aber irgendjemand war vor uns hier.«

»Und wir können nicht erkennen, in welche Richtung sie mit Eve weg sind.« Er sah sich wieder um. »Warum bist du hier und nicht Abel?«

»Raguel hat ihn aufgehalten.«

»Raguel schickt seine eigene Garde, aber nicht seinen Betreuer?«

»Das sind nicht Raguels Leute«, sagte sie leise. »Sie gehören zu Sara.«

Alec stockte. Sein Bruder hatte Raguel hintergangen …

für Eve. Abel tat nie irgendwas, das ihm nicht irgendwie zugutekam, und er brach nie die Regeln. Vielleicht hatte er erwartet, dass Eve ihm dankbar wäre, oder er wollte Alec einfach nur zeigen, dass er seiner neuen Aufgabe nicht gewachsen war.

Mariel legte eine Hand auf Alecs Arm. »Ich habe heute Nacht ein Höllenwesen gesehen, Cain. Eines ohne Geruch oder Kennzeichen. Dein Bruder wollte ein Team, das euch unterstützt.«

Mit geballten Fäusten sprach Alec aus, was ihm ungeheuer schwerfiel: »Wir brauchen Abel hier. Er ist der Einzige, der uns sagen kann, wo Eve ist.«

Mariel lächelte verständnisvoll. »Ihr zwei werdet ausnahmsweise zusammenarbeiten müssen.«

Ein Knurren stieg in Alecs Kehle. »Ich nehme das halbe Team mit. Kannst du einiges von dem Inhalt in diesen Säcken und alles, was du sonst noch findest, in die Firma bringen? Je schneller sie diese Tarnung untersuchen, desto besser.«

»Natürlich.«

»Und feuere den Brennofen an. Verbrenn alles, was ihr nicht mitnehmen könnt. Lasst nichts übrig.« Er gab den Wachen, die in der Nähe standen, ein Zeichen.

»Kommt mit mir«, befahl er und ging an ihnen vorbei zur Tür. »Es gibt jemanden, der wissen könnte, wo sie ist.«

Reed blickte auf seine Rolex und biss die Zähne zusammen. In Las Vegas gingen die Partys jetzt, um Mitternacht, erst richtig los. Reed hingegen war schmerzlich bewusst, wie spät es war und wie lange es gedauert hatte, von A nach B zu kommen. Beinahe zwölf Stunden waren vergangen, seit er den Gadara Tower verlassen hatte. Ihm kamen sie vor wie zwölf Jahre.

Er lehnte an dem Geländer der Fontana Bar im Bellagio und betrachtete ziemlich genervt das Wasserspiel. Wie konnte Raguel so gelassen sein, nachdem er sich sowohl Cains als auch Mariels Berichte angehört hatte? Und warum bestand er darauf, dass Reed persönlich Bericht erstattete, wohlwissend, dass er woanders dringend gebraucht wurde?

»Wo warst du?«

Reed wandte sich um und sah Raguel an, der in einem klassischen Smoking und mit einem zweikarätigen Diamantstecker im rechten Ohr auf die Terrasse geschlendert kam. Bei ihm war eine Entourage von Malsträgern – sein Schutz gegen Höllenwesen. Einst hatten die Erzengel alles getan, um möglichst unauffällig zu bleiben. Jetzt schien es, als wollten sie sich mit jeder neuen Rolle, in die sie schlüpften, gegenseitig ausstechen. Sie behaupteten, dass es sein musste, um die nötigen Mittel für ihre Firmen einzuwerben, aber ob das stimmte oder nicht, wussten nur sie selbst.

Stolz war eine der sieben Todsünden. Hatten sie das vergessen?

»Hast du nicht Mariels Bericht gehört?«, fragte Reed.

Der Erzengel verschränkte die Arme. »Selbstverständlich.«

Reed warf ihm den Stick entgegen, auf den er einige Worte zu Takeo aufgenommen hatte. Er hoffte, seine Verteidigung genügte, um die Seele des Gezeichneten zu verschonen. »Dasselbe ist mit meinem Schützling passiert.«

»Stimmst du Mariel zu, dass das Höllenwesen einer neuen Dämonenart angehört?«

»Ich weiß es nicht. Ich habe es nicht gesehen, auch keine Spur von ihm; es war nichts da, was eine Identifikation ermöglicht hätte. Bei dem Ausmaß der Zerstörung hätte die Lichtung über Meilen stinken müssen, doch was es auch war – es hat weder einen Duft zurückgelassen noch etwas von Takeo, abgesehen von Haut und Gewebe.«

Raguel starrte ihn an.

»Hast du nichts zu sagen?«, fragte Reed angespannt.

»Dein Bruder und Miss Hollis sind heute Nachmittag von unserem GPS-Radar verschwunden.«

»Sie traut dir nicht.« Und Reed ging es allmählich nicht anders. Raguels Besorgnis nach hätte er ebenso gut über das Wetter reden können.

»Das muss sie.«

»Dann gib ihr einen Grund.« Reed richtete sich auf. »Ich verstehe nicht, was du tust – oder vielmehr, was du *nicht* tust. Wie soll es dann eine Novizin können?«

Nach einer längeren Pause fragte Raguel: »Geht es ihr gut?«

»Noch ja.«

»Gehst du jetzt zu ihr?«

»Wenn es dir nichts ausmacht.«

»Sag Cain, er soll sich melden. Ich will wissen, wo in Upland sie sind.«

Reed lächelte. »Du könntest mir übrigens ein Team mitgeben. Das würde mir nichts ausmachen … und ihnen sicher auch nicht.«

»Sorg du dich um deinen Job, Abel. Ich sorge mich um meinen.«

Mit einer spöttischen Verbeugung ging Reed an dem Erzengel und seinen Wachen vorbei und durch die belebte

Bar. Der Treffpunkt allein war schon eine zynische Wahl. Raguel sagte, er hätte hier ein Meeting, zu dem er sich nicht verspäten durfte. Doch Reed nahm an, dass noch mehr dahintersteckte. Vielleicht wollte Raguel damit explizit ausdrücken, dass ihn die Ereignisse des Tages nicht kümmerten.

Wenn das aber der Fall war, warum war sich der Erzengel so sicher, dass ihm keine Gefahr drohte? War er vor lauter Arroganz blöd geworden? Oder wusste Raguel mehr, als er zugeben wollte?

Eve erwachte inmitten einer eisigen Sintflut. Würgend wollte sie sich wegdrehen und stellte fest, dass sie an einen Stuhl gefesselt war, die Hände im Schoß zusammengebunden.

Blinzelnd sah sie den jungen Wolf an, der einen frisch geleerten Eimer in den Händen hielt. Die Luft stank nach Blut, Urin und Fäkalien.

»Was habt ihr Höllenwesen bloß immer mit Wasser?«, fragte sie wütend.

Er glotzte sie mit völlig ausdrucksloser Miene an. Dem Aussehen nach musste er circa sechzehn sein. Seine haselnussbraunen Augen waren kalt und seelenlos. Er hatte einen dunklen Lockenschopf, ein flaches Kinn und einen Schmollmund. Das finstere Dreinblicken beherrschte er schon mal perfekt. Seine Jeans war schlabbrig und an mehreren Stellen eingerissen, und die Windjacke der Gehenna Masonry war dreckig.

»Du hättest sie nicht mitnehmen dürfen«, schalt ihn eine Stimme aus einem Wandlautsprecher.

Der Ton war androgyn, was allerdings auch an dem

Hintergrundrauschen liegen konnte. Gehörte sie dem anderen Jungen, den Eve in dem Tankstellenshop gesehen hatte?

Höllenwesen oder nicht, unmöglich hatten zwei Teenager eine Nummer wie diese im Alleingang durchgezogen. Ein Erwachsener leitete den Steinmetzbetrieb und sorgte für die Genehmigungen, die Fahrzeuge und die Verträge. Und garantiert wusste auch ein Erwachsener von diesem Höllenloch.

Eve erschauderte, während sie ihre Umgebung musterte. Der ganze Raum war im Horrorfilm-Look gestaltet. Eine einzelne nackte Glühbirne hing von der Decke und warf einen Lichtkreis nach unten. Der Estrichboden war mit rotbraunen Flecken übersät, von denen Eve annahm, dass sie von Blut rührten. Und es war ein Muster zu erkennen, eine klare Linie, an der unbeschmutzter Boden in besudelten überging. Am äußeren Rand des Lichtkreises war eine horizontale Metallstange zu sehen: die Kante einer Rolltrage, wie Eve sie in den Räumen von Gerichtsmedizinern bei *CSI* gesehen hatte. Sie war beiseitegeschoben worden, um Platz für Eve zu machen.

Hinter der Trage wimmerten sich windende Schatten. Wegen des grellen Lichts direkt über ihr nützten Eve ihre neuen Nickhäute nichts, sodass sie nur den jungen Wolf direkt vor sich erkennen konnte.

»Ich hatte versucht, sie wegzulocken, aber sie sind nicht hinterhergekommen«, sagte der Junge beleidigt. »Und als ich umgekehrt bin und geguckt habe, wo sie sind, haben sie im Brennraum rumgeschnüffelt. Was hätte ich denn sonst mit ihr machen sollen?«

Er warf den Eimer zur Seite, der gegen etwas Metallisches schlug, sodass Eve zusammenzuckte. Sofort kläffte ein Hund ängstlich los. Ein Zwinger vielleicht? Dem Kratzen und Schaben nach zu urteilen, das nun folgte, wurden mehrere Kreaturen in der Dunkelheit festgehalten.

»Wie haben sie uns gefunden?«, fragte die Stimme.

»Woher soll ich das denn wissen?«, murrte der Wolf. »Wenn Jaime nicht gewesen wäre, hätte ich nicht mal gewusst, dass wir beobachtet werden.«

»Was hat Jaime getan?«

»Gar nichts, außer dass er seine Freundin verprügelt hat. Er hatte eine Lieferung nach Corona, für die er nur anderthalb Stunden gebraucht hat. Also ist er wieder zurück, weil er gedacht hat, er kann noch eine Tour machen. Dabei ist ihm aufgefallen, dass der Wagen in der Seitenstraße schon da geparkt war, wie er losgefahren ist, und immer noch, wie er wieder zurückgekommen ist. Er hat gedacht, dass es Yesinias Dad sein könnte, der ihn mit dem Baseballschläger vertrimmen will. Na, das hat er mir dann gesagt, und ich habe nachgeguckt.«

»Sterbliche haben durchaus ihren Nutzen.«

»Ab und zu.«

»Wo ist Cain?«

Ein irres Funkeln leuchtete in den Augen des Jungen auf. »Cain ist tot.«

Eve zuckte zusammen, und ihr drehte sich der Magen um. Gleichzeitig blühte Schmerz in ihrer Brust auf und strahlte von dort in ihren ganzen Körper. Aus dem Lautsprecher dröhnte Gelächter. Wieder klang es sowohl männlich als auch weiblich, ähnlich einem pubertären Jungen im Stimmbruch.

»Denkst du, dass du Cain getötet hast?«, fragte die Person. »*Du*? An dem haben sich schon größere Dämonen versucht, und sie sind alle gescheitert.«

»Die Tengu haben ihn sich geschnappt.«

Eine Pause. »Wie viele?«

»Zwanzig oder mehr. So viele, wie in dem Lager waren.«

»Na, vielleicht haben sie ihn wenigstens verwundet. Ich sehe nach ihm, wenn ich dort bin.«

Eve wurde klar, dass die schlechte Klangqualität nicht allein von dem Lautsprecher herrührte. Das waren Verkehrsgeräusche. Wer da redete, war gerade mit dem Wagen unterwegs. Ihr sackte das Herz in die Hose.

»Und was soll ich mit ihr machen?«, fragte der Junge, dessen Füße auf dem scheußlichen Boden scharrten.

»Sie könnte lebend mehr für uns wert sein als tot. Falls Cain überlebt – was wohl unvermeidlich ist – könnte er eine Menge im Austausch gegen sie anbieten.«

Wut brannte sich durch Eves Angst. Sie hatte es gründlich satt, wie Dreck behandelt zu werden. So viel Schokolade gab es gar nicht, um ihre Stimmung so drastisch zu verbessern – sie fühlte die Kernschmelze nahen. Und sie würde einen Teufel tun, irgendwem zu erlauben, sie gegen Alec zu benutzen.

Langsam drehte sie den Kopf und verengte die Augen auf der Suche nach einem Ausgang. Wo war sie? War es das Haus im Falcon Circle? Falls nicht, saß sie mächtig in der Tinte, denn dann hätte sie keine Ahnung, wo sie war oder in welche Richtung sie rennen sollte, um Hilfe zu bekommen.

Eve blickte auf ihre Uhr. Durch die Wassertropfen auf dem Glas erkannte sie, dass es kurz nach ein Uhr nachts war. Demnach konnte der Junge sie nicht besonders weit weg von der Steinmetzerei gebracht haben. Dazu war zu wenig Zeit vergangen.

Falls dies hier ein echter Splatter-Film war, könnte der Raum ein Horrorkeller sein. Aber sie waren in Kalifornien, wo Keller wegen der Erdbeben eher rar waren. Folglich befand sie sich entweder im Erdgeschoss oder darüber. Aus irgendeinem Grund fühlte sie sich gleich besser. Solange sie über der Erde war, könnte sie eine Chance haben, auf die Straße zu entkommen oder zumindest von einem Fenster aus gesehen zu werden. Und wenn sie laut genug schrie, wurde sie vielleicht gehört.

Die Tür ist links von dir.

Eve erschrak, als sie die Frauenstimme hörte. Verstohlen blickte sie sich um. Eines der Tiere redete mit ihr, und es klang nicht gut. Die Stimme war erschöpft, ja, resigniert.

Sie geht nach innen auf. Wenn du es in den Flur schaffst, lauf nach rechts und bleib nicht stehen.

Eve hatte keine Ahnung, wie sie stimmlos antworten sollte, wie sie sagen könnte, dass sie zurückkommen und sie befreien würde, sollte sie die Nacht überleben. Sie weigerte sich, die Tiere zurückzulassen, auf die wahrscheinlich entsetzliches Leid wartete.

Darauf zählen wir.

Eve machte sich im Geiste bereit, bewegte sich ein wenig auf ihrem Stuhl und versuchte zu sehen, ob ihre Beine gefesselt waren. Waren sie nicht.

»Du kannst sie abschöpfen, bis ich bei dir bin«, sagte die Stimme aus dem Lautsprecher. »Aber zapf ihr nicht zu viel ab.«

Das träge Lächeln des Wolfs ließ Eves Wut in ungekannte Höhen schnellen. Ein raues Knurren entfuhr ihr, dann stürzte sie nach vorn und zielte mit ihrer Schulter auf den Bauch des Jungen, wie sie es schon bei Footballspielern gesehen hatte. Es funktionierte. Sie fielen beide zu Boden und stießen gegen einen stinkenden Zwinger. Die Tiere darin begannen zu bellen, sie fauchten und kreischten.

Aus dem Lautsprecher erklang ein Ruf: »Was ist los? *Tim?* Antworte mir! Was ist verdammt noch mal los?«

Eve kämpfte sich erst auf die Knie, dann auf die Füße. Da sie nun eins mit der Dunkelheit war, setzte ihre Nachtsicht ein, sodass sie eine Vielzahl an blutbenetzten Werkzeugen erkannte, die an Haken von der Decke hingen. Mindestens ein Dutzend Zwinger waren da, in denen die Tiere so verstümmelt waren, dass Eve bei einigen nicht einmal erkannte, welcher Gattung sie angehörten.

»Schlampe!«, schrie der Junge und schlug mit beiden Armen nach ihren Beinen.

Eve stolperte, drehte sich um und trat nach ihm. »Arschloch!«

Sie griff nach der Tür und mühte sich mit dem Knauf ab. Hände zerkratzten ihr die Knöchel und Schienbeine, fanden aber keinen Halt. Eve riss die Tür auf und floh in den Flur.

Hinter ihr fluchte der Wolf und setzte ihr nach.

Alec rannte um den Terrassenbereich der Steinmetzerei herum zum Haupttor. Seine Schritte vermengten sich mit denen der Gezeichneten hinter ihm zu einem rhythmischen Klopfen, das seine Angst noch steigerte. Er war noch einen knappen Meter vom Tor entfernt, als eine vertraute Gestalt auf der anderen Seite erschien. Der Mann packte die Eisenstäbe, sodass ein rautenförmiges Kennzeichen auf seinem rechten Handrücken zu erkennen war – identisch mit dem des Jungen im Tankstellenshop.

»Schlechtes Timing, Charles«, sagte Alec.

»Was machst du hier, Cain?«

Der Alpha des nordkalifornischen Rudels war zur falschen Zeit am falschen Ort, und Alec stand nicht der Sinn nach Spielen. »Ich gehe. Mach den Weg frei.«

»Ich suche nach jemandem. Einem jungen Männchen aus meinem Rudel.« Eine Hand langte in seine Tasche und holte einen Zeitungsausriss mit einem Bild aus der Upland Sports Arena heraus. Am Rand stand der Junge neben einem Gehenna-Masonry-Lastwagen.

Alec grinste. »Viel Glück dabei.«

Die Augen des Alphas leuchteten golden im Mondlicht. Er war groß und sehnig, auf eine Art gut aussehend, die zu viele menschliche Frauen auf Abwege lockte – dunkel und geheimnisvoll. Anziehend, würden einige sagen. Und gerissen genug, um Jehovas Zorn zu meiden. Bis jetzt zumindest. »Es kann kein Zufall sein, dass du hier bist.«

»Du bist derjenige, der sich außerhalb seines Territoriums bewegt.«

Charles stellte sich breitbeiniger hin und zeigte seine Entschlossenheit, den Ausgang so lange wie möglich zu versperren. Da das Vorhängeschloss außen am Tor war, könnte Alec es nur durch die Gitterstäbe hindurch erreichen, was ihn in eine inakzeptabel nachteilige Position versetzte.

»Sag mir, wohin ich muss, und ich gehe beiseite«, sagte Charles.

»Du kannst deinem abtrünnigen Wolf nicht helfen. Geh nach Hause.«

»Ich lasse nicht zu, dass du ihn tötest.«

»Das entscheidest du nicht.«

»Er ist jung, und er ist mein Sohn.« Charles' Fingerknöchel wurden weiß. »Seine Mutter war eine Hexe. Ihre Eltern glauben, dass ich ihm sein magisches Geburtsrecht verweigere. Sie haben ihn gegen mich aufgebracht.«

»Das ist mir egal!«

»Weil er ein Halbblut ist«, fuhr der Alpha fort, »kann er seinen Wolf nicht kontrollieren, also hat er ihn abgewiesen und ist geflohen.«

Alec nahm sich zusammen. »Du brichst mir das Herz.«

»Lass mich das innerhalb des Rudels regeln.«

»Dafür ist es zu spät.« Der Abendwind wehte durch die Gitterstäbe, zurrte an Alecs Haar und füllte seine Nase mit dem Gestank von Höllenwesen. »Unter anderem wurde eine Gezeichnete entführt.«

»Was Timothy auch getan hat, seine Großeltern haben ihn dazu verleitet. Ich händige sie dir sie im Tausch gegen meinen Sohn aus.«

»Ich will die Gezeichnete«, sagte Alec, dem allzu bewusst war, wie viel Zeit seit Eves Entführung verstrichen war.

»Das verstehe ich. Ich möchte dir helfen.«

»Dann geh mir aus dem Weg!«

Der Alpha lockerte seinen Griff am Tor. »Haben wir einen Deal?«

Alec holte tief Luft. »Klar.«

Eve hatte recht. Das Mal brannte, wenn man log.

20

Es war ein Flur, an dessen Ende ein schwacher, fast nicht wahrnehmbarer Lichtschein zu sehen war.

Eve rannte darauf zu, und zum ersten Mal wurde ihr bewusst, wie viel schwingende Arme zum Lauftempo beitrugen. Ihre gefesselten Hände machten es schwierig, die Balance zu halten, zumal sich durch sie das Körpergewicht nach vorn verlagerte.

Die kreischenden Schreie der Tiere verstummten abrupt, als die Tür zufiel, durch die Eve geflohen war, was ihr verriet, dass der Horrorraum schalldicht war. Die wummernden Schritte ihres Verfolgers hingegen waren laut und deutlich zu hören. Und sie holten Eve ein.

Zu beiden Seiten des Flurs gab es andere Türen, nicht viele, und alle waren geschlossen. Es fiel kein Funken Mondlicht hinein, um ihr eine Orientierung zu geben. Und weder künstliches Licht noch Fenster verrieten ihr, wo sie war. Einzig das schwache Glimmen am Ende des Tunnels wies auf ein Fenster hin.

Der Korridor mündete in einen zweiten. Eve bog um die Ecke und musste auf einmal Sofas und Tischen ausweichen. Hier allerdings flutete Mondlicht durch Panoramafenster hinein. Sie war im Erdgeschoss! Wäre sie religiös gewesen, hätte sie ein Dankgebet gen Himmel geschickt. So dachte sie nur daran, dass es höchste Zeit war, mal eine Pause einzulegen.

Sie sah eine Doppeltür, die nach draußen führte.

Fast da …

»Dämliche Schlampe!«, fluchte der Junge und knallte gegen die Wand, als er hinter ihr um die Ecke bog.

Eve spürte, dass er sie von hinten anspringen würde, und machte einen Satz auf die Tür zu. Ihr Mal brannte unter einem Energieschub, der ihr die Kraft gab, das Schloss zu sprengen und in die Nacht hinauszupreschen.

Ihr Fuß traf irgendwie falsch am Boden auf, sodass sie stolperte und …

… mit der Brust einer unbeweglichen maskulinen Gestalt kollidierte.

Schlingernd bog Alec in den Falcon Circle ab und brachte den Wagen mit quietschenden Reifen und jaulenden Bremsen vor dem braunen Haus zum Stehen. Es war das einzige unbeleuchtete Gebäude in der Sackgasse, ein schwarzes Loch in einer Vorortszenerie von einladend erleuchteten Heimen. Hinter ihm parkten ein dunkelblauer Suburban mit Saras Leibwachen und ein schwarzer Porsche, in dem Charles ihnen gefolgt war. Das Schlusslicht bildete ein Van voller Wölfe. Die Wagen blockierten die Einfahrt bis zur Straßenmitte.

Alec stürmte aus dem Focus und ließ die Fahrertür weit offen.

So chaotisch sollte es eigentlich nie zugehen. Verdeckte Operationen, Razzien, Hinterhalte … abgesehen davon, dass man strengstens dagegen war, irgendwelche Aufmerksamkeit zu erregen, gehörten solche auffälligen Aktionen schlicht nicht zu Alecs Repertoire. Er zog das stille, saubere Töten vor.

Stattdessen rannte er nun mit donnernden Schritten an der Garage vorbei zu den Doppeltüren vorn.

Eine flog auf, und eine Gestalt kam herausgestürzt, die geradewegs in Alec hineinlief. Könnte sein Herz aussetzen, hätte es das jetzt getan.

»Was zum Geier ist hier los?«

Das war nicht Eves Stimme.

Eve musste nicht aufblicken, um zu wissen, dass der Mann, der sie in den Armen hielt, Reed war. Sein Duft war unverwechselbar, und Erleichterung überkam sie.

Aber sie war trotzdem noch stinksauer.

An Reed gelehnt, trat sie mit einem Bein nach hinten und traf ihren jugendlichen Verfolger in die Brust. Die Wucht des Tritts vibrierte durch Eve und wurde von Reed abgefangen, während der junge Wolf abhob und mindestens einen Meter rückwärts flog. Er krachte gegen die Scheibe neben der Tür, und es knackte hörbar, als sein Kopf mit dem dicken Glas kollidierte. Bewusstlos sank er zu Boden.

»Nicht schlecht«, sagte Reed und musterte sie. »Du bist schon wieder nass.«

»War ich zwischendurch irgendwann mal trocken?« Sie hielt ihm ihre gefesselten Hände hin. Sie zitterten schrecklich, doch dagegen konnte sie nichts tun. »Bind mich los!«

»Wo ist Cain?«, fragte er und löste rasch das Nylonseil.

»Kämpft gegen Tengu.« Zumindest hoffte sie, dass er noch gegen sie kämpfte. Der Knoten in ihrem Bauch wurde strammer.

»Dann gehen wir mal seinen Arsch retten«, sagte Reed, nachdem er sie befreit hatte.

Eve trat nach dem Wolfsfuß, der in einem Turnschuh steckte. »Wir müssen ihn im Auge behalten. Er ist der Auftrag deines Bruders.«

»Ich binde ihn fest.« Er legte das Seil in seinen Händen halb zusammen und ließ es einmal durch die Luft schnalzen.

»Da drinnen sind auch noch Hunde … Tiere«, sagte sie und zeigte zum Ausstellungsraum. »Sie sind schlimm verletzt. Und jemand anders kommt noch. Die sind hierher unterwegs. Ich weiß nicht, wie viele. Geredet hat nur einer, aber wer weiß, ob noch welche bei ihm sind. Oder ihr. Die Stimme war komisch.«

»Wir werden Cain brauchen«, sagte er ernst. Er war so ruhig, so beherrscht. Und er trug einen lachhaft teuren Anzug, der nach einer Frau roch.

Eve schob diesen Gedanken beiseite. »Gut. Fessle den Jungen, ich hol Cain.«

»Allein?«, fragte er mit einem halben Lächeln.

»Wir sind nur zu zweit. Was bleibt uns anderes übrig?«

»Ich hatte Verstärkung angefordert.« Er holte sein Telefon hervor. »Mal sehen, wo die sind.«

»Okay. Also haben wir einen Plan.«

»Haben wir?«

»Klar. Ich kann gut mit Tengu. Die gehen lieber auf mich als auf Cain los, und das sollte ihm eine Pause verschaffen.« Sie packte Reed beim Revers und schüttelte ihn. Na ja, sie versuchte es jedenfalls, doch er rührte sich nicht. »Lass dich ja nicht verletzen, hast du verstanden?«

Reed zwinkerte. »Ich werde auf deine Lieblingsteile aufpassen.«

»O Mann, du bist furchtbar«, murmelte sie.

»Hey.« Er fing sie ab, als sie sich wegdrehte, und sagte sehr ernst: »Pass auf dich auf.«

»Mach ich.« Eve lief über das Grundstück und zwischen all den Statuen und Springbrunnen hindurch, die um den Ausstellungsraum herumstanden.

Jetzt waren sie nicht mehr annähernd so unheimlich wie vorher.

Alec starrte den Teenager an, den er bei seinem Shirt hielt. Es war der andere Junge aus dem Shop. Noch ein Wolf, obwohl Alec nicht sicher war, zu welchem Rudel er gehörte, denn seine Kennzeichen waren unter der Kleidung versteckt.

»Wo ist Evangeline?«

»Wer?«, fragte der Junge. »Alter, du bist doch auf dem falschen Trip! Wieso zur Hölle kommt ihr hier die Straße runtergebrettert wie die Irren? Ihr habt mir eine Scheißangst eingejagt.«

»Wo ist dein Freund Timothy? Der Junge, der vorhin bei dir war?«

Der junge Wolf runzelte die Stirn. »Woher soll ich das denn wissen? Er ist noch nicht von der Arbeit zurück.«

Die Stimme des Alphas dröhnte durch die Dunkelheit. »Weißt du, mit wem du da redest, Sean?«

Die Augen des Jungen weiteten sich vor Angst, und zwar nicht vor Alec, sondern vor dem Alpha. Sofort zappelte er energischer. »Lass mich los!«

Alec blickte zu Charles.

»Er ist mit Timothy abgehauen«, erklärte der Alpha, dessen Blick auf den strampelnden Teenager gerichtet blieb. »Wo ist er, Sean?«

Charles' Unterton bewirkte, dass der Junge jeden Widerstand aufgab und in Alecs Griff erschlaffte. »Ich glaube, der ist noch bei der Arbeit. Er hat vorhin angerufen und gesagt, dass Malachai ihn da treffen soll.«

»Malachai?«, fragte Alec.

»Sein Großvater«, erklärte Charles.

Noch bei der Arbeit. Alec ließ den Jungen los. War Eve noch in dem Steinmetzbetrieb? War sie die ganze Zeit direkt vor seiner Nase gewesen?

All die Zeit … vergeudet.

»Zurück!«, brüllte er und lief an Charles und den anderen Wölfen vorbei zum Focus. »Fahrt die Wagen weg!«

Eine Gezeichnete versuchte, an ihm vorbeizulaufen, und er packte ihren Arm. »Nimm Kontakt zu dem Team bei Mariel auf«, befahl er. »Sag ihnen, sie sollen das Gelände absuchen.«

»Ja, Cain.« Während sie zu dem Chevrolet Suburban lief, holte sie ihr Telefon aus der Tasche.

Alec stieg in den Focus und legte den Rückwärtsgang ein. Wieder mal hatte er alles vermasselt. Er hätte den Jungen töten müssen, als er die Gelegenheit dazu gehabt hatte.

Den Fehler würde er kein zweites Mal machen.

Eve zog die Tür zum hinteren Gebäude auf. Hitze schlug ihr entgegen, zusammen mit einem außergewöhnlich fiesen Gestank.

Sie rannte hinein. Der Brennofen war an, und ein dunkel gekleideter Mann warf Säcke hinein. Für einen kurzen Moment überlegte Eve, ob er Freund oder Feind war, dann erkannte sie an der zarten, süßlichen Note, dass es sich um einen Gezeichneten handelte. Sie wollte wissen, warum er hier war, doch das konnte warten. Ein kurzer Blick nach hinten bestätigte ihr, dass die Tengu gesichert waren.

»Wo ist er?«, fragte sie.

»Sucht nach dir«, antwortete der Gezeichnete und musterte sie. »Ist mit dir alles okay?«

»Eigentlich nicht, nein.« Eve bemühte sich, gefasst zu wirken, aber ihre Angst und Anspannung lösten sich so plötzlich auf, dass sie sich wie ein schrumpelnder Luftballon fühlte.

»Du hast dir doch nichts getan, oder?«

Sein Ton ärgerte Eve. »Ich hatte nicht vor, mich verschleppen zu lassen!«

»Tja, wir wissen alle, dass du auch nicht vorhattest, dich *nicht* verschleppen zu lassen. Bei einem solchen Einsatz solltest du gar nicht erst dabei sein. Sieh dir an, welche Probleme du machst.«

»Wie bitte?« Sie stemmte die Hände in die Seiten. »Wer hat gesagt, dass ich diesen Auftritt wollte?«

Der Gezeichnete gab ein Grunzen von sich, das Eve empörte.

Sie schüttelte den Kopf. »Ich sehe mal nach dem Wolfsjungen drüben im Ausstellungsraum. Der hat wenigstens bessere Manieren.«

»Moment«, murmelte er. »Ich komme mit. Lass mich nur diesen Mist von meinen Händen waschen.«

Eve wollte widersprechen, doch er winkte ab.

»Keine Widerrede. Du brauchst jemanden, der auf dich aufpasst, bevor du dich noch umbringen lässt.«

»Bisher habe ich es geschafft zu überleben, oder nicht?«

»Gott sei Dank«, sagte der Gezeichnete und ging zu einem Kunststoffspülbecken in der Ecke.

Während er dort beschäftigt war, sah sich Eve ungeduldig um. Die Tengu waren unheimlich still, und automatisch fragte Eve sich, in welcher Verfassung Alec sie zurückgelassen hatte.

Wütend tippte sie mit dem Fuß auf. Am liebsten wollte sie dem Gezeichneten sagen, er solle zur Hölle fahren, aber Tatsache war, dass er ausgebildet war und sie nicht. Außerdem musste er seinem Aufzug nach eine wichtige Position bekleiden oder zumindest eine, die ihn von den gewöhnlichen Gezeichneten abhob. Und abgesehen von seinem mürrischen Gebaren könnte er ihr helfen. Eve war wahrlich nicht in der Lage, Hilfe abzulehnen.

Sein Handy spielte die ersten Takte von »Low Rider«.

»Kannst du dich beei…«, begann sie, während sie sich zu ihm drehte. »Ach du Scheiße!«

Ein Wasserstrahl schlängelte sich aus dem Hahn und wickelte sich um Gesicht und Körper des Gezeichneten. Er wehrte sich, doch was immer er an Geräuschen von sich gab, wurde von dem Wasser erstickt. Binnen Sekunden lief er blau an.

»Hey!«, schrie Eve. »Lass ihn. Du willst doch mich!«

Der Gezeichnete fiel bewusstlos zu Boden. Tot vielleicht. Das konnte Eve nicht erkennen.

Nun war sie mit dem Nix allein.

Reed richtete sich aus der Hocke auf, den gefesselten Teenager über seiner Schulter. Er öffnete die Tür des Ausstellungsraums und trug seine Last hinein. Dort warf er den Jungen auf ein Sofa und blickte sich um.

Gehenna Masonry bot einen edlen Stil an, wie Reed ihn schätzte. Bei ihrer Präsentation scheuten sie keine Ausgaben. Die Sofas waren aus Leder, beim Empfangstresen stand eine Espresso-Maschine, und die Material-, Farb- und Fliesenmuster waren in Mahagoni-Vitrinen ausgestellt.

Eine kluge Tarnung, dachte Reed. Und nicht das, was er erwartet hatte.

Er sah wieder zu dem bewusstlosen Teenager. Einen überzeugenderen Beweis für die Maskierung, die Cain vermutete, konnte man wohl kaum finden. Reed hatte keine Ahnung, was für ein Höllenwesen der Junge war. Wären die Umstände andere, hätte er nicht einmal begriffen, dass er überhaupt eines war. Und das war beinahe so beängstigend wie Eves Gesichtsausdruck, als sie aus dem Ausstellungsraum gestürmt war. Er hatte ihre Angst gefühlt, doch sie zu sehen war zu viel gewesen.

Dennoch hatte sie tapfer weitergemacht und sich um Cain und ihn gesorgt. Sie hatte ihr Mal erst seit ein paar Wochen, trotzdem sorgte sie sich mehr um die ältesten Mitglieder des Systems als um sich selbst.

Wo zum Teufel blieb Saras Team? Nach dem, was er für ihre Hilfe bezahlt hatte, sollte es längst hier sein.

Reed griff in die Tasche, zog sein Telefon hervor und schaltete es ein. Das Handy dudelte eine kleine Melodie, als es hochfuhr, gefolgt von einem Piepen, das SMS und Mailboxnachrichten ankündigte. In der stillen Halle klang es sehr laut. Reed sah sich wachsam um und ging zum Empfangstresen. Es wurde Zeit, ein wenig Licht auf dieses noble Ambiente zu werfen.

Er streckte gerade die Hand nach einem Wandschalter aus, als ihm der Gestank einer verrottenden Seele entgegenwehte. Reed schlich hinter dem Tresen hervor und zurück in den Wartebereich. Dort schnupperte er in die Luft um den Jungen und runzelte die Stirn. Werwolf.

»Es nutzt sich ab«, murmelte er und grinste. Falls sie alles zerstörten, was auf die Machart und Zutaten der Maskierung hinwies, könnten die Dinge wieder wie früher werden.

Reed stellte das Licht an und ging durch den Flur, um nach Aufzeichnungen über Mitarbeiter und Einkäufe zu suchen. Jeder und alles in Verbindung zum Steinmetzbetrieb musste gesichert werden. Im Gehen rief er Mariel an.

»Abel«, meldete sie sich. »Wo bist du?«

»Beim Steinmetz. Wo bist du?«

»Cain hat verdächtiges Material gefunden und wollte, dass ich es sofort zu Gadaras Labor bringe.«

»Ist Cain bei dir?« Reed drehte sich um und ging zurück in den Wartebereich. Eve suchte an der falschen Stelle, oder, schlimmer noch, begab sich in Gefahr. Am Ende des Flurs blieb Reed stehen. Das Sofa war leer, bis auf ein Stück zerbissenes Seil.

Der Wolf war verschwunden.

Die Vorstellung, dass Eve in Gefahr sein könnte, entsetzte Reed zutiefst, und so spürte er keinerlei Bedrohung, bis sich eine spitze Metallstange geradewegs von hinten durch seine rechte Schulter bohrte.

Mit einem Aufschrei ließ er sein Telefon fallen. Er packte das herausragende Rohrstück und riss es nach vorn. Es war über einen Meter lang, hohl und hatte einen Durchmesser von knapp vier Zentimetern. Im Drehen schwang Reed es nach seinem Angreifer. Der Hieb traf den anderen ins Gesicht, und er brach zusammen.

Es handelte sich um einen alten Mann, sofern die silbernen Strähnen an den dunklen Schläfen ein Indiz waren. Ein Magier, der in seiner Sterblichen-Tarnung zu Reeds Füßen lag – Baumwollhose, Slipper und Polohemd. Scheinbar harmlos.

Reed heilte seine Wunde und befreite seine Flügel. Sie drangen durch seinen Anzug und breiteten sich zur vollen Spannweite aus. Seine Züge und seine Stimme verzerrten sich vor Wut, und die Luft um ihn herum begann unter seinem Energieschub zu flirren.

Der Magier wich zurück, als er seinen Fehler erkannte. Ein Zauberstab lag neben ihm auf dem Boden, doch er war zu perplex, um danach zu greifen. Er hatte geglaubt, einen fragilen Gezeichneten, vielleicht sogar Cain zu verwunden, nicht hingegen einen *Mal'akh* mit voll funktionsfähigen Gaben.

Schön blöd. Den Unterschied hätte er riechen müssen.

»Die Rache ist mein!«, donnerte Reed und stieß das Rohr mit solcher Wut durch das Herz des Magiers, dass es einen Riss in den Boden unter ihm schlug.

Blut quoll von den Lippen des Magiers, doch er lächelte. »Und mein.« Daraufhin explodierte er in einem weiß glühenden Flammenregen, und es blieb nur noch ein Aschenhaufen in Körperform um das aufstakende Rohr übrig.

Reeds Miene verfinsterte sich. Dann roch er den Rauch und blickte zum Flur. Schatten tanzten über die Wände, hervorgerufen von züngelnden Flammen.

»Eve!«

Er zog seine Flügel wieder ein und wandte sich zur Vordertür. Als er sich dem Ausgang näherte, wurde die Tür von außen aufgerissen, und Cain kam hereingerannt.

»Wo ist sie?«

Drei von Saras Wachen waren hinter ihm, gefolgt von einer Gruppe Wölfe. Einer von ihnen war ein Alpha – Charles Grimshaw, einer der mächtigeren Rudelführer.

»Wo sind die Tengu?«, fragte Reed. »Wo sie auch sind, da ist sie.«

Alec zeigte auf das Blut an Reeds Hemd und Weste. »Was ist mit dir passiert?«

»Das da«, antwortete Reed und wies auf die Asche. »Ein Magier.«

Rauch waberte aus den hinteren Räumen heran und rollte einer Welle gleich durch den Flur.

»Malachai«, sagte Grimshaw. »Wo ist mein Sohn?«

»Da hinten.« Reed zeigte zum hinteren Gebäudeteil.

Die Wölfe liefen geradewegs in das Feuer.

Reed sah Cain an, und die beiden Brüder verständigten sich wortlos.

Gemeinsam eilten sie zu Eve.

Eve wich vor dem Nix zurück, der menschliche Gestalt annahm, jedoch klar wie Wasser blieb. So etwas hatte sie mal in einem Film gesehen. *Abyss – Abgrund des Todes* musste es gewesen sein, dachte sie, und ihr entfuhr ein hysterisches Lachen. Sie verlor den Verstand. Hier stand sie, würde jeden Moment sterben, und dachte an Filme!

»In Las Vegas ist es wärmer«, raunte der Nix.

Sie hätte erwartet, dass seine Worte blubbernder klingen würden, aber sie hörten sich völlig normal an. Zumindest so normal, wie sie mit dem heftigen deutschen Akzent klingen konnten.

»Was interessiert mich das Wetter in Las Vegas?«, konterte sie und griff in ihre Tasche.

»Hast du mal das Wasserspiel im Bellagio gesehen? Sensationell. Und man nimmt jedes Mal etwas Neues mit. Heute Abend habe ich dort herausgefunden, wo du bist.«

»Wie schön für dich.«

»Für dich weniger.«

Eve schüttelte den Kopf. »Warum ich?«

»Ich tue, was mir gesagt wird«, antwortete er, und seine untere Hälfte fing an, sich wie ein Strudel zu bewegen.

»Was?«

Die Tür ging auf. Eve stöhnte vor Erleichterung, blickte sich um und hoffte, Reed zu sehen.

Stattdessen sah sie den Wolf.

Das Herz schlug ihr bis zum Hals. *Reed. Alles okay mit dir?*

»Entschuldigt die Störung«, sagte der Junge grinsend. »Ich lasse euch zwei allein.«

»Du kleines Dreckstück!« Eve stürzte sich auf ihn.

Doch er schlüpfte blitzschnell nach draußen und knallte die Tür zu. Eine Sekunde später verriet ein lautes Poltern, dass er den Ausgang mit irgendwas blockierte.

Der Nix lachte und kam näher. Er spielte mit ihr. Sie wusste, dass er sie im Handumdrehen umbringen könnte, doch er wollte, dass sie sich wand. Er wollte sie erst halb zu Tode ängstigen, bevor er sie tötete.

Eve wich zum Brennofen zurück. Ihr Plan war schwachsinnig und wahrscheinlich zum Scheitern verurteilt, aber einen besseren hatte sie nicht. Als sie sich dem Ofen näherte, wurde es wärmer. Lächelnd bewegte sich der Nix auf sie zu.

Dann zog Eve einen kleinen Beutel aus ihrer Tasche und betete, dass die Plastikbeschichtung der Tüte gehalten hatte. Sonst war sie geliefert.

»Was ist das?«, fragte der Nix, während sich seine Unterhälfte in einer Geschwindigkeit drehte, als wäre er ein aufgeregter Flaschengeist.

»Ein Geschenk für dich.«

»Aha?«

Sie riss die Verpackung auf und war unglaublich dankbar, das grüne Pulver darin zu sehen. Es war nicht nass geworden. »Magst du Limetten?«

»Was?«

Eve sprang neben die Ofenöffnung, und der Nix schoss auf sie zu. Sie schleuderte das Pulver auf ihn, worauf das Wasser einen grünlichen Ton annahm. Der Strudel verlangsamte sich, und er kippte bedenklich. Hastig riss Eve noch eine Tüte auf und warf ihm deren Inhalt ebenfalls entgegen. Der Nix schwankte ihr entgegen.

»W-was hast du ge-getan?«, gurgelte er.

Eve konzentrierte sich auf ihre Superkräfte und fing ihn auf, als er umfiel. Hastig warf sie ihn auf einen der Rollschlitten und schob seine regungslose, halb gelierte Gestalt in den Brennofen.

Er schrie, und entsetzt starrte Eve hin. Zuerst begann der Boden zu zittern, dann die Wände. Staub regnete von den metallenen Dachstreben. Der Gabelstapler hüpfte auf dem Boden, und die Tür zum Tengu-Raum fiel aus dem Rahmen.

Eve packte den ertrunkenen Gezeichneten und zerrte ihn zum Ausgang. Sie bemühte sich, die Tür zu öffnen, doch die bewegte sich nicht. Also hämmerte sie an die Tür, schrie um Hilfe und versuchte, das entsetzliche Geheul aus dem Brennofen zu übertönen. Gleichzeitig rückte ein kleines Heer von Tengu heran.

»Hilfe!«, brüllte Eve und hieb auf die Tür ein. »Hilfe!«

Plötzlich gab sie nach, und Eve fiel …

… direkt in Alecs Arme. Er drückte sie so fest an sich, dass ihr die Luft wegblieb.

»Zeit zu gehen«, murmelte er und zog sie nach draußen. Anschließend nahm er den Gezeichneten und warf ihn sich über die Schulter wie ein Feuerwehrmann.

Reed trat aus dem Schatten. Er hatte den jungen Wolf beim Schlafittchen, warf ihn in die Werkshalle und schlug die Tür zu. Dann hob er ein Brett vom Boden auf und klemmte es unter die Türklinke.

Als Sirenen losheulten, drehte sich Eve um und sah, dass der Ausstellungsraum von Flammen eingeschlossen war.

»Die Tiere!«, schrie sie und rannte los.

Feste Arme umfingen ihre Taille und hielten sie zurück. Sie wehrte sich gegen Reeds Griff, doch er war stärker.

»Eve«, raunte er ihr leise ins Ohr. »Es ist der Wille des Herrn.«

Aber das war so sinnlos, dass sie sich weigerte, es zu akzeptieren. Wenn Gott diese Geschöpfe liebte, hätte er niemals zugelassen, dass sie so leiden mussten. Er hätte ihnen vor dem Sterben wenigstens ein klein wenig Trost zugestanden. Stattdessen hatte er Eve benutzt, um ihnen Hoffnung zu machen und sie dann grausam zu zerstören.

»Wir müssen weg«, sagte Alec und lief auf eine Gruppe von Leuten zu, die genauso gekleidet waren wie der Kerl, den er trug.

»Wo sind die Wölfe?«, fragte er, als er bei ihnen war.

»Noch drinnen«, antwortete eine Gezeichnete. Sie steckte zwei Finger in den Mund und pfiff.

Ein weiterer Gezeichneter kam aus dem schuppenartigen Gebäude. Er blieb vor den anderen stehen und sagte: »Es würde Tage dauern, das ganze Material da drinnen durchzusehen.«

Ein gigantisches Heulen ertönte aus der Werkstatthalle mit dem Brennofen. Ihm folgte das Geräusch von sich dehnendem und reißendem Metall. Alec schüttelte den Kopf. »Wir haben nicht mal mehr Minuten.« Er sah Eve an. »Was hast du gemacht?«

»Den Nix in den Ofen geschoben.«

»Gütiger Gott«, hauchte die Gezeichnete.

»Scheiße«, murmelte Alec. »Das Ding wird explodieren. Lauft!«

Eve sprintete verwirrt hinter ihm her zum Wagen. Sie schafften es, mehrere Blocks weit zu fahren, bevor der Brennofen in die Luft ging.

Der Feuerball war über Meilen zu sehen.

21

Gadara tigerte hinter seinem Schreibtisch im Penthouse-Büro des Gadara Towers auf und ab. In seiner Jeans und dem weißen Oberhemd wirkte er attraktiv und lässig, wobei er Letzteres definitiv nicht war.

»Sie sind eine Bedrohung, Miss Hollis«, sagte er streng. »Eine andere Bezeichnung gibt es nicht.«

Von ihrem Stuhl vor dem Schreibtisch des Erzengels aus blickte Eve zuerst zu Alec, der links von ihr saß, dann zu Reed rechts von ihr. Zwei Tage waren seit dem Zwischenfall in Upland vergangen. Gestern hatten sie sich nach vierundzwanzig Stunden ohne Schlaf erholen dürfen. Heute war der Tag der Abrechnung.

»Sie haben uns gesagt, dass wir uns um die Tengu kümmern sollen«, erinnerte sie ihn. »Das haben wir.«

»Indem Sie eine brandneue Klimaanlage zerstört und einen Lexus in Spezialausfertigung geschrottet haben?«, konterte der Erzengel. »Das vergaßen Sie zu erwähnen, als Sie die Geschehnisse vor wenigen Tagen schilderten.«

»Denk dran, wie viel dich die Tengu langfristig gekostet hätten«, schlug Alec vor. »Wir haben dir einiges an Ausgaben erspart.«

»Und was soll der Nutzen aus dem Desaster in Upland sein?«, fragte Gadara erbost.

»Sie haben gesagt, dass ich mir die Hände schmutzig machen soll«, sagte Eve.

Er blieb stehen und sah sie wütend an. »Sie haben einen ganzen Straßenzug gesprengt!«

»Nicht ich, das war der Nix.«

»Wie hast du das überhaupt hinbekommen?«, fragte Reed beiläufig. Wie immer war er tadellos gekleidet und sah göttlich aus.

»Mit Instant-Gelatine.«

»Ehrlich? Sehr klug.«

»Eher kompletter Zufall. Ich hätte nicht gedacht, dass es funktioniert.«

Alec nahm ihre Hand. Im Gegensatz zu seinem Bruder trug er eine Lederhose und ein T-Shirt. »Hat es aber. Das war brillant.«

Er sagte nicht, es sei kein Zufall gewesen, dass sie die Instant-Gelatine in dem Tankstellenshop gekauft hatte, aber sie wusste, dass er es dachte.

»Verzeihung«, sagte Gadara und klatschte beide Hände auf seinen Schreibtisch. »Sind wir jetzt fertig mit dem gegenseitigen Schulterklopfen?«

»Wissen Sie was?«, fragte Eve süßlich. »Wenn ich es nicht besser wüsste, würde ich meinen, Sie wollten, dass wir scheitern.«

»Lächerlich!«, erwiderte er. »Ich profitiere nur, wenn ihr Erfolg habt. Wenn das allerdings so weitergeht, treibt ihr meine Firma in den Bankrott.«

»Ich hätte eine Idee«, sagte sie. »Ich bleibe einfach ruhig zu Hause, bis mein Training anfängt.«

Es dauerte einen Moment, bis seine finstere Miene einem überlegenen Lächeln wich. »Sie fangen nächste Woche mit Ihrem Training an.«

»Ach ja?« Reed richtete sich aus seiner zurückgelehnten Pose auf. »Wessen Rotation ist das?«

»Meine.«

Eve entging nicht, dass die Männer zu ihren Seiten angespannt reagierten.

»Lieber ich als Sara, nicht wahr?«, fragte Gadara und starrte Reed an.

Der gab ein gewürgtes Hüsteln von sich. Alec schüttelte den Kopf.

»Rotation?«, fragte Eve.

»Die Erzengel teilen sich ihre Trainingspflichten nach dem Rotationsprinzip«, erklärte Alec.

»Oh.« Sie sah Gadara an.

»Ich bin der Beste«, sagte er bescheiden.

Sie lachte. »Klar sind Sie das.«

»Gibt es Neuigkeiten von Hank zu den Proben, die Mariel hergebracht hatte?«, fragte Alec.

»Wie Miss Hollis' Gelatine-Idee, war auch das sehr clever, sagt Hank.« Gadara sank in seinen Sessel. »Aber es fehlt etwas, und bedenkt man, dass die Erfinder Magier waren, ist Hank sicher, dass irgendein Zauberspruch dazugehörte.«

»Ich frage mich, wie viele Leute das Rezept kennen«, erwiderte Reed.

»Nicht allzu viele, würde ich schätzen.«

»Ich auch«, stimmte Alec zu. »Je seltener es ist, desto mehr ist es für Malachai und seine Frau wert.«

»Hank glaubt, dass es ein Paarschwur sein muss«, fuhr Gadara fort. »Ein Zauber, den ein Mann und eine Frau gemeinsam wirken, damit er möglichst viele erreicht. Wie ihr erzählt, konnten mehrere Höllenwesenarten die Rezeptur erfolgreich nutzen.«

»Es sei denn, es gab mehrere Tarnungen«, warf Eve ein.

Alle drei Männer sahen sie an.

Sie zuckte mit den Schultern. »Ich meine ja nur.«

»Ich habe Malachai getötet«, sagte Reed. »Und die Materialreste wurden bei der Explosion vernichtet.«

»Das Haus im Falcon Circle wurde durchsucht«, endete Gadara, »und alles, was interessant sein könnte, wurde entfernt. Ich habe ein Team, das diversen Spuren nachgeht, die wir dort gefunden haben.«

»Der Alpha könnte uns helfen, die Frau zu finden«, sagte Reed.

»Das bezweifle ich«, entgegnete Alec ernst. »Wir haben seinen Sohn getötet. Da wird er uns nicht mehr sonderlich wohlgesinnt sein.«

»Hätten die Großeltern den Jungen nicht auf die schiefe Bahn gelenkt, hätte er wahrscheinlich keine Aufmerksamkeit erregt. Es war ihr Fehler.«

»Versuch mal, das trauernden Eltern zu erzählen«, sagte Eve. »Die denken oft nicht sehr logisch.«

»Stimmt.« Alec drückte ihre Hand.

»Sonst noch etwas?«, fragte sie Gadara.

Er nahm eine Zigarre aus der Holzkiste auf seinem Schreibtisch. Eve fragte sich, was er mit den Dingern anstellte, wenn er doch gar nicht rauchte. Kaute er auf ihnen herum, bis sie durchgeweicht waren? Der Gedanke ekelte sie, also verdrängte sie ihn gleich wieder.

Der Erzengel sah sie nachdenklich an. »Haben Sie es eilig, hier wegzukommen?«

»Offen gesagt: ja.«

»Tricksen Sie nicht wieder unser GPS aus«, ermahnte er sie. »Es ist da, um Sie zu beschützen.«

»Keine Bange. Ich habe ein Date mit meiner Couch und der ersten Staffel *Dexter* auf DVD.«

»Eine seltsame Wahl.«

Eve stand auf, und alle drei Männer erhoben sich. »Meinen Sie, so wie mein Leben derzeit ist? Das soll wohl ein Witz sein! Da wirkt die Serie wie *Erwachsen müsste man sein*.«

Sie ging zum Fahrstuhl, und Alec kam mit ihr.

»Abel.« Gadaras Stimme ließ sie alle erstarren. »Ich möchte, dass du bleibst und mit mir den Bericht zum Tod deines Schützlings durchgehst.«

Reed nickte und blieb zurück.

Im Fahrstuhl drehte Eve sich zu ihm um, und ihre Blicke begegneten sich, bevor die Türen zuglitten.

Sein Zwinkern verfolgte sie bis nach Hause.

Gelbes Absperrband und ein Siegel der Kriminaltechnik an Mrs. Bassos Tür. Eve musste einfach hinstarren, während sie vorbeiging, und Alec legte einen Arm um ihre Schultern, um sie zu stützen.

»Das ist so unsagbar schrecklich«, sagte sie.

»Es tut mir leid, Angel.«

»Ich habe sie wirklich sehr gemocht.« Sie hatte Mühe, den Schlüssel in das Schloss ihrer Tür zu bekommen, weil sie durch die Tränen nur verschwommen sah.

Alec nahm ihr den Schlüssel ab und schloss die Sicherheitsriegel auf. Dann öffnete er die Tür und bedeutete ihr vorzugehen.

»Ich mochte sie«, fuhr Eve fort und stellte ihre Coach-Tasche auf den Wandtisch, in dem sie ihre Waffe aufbewahrte. Die Schiebetür zum Balkon stand offen, sodass eine frische Meeresbrise hereinwehte und die dünnen Vorhänge bauschte wie Segel. »Richtig gern. Manche Menschen mag man nur ein bisschen, andere nur bei bestimmten Gelegenheiten, und wieder andere mag man nur, wenn man betrunken ist. Aber sie mochte ich einfach immer, durch und durch.«

Er nahm sie in die Arme, und sie krallte die Hände in sein T-Shirt. »Sie wird mir fehlen. Und wahrscheinlich werde ich jeden hassen, der nebenan einzieht.«

»Sag das nicht«, murmelte Alec. »Gib ihnen eine Chance.«

Sie rieb ihr Gesicht an seinem T-Shirt ab, um die Tränen zu trocknen. »Was mache ich nur mit dir?«

»Darf ich etwas vorschlagen?«

Eve hob den Kopf und sah ihn an. »Ich meine, wegen unserer Wohnverhältnisse.«

Bei seinem Lächeln krallten sich ihre Zehen in die Schuhsohle. »Natürlich ziehe ich mit dir zusammen, Angel. Ich habe nur darauf gewartet, dass du fragst.«

»Mein Dad bringt mich um.«

»Und das von dem Mädchen, das innerhalb einer Woche einen Tengu, einen Nix und einen Wolf überlebt hat?«

»Die sind nix dagegen, von meinem Dad geschnitten zu werden, und wenn er stinkig ist, wird er richtig still. Beklemmend still. Ich hasse das. Dann wird mir immer ganz mulmig.«

»Also sollte ich wohl lieber auf Plan B ausweichen.«

Sie runzelte die Stirn. »Was ist Plan B?«

»Ich ziehe nebenan ein, sowie die Polizei mit der Wohnung fertig ist.«

»Was?«

»Es ist ideal.«

»Nein, unheimlich.«

»Sie war ein liebenswerte alte Dame, Angel. Und jetzt ist sie bei Gott. Sie geistert nicht herum und sorgt sich um uns.«

Es klingelte.

Beide erstarrten, und Alec zog fragend eine Braue hoch. Eve schüttelte den Kopf. Als Nächstes wurde geklopft, und zwar enervierend ungeduldig.

»*Miss Hollis?*«

Eve stöhnte, als sie die Stimme erkannte.

»*Hier sind Detective Ingram und Detective Jones vom Anaheim Police Department. Wir würden Sie gern sprechen.*«

Eve blies den angehaltenen Atem aus und ging zur Tür.

»Hallo, Detectives.«

»Dürfen wir hereinkommen?«

»Sicher.« Sie trat beiseite, wobei ihre Absätze auf dem Parkett klackerten. Sie hatte sich für das Treffen mit Gadara geschäftsmäßig gekleidet: Rock, Bluse, Chignon. Und jetzt war sie erst recht froh darüber.

Die beiden Polizisten kamen herein, und sofort fiel Eve auf, was für ein seltsames Paar sie abgaben. Der eine war klein und hager, der andere groß und füllig. Dennoch gab es eine Synergie zwischen ihnen, die verriet, dass sie schon sehr lange zusammenarbeiteten.

»Möchten Sie einen Kaffee?«, fragte sie.

»Gern«, antwortete Jones, ohne zu lächeln.

Eve ging voraus in die Küche und begann, die Kaffeemaschine vorzubereiten. »Was führt Sie zu mir?«

»Wir haben einen Blumenhändler in der Nähe gefunden, der sich erinnert, zweimal Seerosen an diesen Mann verkauft zu haben«, antwortete Ingram.

Eve blickte sich um. Der Detective hielt eine Phantomzeichnung in die Höhe. Die Zeichnungen, die Eve in Krimiserien sah, fand sie meistens ziemlich unbrauchbar, weil sie praktisch jedem ähnelten; diese hingegen war gut. Sie sah dem Nix schaurig ähnlich. Eve nahm die Glaskanne und ging zum Spülbecken.

»Haben Sie diesen Mann schon mal gesehen, Miss Hollis?«, fragte Jones.

»Nein.« Ihr Mal brannte.

»Was ist mit Ihnen, Mr. Cain? Kennen Sie den Mann?«

»Nein, nie gesehen.« Alec ging zu dem Schrank mit den Bechern.

»Ich glaube Ihnen nicht«, sagte Ingram geradeheraus.

Eve seufzte und goss das Wasser in den Tank der Kaffeemaschine. »Das tut mir leid.«

»Uns auch.« Jones stellte einen Fuß auf den Vorsprung an der Kücheninsel. »Also entweder haben Sie beide, Sie und Mrs. Basso, Blumen bekommen – wovon wir ausgehen –, oder eine andere Frau in Huntington Beach wird bedroht. Die anderen Seerosen wurden in unterschiedlichen Blumenläden in Anaheim gekauft. Wir möchten keine Zeit an Sie verschwenden, falls es da draußen ein anderes Opfer gibt.«

Den Mund zu halten brachte Eve halb um. Wie frustriert die Detectives waren, hörte man ihnen deutlich an, und es brach ihr das Herz. Sie hasste es, die beiden auf eine unsinnige Jagd zu schicken, aber was sollte sie tun? Die Wahrheit war keine Option.

Alec holte die Packung mit den Kaffeebohnen aus dem Kühlschrank. »Haben Sie sich die Überwachungsbänder angesehen?«

Als Eve ihm die Tüte abnahm und Bohnen in die Mühle der Maschine füllte, waren ihre Hände vollkommen ruhig, obwohl sie innerlich schlotterte.

»Haben wir«, antwortete Jones. »Dieser Mann hatte Mrs. Basso besucht.«

»Aber nicht Miss Hollis«, fügte Alec hinzu.

Eve begriff, dass er vorausgeplant und das Video manipuliert hatte. Sie war voller Dankbarkeit … und Bewunderung.

Der Lärm des Mahlwerks machte für einen Moment jede Unterhaltung unmöglich, dann befüllte Eve den Filter und schaltete die Maschine ein. Sie wischte sich die Hände an einem Geschirrtuch ab und wandte sich den beiden Detectives zu.

»Ich würde Ihnen wirklich gern helfen«, sagte sie ruhig.

Ingram lächelte verkniffen und spielte mit seinem Schnauzbart. »Wir denken, dass Sie das können, Miss Hollis. Wir werden gewiss noch häufiger kommen, bis wir uns sicher sind.«

»Dann sollte ich dringend mehr Kaffee besorgen.«

Alec stellte Becher auf die Kücheninsel. »Da wir nun die Nettigkeiten hinter uns haben … Jemand Milch und Zucker?«

Eve lag auf ihrem Wohnzimmersofa und sah sich *Wildest Police Videos* an, als es an der Tür klopfte.

Sie überlegte, es zu ignorieren. Heute war der erste Tag nach dreiwöchigem Training, an dem sie sich nicht fühlte, als wäre sie von einem Lastwagen überrollt worden. Und sie wollte ihn sich nicht von unerwünschtem Besuch ruinieren lassen. Selbst mit ihrer unglaublichen Selbstheilung war das Kampftraining der Gezeichneten harte Arbeit, und das an sechs Tagen die Woche. Sie hatte die reinen Theorietage wahrlich schätzen gelernt. Und die Sonntage, die sie mittlerweile liebevoll »Gemüsetage« nannte.

Das Klopfen wurde lauter.

Ächzend stand Eve auf. Aus Gewohnheit blieb sie bei dem Wandtisch vor der Tür stehen und holte ihre Waffe heraus. Dann linste sie durch den Spion. Draußen stand Alec. Er lächelte.

»Angel«, rief er in diesem raspelnden tiefen Ton, der wie warmer Samt war. »Es ist nur dein netter Nachbar.«

Sie öffnete die Tür und winkte ihn mit der Waffe herein. Er trug eine Sonnenbrille, ein Trägershirt, knielange Dickies-Shorts und pures Sex-Appeal. Keiner konnte Letzteres so tragen wie er.

Lächelnd schob er seine Sonnenbrille nach oben. »Du wirst schon sehr bald tödlicher sein als das Ding.«

»Ich mag immer noch, wie es sich anfühlt.« Sie wiegte die Waffe ehrfürchtig in ihrer Hand. »So schwer und hart.«

Alec lehnte sich mit einer Hand am Türrahmen zu ihr. Fasziniert beobachtete sie ihn, doch er hielt inne, als seine Lippen nur noch Millimeter von ihren trennten.

»Ich habe auch etwas Schweres und Hartes«, murmelte er, sodass sein Atem über ihren Mund strich. »Willst du das mal ausprobieren?«

»Das ist so primitiv«, flüsterte sie. »Ich glaube, es hat mich scharf gemacht.«

Er küsste sie. »Ich sprach von meinem Bike.«

Sie schmollte.

»Ich möchte dich ausführen«, sagte Alec. »Lass uns ein bisschen Spaß haben und entspannen.«

»Wir können auch hier Spaß haben.«

»Und das werden wir.« Seine dunklen Augen glühten. »Später.«

»Warum nicht jetzt?«

Alec lachte. »Ich schlafe wirklich gern mit dir, wie du wissen dürfest, aber wir hatten noch nie ein Date.«

Eve stutzte. »Ein Date?«

»Du. Ich. Draußen. In der Sonne. Dinge in der Öffentlichkeit tun, für die wir nicht verhaftet werden.«

»Was für Dinge?«

Er drängte sich in die Wohnung und nahm ihr die Waffe ab. »Ich dachte, dass wir die Küste hinunter nach San Diego fahren. Es ist ein herrlicher Tag.«

Sie sah zu, wie er die Waffe wieder in ihrem Etui verstaute und den Reißverschluss zuzog. Dann steckte er das Etui in die Tischschublade zurück.

Ein Date. In Eves Brust breitete sich ein warmes, seltsames Gefühl aus. »Ich muss mich umziehen.«

»Nein, lass es. Du siehst scharf aus.«

Eve sah an sich hinunter. Sie trug Shorts und ein Trägershirt. Das war lachhaft ungeeignet für eine Fahrt auf einem Motorrad. Andererseits hatte das mit dem Mal auch seine Vorzüge. Alecs Reflexe waren sagenhaft, und sie war wie ein Panzer gebaut. Jedenfalls irgendwie.

»Wenn du den Fernseher ausmachst, hole ich meine Stiefel.«

Alec griff nach ihrem Arm. »Zieh die da an.« Er zeigte auf die Flipflops unter dem Wandtisch.

»Auf einem Bike sind die nicht besonders praktisch.«

»Seien wir mal unpraktisch. Es ist Sonntag, und du hast heute frei.«

Sie wollte widersprechen, doch er kam ihr zuvor. »Habe ich dir schon mal gesagt, wie sexy diese kleinen Blumen sind, die du dir auf deine großen Zehen gemalt hast?«

Eve schlüpfte in die Flipflops. »Was ist in San Diego?«

»Die Seahawks gegen die Chargers.«

»Ah, ein echtes Jungs-Date«, scherzte Eve.

Er nahm ihre Schlüssel und ihre Sonnenbrille, zog sie in den Flur und verriegelte ihre Tür. »Um den Mädchenteil kümmern wir uns nachher.«

Anhang

Die sieben Erzengel

Dies sind die Namen der wachenden Engel.

1. Uriel, einer der heiligen Engel, der über Zank und Terror wacht.
2. Raphael, einer der heiligen Engel, der über den Geist der Menschen wacht.
3. Raguel, einer der heiligen Engel, der Strafe über die Welt und die Gestirne bringt.
4. Michael, einer der heiligen Engel, der über den besten Teil der Menschheit und über das Chaos wacht.
5. Sarakiel, einer der heiligen Engel, der über die Geister wacht, welche im Geiste sündigen.
6. Gabriel, einer der heiligen Engel, der über dem Paradies, den Schlangen und den Cherubim steht.
7. Remiel, einer der heiligen Engel, den Gott über jene stellte, die auferstehen.

Buch Henoch, 20; 1–8

Die christliche Engelshierarchie

Erste Sphäre: Engel, die als Wächter von Gottes Thron dienen

- Seraphim
- Cherubim
- Ophanim, auch »Throne« oder »Räder« *(Erelim)*

Zweite Sphäre: Engel, die als Statthalter fungieren

- Herrscher/Anführer *(Hashmallim)*
- Tugenden
- Mächte/Autoritäten

Dritte Sphäre: Engel, die als Boten und Soldaten dienen

- Fürsten/Herrschende
- Erzengel
- Engel *(Malakhim)*

Gekürzte Playlist

- Rage Against the Machine, »Killing in the Name of«
- Depeche Mode, »Blasphemous Rumors«
- Tupac, »California Love«
- Kansas, »Carry on Wayward Son«
- Bon Jovi, »Dead or Alive«

Danksagung

Jede Geschichte wird erst zu einem Buch, wenn ein Lektor sie mag. Und ein Buch erreicht erst genügend Leser, wenn es von einem Lektor beworben wird. Kein Autor kann ohne die (geduldige) Unterstützung eines Lektorats furchtlos die Flügel spreizen.

Ich danke Heather Osborn, dass sie sich so für die Marked-Reihe begeistern konnte. Es geht doch nichts über eine Lektorin, deren Hoffnungen und Träume für Geschichten genauso grenzenlos sind wie die eigenen.

Ich danke dir, Heather.

Ich danke der Grafikabteilung von Tor, ganz besonders Seth Lerner. Monatelange Arbeit steckt in der Gestaltung der Marked-Reihe, bei der immer wieder Details der Aufmachung oder des Hintergrunds geändert wurden und zahlreiche Titelentwürfe ausprobiert … Dass so viel Zeit und Mühe auf die Titel verwandt wurde, bedeutet mir eine Menge.

Ich danke Melissa Frain bei Tor, Nikki Duncan und Joy Harris, dass sie dieses Buch mochten und mich immer wieder anfeuerten, die anderen beiden fertig zu schreiben. Das hat mich glänzend motiviert.

Denise McClain danke ich für ihr extrem kluges und hilfreiches Feedback.

Mein Dank geht auch an Jordan Summers, Shayla Black, Karin Tabke und Sasha White, die für mich da waren, wann immer ich ein offenes Ohr am anderen Ende der Telefonleitung brauchte. Was für ein Segen ist es, Freundinnen wie euch zu haben!

Gary Tabke danke ich, dass er mir alle Fragen zu den Abläufen bei der Polizei beantwortete. Sollten sich dennoch Fehler eingeschlichen haben, gehen die allein auf mein Konto.

Frauke Spanuth gilt mein Dank für ihr brillantes Marketing und die Hilfe bei der deutschen Übersetzung.

Tina Trevaskis danke ich für ihre Aufrichtigkeit und Freundschaft.

Und Nikola Tesla für das Radio, die Fernbedienungen und die Klimaanlage, ohne die ich während des Schreibens nie überlebt hätte.

Wenn man schreibt, kommen einem einige Ideen tatsächlich wie eine Eingebung. Bei dieser Reihe ging es mir definitiv so. Eve erschien mir wie Athene in der griechischen Mythologie: Sie sprang mir vollständig bewaffnet und kampfbereit aus dem Kopf. Ihre Geschichte entspann sich dann aus lauter willkürlichen Übereinstimmungen. Ich werde nicht einmal versuchen, hier zu erklären, wie oft mir zufällige Geschehnisse genau in dem Moment die Anregungen liefern, wenn ich sie brauche, aber ich bin sehr dankbar dafür.

Wer in Huntington Beach oder Anaheim lebt, wird feststellen, dass ich mir eine gewisse dichterische Freiheit bei der Darstellung der Schauplätze erlaubt habe. Der fiktive Henry's Ice Cream Shop liegt da, wo früher Lorenzo's Pizza war, an der Ecke Cerritos und Euclid. Sowohl Circle K als auch Lorenzo's sind nicht mehr dort, und das hinterlässt eine Lücke in meinem Leben, die einzig von Lorenzo's Pastrami Sandwiches gefüllt werden kann.

Die St. Mary's Church, wie ich sie in der Serie beschreibe, hat keinerlei Ähnlichkeit mit der echten Kirche St. Mary's by the Sea, die in einem anderen Stadtteil liegt und viel kleiner und älter ist. Meine St. Mary's Church ähnelt eher Saint Vincent de Paul, was die Beschreibung und den Standort angeht, ist aber durch und durch erfunden.

Ich habe mir noch weitere Freiheiten hinsichtlich meines geliebten Heimatorts herausgenommen, die Einheimischen auffallen werden; Nicht-Einheimischen werden sie egal sein. Und ich hoffe, dass Sie alle die Geschichte so oder so genießen!

Werkverzeichnis der im Heyne Verlag erschienenen Titel von Sylvia Day

› Bonusmaterial

HEYNE ‹

Die Autorin

Die Nummer-1-Bestsellerautorin Sylvia Day stand mit ihrem Werk an der Spitze der New York Times-Bestsellerliste sowie 23 internationaler Listen. Sie hat über 20 preisgekrönte Romane geschrieben, die in mehr als 40 Sprachen übersetzt wurden. Weltweit werden ihre Romane millionenfach verkauft, die Serie *Crossfire* ist derzeit als TV-Verfilmung in Planung. Sylvia Day wurde nominiert für den *Goodreads Choice Award* in der Kategorie BESTER AUTOR.

»Die unangefochtene Königin des erotischen Liebesromans«
Teresa Medeiros

»Wenn Sie noch nie ein Buch von Sylvia Day in Händen hatten, haben Sie was verpasst.« *Romance Junkies*

»Wenn es darum geht, prickelnde Sinnlichkeit zu erzeugen, können nur wenige Autoren Sylvia Day das Wasser reichen. *Stolz und Verlangen* ist die perfekte Melange aus betörenden Figuren, einer cleveren Geschichte und prickelnder Sinnlichkeit.« *Booklist*

»Eine wundervolle Geschichte. Dieser Roman wird Sie zum Lachen wie zum Weinen bringen.«
Love Romances über ›Eine Frage des Verlangens‹

»Diese brillante Kombination aus heißer Leidenschaft, Spannung und Intrigenspiel ergibt eine unglaublich ergreifende Geschichte.« *Romance Divas über ›Spiel der Leidenschaft‹*

Crossfire

Pressestimmen zu Crossfire

»Der Sex-Roman des Jahres.« *Cosmopolitan*

»Sexuelle Spannung, heiße Liebesszenen und eine äußerst tiefgründige Liebesgeschichte sorgen für begeisterte Leser-Reaktionen.« *bild.de*

»Noch saftiger und mit besser gezeichneten Helden als *Shades of Grey*!« *Joy*

»Ich liebe ihren Stil, die sexuelle Spannung, die heißen Liebesszenen und die spannende Story.« *Carly Phillips*

»Unser absoluter Redaktionsliebling!« *Petra*

»Ein Stoff voll Schmerz, Hoffnung und Gefühlen.« *Abendzeitung*

Crossfire – Versuchung

Die Uniabsolventin Eva Tramell tritt ihren ersten Job in einer New Yorker Werbeagentur an. In der Lobby des imposanten Crossfire-Buildings stößt sie mit Gideon Cross zusammen – dem Inhaber. Er ist mächtig, attraktiv und sehr dominant. Eva fühlt sich wie magisch von ihm angezogen, spürt aber instinktiv, dass sie von Gideon besser die Finger lassen sollte. Aber er will sie – ganz und gar und zu seinen Bedingungen. Eva kann nicht anders, als ihrem Verlangen nachzugeben. Sie lässt sich auf eine Liebe ein, die immer ernster wird, und entdeckt ihre dunkelsten Sehnsüchte und geheimsten Fantasien.

Crossfire – Offenbarung

Seit ein paar Wochen sind die junge attraktive Eva Tramell und der erfolgreiche Geschäftsmann Gideon Cross ein Paar. Eva liebt seine dominante Art. Noch nie konnte sie einem Mann so vertrauen. Doch dann verändert Gideon sich, er will sie immer stärker kontrollieren, und auch die Dämonen aus seiner Vergangenheit belasten sie. Eva weiß: Ihre Beziehung hat nur eine Zukunft, wenn es keine Geheimnisse und keine Tabus zwischen ihnen gibt …

Crossfire – Erfüllung

Seit ihrer ersten Begegnung sind Eva Tramell und der faszinierende Geschäftsmann Gideon Cross einander verfallen. Nur Eva weiß, was Gideon für sie aufs Spiel gesetzt hat. Doch dieses Wissen wird immer mehr zur Bedrohung und ängstigt Eva, die sich nichts sehnlicher wünscht, als eine vertrauensvolle Beziehung und eine dauerhafte Bindung. Zudem wird ihre Liebe immer wieder auf harte Proben gestellt, denn Neid und Missgunst machen ihnen das Leben schwer, und die Schatten der Vergangenheit lasten auf ihnen. Doch das Wissen um die Geheimnisse des anderen verbindet Eva und Gideon unlösbar miteinander. Gemeinsam wollen sie sich ihren Dämonen stellen und ihre leidenschaftliche Liebe retten.

Crossfire – Hingabe

Eva und Gideon haben sich das Ja-Wort gegeben. Sie waren überzeugt, dass nichts sie mehr trennen kann. Doch seit der Hochzeit sind ihre Unsicherheiten und Ängste größer denn je. Eva spürt, dass Gideon ihr entgleitet und dass ihre Liebe in einer Weise auf die Probe gestellt wird, wie sie es niemals für möglich gehalten hätte. Plötzlich stehen die Liebenden vor ihrer schwersten Entscheidung: Wollen sie die Sicherheit ihres früheren Lebens wirklich gegen eine Zukunft eintauschen, die ihnen immer mehr wie ein ferner Traum erscheint?

Einzeltitel

Geliebter Fremder

Als Gerald Faulkner Isabel vor vier Jahren um ihre Hand bat, war er ein schöner und lebenslustiger Mann. Dann verschwand er spurlos. Nun, da er wieder auftaucht, ist er nicht mehr jung und sorglos, sondern eine gequälte Seele mit dunklen Geheimnissen. Er spricht nicht darüber, was in der Zwischenzeit geschehen ist, und verhält sich wild und hemmungslos. Allerdings ist da nun auch eine neue, glühende Leidenschaft zwischen ihnen. Hat Isabel genug Vertrauen, um sich diesem Fremden auszuliefern?

Sieben Jahre Sehnsucht

Lady Jessica Sheffield erwischt den attraktiven Alistair Caulfield dabei, wie er im Wald eine verheiratete Gräfin befriedigt. Seitdem herrscht eine verstörende Spannung zwischen ihnen, und sie vermeidet jede weitere Begegnung. Sieben Jahre später treffen die beiden wieder aufeinander und kommen sich näher. Das anfängliche Knistern lässt bald wilde Funken der Leidenschaft sprühen, und die beiden ergeben sich ihrem starken Verlangen …

Stolz und Verlangen

Eliza Martin ist eine reiche Erbin. Das hat nicht nur Vorteile. Heiratsschwindler und Kuppler belagern sie, und in letzter Zeit fühlt sie sich beobachtet. Aber Eliza lässt sich nicht einschüchtern und beschließt, jemanden zu engagieren, der sich unter ihr Gefolge mischt und den Schuldigen findet. Jemand, der nicht auffällt. Jasper Bond ist zu groß, zu gutaussehend, zu gefährlich. Doch Eliza reizt ihn. Und so ist es ihm ein Vergnügen ihr zu beweisen, dass er genau der richtige Mann für diese Aufgabe ist …

Spiel der Leidenschaft

Lady Maria Winter ist jung, reich und schön. Trotzdem wird sie die »eiskalte Witwe« genannt, denn ihre beiden Ehemänner starben einst unter mysteriösen Umständen. Es hält sich das hartnäckige Gerücht, dass Lady Winter an ihrem Tod nicht ganz unschuldig ist. Tatsächlich treibt aber ihr Stiefvater Lord Welton ein perfides Spiel mit ihr. Als er Lady Winter auf den Piraten Christopher St. John ansetzt, der die Todesfälle undercover aufklären soll, stimmt sie widerwillig ein. Doch schon bei ihrer ersten Begegnung spürt sie ein nie gekanntes Verlangen …

Eine Frage des Verlangens

Lady Elizabeth Hawthorne und Marcus Ashford, Earl of Westfield, verbindet eine leidenschaftliche, aber auch leidvolle Vergangenheit. Sie waren einst verlobt, bis Elizabeth Marcus der Untreue verdächtigte und ihn verließ. Nun, vier Jahre später, kreuzen sich die Wege der beiden erneut. Marcus, der Agent im Dienste der Krone ist, soll Lady Elizabeth beschützen, da ein Unbekannter sie bedroht. Beide fühlen sich erneut magisch voneinander angezogen. Aber können sie die alten Verletzungen vergessen?

Ihm ergeben

London, 1780. Die junge und schöne Amelia Benbridge ist verlobt mit Lord Ware. Auf einem festlichen Ball sieht sie einen Mann mit weißer Maske, der sie fasziniert, und wider besseren Wissens folgt sie ihm in den dunklen Park des Anwesens. Er stellt sich als Graf Montoya vor, und die Anziehung zwischen den beiden ist unmittelbar und überwältigend. Doch er scheint ein dunkles Geheimnis vor ihr zu verbergen. Und Amelia ist vergeben ...

Die Dream-Guardians-Serie

Verlangen

Aidan ist ein Dream Guardian: Er verhindert, dass das Tor zwischen der Traumwelt und der Realität geöffnet wird. Er bewahrt seine Schützlinge vor Albträumen, indem er sie in ihrem Schlaf als Liebhaber besucht. Bei der schönen Lyssa erlebt er eine sexuelle Leidenschaft wie nie zuvor und er verliebt sich zum ersten Mal in seinem Leben. Muss er fürchten, dass Lyssa das Tor zwischen den Welten öffnet?

Begehren

Als Stacey Daniels dem attraktiven Bad Boy Connor begegnet, kann sie es kaum glauben: Noch nie hat sie einen so schönen Mann gesehen! Sie ahnt nicht, dass Connor ein Dream Guardian ist, der Frauen in ihren Träumen beglückt. Schnell findet Stacey heraus, dass Connor auch im wahren Leben ein Meister der sündigen Sinnesfreuden ist, und sie erlebt die aufregendste Zeit ihres Lebens. Doch Connor kommt aus einer gefährlichen Traumwelt, mit der nun auch Stacey in Berührung kommt …

Paranormal Romance Einzeltitel

Im Bann der Liebe

Atemberaubend schön und in den raffiniertesten Liebeskünsten bewandert, ist Sapphire bereits seit Jahren die Lieblingsmätresse des Königs von Sari. Jeder Wunsch wird ihr von den Augen abgelesen, doch eigentlich will sie nur endlich selbst über ihr Leben bestimmen. Als der geheimnisvolle Kriegerprinz Wulfric als Gefangener an den Hof kommt, ist Sapphire sofort fasziniert und stürzt sich in eine leidenschaftliche Affäre mit ihm. Zum ersten Mal in ihrem Leben kann sie sich völlig frei dem Rausch ihrer Gefühle hingeben. Dass ihre Liebe zu Wulfric verboten ist, macht die Sache nur noch heißer ...

Die Marked-Serie

Verbotene Frucht

Evangeline Hollis, genannt Eve, ist eine ganz normale junge Frau – bis ihr eines Tages ein heißer One-Night-Stand mit einem attraktiven Fremden zum Verhängnis wird: Eve wird mit dem Kainsmal gezeichnet und muss künftig auf Dämonenjagd gehen. Ihr neuer Boss, Abel Reed, ist unglaublich penibel und verboten sexy. Als wäre es noch nicht genug, dass Eve sich nun tagtäglich mit ihrem lästigen Chef und mordlustigen Dämonen herumschlagen muss, taucht auch der geheimnisvolle Alec Cain auf – Abels Bruder und der Mann, der einst Eves Herz gestohlen hat …

Geliebte Sünde

Nachdem Eve ihren ersten Einsatz als Dämonenjägerin überstanden hat, wird sie von ihren Vorgesetzten in eine Art Trainingscamp für Gezeichnete gesteckt. Hier soll sie lernen, mit ihren neuen Superkräften richtig umzugehen, damit sie ein vollwertiges Mitglied im Kampf gegen das Böse sein kann. Doch dann geraten Eve und die anderen Gezeichneten in Schwierigkeiten. Und es scheint, als könnte Eve diesmal nicht mit der Hilfe von Cain und Abel rechnen …
ET: Juli 2015

Teuflisches Begehren

In Eves Privatleben geht es drunter und drüber: Abel ist verliebt in sie, doch ihr Herz gehört Cain, der - seit er zum Erzengel befördert wurde - für niemanden mehr Liebe empfinden kann außer für Gott. Zwar kann auch er der verführerischen Eve nicht widerstehen, doch sie will mehr als nur körperliche Leidenschaft. Als ob das noch nicht genug wäre, gerät Eve auch auf der Dämonenjagd in Turbulenzen …
ET: Oktober 2015